U0613164

变形记

心翼 著

SPM
南方传媒

广东人民出版社

·广州·

图书在版编目（CIP）数据

变形记 / 心翼著. -- 广州 : 广东人民出版社,
2025. 6. -- ISBN 978-7-218-18407-4

Ⅰ . I247.5

中国国家版本馆CIP数据核字第2025TZ6170号

BIANXING JI

变形记

心翼 著

版权所有　翻印必究

出 版 人：肖风华

策划编辑：李　娜
责任编辑：李　娜　吴　丹
责任技编：吴彦斌
装帧设计：李　一

出版发行：广东人民出版社
地　　址：广东省广州市越秀区大沙头四马路10号（邮政编码：510199）
电　　话：（020）85716809（总编室）
传　　真：（020）83289585
网　　址：https://www.gdpph.com
印　　刷：广东鹏腾宇文化创新有限公司
开　　本：880mm×1230mm　1/32
印　　张：12.75　字　数：250千
版　　次：2025年6月第1版
印　　次：2025年6月第1次印刷
定　　价：68.00元

如发现印装质量问题，影响阅读，请与出版社（020-87712513）联系调换。
售书热线：（020）87717307

本书为虚构作品，
书中人物与事件皆为创作构想，
如有雷同，纯属巧合。

推荐序

蓝光辉

近日，我在加拿大蒙特利尔市参加学术会议之际，欣然收到好友心翼先生发来的大作。随后，我又返回美国亚特兰大，稍加休息后旋即赴西海岸的旧金山参加另一场学术会议。奔波忙碌之余，每有闲暇，必读《变形记》，不忍释卷！

二十余年来，中国的金融市场飞速发展，信托行业更是凭借其灵活性连接各方，在金融体系深化过程中发挥了重要作用。《变形记》这部力作，通过主人公阿海的视角，生动描绘了信托市场的风云变幻。主人公阿海在重组后的五山信托公司中，抓住了行业发展的机遇，在各类业务拓展中施展拳脚且卓有成效。书中描写了他在面对客户与公司内部的激烈角力时，始终保持积极进取的态度，善于借势，同时保持稳健。他的奋斗历程扣人心弦，令人动容！

本书以诙谐的笔触，勾勒出信托领域中银信、地产、证券、政信和资金池等元素之间各种错综复杂的关系，呈现出一幅色彩斑斓的画卷。正所谓："俺曾见金陵玉殿莺啼晓，秦淮水榭花开早，谁知道容易冰消。"

作者心翼先生与我相识已有二十余年，他在自身所处的金融行业发展中积累了丰富的见解与经验，而且始终保持着一颗真诚的心！这部力作，正是他沉淀多年后献给读者的真诚之作。年轻的读者读此书，可未雨绸缪，潜龙勿用；年富力强者读此书，可见微知著，防微杜渐；历尽千帆者读此书，定会心领神会，掩卷长叹。

作为一部虚构作品，本书以故事化的方式展现了主人公阿海的职业进阶历程，并通过其成长轨迹，展现金融行业中的种种现象，为读者提供了一个观察市场运作与职业发展的独特视角。

祝贺心翼先生！

蓝光辉

美国佐治亚州亚特兰大市

2024 年 9 月 30 日

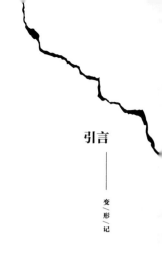

引言

——

　　职场成长是作者这类普通人最关注的焦点，尤其是金融业的从业人员，每一职级的提升，都意味着比较大的收入增长，意味着离财富自由的梦想又近了一步。但绝大部分的金融从业人员都在职场的底层浮沉，他们努力过，拥有熟练的工作技巧、兢兢业业的工作态度，其中还有不少成长为相关领域的专家，每年评奖评优都有份，唯独就是提拔的时候或因名额有限而无缘，或被领导告知还有不满足提拔的条件，眼睁睁看着身边的同事一个个升职，直至最后自己选择"躺平"，或者愤而跳槽，相同版本的故事在新的单位重演一遍。

　　金融业是经营风险较大的特殊行业，业内有很多人为了升职选择承担更大的压力甚至冒险行事，但结果往往未必如愿。阿海侥幸比较早地悟出了晋升的一些关键要素，因此既实现了职场晋升，也实现了财富自由。对于他成长过程中的一些共性因素，实在值得细细分析一番。或许，这本书中的故事，能够为读者提供一些启发，让大家对未来的职场抉择更加清晰。

在金融职场上成长顺利的人，都有自己独到的能力。有的人营销意识突出，用一个现在比较热门的词叫"情商超高"，善于察言观色，让人很难拒绝他的热情，具备这类特质的人只要能选择合适的职业路径并找到合适的合作伙伴，成长就是爆发式的。有的人极其忠诚于事业，这类特质决定了他初期的成长绝对迅速。而阿海的职业发展走的是洞察力路线，既能洞察人心，也能洞察事物的实质。按说有这类特质的人的职场发展是比较困难的，只是阿海还有一个特点——他善于学习，市场嗅觉比较灵敏，敢于决断。这些年市场机会比较多，所以在他这个特定的节点也能取得较顺利的成长，未来怎么样还不好说，但善于学习的人总是能发现新的机会。

本书不仅讲述了一个金融业职场中的成长故事，同时也展现了行业中的实际运作逻辑。金融机构之间存在激烈的竞争，从业人员中更是藏龙卧虎。对于许多背景普通的金融从业人员而言，行业的复杂性和竞争的压力使得他们往往在职场摸索多年后仍难以取得突破。其实金融业规模如此庞大，从业人员只要能把握规律顺势而为，肯定能够搞定业务，取得优秀业绩并脱颖而出。

阿海就是把握好了两点，一是跳出专业看业务，看清自身的竞争优势，选准合适的目标客户以及营销时机和节奏；二是清楚营销的实质是"搞定人"——既包括客户方的关键决策人，也包括公司内部的核心人物，确保自己能最大程度地争取到资源与支持。至于书本上的理论知识，要掌握到深入浅出为我所用的程度才行。

本书也通过阿海的故事来透视金融风险的内涵。按照巴塞尔协议对金融风险的揭示，金融风险分为信用风险①、市场风险②、其他风险③三大类。信用风险被研究多年，其风险的实质和表现形式、处置方式都已经被穷举无遗，在规范化管理下，金融机构可以通过系统性的风控措施降低其对经营的影响。市场风险其实更依赖对冲策略，强调不要在单边头寸上建仓太重，不管你对市场的前景多么有信心，也不能低估对手盘，毕竟一旦仓位建得太重，市场上所有的交易对手都会成为你的对手盘，哪怕你富可敌国，也是双拳难敌四手。把市场风险的实质视为一种固定收益的理财，总好过寄望于暴利的运气。

其他风险看似分散，其实经营风险的权重无可匹敌。国内一股独大的问题尤其突出，股权结构上没有制衡，很容易在经营策略上剑走偏锋。在四十多年的改革开放过程中，我国很幸运地没有经历经济周期，相当多的老板，尤其是被人膜拜的老板，都有一种右侧交易情结。凡是用周期理论④来自律的老板，都完不成"一个小目标"（指一亿人

---

① 主要是融资业务逾期不还的风险。

② 主要是投资业务亏损的风险。

③ 除了前面两类风险之外的所有风险的总称，最大的权重是经营机构的自身风险。

④ 周期理论是经济学的一个基本理论，主要观点是一个经济体的运行都存在复苏、繁荣、衰退、萧条四个阶段周期性循环的现象。企业要主动适应经济体的周期性现象，做好扩张和收缩的经营策略。在国内房地产行业二十多年的繁荣周期中，凡是用周期性观点控制资本支出的房地产开发企业，都很快掉队。没人能想到这轮房地产繁荣周期持续时间有这么长。

民币）以上的职业成就。越倾向于扩大资金运作的老板赢得越多，使得市场主体的风险偏好越来越大，逐渐忽视信用风险和市场风险，甚至践踏控制风险的各项要素。近年来，信托公司爆雷的现象此起彼伏，根源都扎在此处。

面对这种风险结构，从业人员对专业的理解需要非常深入，既要在河边走，甚至某些时候需要在河水中蹚步，还要不湿鞋。

本书从实务角度探讨投资风险管理。金融业是经营风险很大的特殊行业。所有的金融产品都有风险，不存在高收益无风险的产品。所有的金融企业都有风险，不存在永远完美控制风险的企业。对于金融从业者而言，风险管理能力虽可提升，但始终存在其适应边界，不存在能永保兑付的"最靓的仔"。所有爆雷的产品，风险都不是一夜凭空产生的，风险形成的时间或早或迟，或劣化，或掩盖，总是会有各种征兆。

当然，大家也不需要太过紧张，这些征兆不需要太多的专业技巧就能发现，甚至大多数你都会由理财经理那里得知，但是大家要能正确理解这些征兆背后的含义，不要耽误了下车的时机。完全避免有可能爆雷的产品固然欣喜，但上车后，能及时发现车跑错了道，还能及时下车，也是一种令人愉悦的体验。

信托公司的业务运作在金融行业中相对低调。近十余年里，信托公司主要与银行、房地产公司、高净值人群、私募基金相联系，也不让打广告，埋着头努力做业务。借助时代的红利，在很短的时间里就为行业以及从业人员带来了可观的回报。

等到信托公司声名鹊起的时候，市场环境突变，信托公司全面违约已经不再是新闻，受害者遍布全国，损失规模上百亿元计，而且这绝不会是结束。从全球经验来看，金融业这种周期效应的脉冲性[①]每隔十几年就会来那么一回，下一轮会以什么机构、什么产品给世界留下深刻印象，目前还无法预测，但大家好好学习一些金融业的相关经验，丰富自己的知识储备，争取在以后的岁月里表现得更好，肯定是很有必要的。

作者虽然年轻，但善于从自己和他人的职业经历中提炼关键经验，尤其是在行业实践的积累下，对市场运行和职场成长有着深入的观察。本书所总结的经验，旨在为读者提供有价值的参考，助力他们在相关领域的学习和实践中有更大的收获。

---

① 国际金融业每隔一段时间就会出现一些比较重要的创新，创造出一些新的金融产品，比如 20 世纪 60 年代的企业债券，80 年代与企业恶意并购相关联的垃圾债，21 世纪初与房地产最为密切的衍生产品，都是出现后迅速地膨胀到万亿元以上的规模，然后随着市场的波动，留下一堆风险资产，以及破产的金融机构和投资者，慢慢地收拾残局。

目录

变/形/记

1

灰
色的300BP

空气中似乎都弥漫着信托产品的思春症。昨天，有两个很久没联系过的朋友给阿海打了电话，他们记起了阿海正在信托公司干活，电话里向他打听公司正在发行的几款高收益信托产品，其中一款正好是阿海做的。他们其实并不关心产品特征，只一再确认收益水平和预期兑付，在阿海一再强调公司以往兑付的业绩后，朋友拜托他一定要帮忙买到。很难想象在两年前，阿海还要递上名片后，加上半个小时的解说，才让这哥们知道信托这两个字连在一起有特定的含义，最后得到的评价是"那我干吗不找银行"。而现在听着朋友们热情的话语，阿海一时无法理解这种变化。等他回到办公室，找老领导倾诉这种幸福的"烦恼"时，老领导意味深长地伸出了一根手指头："感受一下，风口到了！"

2015年开年的时候，绽放的暖阳带着一股沁人心脾的味道。老领导格外镇定，每天准时到达办公室后，会先去办公区溜达一圈，如果阿海们都在，就会都叫过去聊天喝茶，要么就自己打游戏，往年这会儿都会带队去跑跑客户，或者不停打电话沟通感情，此时就没他见出过差，有业务也是直接交代阿海出去跑。就算客户上门来拜访，老领导也就出席陪着吃个饭，用他的话说，现在最重要的事情，就是替阿海们去争取奖金，一定要让公司说话算数。阿海听得心里喜滋滋的，白天平白多出几分干活的力气，晚上请领导打麻将的时候，点炮端茶递烟等一条龙的服务质量，比平日里更要殷勤了几分。

过去的一年中，阿海和同事们给公司创造了前所未有的收入，虽然已经有了些心理准备，但奖金到账的短信通知还是让他头晕目眩了好一阵。紧接着，一群人拥进他的办公室，嚷嚷着晚上要聚餐，要不醉不归。大家都很兴奋，表现得积极的基本奖金都在百万以上，几个往年经常觉得自己分少了钱的兄弟，也难得地在到处请人吃饭。连着几天，阿海吃得满口流油，嗓子也有些走调，当然最高兴的还是看到领导们的心情也很好，听说高管一个个的都分了上千万元，老领导的数应该也很可观。私底下他给阿海透过底，因为另一个团队有风险项目，本来公司要给整个部门扣一票狠的，经过他的斡旋，最终还是手下留情了，但不是不扣收入，而是延期执行。这意味着新的一年中，要么存量的风险项目处置有突破性的进展，要么新业务的收入能有明显的增加，否则，明年大家的收入都会受到显著的影响。

管他呢，那是明年的事，今年的钱毕竟落袋为安了。阿海目光所及，整个公司几百号兄弟都满面红光，摩拳擦掌，而他自己也笑得一脸傻样儿，嘴角快咧得上天了，跃跃欲试地期待着来年能够再大干一场。

2014 年底的经营分析会上，总裁通报了公司的全年经营业绩，效益继续创造新纪录，非常耀眼，总收入高达 30 亿元，净利润 11.6 亿元，业务规模稳定在 2700 亿元以上。结构也比较合理，银信合作业务居于主导地位，合作机构非常广泛，遍布全国的各类金融机构和上市公司；房地产业务稳定在占比 30% 左右，证券类业务呈现爆发式的增长，年底的时候已经占比将近 10%，后来最高峰时占比超过 20%，甚至还出现了私募股权类业务。在非标准化融资的时代，这就是最健康的业务比例。简单来概括，公司现金流业务利润巨大且稳定，明星业务发展快速且利润也大，阿海们所要做的就是积极努力地往前冲，顺便再弯腰把钱捡起来，这种深入人心的温暖还真是让人留恋呐。

不但公司取得了耀眼的成绩，整个行业都呈现一种突飞猛进的态势，阿海从官方数据得知，这一年底，信托行业总规模达到了 14 万亿元，增长 28.24%，平均到每家信托公司 2055 亿元，而全行业的从业人员仅有 16683 人，这意味着平均每个人就要管理 8.4 亿元的业务规模。68 家信托公司总收入（不包括应该分配给委托人的收益）是 962.2 亿元，人均收入 577 万元，人均利润 400 万元。

可能大家对这个数据还没有什么概念，与其他金融行业简单比较一下，大家就明白了。银行业大致总数是 4200 家，从业人员 380 万人，人均利润约 40.7 万元，人均贷款规模 1775 万元。证券行业共计 119 家证券公司，总资产合计达到 4.03 万亿元，平均每家证券公司总资产

339 亿元。合计实现营业收入 2554 亿元，平均每家证券公司实现营业收入 21 亿元。合计实现净利润 948 亿元，平均每家证券公司实现净利润 7.9 亿元。2014 年底证券行业总从业人数 25.3 万人，全行业人均管理资产规模 1591 万元，人均实现利润 37 万元。保险行业 2014 年底达到了 10.2 万亿元的总规模，保费收入 2.02 万亿元，利润总额 2046.6 亿元，总体数据看上去还算不错，只是保险业从业人员超过 400 万人，甚至超过银行业从业人数，人均管理资产不到 250 万元，人均利润约 5 万元。与银行相比，财务公司和货币经纪公司的业务模式不同，盈利结构亦有所差异，在这里就不一一列举了。

一对比就知道，信托业人均管理规模、人均盈利能力冠绝金融全行业。在行业高速发展的背景下，即使公司对薪酬管理较为严格，员工的收入水平仍具备很强的竞争力。而同年五山信托人数 752 人，人均管理资产 3.6 亿元，人均利润 154.3 万元。以整个公司看，绝对位列行业头部。而以人均数据来看，则排在行业内后半区，这说明公司给员工钱发得多啊！以华南地区的信托公司为例，他们 80% 以上的收入都是利润，人均数据高得令人惊叹，但是员工收入就和银行没有什么两样。而五山信托业务及管理费支出就占了总收入的三分之一，这一块其实主要就是领导和兄弟们的收入。作为其中一分子的阿海，你说怎么不会感受到浓浓的幸福感呢。

放到整个市场也是如此。同期国内上市公司的人均利润约 13 万元，而且只有银行、非银行金融机构、钢铁、建材、地产、食品饮料等几个行业超过了平均数，其中银行又冠绝全国各行业。除了金融、地产外，其他的几个行业都是市场高度成熟，行业格局稳定，员工薪酬稳定地低。还有个隐性行业其实收入也很高，那就是电商大厂，可惜都没有能在国内上市，传说中的财富效应与我们广大的股民朋友们的投资机会没有关系。

这一圈对比下来，大家应该对信托公司，尤其是五山信托的收入水平有了一个深刻的印象了吧。

过年长假放完了，按照惯例，由公司总裁带队给大家派开门利市。总裁是东北人，身材高大，身形却较为消瘦，高尔夫球水平常年稳居公司第一，甚至因此而收获了爱情。

这件事儿在公司里人尽皆知，总裁夫人是个律师，闲暇时间里也很是偏爱打高尔夫球，跟总裁就是在高尔夫球场上认识的，水平相当不错，比总裁更胜一筹。

阿海平时兴致来了也会去高尔夫球场上玩一玩，也曾非常荣幸地跟这两口子打过球，然后被轮番狂虐，输得完完全全、彻彻底底，差点戒了高尔夫球的瘾。

咳咳，扯远了。总裁在行业内也很有口碑，特别是后来的几年，在五山信托走出低谷的过程中着实起到了中流砥柱的作用。五山信托虽然偏居西南重镇，但这个受人欢迎的"利市"习俗自开业起就从广东学了个十全十，红包金额随着年节效益虽有所波动，但从来没有被取消过。这种开门见财的感觉也确实不错，上一年过得怎么样暂且不提，起码红包到手的那一瞬，就给新的一年成功地打了不少鸡血。

这一年领红包，阿海他们居然都不是很热烈，每个人都只是双手恭敬地接过红包，满面笑容地感谢公司和领导的关照，转头就偷偷地瞄着手机，可真算是一道奇景了。估计是赚钱门道太多，都有点麻木了，细看就会发现，不时有人偷偷摸摸地击掌庆贺，还能零零星星地听到一些私语，都是和股票有关的。这一年股市超预期上涨，虽然奖金发得多，但股市上涨来得更快啊。

总裁派完了红包，又发表完新年致辞，剩下的时间便是按照惯例分部门自行聚餐。公司南边有一家叫尚美轩的饭店，开在紧邻的一幢烂尾楼里。阿海一直没搞明白，为什么会在这个寸土寸金的地盘存在这么一个楼盘，写字楼外表呈黑色，凝重大气，当年的设计师应该还是挺有些品位，楼烂尾了已经不知道有多少年，而且一直烂在这里。单看外墙似乎已经完成了外部装修，内装却是完全没有动。有点意思的是楼盘虽然烂尾，一楼和五楼却一直在使用，一楼最初开了一家奢侈品店，主打纪梵希的时尚。

随着奢侈品销量下行，白酒科技的兴起，一楼又改成了一家酱香型白酒的形象店。五楼却一直开着尚美轩，在阿海的印象中，尚美轩几乎是五山信托的饭堂，每天走进去有一半的就餐人员来自五山信托。粗看装修很难让人联想到这是一家川菜馆子，装修风格偏粤式，整体光线也比较昏暗，完全不像平常川菜店那种热烈喧闹的风格。服务非常到位热情，服务员很用心地记住了常客们的样貌，比如阿海，每次过来都会被服务员海总海总地恭维着，簇拥着引入房间，每次都能恰如其分地推荐菜单，还经常送个小菜。如果不是后来公司要求客户招待要优先在股东所开的饭店进行，阿海会一直在这里吃下去。

老领导是尚美轩的超级 VIP，作为超级客户的高管，尚美轩每次都会把最好的房间留出来，这次也不例外。这会儿部门的队伍已经比较庞大，人数已经超过五十人，业务团队也已超过十个人，已经不是一两间包厢能容纳的。依惯例团队长以上的领导坐一个房间，其余同事则分散在两三个包间，彼此也相互敬酒，互致祝愿，氛围非常令人舒适。

虽然做事风格各不相同，团队长之间还是很容易成为朋友。尤其是团队中还有开心果般的存在，这里特指涛哥，涛哥说话风趣，特别在餐桌和牌桌上，从来都表现得特别活跃。涛哥是公司的老员工，也就是在上个世纪五山信托停业整顿前就已经在公司的员工，在漫长的停业过程中一直留在公司未曾离开。听闻在公司重新开业前，省里要求必须将老员工留下来照顾好。大部分的老员工都留在了中后台，只有两三个老哥去了前台业务部门，廖哥和涛哥是唯二担任了团队长职位的老员工。廖哥和涛哥本身就性格活跃，更兼彼此熟识多年，行业人脉资历深厚，在这类吃饭的场合下从来都是作为气氛担当的存在。

每年分任务的时候，两位老哥东拉西扯什么的也是一景。只可惜两位老哥都扎根四川太多年，而可能是处于盆地的原因，川内的经济发展与国内的主流节奏渐行渐远，所以两位老哥都只熟悉川内的一些本土开发商，抗波动能力都很有限，在 2012 年的一轮小波动中，廖哥就遇到了项目出风险，把自己"埋"了之余，还连累着大伙都被扣钱，从此就低调了许多，连所负责的团队也被涛哥的团队合并，失去了团队长的头衔。而廖哥的业绩也从此一蹶不振，每年与阿海的联络就只剩下吹牛和喝酒。

2015 年开年是难得的好光景。翡翠城集团自 2013 年前所未有地突破千亿元销售额后，2014 年更进一步地实现显著增长，在这种数据的刺激下，高杠杆、高周转的运营模式深入人心，一大半的房地产开发商都在学习翡翠城，打了鸡血一般地猛加杠杆，狂上项目。所有直接或间接参与房地产开发的利益主体，都觉得自己英明神武，三五年就将彻底实现财富自由。在迅猛的造富效应下，计较融资成本的人不多，这样的直接后果，就是每个团队长手中都储备有房地产信托项目，阿海手中更是已经有在募集中的项目。基本上把手头已有的项目发完就能差不多搞定全年工作任务，不够的话再去找老客户勾兑勾兑，开发一个新的项目难度也不大。更兼当时股市涨势喜人，借钱炒股也是信托行业的传统手艺了，已经有客户找上门来打听借钱的条件，只要想做，技术上一点难度都没有。

另外这一年股票市场中，一轮明显的牛市已经呼之欲出。年末，衡信证券的股价较此前已有大幅上涨。这可是牛市的风向标啊！也不知道为什么，股市似乎有明显的波动趋势，基本 7 年一个周期，大涨一两年，阴跌五六年，然后再一轮。当然每一轮中的当红炸子鸡都不会一样，但身在牛市的时候，鸡犬都会升天。而且，这一轮牛市很让人高兴

010
变/形/记

的一点就是，信托资金可以入市了，信托公司的产品可以开户了。

饭桌上领导妙语连珠，变着法子地表扬加鼓励，表扬去年的先进，总结去年的教训，探讨今年的业务思路，督促手头的业务流程，看得出来心情非常好。明面上一个一个地征求着大家对新一年公司所下达任务的意见和建议，话里边的含义就是要分任务。随着公司收入的逐年增加，每年下达的任务也越发增加，这一年给整个部门下达的任务数已经超过了五个亿，虽然在任务计划书里边会有相对多一些的指标，但公司只看重收入一个数，一切都和收入挂钩。各种大会小会也说得很明白，只有发展了，才能解决一切问题，没有发展就是最大的问题！五山信托最牛的是哪样？只要光景正常，没有遇到风险，公司发钱就比较大方，说好的数也基本不打折扣，光这一点已经通杀市场了。所以阿海们也不是很计较下达的任务，表态也很积极，话里话外的意思，只是希望领导多帮忙维系下客户，多帮忙给老板说几句好话，只要领导高兴，任务啥的根本不是事。而且，换个角度来说，如果没有足够的任务压着，即使你想做业绩，能做业绩，在这个年头，让不让你做还两说呢！

这会的茅子酒还不太贵，尚未展现出后来那种俯瞰市场的王者气度，但公司内部已逐渐形成一种共识——高端形象非茅子莫属。摆上桌的酒都是茅子，该打的圈一直都在轮着，该敬的酒也都没停，大家心思明显都不在聚餐上，只是敷衍地吃上几口就兴致勃勃地搭起话来，聊天的主题都是"我的股票又涨停了"。阿海也是一样，吃饭的时候都堂而皇之地把手机放在桌上，满眼的红色让人心情舒畅，饭也能多吃两口，偶尔有电话进来都随手摁掉，这会儿接电话免得坏了红色的心情。

按惯例开了年后，阿海们又开始了满世界找业务的行程，他们的头等舱机票其实也不太贵，国内的航线经常有特价票，而头等舱的服务让人非常愉快。机场安检口和登机口经常排着让人印象深刻的长队，而阿海可以非常悠闲地在头等舱登机口优先登机，不用在漫长的等待中被折腾得筋疲力尽。找到座位后拿上一小碟小吃，一杯香槟，听着空姐悦耳的声音介绍航程的相关安排，然后看着后面的旅客满头大汗地从身边走过，一种尊贵的感觉油然而生。

这个时候的业务，一般都是来自房地产开发企业，对于传统的银信合作业务，阿海一般都是一个季度定期商务往来，增进交流，有业务需求的时候一揽子谈个打包价，一般的零星业务已经不太想去承揽了。房地产开发市场还在不断冒出新客户，老客户也在不断成长，迅猛的一年翻个两三倍销售额的企业也不少见，所以阿海们还是要花一大半的时间去市场上营销，不像后来，市场稳定了，客户稳定了，阿海们就只需要定期去走走，平时打电话就好了。往年都是房地产客户找过来要借钱去买地，今年也来了不少私募企业来借钱要去买股票，也就是所谓的股票配资业务。这类业务在市场中存在时间其实很长，只是因为收费标准不高，所以一直和公司的文化不匹配，就没有能靠这份手艺活下来的团队。

股票配资一是钱少，二是事多，顶多收个手续费，哪有房地产业务赚得多，而且事前事中特别啰唆，一个人盯不了几单业务，这不是摆明了捡芝麻丢西瓜嘛！但今年不一样，公司领导特别重视，过了年后专门降低了准入门槛，甚至还专门指定了一个部门对接某一家此类业务量做得大的银行，流程也进行了简化，业务规模就像吹气球一样膨胀了起来。阿海都觉得有些纳闷，可惜业务做得多的兄弟们都不说实话，一去问就老老实实地说我水平差啊，做不来房地产那么"高精尖"的业务啊，只好做些歪瓜裂枣算了，勉强糊个口嘛，哪比你海总高富帅气场爆棚，气得阿海单也不买直接下了桌子。

渐渐地，也有一些扣人心弦的消息传到了阿海的耳朵里。老领导一次吃饭的时候，不经意地提到某一位同事重仓某只股票，满仓押进加上融资配资，最高峰时市值将近达七千万元。而另外也有同事附和着提起，别的部门一些同事，通过公司操作的伞形信托配资炒股，按照1∶10的杠杆率配资，短短两个月盈利就超过500%。说者无意，阿海听者有心，口水都快流了一地，回到家中很想也大干一场，连带着出去找业务的心情都淡了不少，偶尔也会抽着根烟，跷着二郎腿对着兄弟们说，我这分分钟几十万上下身价的人，东奔西跑的是不是也有点掉价。当然电话响起的时候，还是很迅速地弯下点腰，嗯嗯嗯嗯地满脸堆笑。过了两个月，还是这一帮同事，吃饭的时候聊起来，那帮杠杆炒股的兄弟们在第一波狂跌的浪潮里遭遇了巨额亏损，那种心有余悸，让阿海也深受影响，可惜没有及时下决心清盘，导致最后阿海也是体会了一回"纸上富贵"的虚幻。

大概是在5月的时候，公司召开了经营分析会，在总部37楼的大会议室里，正中端坐着公司实际控制人隆主席。总裁、副总裁分列两旁。隆主席是公司的第一任董事长，卸任后专任公司的党委书记。公司发家的地方是天府德阳，最开始其实是做化工起家，后来逐步切入到矿山及有色金属冶炼，之后又并购了一家全国最大的铅锌矿，十几年前就将自己控股的企业推上了市，目前整个集团形成了六个板块，管理资产6000亿元，公司员工一共有好几万人。隆主席就是公司的天，为人极度自信，对内说一不二，经常别人给他说个事，话还没说完他就直接拍板了，然后其余与会人员都是一脸茫然。后来大家都学乖了，一旦有个事情提上了议程，有利益相关的一定要早说话，没想清楚说啥不重要，先把话头递出去，边说边想，也许说着说着，思路就清晰了呢。如果老板先把板拍了，你后面再想调整，要费的功夫可就大了去了。

隆主席虽已六十多岁，但精力超级充沛，来公司几乎每次都得叫上一些高管开会，一开就开到半夜，但即便如此开完会后他仍然声音洪亮。他对自己关心的事情经常一抓到底，比如有些合同他会一个字一个字地反复推敲，一个字一个字地改，而且改完了以后谁也不准动。只是向下传达的时候经常会通过他信任的常年法律顾问来执行，阿海有幸接到过常年法律顾问的电话，也在机场偶遇时一起喝了几杯咖啡。常年法律顾问身形略有些走样，但说话很有水平，对所传达信息的尺度把握得非常精准。隆主席也非常有毅力，六十多岁的时候说戒烟就戒烟，一点儿都不含糊，在公司早期开会的时候，因为公司抽烟的人极多，整个会议室云雾缭绕，办公室开抽风机都没用，为此一些女领导痛苦不堪，还得表现得甘之如饴，殊为不易。直到隆主席戒烟后，办公室抽烟的情形马上就好了很多，除了几个核心领导实在忍不住了会曝两口外，其他人都自觉地不再在公共场所抽烟，会议室的空气顿时清新了不少。

隆主席非常讲信用，大会小会上，他一直对所有公司成员强调，在公司里一定要讲信用，特别是对所有委托人的资金，必须无条件地保证本金和收益的兑付，任何情况下都不能打折扣。所以公司开业以来不管遇到什么情况，产品的兑付是一直得到保证的，当然最后的事情已经超出了人们的控制能力，这些放到最后来聊。在公司内部并不常见到隆主席，但隆主席的影响力无处不在，他的名字仿佛富含一种魔力，如果某些同事在一单业务的推进中，在私下私语时不小心提到了这个名字，那这单业务的效率肯定会高得令人难以置信。随着五山信托日渐步入正轨，公司内部其他高管发言的欲望日渐降低。渐渐地，大家都明白了，五山信托只有一个声音，你只可以选择服从，或者笑容满面很高兴地服从。

总裁介绍完公司的经营状况和下一步工作规划后，又宣布了一个重要决定：公司的 3% 收费制度由房地产业务扩展到所有主动管理业务。这就意味着股票质押业务也要收取 3%，政府平台业务也要收取 3%。证券配资业务暂时还不受这一条管控。这里的 3%，按照固定收益业务的行规，一般也称为 300BP。听到这儿的时候阿海晃了晃脑袋，严重怀疑刚刚自己是不是出现了耳鸣，环顾四周，和他一样眼睛瞪成了铜铃的同事们比比皆是，整个公司的人似乎都傻眼了。

　　信托业虽然主要和银行一样，核心靠的是赚利差，但它比银行要更直接一些，阿海是会直接把利差挂在嘴边的。上面所说的 3%，指的是信托报酬，也就是信托公司所收取的净收入，其他那些受益人收益、税费乃至销售费用，他们这些从业人员都是不关心的，虽然这些费用分配的优先级要高于信托公司的收费，但信托公司内部只提公司收到的钱。看上去虽然并不多，但因为信托公司基本不计提风险拨备[①]，加上行业承受的资金成本（包括委托人收益、销售费用及相关税费等）都在 10%以上，再加上 3% 的收入，就显得非常之高了。当然，公司里也有一种说法，如果业务团队愿意用自己的绩效费用去承担公司应收的报酬部分的话，信托报酬的收费比例就可以相应下降。公司这一举措引发了业务人员的欢欣鼓舞，还真有人按 2.5%，甚至 2.2% 去接政府平台生意，当然很可惜的就是第二年那支队伍就从公司消失了。据说是年终奖核算时，这支团队还欠了公司一些钱。阿海还专门请了一顿饭，对兄弟们表示了诚挚的安慰。

　　这会信托业务在市场中还笼罩着一层神秘的面纱，除了与业务有关

---

① 这是一句银行业的术语，指的是银行要对自己业务的风险状况进行分析，估算未来可能的风险及损失水平，然后在银行的净资产中核算相应的风险及损失金额，以作为风险释放时的缓释措施，这样能够保证银行在出现风险的时候有吸收风险的能力，能在发生风险的时候平滑业绩的波动。不计提风险拨备的金融机构，在发生风险的时候，就会出现一次性的大额损失计提，轻则业绩波动，重则一次性破产。

的人员，不相干的人都搞不清楚信托到底是干吗的。朋友们基本都认为阿海是专业炒股，兼职卖理财的。阿海自己则会开玩笑说他是放高息借贷的，虽然和朋友聊天时，也会像华尔街的精英一样去开发口头的高科技投资策略与交易策略，但回到现实中还是要打磨放贷的手艺。阿海一直没太搞明白的就是，公司是真的觉得主营高息借贷是很高尚的事，就应该挑着客户给别人赏饭吃，凡是不接受我五山信托条件的客户，都属于不入流的。

在某天的牌桌上，公司领导惬意地抽着烟，在弹着烟灰的当口，对着阿海汇报市场主流客户融资成本的情况时，不经意地随口说道，我五山信托就那么大房地产业务规模，昨天那个谁谁谁，18 个点跟我谈，我都还没答应，阿海你不要把公司的标准搞低了哦！对公司，对自己都要有信心，市场不是这个样子的，要大胆谈，现在不是钱多，是客户需求大，不充分谈出来效益，公司的利益怎么保障。阿海别的先不管，赶紧先点两个炮！只是这眼见的结果，是客户群体信用等级的逐渐下移，当然这个都不重要。

在阿海及其同事的努力工作之下，300BP 收费制度作为五山信托扬名立万的核心文化代表，早已传遍了整个行业。基本上每次去客户那儿喝茶，寒暄几句，递上名片后，看看对方眼神，确定是江湖中的老鸟，阿海一般都会就着 3% 开几句玩笑，然后凭着多年的摸爬滚打和死缠烂打，掏掏对方的家底，有合适的生意，阿海就以迅雷不及掩耳之势直取要害，要不就打几句哈哈，只约回见。

但这回股票质押和政府平台的业务都要实行 3% 制度，影响范围进一步扩大。要知道这两样业务是最为标准化的，基本上没有多少给阿海展现手艺的空间，不折不扣的一分钱一分货。1% 以内的都是主流客户，大家都在做生意，你来我往的都很平等。如果没有长期的合作关系，朋友再怎么熟，也只能等着夹缝里的机会勉强做个一两笔。2% 以上的那都是市场上出了名的老大难，比如市场上有一批网红股票，凡是做过几年业务的都耳熟能详，那都是能给出 3% 的大户，只是现在回头看，人家没能力还本金而已。对于政府平台业务，1.5% 以内也属正常，超出的基本就是大家都知道的一些区域或者一些老少边穷地区的县级平台、区级平台等。用行内话说就是一分钱一分货，要提高收益就要相应降低风险标准，生意也不是没得做。只是快到期的时候兄弟们就比较痛苦了，一般都得提前半年做好预案，天天在佛庙里磕头磕得震天响，求神仙拜太岁，感觉回到了大学写论文的痛苦时光。

3% 的收入水平高不高，单看这个数字，肯定是不算高的，银行收取的利差可远远不止这个数，但加到总成本里边可就两说了，银行加完自己想收的，总成本也就 7% 左右，信托不加自己想收的，成本就已经到了 10% 了。就阿海的理解，也只能道一句："元芳，你怎么看？"

制度既然制定了，那就是要执行的。阿海也多多少少知道点公司出台这个制度的初衷，更是不敢去问，只希望兄弟们个高的哪天心情不好能代表大家出个头去公司闯一闯，其余时候还是躲在自己办公室里边和兄弟们喝茶边摆龙门阵。5 月的时候，300BP 的业务仍然如火如茶，大家都不觉得这是个事，虽然政府平台似乎还找不到切入点，但房地产业务可以照做的，作为一个业务团队，一年能有一到两单房地产业务落地，不但全年平安，甚至就能拿钱拿到手软。证券配资业务只要资金能及时到位，也有客户能接受 300BP 的要求，虽然相当部分配资客户在流失，但也架不住不断奔跑入市的新人们积极涌入，业务规模还在水涨船高。阿海自己也按捺不住。股票天天都在涨，每天收盘的时候打开交易软件，市值就增加了几十万元，不过问题是身边的同事还有偷偷跟他说增加了几百万元的，阿海顿时就觉得自己人生很失败。融资融券的账户是早就已经开好了的，只是阿海性格比较谨慎，一直没有操作而已。

　　但在这个月，阿海是真的忍不住了，因为上证指数现在已经有五千多点了，股评家们已经呼吁一万点好一段时间了，阿海们操作的证券投资业务市值都快一千亿元了；和客户交流，对方压根儿不在意他们要收多少个点的手续费，只要阿海能承诺资金按时到账，客户就能告诉阿海需要多少规模的资金。阿海公司的客户都是一样的坚定眼神在唱多，每个客户对每个板块都能滔滔不绝地谈上半天，归纳总结一下，核心观点都是还能翻倍，最后都还能悄悄给阿海说几只股票，悄悄说他有消息，马上就翻倍，看你兄弟人长得老实，看着挺靠谱，大家一起发财。阿海记得有两次都坐在电脑前，打算融资买股，每次都是在电脑前一坐一下午，犹豫了半天都下不了决心，最后还是为求稳妥放弃了，心里想着：钱少赚点也认了吧！好歹有得赚就行了。

时间不可逆转地来到了 2015 年 6 月，这个月真的是如噩梦一般不堪回首，每次回想阿海都是满脸痛苦。

6 月中旬，上证指数开始回落，最开始的两天，谁都没有把这个小小的预警当回事儿，都觉得不过是个小动荡罢了，而业务群里边虽有极个别的声音说要减仓，但事实证明谁都没有真正想跑，毕竟大 V 们一直在倡导价值投资，好不容易以前挣了这么多，这价值才刚刚露头好吧，谁都不想轻易放手，再过个几天肯定就再创新高了。有个同事 4 月份就清仓了，第二年阿海问他业绩如何，他也只是摇摇头说后来又进去了，还是和大家没啥差别。

虽然股票配资业务消失了，但定增配资业务反而异军突起，椰岛航空集团下属的多家上市公司定增融资需求一直在市场上飘着，公司好几个团队都在积极跟进，后来都顺利入主。股票质押业务进展顺利，公司已成功与多家上市公司股东达成合作。这类业务都是固定信托报酬加浮动信托报酬的报价方案，也就是除了固定要收 300BP 的收入外，如果项目到期的时候，股价超出了融资时的价格，超出部分的 10%~40% 不等的比例还将被确认为信托公司的浮动收入。

这个时候阿海公司的证券投资类业务规模已达到一千亿元，整个市场规模据称达几万亿元。6 月、7 月、8 月、9 月，每个月股票市场都有暴跌。6 月就有客户爆仓，但大多数客户都还备有余粮，公司业务总体的补仓情况都还比较理想，客户还基本能按合同的约定把钱打进去。7 月开始就拖了，都是逼得公司发最后通牒才挤一点钱过来。8月进入大规模爆仓的阶段，客户也普遍开始装死拖延，业内也听说过有些客户坐在同行领导办公室门口，威胁说你要敢平仓我就跳下去。公司开始逐日通报产品净值，业务团队开始上门给资金方一家一家地商量解决办法，频繁抓住各种时机、利用各种场合召开会议。

还好资金基本都是金融机构提供的，这个场合大家都知道要同舟共济，终于挺到了股票市场大幅反弹的那一天，大部分的兄弟，不贪心的都成功解套，然后赶紧跑路。剩下来没挨过去的几十个亿业务都面临各种麻烦，有客户来公司闹事要赔偿的，有打官司告公司的，有到处写信投诉的，影响颇为深远。

从此乌云开始笼罩天空，不仅仅是业务上的，更多的是沉甸甸地压在了心上。

2015年6月开始的市场崩塌，彻底颠覆了整个证券市场的生态，装死的策略这一次不再有效，阿海看着公司的一些客户从装死熬到临死挣扎，再到彻底没了声息，看到他们的办公室从CBD的写字楼搬到小区的公寓房又搬到偏僻的角落，有些实在撑不下去了的甚至清算解散，隐隐也对公司的股票质押业务产生了一丝的不安全感。

差不多就是从这一年开始，阿海感觉金融业的美好生活似乎开始发生了重大变化，从证券市场到房地产市场，再到债券市场乃至各种交易所市场，慢慢地大家的日子都开始越来越难过。钱越来越难找，能做的生意自然就变少了。而更重要的是，客户似乎都在慢慢地消失，有的是突然还不了钱，有的是慢慢收缩了业务线，也不谈生意了。阿海们只感觉市场空间越来越小，利润也越来越难搞，公司的氛围也逐渐笼罩着灰色的雾气，视野都受到影响，越来越朦胧，看不清楚。走进公司大楼，心情便越来越沉重。只有 300BP 的收费制度，横亘在公司文化的第一条，犹如灰色的钢印一般，牢牢地烙在了每一个员工的心上。

隆主席永远都是信心满满，当然，老板眼中的世界肯定是和阿海们眼中的不同的，后来隆主席的好朋友唐老板也很低调地来过两次蓉城，据说在公司边上喝了几杯茶。业内几位颇具影响力的人物的名字也隐隐约约地在公司被人提起，这些，阿海相信都和 300BP 没有关系。

公司边上的尚美轩，2018 年的时候，很低调地关了门。阿海一直都觉得遗憾，这家店装修得很有情调；口味也把握得很合适，对常规川菜的厚油进行了一定的改良；服务又好，任何时候一个电话定位子，一定从入门的地方就开始有专人迎接，一口一个海总，只让阿海觉得倍儿有面子。只是在它关了门后，阿海才忽然发现似乎连自己，也很久没有去过了。而当年入行时的梦想，伴随着多年来展业过程中的心路历程，如一个七色光般变幻的泡沫，虽然升腾浮沉，却早已逝去，无法回首。

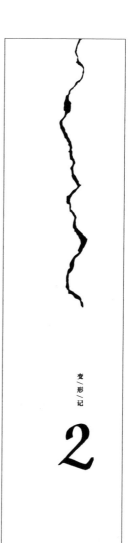

变\形\记

2

白色的开端

(1)

阿海本名熊海，长得不高也不帅，属于丢在人群中一点不显眼的那类，但是从小极爱读《隋唐英雄传》的书，自诩隋唐好汉熊阔海的兄弟，硬顶着被旁人小海小海地从小叫到大的郁闷，在大学成功将自己的称呼升格为了阿海，听起来还是时尚了不少。为了配得上好汉的称号，大学期间还撸了很长一段时间的铁，虽然效果不佳，但还是给自己留下了一个爱运动的好习惯。

阿海毕业于一所 985 高校，读研前工作过两年，后来不知道哪根筋搭错了，又花了三年时间深造，毕业后首先进入了商业银行的一家分支机构，一直在授信审批部门埋头苦干。估计是因为干活还算麻利，鬼点子也不少，获得了在总行借调一年的机会，其间见缝插针地参与了内部评级法工程项目小组。回想起来，内部评级法工程项目小组工作的经历非常难得，对阿海加深对金融业的理解起到了很大的作用。

银行的核心业务就是在存贷款之间赚价差，存款是一定要还的，而贷款却肯定会出现坏账，就是贷款人还不上钱了，这种现象被称为风险。银行最大的挑战，就是对风险的管理，需要准确地识别坏账的头寸[1]，并且把这个金额体现在贷款的报价中。内部评级法就是对银行的贷款客户进行风险评级，衡量坏账率和损失率，最终计算出银行的风险报价。这里的风险有很多表现方式，但不管哪种风险，都意味着每笔操作的业务，除了明面上的资金成本和各项费用之外，还有一笔看不到的风险成本，算不算得准另说，但首先你要认识到这笔成本是存在的，如果你忽视了它，银行一旦上了规模，风险一暴露，就马上变成现在随处可见的爆雷。

老领导对阿海在银行的进步颇有提携，阿海也一直很感恩。老领导离开商业银行后，在银行界历练了几年，在五山信托重新开业时就任高管，百废待兴之际，他想到了阿海。

那天接完老领导的电话，阿海心里其实已经有点冲动了，赶紧上网了解了一些五山信托的资料。五山信托是在 2010 年 11 月重新开业的。在 20 世纪 90 年代的金融行业整顿中，原来的五山省信托投资公司、五山省建设信托投资公司都因为经营不善，被要求停业整顿。而在 21 世纪之初，这几家公司还处在重整的过程中时，股东集团的隆主席慧眼识资产，便积极参与。历经多年上下公关，最终在全新引入的投资者股东的主导下，以置入部分优质资产、剥离全部不良资产的重组方案获得各方认同。重生的五山信托有限公司于 2010 年正式开业，这当口正是大肆招兵买马、全国开疆拓土的时候，不经意间，一股洪流把阿海平静的

---

[1] 指银行、钱庄等所拥有的款项，金融术语。

生活带向了另外一个方向。

第二天老领导把他叫到一家咖啡馆里，寒暄几句后，递给他一份文件，"你就看看给你看的这一页，后面的不要翻。"领导交代了一句。后面的阿海也确实没看，当面的这一页说明了公司的考核政策，白纸黑字地写着"业务团队的绩效计提比例为 30%"。老领导补了一句"这是整个部门的提成比例，我可以给你 20%"。后来说了什么阿海都不记得了，只记得一股热血涌上心头，阿海拼命压抑情绪，低下头暗暗算账，如果阿海干出来一个亿，就可以提两千万元，多少个零啊！他的心中笑开了花，恨不得大吼一句来表达兴奋。而且事实证明，阿海还真有能力干到不止一个亿。

当然后面那一页，阿海没多久也知道了，那是五山信托最著名的"连坐"政策，也就是一个部门只要有一个人出了风险，所有的人都要参与"连坐"，连着被扣钱。而阿海的暴富梦，就是被"连坐"制度给硬生生搞瘸了一条腿。这个世界上，也许真的存在一个天花板，除了极少数命运眷顾的天选之子外，其他人不论你多努力，都会在这看不到的天花板前碰得头破血流，就是看到了也没什么办法。

干了！虽然还是不可避免地和老领导打了好几个回合的拉锯战，但阿海在这一瞬间已经下了决心，就拼一把吧！

五山信托的总部大楼矗立于蓉城市中心，紧邻着天府广场，属于极度难得的黄金地段，当然了，房价也贵得吓人。在一片喧嚣的商业综合体之间，你远远便能看见这幢高耸的绿色建筑。而顶部那醒目的 logo 广告牌仿佛在提醒着你："欢迎来到我的地盘。"开业之时，恰逢蓉城天府广场商圈的兴旺顶点，公司大楼的一二层都是奢侈品专卖店，装修豪华，人潮汹涌，熙熙攘攘的，热闹极了。而远东百货、太平洋百货则近在咫尺，锦江宾馆、岷山饭店等好几家四五星级酒店也都环绕周围，府南河更是玉带围腰，一派富贵景象。其时总部大楼刚建成不久，簇新时尚，楼高 37 层，高低层电梯分设，快速直达，非常便利，可谓是办公的好地方。只是边上几座烂尾楼的存在比较煞风景，辖区政府其实也很想将这一区域改造得更紧跟时代一些，可惜多番努力后也只成功完成了一幢建筑的工程，也就是后来赫赫有名的兰博基尼大厦，其余的烂尾楼还是顽强地矗立在这里，给后来者的心里投影下那么一丝丝的凉意。

开业最初的时候五山信托公司注册资本差不多是 20 亿元，这笔钱在当时算不上很多，大致是一家中型信托公司的标配，离自己成家立业的雄心还有相当的距离。但是开业之时公司的资产非常优良，拥有着蓉城市中心的核心物业，名下也有一家控股的证券公司，甚至连带着隆主席自己控制的一家上市公司也被划在了整个集团的名单内，这为老板的资产版图增色不少。尤其难得的是公司名称带有省份名称，阿海也因此被亲戚误认为在一家国有的信托公司工作，经常希望他能给自家孩子也介绍个职位，真是给阿海增添了不少幸福的烦恼，这也说明了老板的政府资源还是非常丰厚的。

展业之初，五山信托在大厦的所占用营业面积并不算大。楼高 37 层，顶层用作公司会议室，其余成员只占据了 6 层楼，后来随着信托业务的逐步扩大，人员日渐增多，办公面积逐步扩展到了整座大楼的小一半面积。而且其余面积的出租也非常火爆，每天上班高峰期在电梯口排队的人流一直延伸到门外，人声鼎沸之际，一些推销人员每天从排队人群开始扫楼，效率颇高。一二楼的奢侈品店服务员还时不时到物业管理处去投诉，说人流太多影响他们生意。物业人员虽然心里并不认同，但还是嘴巴不停打哈哈，充分展示和得一手好稀泥的手艺后，这种局面就一直持续了下来。

过了差不多半个月，老领导通知阿海，五山信托的时任总裁想见见他，也算是一次面试。接电话的时候，阿海已经小心地躲开周围的人群，反馈的语气又刻意地降低了几分，在老领导一再给他打包票之后，阿海心中虽免不了有些惴惴不安，但已忍不住开始脑补入职后工作的规划。

半个月后的一天上午，阿海依约来到9楼的总裁办公室。9楼属于高管办公区，这个区域没有像其他国有金融机构一样设置好几重的严格门禁和高素质的专职秘书，让人不至于太过紧张。总裁办公室有四五十平方米的面积，屋内装修得中规中矩；中间以屏风隔成两个区域，外边放置了一个中型的会议桌椅，便于领导召集会议。里边放置了一套红木的沙发和办公桌，靠墙的书柜里边放满了总裁与各级领导的合影，凸显了总裁在行业内非凡的人脉。总裁姓骏，是五山信托二股东央企信托派过来公司的，原任央企信托副总经理。骏总是来自上海的东北人，虽然一直在国有信托公司任职，可能是因为一直在各地调动的原因，身上少见地带有浓重的江湖色彩。在骏总的带领下，五山信托开业不久便迅速成长，一度成为行业内领先的信托公司。

两人初次见面，阿海突然见到总裁办公室里坐着一个五大三粗的汉子时，还是颇被震慑了一下。这就是业内大名鼎鼎的骏总。之后的几年内，骏总除了推动业务，就是喜欢打高尔夫球，只是水平不太稳定，听和骏总一起打过球的领导们很委婉地提到过，骏总的球经常乱跑。后来骏总也曾一度喜欢上了太极，每天早晚都会练半个小时的拳，也很是求教了几位大师，但这个爱好不太适合人多的场合，所以骏总也不太提到。骏总很爱热闹，喜欢喝酒，经常叫上一帮人一起吃饭，酒喝得嗨起来直接拎着壶冲，那气势颇有震撼力，阿海曾数次为之目瞪口呆。但骏总谈起业务那是绝不含糊，颇为雷厉风行，直接在相关业务资料上签署大名的事没少干，整个公司业务团队都为此受益良多，所以他在公司里威望很高。

"小伙子不错，长得很有排场，之前干过信托没有？"这次见面时信托还没有后来如雷贯耳的名声，正值对人才如饥似渴的时节，因此骏总也有意营造一个良好的氛围，让阿海比较放松。

"这两年信托投资业务发展得比较快，我们批过几笔，主要是行内客户的融资类，那笔100亿的平台就是我批的。"聊到业务的结合点，阿海就有些信心了，这两年信托业务蓬勃发展，已经产生了规模巨大的示范性业务，背后的原因虽然很复杂，但毕竟还是需要依法合规，具体经手人还是得很了解业务细节才行。

听到那笔业务，骏总点了点头，"你打算怎么搞？"信托这行业短平快，语言也直接，不像银行，措辞很讲究，比如展业、拓户、精细化经营、垂直化发展。信托"搞""弄"不离口，快落地是第一要务，经常看到信托经理在年尾最后两周守在总部狂催一堆业务，季末、年末最后一天放款那是常规操作。因为考核发钱是过时不候的。如果你和信托经理聊了两次还没有实质性业务，后面他的电话就不好打通了。

"不知道咱五山信托现在有哪些银行给了准入？我想还是先做些通道业务，还有收费水平有什么限制吗？"回答这句时阿海还是费过一番心思的，老领导已经先跑过一轮了，业务也已经开了张，交代过老东家的准入马上就能下来，先谈通道入巷，再说其他，毕竟五山信托现在还没有成熟的资金渠道，主动业务你吹得太过了也搞不定。

"主要银行的准入马上就下来了，公司已经安排了专人在对接，建筑银行已经落地了两百亿。不过你还是先回老东家做做工作，现在北京部已经储备了不少业务，搞不好一开张规模就会涨得很快，费率现在随行就市，跟着同业一起收就是了。"骏总说话一贯直截了当，"兄弟，我们有两个优势，别人没得比的，一个我们新开张，监管是很支持的，业务规模没有限制，你去了解了解，同业基本都被限制了，通道业务基本随便我们挑的。另外，奖励政策，老板很大气，给了我们最大的力度，直接对标的标杆公司中荣，具体你可以跟你领导了解一下，我是要求直接计算并且发到信托经理个人，中间不能打折扣。"

阿海虽眼睛有点发红，喉咙发干，但还是勉强干巴巴地说："首先是开张，其他的只要是跟着骏总干，肯定没问题的！"

骏总除了喝酒时，是不抽烟的，这天估计是看着阿海还顺眼，就接了阿海递过来的烟，点上后说："一开始不要想太多，就盯住一家机构开张，开张了就好好琢磨把量堆上去，第一年不要想太多，地产客户可以先聊着，但第一年财富还没起来，估计没什么机会，不要花太多时间。我看你的能力和经验应该是适合的，就别犹豫，这两年是最好发财的时候。"

最后这句话直接打到阿海的最心底了，要不是想发财，谁愿意在外面折腾。临走时，骏总特地对阿海强调了一句："我相信你，你也要相信自己。"回想起来，这句话对阿海这小年轻的作用，不啻天雷勾动地火。阿海兴奋得连夜查了半宿的信托业相关资料。

信心倍增的阿海，在老东家拿过年终奖后便提了离职。部门总经理平日里也很器重阿海，但了解到是老领导给的机会后，特意和阿海聊了聊，说如果是去别的银行，他少不得要挽留一下，而且也真心建议不要去，别的银行不可能有商业银行好，别看那些银行要挖你的时候，许诺一堆东西，一方面他们做不到，另一方面你也习惯不了。但这个机会应该不错，就不耽误阿海出去赚钱了。说得阿海一阵眼热，差点哭了出来。

短短十几天就办妥了离职手续，临走时兄弟们都拍着他的肩膀叮嘱说，发达了记得多关照下老兄弟们。阿海感动不已，浑然忘了此行还是一片茫然，似乎已经功成名就衣锦还乡，只是走出办公楼的一瞬，才发现连请自己吃顿"分手饭"的人都没有，恍惚中才觉得刚才的一幕应该没有发生过。阿海所在审批部属于行内的核心实权部门，平日就是被人当神供起来的状态，更何况阿海还是总行挂了号的专家，更是有前途的靓仔。收入虽然还不错，但离阿海定义的财富自由还是有不短的距离，如果就在这个岗位上做下去，财富自由的机会也不是没有，但更需要耗费心力去把握机遇与风险的边界。想来想去，还不如借着这个机会拼一把，毕竟还有个领导关照，成了就单车变摩托，不成，那就只能再想办法。

我国银行目前的主业还是赚存贷款的利差，国外相当部分银行的主业已经是赚投资收益，最重要的是国债的收益和存款的利差，还有些日本的信托银行，卖了信托计划出去，拿了钱回来又存给别的投资银行，自己就倒一套手，也是吃牌照的利息。所以国外存款基本不给利息，甚至还要收账户管理费。因为国外已经过了大规模投资的阶段，贷款需求很少了，一些大客户的固定融资需求，都是通过发债来解决，基本不需要找银行贷款。我国债券监管严格，贷款需求强烈，因此阿海平日的工作别提多好过，除了要自己写写报告，如果想偷懒的话，报告都可以让基层行的同志来帮写，如果是总行的领导，那是连报告都不写的，只是改改。出差的时候，啥都不用操心，只要做好计划去那里看看就行了。也曾经有同事误把平台当能力，找客户开口要钱，然后就被人举报，迅速悲剧了。阿海本质上还是一个不安全感比较强的人，舒服太久了，心里还是不踏实，万一哪天这么舒服的日子没了，自己的小日子不就过不下去了嘛，潜意识里也想趁着还年轻，把平台的机会和自己的实力更好地结合起来，这样才能真正地形成自己的竞争力，不用看平台或者别人的脸色，这样才是真正的安全感。

上年底信托全行业的业务总规模差不多是 2.87 万亿元，不过当时这个数字还和阿海没什么关系。阿海上网查了一下，三年前全行业才 7000 多亿元，就这么三年已经翻了两番。他在心里暗暗嘀咕：自己是不是来晚了些？当然事实证明，五山信托的开业时机远比阿海的入行时机关键太多。五山信托开业的时间恰到好处，行业刚经历一轮快速扩张，规模翻了两番，头部信托公司已经开始限制规模，不少银行则转而开始关注五山信托这家新公司，毕竟通道业务不挑主体资质，有规模就行，这才给了新公司巨大的发展空间。否则，一家评级经验啥都没有的新公司，正常情况下很难获得同业机构业务合作准入，更遑论快速扩张。准入审核这个动作是每家机构风险管理的基本动作，和个人关系、能力没啥关系。比如商业银行，作为一家零售理财业务遥遥领先的银行，就从头至尾没有给五山信托准入，领导到处找人最终还是没辙。而五山信托能完成同业准入，阿海才有适应、提高并且搞定一单一单业务的机会。即使阿海更早来到五山信托，他也只能干瞪眼。更何况他的专业并不是信托，虽然上手算是比较快，但也花了将近两年的时间才彻底转型，并且在后来的十年间得以不断地加深对信托的理解。如果早来几年，说不定反而会坏了事儿。当然，阿海刚好在五山信托开业的当年就来到公司，这就是他的幸运，因为这时候的五山信托一穷二白，公司政策对业务人员非常倾斜，执行得好、不走样，更重要的是，五山信托还没有不良资产，等两年后，风险逐渐显现，"连坐"制度开始发威，后面来的兄弟都是听着前辈的造富神话，然后被"连坐"制度扣得无语凝噎，气急败坏，也基本上没赚到什么钱。

阿海来五山信托的这个时点，行业已经开始分化了。用业内人士的话说，信托公司这会已经可以划分为市场化运作的信托和非市场化运作的信托。市场化运作的信托指的是一切业务运行的环节都按照市场化定价的原则来运行。以阿海为例，如果他做成了一单业务，那么业务收入对应的绩效费用计提比例马上就可以按照固定比例算出来，然后会按照业务团队中每个人的计提比例算到人头上，直接发放。如果业务拓展过程中有其他部门提供过帮助，比如财富管理部帮忙募集过资金，那么阿海要从产品收入中直接支付募集费用，如果还向资金运营部寻求过资金过桥①的帮助，那么这个部门会直接切割一部分阿海的收入，有时候募集不畅导致过桥资金长期被占用，这会导致阿海入不敷出，还欠资金运营部的钱。每一笔业务都需要给风险部支付固定收入比例作为他们的运营费用。如果开展证券投资业务，需要使用公司开发的资产管理系统，那么业务部门需要给交易室支付固定收入比例的运营成本。在这种市场化运营模式下，公司各个部门之间都是交易对象，对外似乎是一个整体，但其实市场化交易的原则贯穿了公司各个组织机构间的协作过程。好处很明显，激励非常到位，一笔业务落地，大家马上分钱，买车买房，所以公司的业务拓展非常有力，所有人都围绕着业务拓展发力，业务不能落地就没有收入，所有人要喝西北风，凡是提意见拦着不让干业务的都是敌人。坏处也很明显，公司认准了一个方向基本没有掉头的可能，只会一直踩油门。一旦出现风险项目，因为处置风险没有收入，不符合市场交易原则，也没有任何人会因为处置风险而得益，所以没有人有动力去处置风险，导致风险项目会被很好

---

① 指的是资金垫款，也就是在外部募集资金到位之前，先由资金运营部提供资金成立信托计划并完成对外放款，后续再开放信托计划募集，以募集的资金置换资金运营部的资金。

地掩盖起来，直到盖不住了为止，而往往这个时候风险已经足以造成很严重的后果。

到底新华信托和中融信托，哪家是第一个采用市场化的运作模式，已经说不清了，但是公认这两家是最早采用市场化运作的信托公司，这两家也保持非常快的增长速度，在阿海初到信托的这几年，这两家公司的收入几乎年年都保持着超过 50% 的增长速度。后来也有相当一部分信托公司模仿了它们这种市场化运作模式，在市场上闯出了一些名头，包括五山信托，还有一些有央企背景的信托公司。

非市场化运作模式的信托公司则保持着整个公司一盘棋的运作，每年领导班子定任务，定绩效费用盘子，年初做预算，年底做决算。领导班子定战略，中层干部带领业务团队完成任务，年底再由领导班子打分定绩效。这样的好处是稳健，公司战略的制定及执行会比较缓慢，当市场发生变化时也容易进行适应性调整，出现风险也能及时处置并掉头，基本不会发生导致公司陷入万劫不复境地的错误。不利的地方就是公司发展会比较缓慢，对公司股东的支持力度会比较依赖。

对从业人员而言，肯定更愿意在市场化运作的信托公司工作，毕竟个人更容易实现财富自由的梦想，前提是不犯错。对于非市场化运作的信托公司员工而言，干多干少差不多，所以慢慢留下来的都是些关系户，有想法、有能力的从业人员逐渐流失了。

现在回想起来，阿海的职业路径还是比较正确的。所谓人为财死，鸟为食亡，仅仅因为老板许下的巨额利益就闭着眼睛猛打猛冲，是一个非常危险的行为。值得庆幸的是，阿海的第一份工作是在银行，而且还是在一家国有大银行，那一段经历使他对金融业的风险控制有相对全面的认识，懂得了规矩，能在巨大利益面前抵抗住诱惑，能沉下心来多想一想，不至于因一时冲动而倾家荡产。这些也是阿海在行业的巨大变动中生存的基础。由此引申出的，是做事不能贪心，不能乱伸手介入不该介入的事，知道什么事务该碰、什么不该碰。

(2)

信托是什么？这么一个拗口的名字，非业内人士，很难将其联想到一家正规的金融机构，和银行、证券怎么感觉那么不搭界呢？

阿海刚到信托，和老领导聊业务该怎么搞，老领导这会其实也不太懂，就叮嘱阿海回老东家去搞搞通道业务，房地产业务先不要弄，先解决了吃饭生存的问题，再去做房地产。

信托是一个舶来品，但它也和其他所有的舶来品一样，再后来就逐渐演变成了一个极具中国特色的金融机构。将"信托"拆成两个字，分别是"信"和"托"，"信"指的是信任，"托"指的是委托，那么顾名思义，"信托"就是信任委托。说得再具体一点呢，信托是一种委托人把财产委托给受托人，由受托人按委托人的意愿以受托人的名义，为受益人的利益或特定目的，进行管理和处分财产的行为。

十年前，基本上没啥人知道什么叫信托，信托的起源，确实是委托人基于对受托人专业能力、道德品行的信任，将自己的财产托付给受托人进行管理。之所以在国外会产生这一类金融机构，直接原因是基于避税和集中控制权的考虑。比如一个家族，将家族的财产都委托一个信托机构进行管理，但将信托计划的收益权分别分配给家族的各成员，这样既不会丧失对家族财产的控制，也能保证家族成员的衣食无忧。如果这种架构能上溯到汉代，似乎就能完美地规避汉武帝的推恩令，当然他老人家如果恼羞成怒那又另当别论。另一方面将收益权在代际进行传承时，也能避开遗产税的困扰。同时信托计划的收益还不需要缴纳所得税。即使受益人破产清算，信托财产也不受影响，只是收益权份额需要转移而已。如此完美的架构，使得国外一些传承百年的大家族都以这种架构来管理家族财产，最知名的诺贝尔奖奖金，虽然是以基金会的形式运作，但它运作架构的本质就是一个特定受益人信托，它由基金会作为独立的受托人，对基金会财产的保值增值进行管理；每年由专门机构评选产生特定的受益人；基金会财产独立于初始委托人与受托人的自有财产；最特殊的是整个信托计划的管理制度是由瑞典议会制定并督促执行的；当然阿海也相信这个基金是不纳税的。

从法律的角度，信托的架构相当于是把财产权项下的收益分配权的子权益独立了出来。就比如没有信托的时候，是拥有财产的主体独立，从财产的运作中获得收益，这个获得收益的过程已经纳了税，然后税后收益再分配给其他次一级的受益人，就像老爹给女儿零花钱肯定不用交税。有了信托之后，就在信托层面省掉了一个转移支付的动作，直接把财产的收益分配给次一级的受益人，这个分配行为不属于一种经济行为，更类似于一种转移支付。就是从这个角度辩解，在西方得到了免税的最终结果。在东方传统社会背景下，这类金融主体的自发形成面临一定制度性障碍，但还是可以借鉴西方的成熟经验的。

阿海琢磨了一下，简单来说吧，银行和证券都是一种融资方式，一看银行的名字，就知道是做钱的买卖的机构，"银"都放在名字里了。证券是把公司的股份当成生意来做的机构，一份证券说的就是一份小单位的股份，围绕着股份的拆小和买入卖出，就构成了证券的主要经营范围。按说证券不应该有这么如雷贯耳的名声，毕竟它做的这种买卖其实受众远不如银行，但关键它的客户不一样。毕竟能把公司股份当成产品任人品头论足，不是行业里边响当当的头部企业哪可能做得到。而且看上去它卖的是股票，实际它卖的是一种发财致富的梦想，哪个炒股票的股民不是抱着一种渴望暴富的心态投入其中，为了吸引股民，研究人员更是包装出了 MACD、KDJ、BOLL 等一系列眼花缭乱的技术指标，辅之以极少数发财致富的股神案例，无端把一个做虚拟资产的皮包生意，包装成了全世界最顶尖的神奇买卖。但其实如果按大类展开分析，在股份的生意中，谁家资产多，谁家股份多，谁家就是通过证券的业务受益最大的角色。毕竟这行当卖证券的才是真赚钱的，在二级市场买入卖出的，吹破天其实也未必赚得了几个钱，这么一说估计大家就明白了。

银行赚息差，存进去就知道赚几个钱，知名度虽然高得很，美誉度却欠缺，而证券辅助了一个发财致富的技能包，顿时可以赚 7% 的手续费率，还合法合规，这就是创新的力量，这就是善于求变的力量。

而信托不是这路数，它是一种法律架构。准确地说它的名字不是一门生意，而是一种保护。所以信托天然是服务于大佬的，也只有大佬能有效驾驭这种架构。当年之所以引入信托，坊间流传着这样一种说法，说那时国内市场正处于发展初期，资金需求旺盛，只要能从外面引进资金，推动经济发展，就是一件了不起的事。信托就是在这种大环境下起步的，但它的发展却并非一路顺畅。虽说办法总是比困难多，资金也确实引进了不少，但如何形成稳定、可持续的资金循环，一直是摆在从业者面前的难题，行业也因此经历了几轮重要的整顿与调整。

金融行业一直处于被严格监管的环境中，各种业务规则相比其他行业也有不少特殊性。信托这种金融形式引入后，它成为市场上一个与众不同的存在：按照金融许可证所载的经营范围，信托可以从事资金信托、不动产信托、动产信托等业务，体现出资产管理机构的特点。资产管理的意思，就是说信托只能通过对货币、动产、不动产等资产的管理，通过资产的保值增值来收取自己应得的手续费、管理费，应该找出钱的委托人来收费用，而不能赚存贷款的利差。而且，基于历史上信托行业的一些不良表现，监管部门还特别规定了信托投资的门槛是100万元。

上面的意思，是说老板们可以把钱交给信托去打理，也可以把不动产，比如房产、厂房什么的都交给信托去打理，还可以把动产，比如汽车、轮船、机器设备交给信托去打理。老板们把资产交给信托了以后，还可以直接指定怎么管，也可以让信托提管理的建议，自己定怎么管，也可以完全授权给信托去管理。事先要讲好给信托多少费用，除此之外赚的钱可以转回给自己，也可以转给自己指定的第三人。这个收益在目前来说是不交税的。当然信托管理资产的层面该交的税那是躲不掉的。对比一下公司分红还得交20%的所得税呢。如果遗产税也开始动真格地征收了，那这个架构怎么也属于划算的。100万元的门槛，在二十年前确实是个事，在十年前已经不算个事了。

金融机构总体上有六种，分别是银行、信托、证券、基金、保险以及包括财务公司、货币经纪公司等在内的其他类，金融机构与非金融机构的差别在于有没有监管机构如银保监会（2023年并入国家金融监督管理总局）、证监会、人民银行授予的金融许可证，无证不得开展存贷款等金融业务，刑事上的非法集资就是对无证开展存贷款金融业务的定性。简单点说，有证就是合法展业，无证就是犯法。

金融机构按照不同的标准有不同的分类，按照金融机构的作用可以分为间接融资和直接融资。比如银行就是间接融资的杰出代表。间接融资的意思是银行在资金链条中是直接参与业务的，你存钱是存给银行，你贷款是找银行贷，就是贷款出了问题，银行也不会给存钱的人说你的存款被贷给了某家企业，他出问题了你去找他要。而直接融资比如基金、证券，你购买了证券公司的理财计划，计划会告诉你准备如何开展投资，提示风险，赚了赔了都是你的，证券公司提取的是管理费。它提供的是撮合或者管理服务。理论上的间接融资与直接融资的差别就在于金融机构对投资者本金和利息的安全是否承担主体责任。

而信托呢，阿海也很难说它属于直接融资还是间接融资。从设立信托计划的架构上来说，监管层的本意是发展直接融资的。你看信托的相关法律都是针对资金方的，不管是《中华人民共和国信托法》还是《信托公司集合资金信托计划管理办法》都主要是针对资金来源进行管理的。所以委托人认购信托计划签署合同的时候，信托计划的投向也在合同中明确表示，委托人还要签署风险声明，甚至还要把最重要的风险提示手抄一遍；信托公司也是提取收取信托报酬，属于管理费的概念。还明确规定不准收取价差。

但真正到期的时候，信托公司往往还要刚性兑付，简称刚兑，意思就是如果信托到期，融资人没有正常还款，信托公司用自己可以控制的资金把委托人的投资份额全部接过来，对委托人而言已经实现了按约兑付，只是兑付的行为是由信托公司履行而不是融资人履行而已。

这个刚兑的行为体现的是间接融资的责任，与信托架构的法律含义其实是不相符的，那为什么又会切实存在刚兑的行为呢？阿海的体会：第一是体现了金融机构维稳的要求。在国内投资者教育还是不成熟的，只要信托公司没有按约兑付，委托人一般都会采取一些过激的行为来维护自己的利益，这些行为会给社会和金融机构的工作带来极大的压力。第二是信托公司市场形象和展业能力的现实压力。一旦信托公司发生产品违约，其树立的市场形象马上面临毁灭性的打击，表明其风险管理水平不足，更重要的是后面的业务马上面临停滞，哪位委托人会钱多到无视信托公司不兑付的不良信用记录呢？第三则与信托机构自身尽职与否存在莫大的关联。因为没有哪家信托公司会在合同里告诉委托人，他真实的贷款利率是多少，信托公司就是在吃价差。

一般对于贷款类，包括贷款、明股实债、股权收益权转让及回购、股加债等各种花样繁多的实质性贷款的交易结构，只要融资人没有到期还款，信托机构是很难证明自己充分尽责了的。在到期前融资人肯定存在一些迹象表明还款能力不足，比如资金被挪用，比如有未披露的过度负债、比如销售进度远远落后于尽调时的计划等，信托机构肯定多多少少都有发现，但是受限于融资机构的地位，往往很难及时采取措施，这样一旦到期信托机构不刚兑，委托人与信托机构发生争执，信托机构在法理层面确实很难赢，与其这样，还不如先行刚兑，后续再想办法处理。

既然存在刚兑，那就说明信托机构在切实履行间接融资的责任，但如果按照巴塞尔协议的原则对信托机构的业务进行监管的话，信托机构估计会出现很大问题。第一是业务规模必然呈断崖式下跌。信托公司的注册资本一般在 50 亿元以下，如果按照客户风险等级分别计提风险资本，按照一般银行的 15~20 倍的杠杆率，一家信托公司的总业务规模估计也就几百亿元，那么整个行业的规模立马得消失一大半。这个缩表的过程只有关门一种选择。第二是盈利能力必然大幅下滑。目前信托机构是只计提人力成本及固定开支成本的，如果再把风险成本加进去，估计还能保持盈利的信托机构就不多了。

阿海刚开始进入这个行业的时候，发现了一个特别有意思的现象，一百个人眼中有一百个信托的形象。阿海多番体察下来，信托行业市场形象的模糊化，其根源在于刚兑现象的持续存在。

阿海和银行的朋友聊天的时候，银行的朋友普遍都是很不屑地对阿海说，你们信托不就是个通道嘛。

做债券的朋友普遍都是把阿海拉到一边，低声问阿海有账户没有，有的话咱们就是好兄弟，没有的话今天的饭钱你结。

做房地产的朋友随着时间的推移态度有明显的变化，2010 年以前不说把阿海当骗子吧，顶多也就给一个备胎或者银行跟班的待遇。2011 年到 2017 年基本是把阿海当主人。尤其五山信托，因为从重新开业起就坚持自建财富管理队伍，自主发行产品，能直接控制资金。在能做前融的岁月里，在房地产老板那儿的待遇是芝麻开花节节高，兄弟请上座，兄弟上香茶，别说饭钱，看项目的所有开支都由老板们一力承担。不能做前融了之后地位就下降了不少，看项目的费用得自己掏腰包了。

在信托公司爆雷前，在委托人的眼中，阿海们是资深专家，对各行各业都有深刻理解，对各行业的逻辑都能深入浅出地聊得头头是道，自带刚兑光环。特别是在官方明确提示投资收益超过 8%，就要当心血本无归的当下，信托公司仍旧提供着超过 8% 的投资收益，并且持续多年保本保收益，彼时形象堪称可靠。当然，这个形象现在已经不复存在了。

对于阿海这些民营控股的信托公司从业人员而言，还有一个特殊的形象，就是在敬爱的隆主席的朋友或者即将成为朋友的大老板面前，他们就是一块资深抹布，活跃在老板们酩酊交错席面边的小角落里，细心地帮老板们抹去宏图伟业边不小心留下的阴影，这是最考验手艺的，甚至是要命的。

虽然阿海凭自己多少年的收益，总是啰啰嗦嗦地如此这般跟别人解释着，但估计只要不是业内人士，大家还是不太明白什么是信托的。特别是信托业总规模曾经高达数十万亿元，雄踞金融业规模榜前几，居然拥有着这么模糊的形象，阿海也很难对行业外的朋友解释得清楚。

信托类似一根管道，它的入口很高，高达一百万元，它的出口很宽，相对其他金融机构来说，宽到可以对接所有你想得到的各类市场。

核心优势在于其资金端和资产端的灵活性。作为资产管理机构，信托公司可以对接高净值客户、机构投资者，并进入各类市场配置资产。随着监管环境的变化，虽然信托公司正逐步向主动管理型业务转型，如证券投资、股权投资、家族信托等，更加强调专业化投资和风险管理能力。但是早期信托的发展确实依赖于利差收入，其中包括传统的信贷类业务收益。

从金融的本源讲起，金融就是钱与信用的结合。广东人把钱当成水，以水为财，也确实是对财富的真谛理解颇深。钱如同水一般在市场上流淌，金融机构就如同管道一般承载着水的流动，水流动过程中需要对流经的管道交使用费，这就是金融机构的利润。台湾人就更形象地言必称管道，干啥都需要管道，对金融业的体会也是没谁了。而金融业的监管，指的就是水必须通过某些特定的管道流动，如果不通过管道流动，轻者无效，中者违规，重者违法。

全世界各国对金融业的监管架构其实都差不多，都是政府设立一些分类别的监管机构来执行监管。但国外和国内的监管逻辑存在明显的差异。

国外的监管以行业自律为主，监管政策和监管标准相对统一，也尊重金融机构的创新能力。在没人找麻烦，自己也没惹麻烦的情况下，行业自律能解释过去的事情，就可以做。如果业务日后惹出了事端，利益相关方就自己去打官司，纯民事纠纷都还好处理。如果惹出的事导致司法部或者证监会等国家机构介入，那就不是普通拔根毛能解决的事了。所以经过长期的市场竞争，现在留下来的我们耳熟能详的金融机构都在某一块市场上有很强的竞争优势。如果不是因为某一些颠覆性的重大创新或者天灾人祸，市场的参与者结构基本不会发生变化了。各金融机构根据自己的市场地位，分别针对差异性的市场需求展业，各自安分。

国内的监管通常以政策调控为主。比如人民银行、银保监会、证监会这三家老大会经常出台一些宏观调控类型的政策，这些政策都和宏观经济的发展状态以及政府的政策导向密切相关，一旦出台，各所管辖的金融机构都必须无条件执行，否则就是违规。因为所有的金融机构基本按照不同名称干类似或者同样的活，受同样的行业自律，这也意味着对展业方向选择的影响不大。

而且国内的金融主体看似众多，其实只有两类，一类是庞大的国有金融机构，一类是为数很有限的民营金融机构，其数量还在进一步缩小。国有金融机构数量众多，经营方式高度雷同，风险偏好、价值导向偏重合规，而不唯市场进取。

金融业竞争的本质就是钱多欺负钱少，钱便宜欺负钱贵。我钱比你多，我能做的业务就比你多。我钱比你便宜，我搞定客户的能力就比你强。你不服，理论上我就可以打价格战，就可以拼规模，最终肯定可以搞到你服。当然现实中这种情况几乎不可能发生，我国的经济属性已经决定了，金融机构基本都是一家人，不会把事情引导到这个不可控的方向上去。国有金融机构最大的竞争优势，就在于它引入自己管道的水，最便宜并且最大量。你想想商业银行为什么能号称"宇宙行"，不就是它的资金来源规模最大而且成本最低吗？！究其原因就很多了，有我国的社会制度、人民信心、历史沿革乃至资本实力等。

归根结底，现在国有金融机构最强的竞争优势就在于资金量最大，资金成本最低。

而民营金融机构的特点之一，在于能灵活地适应市场与政策环境。这种适应能力严格来说不应被视作一种优势，更接近于市场环境下的生存技能。客观而言，这种市场空间的存在，与经济持续保持增长以及不同类型金融机构经营风格的差异密切相关。比如，在房地产领域，过去十余年来，监管部门一直持续出台调控措施，国有金融机构通常在信贷投放时会采取审慎、稳健的策略，投放规模相对固定，并更倾向于与规模较大、资质较好的企业合作。又比如，政府融资平台业务方面，由于监管部门明确的贷款规模合规要求，国有金融机构在业务规模上存在客观的限制，而地方平台在融资需求方面往往较为旺盛，这同样为民营金融机构提供了业务机会。当然，随着政策环境不断演变和完善，金融从业者准确理解和严格执行相关政策的能力变得尤为重要。

具体到信托行业，它与其他的金融机构相比，还有自己独特的优势。阿海曾经在网上查了很长时间，但是一直没有能查到信托业监管政策体系之类的文档，能查到的都是一个一个的政策文件，比如对房地产领域的，对于银信合作方向的，等等。信托公司可以以信托贷款的形式向符合条件的企业提供融资，但无法执行银行业遵循的巴塞尔协议；信托公司可以开展证券投资业务，但并不完全适用针对证券、基金行业的监管标准。

后来阿海换了一个角度来思考了一轮，心态又积极了许多，毕竟在我国的金融行业中，只有信托是没有优势资源的。

比如银行，它存款没有门槛，你多少钱都可以存给它；基金、证券一千元起步，信托则是一百万元起步。而大家的钱都必须交给金融机构打理，否则非法集资了解一下，警察叔叔会不客气地让你品尝一下局子里的茶味道如何，哦对，说不定还会附赠给你一对银镯子。

证券公司则掌握了企业进入资本市场的通道。任何企业如果希望进入资本市场，都需通过证券公司提供专业服务，包括上市辅导及后续资本市场业务。尽管证券公司之间的竞争较为充分，业务模式也相似，但在资本市场相关服务方面具有明显的专业性与独特性，而银行等其他金融机构的业务定位本就不同，无法提供类似的服务。

公募基金行业相对低调。很多人可能会觉得公募基金的竞争非常激烈，这些年公募基金经理纷纷转向私募就是一个例子，表面看公募基金行业的优势似乎并不明显。但从国际资本市场的发展趋势来看，公募基金的市场规模整体在不断扩大。因为证券市场本质上是一个封闭的市场，不管马科维茨的证券分析[①]如何解释内在的发展逻辑，股市的涨跌就是由资金推动的，各种证券分析理论，各种研究工具只不过是给资金的流向找出一些理由而已。把公募基金、私募、散户做整体的比较，公募基金门槛最低，行动趋同性最强。只不过和别的行业一样，公募基金

---

① 这是金融学的基本理论之一，马科维茨用定量的方法分析有价证券的预期收益和风险水平，然后提出了一套证券组合投资的理论，使投资者可以用组合投资的行为实现自己的预期收益率和风险控制。

行业的核心资源和业务决策通常集中在管理层手中，基层从业者感受到的竞争激烈，往往是因为无法触及更高层级的资源。

唯有信托，是真正没有优势资源的，要不然公司的隆主席怎么可能给出30%的激励政策。在这样的背景下，信托行业仍能位居金融市场前列，为什么呢？一是信托公司拥有金融牌照，具备合规开展相关业务的基础条件；二是国内市场对信托产品和服务有持续且旺盛的需求；三是与其他类型金融机构相比，监管要求存在差异，有一定的业务灵活性。

阿海从切身体会中，牢牢记住：信托的金融牌照有它独特的市场价值，信托的资金成本高也没关系，信托的客户群狭小更不要紧，它有自己的市场定位，有自己的目标客户，只要看得准，搞得定，把得稳，基于信托的高激励，它就是自己实现人生价值的不二选择。

(3)

信托最大的吸引力在于激励机制，比如五山信托的30%，在2010年是激动人心的，如果能放到现在，更是吸引力爆棚。整个行业基本都是以此来积极吸引人才。信托公司发展的核心逻辑就是两条：一是紧抱股东的大腿，大腿粗到什么程度，信托就能做到什么高度，比如银行系的信托公司都在行业内排名前列；二是够强的业务激励。

现在信托业基本都实行团队制，在公司内部成立大大小小的业务团队，一般顶多设置二级团队，对团队的管理有大包干和小包干的差别。大包干指的是团队成员的所有费用绩效全部包干，包括办公场所的场租，人员基本工资、差旅费用以及业务开展中的所有税费。小包干一般剔除固定场租和基本工资以及税费。但不管是大包干还是小包干，业务团队展业的独立性都是和银行、证券不可比的。银行的业务团队也就是口头说说，管理权限都在分行行长层面，支行行长人事、财务权限都很小。证券的业务团队连业务的承揽和承做都是分设的，独立性更是无从谈起。信托的团队则基本可以按照一家分公司来理解，除了没有账户和业务审批权，其他的团队长可以决定一切。监管对于信托业的过度激励现象一直颇有微词，经常会敲打信托公司的考核指标设置、关注绩效的递延支付①对公司经营及风险控制的作用，但是作用不好评价，主要是无恒产者无恒心，信托业的核心就在套利、吃利差，敲打敲打可以，一动真格搞死了，地方经济也未必愿意承受。

为什么团队长的管理权限相对大呢？说穿了其实也很可怜，就是因为没有资源，上上下下就靠着团队长吃饭，团队长资源多，整合能力强，搞得定，大家就都跟着吃肉喝汤，团队长水平不行，全都得喝西北风。其他行业有固定的资源，大家都在打这块资源的主意，只好排排坐，分果果，有能力伸手的大家都匀一匀，所以越分越细。

团队长其实内含两个层级，低一层的团队长只是带几个兄弟做业务，高一层的团队长是带几个小团队做业务，一般都有独立的编制，也

①指的是将从业人员从业务收入中获得的业绩提成，分期支付，而不是一次性支付，避免从业人员为了获得短期绩效而忽视风险。

可以被称为部门负责人。这个层级一般都有一定的财务管理权限，而小团队长只能独立做业务，不涉及财务。明面上似乎类似，但内涵其实相差很大。

团队长往上就是高管了，包括董事长、总经理、副总经理。公司治理的实质其实不分国有和民营，只是在表现形式上有很大的差异。

以五山信托为例，按公司章程的规定，公司实行董事会领导下总裁负责制，公司治理层面上的管理架构包括董事会、总裁办公会，上面还有股东会。业务层面的管理架构包括业务评审会、投委会、信托委员会。但是公司实际的决策机构阿海也不知道是什么会！公司内部发过文明确包括公司投资委员会、绩效委员会、信托委员会及党委会的各个委员。最神奇的是党委会，隆主席任五山信托党委会党委书记，这个书记是股东集团党委会任命的，股东集团党委的上级党委又是谁呢？阿海有时候会忍不住暗暗揣测一番。

按照业务的流程划分，一家信托公司可以分为前、中、后三线的部门架构。前台指的是业务部门，不同的信托公司有不同的命名及管理要求。五山信托是不管的，只要没有重名就可以，比如资产管理部、投资银行部、金融市场部、信托业务部、投资管理部、房地产投资部等，随便起。在后来的岁月中，各个部门名称也是改来改去，一会按城市设部门，一会按部门定位城市，一会又按城市设中心，一会合并一会分拆，各个部门干的活都不变，变的是人和财务管理的内容，具体来说，部门名称变一下，一般这个部门的费用额度就被统筹了，部门负责人就是在这个夹缝中给自己和部门的兄弟们创造收入养家糊口。而有的信托公司设置的部门架构则比较严谨，金融市场部就真是搞金融产品投资的，投资银行部就真是搞并购的。

但这种很少，而且一般都是银行或者其他大型金融机构当大股东，要不然搞不来钱你想做啥也做不成。这一点的特性是信托行业的独一份，其余类型金融机构管理架构一经确定，很少能改，真的很少。比如发展银行曾经想将总分行的管理架构调成事业部制，改了一半就停下来了，理由当然可以有很多，真实的原因估计很少人知道，但是可以看出架构的调整有多么困难。

中后台部门的划分参照的是银行的标准，指的是风控、合规、法务、项目管理等业务支持部门，以及办公室、纪检党委、人力资源、财务等公司管理性的部门。从业务流程的设置上，每一笔业务都要经过中台部门的审查，综合性的事务也都要经过相应的后台部门的审查。因为信托公司基本没有授权一说，这也意味着所有的事情都要上报总部审批，小到买几个本子，大到一笔业务划款全部都要发起送审流程，经常还要先发请示再发流程，所以一方面中后台人员的工作压力很大，自己觉得分的钱又很少，出了问题又要挨板子，业务部门还动不动老是搬领导出来压人，所以对前台业务部门的支持肯定说不上有多大力度。

另一方面也会造成业务开展的局限性。毕竟人在专业上是有路径依赖的，银行风控出身的人，去审查证券投资业务，肯定是按照银行信用风险框架去套，会审成什么样大家也不难想象。而且信托公司的人员流动也呈现出和其他金融机构不同的特点。信托公司的人员基本都是从中后台往前台流动，基本没有前台人员往中后台流动的。

主要原因是收入差距大，另外整个公司存在极为强烈的业绩导向，凡是前中台出现冲突，中台受委屈的可能性非常大。但是后台又不一样了，因为后台直接决定前台分钱的数据，凡是前后台发生冲突，前台忍气吞声，不停地赔着笑找机会递话的场景常年上演。而其他的金融机构，中台部门人员往前流动的可能性非常低，一方面是中台部门压力小，收入差距不大，另一方面中台部门真的非常受人尊重，前台和基层业务人员会把相关人员照顾得非常周到，具体细节就不必细说。但究其根源，还在于不同的金融机构占据的资源量相差太大。

每次季度考核的结果出来，公司会给各个相关部门发个专项会议纪要，会议纪要的形式也很有趣，参会人是没有隆主席的，当然阿海们都知道必然是隆主席主持，题头就叫专项会议纪要，内容往往是一条小小的截屏，截屏中是与部门相关的内容。这个专项会议算什么会呢？好像没有人知道也没有人关心，反正财务总监能主持执行的就是好会。据说曾有人给公司提过检查意见，对公司业务评审会、投资委员会多年没有会议纪要提出批评。但批评归批评，不知道档案中的会议纪要会不会完善一点。会议的形式也日渐制度化和程序化，参会人员也逐渐固定，以至于这个叫什么会，阿海们也懒得去管它了。只要是隆主席参加的会，哪怕刚刚还在谈管理制度，转头突然定了一个人员的岗位安排，又转头敲定一笔业务，都是正常的，反正会议纪要都是专项会议纪要，只是对总裁和经营班子的执行能力要求会比较高。

国企对于公司章程的执行会严格得多，虽然形式上千差万别，但是会议纪要肯定会非常完善，特别是现在这个时间点。主要是因为纪委工作的力度非常大，对于五山信托这类民营金融机构，纪委的盯防更紧。

在阿海眼中信托机构的划分还有一种标准，就是以信托资金来源的可控性为标准来划分。还记得前面提过的吗，金融竞争的本质就是钱多欺负钱少，钱便宜欺负钱贵。这个追求资金来源的可控性看上去简单，其实代表了一种深层次的价值导向上的差异。五山信托开业两年后就建立了自主管理的财富团队，直销自己审批的信托产品。财富团队人数一直增长，按照公司的规划要做到五千人，可以说是极端追求控制力的典型。比如南方某信托公司，虽然业务规模最高做到过7000亿元，但其财富团队一直就几个人，可谓是极端不追求控制力的典型。这两种导向的深层次原因阿海也不好评价，只是公司管理上的压力是不可同日而语的，阿海也是希望公司的管理能力能跟得上去。

对于信托公司的战略规划及发展能力，整个行业都很弱小。其实这些年信托行业都是被经济发展的外力带起来的，自己都还没做好准备，就被抬上了天，你要它总结好未来怎么搞发展，确实有点强人所难。对于五山信托这种执行大包干管理模式的机构，更是聊等于无，做战略规划起码前端需要做业务规划，系统架构设计及集成部署，人员配置、流程岗位等一系列工作，这一块公司都是统统丢给业务团队自己去弄，在钱有得捡的年代还勉强能维持，现在要业务团队自己去做探索的时候嘛，阿海们纷纷表示无奈。

（4）

别看信托业从业人员在外面吹得天花乱坠，其实阿海自己深深地体会到，信托能做的业务最近这十年就没变过，只有房地产、银信通道、证券投资、政府平台这四块。再往前面十年就只有房地产和证券投资两类，中间还有那么几年以煤矿为代表的能源类业务也冒过两年，只是迅速扑了街。在可预期的未来应该还是只有这四块，或者更少。

虽然按国内的标准，这个分类都是以资产端来划分的。此处所指的资产端，并非一个如国外资产管理类的私募所做的业务类型，国内的信托机构并没有真正的资产管理能力。如果按照国际上的标准，国内的信托干的其实是一个财富管理机构干的活。本质上信托机构都是把自己募来的资金交给有资产管理能力的机构去进行真正的管理，然后自己吃价差，再对外宣传自己的资产管理能力。信托公司基本沿用银行或者证券公司的风控标准对资产管理机构进行遴选，对资产进行风险判断，并附加一系列的风险管理措施。但本质上并不是自己管理资产。

当然对于相当一部分的信托公司，还有一种更笼统的划分方法，业务只分为领导的业务和市场化业务。这种划分这里就不能多说了，业界的朋友们肯定会会心一笑。之所以还是想提一句，是因为领导的业务其实各家金融机构都存在，只是阿海认为信托公司的领导的业务最没有底线，当然这是按照银行的标准。如果你在购买信托产品时发现一些不展示具体用途，抵押率畸高，抵押物价值畸高，还款来源语焉不详，交易结构和抵押物物理地点相差极远等特点的产品，那么恭喜你，很有可能遇到了传说中领导的项目了。银行和证券公司也都有领导的项目，但客观评价，阿海觉得银行中的领导的项目还是相当有底线的，就是项目烂了，抵押物都还充足，他们主要是在资金的实际用途上做文章。而信托嘛，阿海毕竟身处这个行业，真的不好多说，只能善意理解大家是看好了某一个机会，准备拼一把，赢了大家都单车变摩托，输了嘛，继续加码。这几年不幸的是，资本市场不景气，搞砸了不少领导的安排，而且现在对信托的监管力度也大了不少，有些加码的游戏没有接得上去，所以受挫的兄弟们就比较多了。

之所以信托做的业务都是上述四类，归根结底是由于成本刚性。信托机构募集来的资金成本基本就在8%~9%，部分机构有能力募集更低成本的资金，但随着信托知识的传播，募集难度日渐增加。再加上税和募集费用，总成本就到了10%以上，再加上比如五山信托自己要收取的信托报酬，也就是管理费用大概3%，这就意味着对外总成本的报价不可能低于13%，这个成本线和谁去对标呢？阿海觉得只能和国外的垃圾债对标。当然从国外发展路径的对比上，信托公司确实是有发展净值化产品的动力的，这样一方面可以降低刚兑的压力，另一方面这才是真正能体现主动管理能力的业务。但目前的市场环境、投资者教育程度还差得比较远，加上信托行业无恒产的事实，信托公司每每想起穿衣吃饭这些短期的压力，就没有人愿意去干了。

银信合作的通道业务，本质上只是牌照赋予的制度红利，几乎不需要太多额外的操作。其他几类业务，则是受益于整个经济环境的发展和当前阶段带来的机遇。阿海所在的这群从业者都清楚，金融这行的兴衰和大环境密不可分。经济好的时候，市场机遇多，行情好的日子还能持续一阵子，他们自然满怀感恩，甚至偶尔半开玩笑地说，要是能把"市场环境"当个"牌位"供起来，天天拜上一拜也不为过。

说到这里，还得把这些年最红火的非标产品与标准化产品提一提。非标与标准是我国特色的总结，国际上主流国家因为已经过了这个发展阶段，加上理念的不同，就没有非标的说法。非标的全称是"非标准化债权资产"，按照原银监会（2018 并入银保监会）2013 年 3 月颁布的 8 号文的定义，非标是指未在银行间市场及证券交易所市场交易的债权性资产。非标与标准的差别主要体现在是否有公允价值①，是否有公开交易市场以及是否有较高流动性。

信托产品就是非标的代名词。信托行业就是非标产品的大本营。除了证券投资类产品外，信托其他所有产品都是非标产品。在鼓励金融创新的年代，大家觉得信托创设了大量的交易结构，丰富了市场融资结构，提高了金融市场的流动性，为经济发展做出了卓越的贡献。在防范金融风险的年代，信托非标产品存在多层嵌套，隐藏业务风险，还涉及期限错配、放大杠杆、违规融资等风险隐患。确切地说，上述说法都是对的，只是表明我国已到了一个新的发展阶段，对于信托行业利与弊的要求不同了。

———————————

① 是否有市场公认的价值，而非金融机构一家的报价。

(5)

信托业务的流程充分体现了行业特点，流程与其他金融机构都存在显著差异。

信托业务最大的特点就是非标，就是没有标准化产品。业务都是那四大块，但是每一个产品都有或大或小的差异。虽然有一些成熟有效的风控条件设置，但是一个成熟的信托经理，都知道对每一个产品在设置条件的细节方面给自己留一些活口，便于业务的推进和后续的管理。

不管哪一类产品，都是与具体的客户进行对接。信托行业，在开拓新客户上的难度是最大的。因为信托公司基本是没钱的，成本是最高的，风险审批条件是飘忽的，团队长的靠谱程度是决定性的，但这些都是阿海们在和新客户开展业务时无法判断的。

能在信托行业生存五年以上的"老鸟"，手里都是有老客户的了，与老客户的业务洽谈相对省力很多。明确了资金用途、还款来源、抵押物价值等要素后，交易结构①基本就出来了。

"交易结构"也是信托行业的特色。银行的产品是全国统一的，流动资金贷款、经营物业贷、开发贷等专有名词，全国都一样。你找银行融资的时候，客户经理会首先梳理你的总体情况，然后经常遗憾地告诉你，这笔贷款不能做，因为流动资金需求测算达不到要求、四证不

---

① 指的是用依法合规、风险可控的方式把资金融给借款人的行为。交易结构有问题的话，轻则融资行为无效，重则融资人可以合理不还，比如主体不是合适主体，无法诉讼；比如交易性质被定性为非借贷，无法追索；等等。

齐、还款来源测算不够等。为什么？因为银行每开设一个贷款品种，都要制定信托管理手册，把风险审批框架、要求、要素、人员配置、业务流程、贷后管理流程及要求等所有想得到的内容填充进去，报银保监审批。批准开办后，全国都统一执行，不满足要求，谁也签不了这个字。证券也差不多。

而信托却大不相同，信托没有标准产品，信托最看重的第一是融资成本，第二是客户实力，第三是抵押物情况。对信托而言，你不给够成本，实力再强生意也没得做，成本给的越高，事情做得越麻利。甚至成本给的够高的话，实力弱些也未必做不成生意。交易结构规定了股权投资、贷款或者各式各样的收益权等，融资资金的走向，还款来源的监管等关键要素都可以具体问题具体敲定。

交易结构确定了之后，就进入了项目送审阶段，信托公司是没有授权一说的，因为相关法律法规不允许信托公司开设分支机构。再说审批权就是信托公司的核心资源，领导们如果把这个权授下去了，估计回家就睡不着觉了。

项目送审阶段，看的就是团队长的水平了，从业这么些年来，同样的业务，不同的人来操作，结果天差地别的事情见得很多了。究其原因，阿海归结为大家对金融和信托的理解差异太大。信托既然是非标，意味着没有标准。大家都能做的业务就等着某一个人来做的事情很少，就是有，那也是水平已经到了，客户关系已经很深了。这个行业做的业务基本都是疑难杂症，对团队长望闻问切的水平要求很高，而且阿海还要有能力让人相信他自己本身有水平，这样大家拿不准的事情才有可能放你去做。一个项目审批同意阿海的原因自然有很多，同理否掉的原因怎么也找得出来。那些在行业内跳来跳去，每家机构都待不了两年时间的人，大都是没悟出这个道理。

项目送审结束，团队长还得带着兄弟们把合同拟出来，这又是个行业特色了，其他机构基本都是制式合同，业务团队基本只能补充些个性约定。而信托公司合同都是千差万别，阿海也可以找外部律师帮着写，但是费用得自己承担，所以基本都是自己写合同了。信托公司法律部的地位也比其他机构高，法律部的同事都是直接在合同上改，为了一个合同如何表达，业务团队的兄弟和法律部的同事直接干仗的事情也见过不少。而其他金融机构基本都是发表一个法律意见，而合同接不接受全看业务团队自己。

合同定稿，完成签署后，还得找钱。这是最能体现信托行业特色的工作环节。初入信托的人，大都对找钱没有概念，因为别的金融机构开展业务都没有这个环节，金融机构还需要找钱吗？金融机构不是天然就有钱的吗？如果不是还需要找钱，你以为信托公司会给你这么高的提成吗？五山信托刚开业那几年，应该有几百个亿的业务批了以后没有落实资金最终导致业务失败，到现在为止，仍然不时有信托公司因没有募到资金导致业务不能成立的信息传出来。阿海也有好几个客户是采用了别的信托公司的融资方案后，因为没有募到资金又转回来的。对了，项目能不能募到资金，也是看团队长的本事。

好了，辛苦了这么久，钱也找到了，项目也已经放款成立了，一般这个时点，兄弟们就开始开香槟庆祝，并且商量怎么分钱了。但是业务还没完呢，还有漫长的贷后管理工作，为了资金的使用是否与原来商定匹配，为了销售回笼资金的监管尺度如何，为了抵押物是否根据审批的要求分步释放，为了监管机构贷后检查问责与否，等等一系列的事情，你还需要提前做好预案，做好沟通，把大家的利益和方向协调到一起来。

最后，还得项目正常还款，如期清算，正常结束，一笔业务才算善始善终。如果项目出了风险，在信托这个行业大多实行风险终生追责，也就意味着，如果阿海不幸遭遇了还款风险，在没有解决完风险之前，阿海是没有职业前景的。这个行业淘汰的人，一方面是适应不了行业的高强度、高压力，以为业务躺成钱有捡，一旦业务遇阻就怨天尤人，怼天怼地怼空气，然后或饱含怨气或灰溜溜地另谋高就。另一方面就是遇到风险后逃之夭夭。当然，到了2015年以后，随着风险项目的蔓延，"连坐"制度逐渐发威，基本上一个风险项目就能毁掉一个团队，因为大家来到信托就是冲钱来的，结果分钱的时候，团队长说，因为那个谁谁谁出了风险，公司把整个团队的留存绩效全扣了，你看吧，一瞬间，人就走光了，然后这个团队就再也翻不了身。

上面整个业务流程，能不能顺利走下来，靠的就是团队长对行业的理解，以及运筹能力，所以现在大家能理解团队长的权限相对大了吧。金融业界里边，到目前为止，阿海见过很多别的行业精英来信托里淘金的，还真不太常见从信托行业转行去别的行业的。细想起来，估计一是信托业高激励。二是信托业务做成后的成就感比较强。虽然人员流动性很高，但核心骨干确实也不容易跳槽，目前的激励政策下设置了大额的激励递延支付，这个约束作用可真不小。毕竟动不动几百上千万元的递延激励在阿海面前摆着，你想去哪，你能去哪？！

（6）

阿海好不容易在这个行业站住了脚，也淘到了金，兴奋之余，不免喜欢啰唆。对于技能这一块，行外人和行内人有非常明显的差异。行外人见了阿海，最关注股市，喜欢听阿海讲股票的故事，阿海一般也就投其所好，特别是聊到有些擦边球的小段子的时候，客户就带着敬仰的眼神，极端的还会拿个小本子记下来。

曾经在这方面最夸张的事儿，发生在阿海自己老家的某个侄子身上。那时候这孩子刚高考完还没选专业，阿海碰巧拿了奖金还得了个假期，兴高采烈地回了老家探亲，刚好看到正在为选专业苦苦纠结的小孩儿，当场热血上头，跟人就着自己的"信托捞金二三事"唠了大半天，成功把这孩子讲得一愣一愣，拐进了金融业的大坑。

这"光辉事迹"一传开，但凡有亲戚想让自家孩子学金融的，通通找上了阿海，阿海也不想拂了人家的面子，干脆就着这事儿做了个PPT，后面几年，基本每年的高考季都能用上。

顺便剧透一下，最开始被阿海"唠"进金融的孩子叫小沐，考的是个不错的"双一流"，多年之后，临近毕业的他进了五山信托实习，作为阿海团队中的一员，度过了半年的历练岁月。但这孩子运气不算太好，刚好这会是阿海颇为不顺的时光，他也看着阿海的业务被各种花式否决，团队成员也进进出出的颇不稳定。这位小同志被吓坏了，头也不回地扎进银行，后来发展得还挺顺利，私底下也对阿海的挫折教育表示出了一定的感激。

但其实吧，面对外行人，这种话阿海也是想到哪吹到哪，天晓得睡一觉起来还记不记得。行内人一般都是聊通道和房地产，聊共同认识的大佬和领导，聊聊政策，聊聊绩效。同事一般就聊打球，当然是打高尔夫球，阿海们发自内心地羡慕国外金融巨子们璀璨的生活，也很想鼓捣些火箭科学家们搞的巨高大上的金融工程策略，可惜实在是搞不定中后台的爷爷们，只能蒙着头日复一日地干着银行客户经理搬砖的活，然后在娱乐上向偶像们看齐。

凭阿海的理解，信托业属于金融业中较为复杂的领域之一，对人力资源的要求也是非常高的。对于顺利从业所需要的技能，阿海从入行的第一天起就在归纳总结。作为一个金融专业的毕业生，阿海刚毕业时还是记得不少专业的理论及公式，只是一参加工作就发现几乎用不着，在银行里还偶尔会用一下现值和久期，到了信托以后，最需要的是态度和信仰，关于技能，干房地产的知道一至五线大致的城市划分，知道住宅和商业项目的区分就够了。干银行的要能搞得定公司内部，按时按质完成业务流程。干证券的最辛苦，基本都没有好下场，所以阿海打了个冷战，还是不建议大家在信托干证券。活下来的都是在房地产、政府平台、银行等任一或所有领域有较强专业能力的。

如果你只是想在行业中谋生，并没有太多的想法，比如阿海最开始从业的时候，所需要的仅仅是积极顺从的工作态度。什么专业、什么职业背景并不重要，干活的人就是一张白纸，而且最重要的是让领导们相信你就是一张白纸，千万不要自作聪明地给自己填上各种颜色，记住，填颜色的活是领导的专利，干活的兄弟们重要的是勤快、忠诚，而绝不是色彩艳丽。当然从房地产、银行或者财务相关中介机构专业出身会更方便些，但如果没有积极顺从的工作态度，你的生存能力会很成问题。

一家信托公司由前中后三种类型的工作岗位构成，中后台就不说了，金融系统都差不多。就前台而言，不管阿海是不是团队长，首先需要的都是和人打交道的能力，所以要积极地与人沟通，向人学习，把事情理顺做好。信托公司因为没有核心资源，所以管理政策复杂多变，朝令夕改更是经常的事，在从业人员没有形成自己的核心能力之前，毕竟是靠着公司吃饭，除了顺从你是熬不下去的。阿海这个从业了十余年的老兵，对这一点的理解更是深刻。所谓舍得，没有舍就不可能有得。

能够做到积极顺从，从业者就能获得初步成长的能力和效果，而如果从业人员想成为一名有潜力的信托经理，那么靠谱的工作能力就非常重要，会把你锻炼成非常全面的专家。靠谱，指的是凡是过手的工作都能拿出符合要求的成果，并且能说服你汇报的对象，这里的对象既包括你的上级，也包括中后台领导，还包括客户。你会什么不重要，重要的是过手的工作，你能及时地学习，钻研背后的逻辑，迅速地消化吸收并且反映在工作成果上。阿海在公司中见过一个华北片区的小伙子，入职的时候是信托经理助理，一个最基层的岗位，他的学校和专业都一般，但生活态度非常积极，可以让任何接触的人眼前一亮，这小伙子见了谁都能主动找话聊得很熟络，哪怕是面对公司总裁，也毫不怯场。工作半年后就可以独立跟项目，最多的时候同步跟了八个项目还不喊累，都是自己攒报告，收集资料，报审批，谈条件，请客吃饭做工作，见了谁都是笑脸迎人，项目落地率奇高，三年时间就从助理岗位晋升为团队长，最终位列公司高管。当然阿海并不认为他职场顺利的主因就是态度和能力，时机和运气也是关键的一环，但不可否认，没有前者就不可能有后者，这四者齐备方能位列仙班。

团队长是从业人员能否实现财富自由的基本职级，部门负责人是从业人员实现财富自由的关键职级。因为部门负责人才能掌握财务分配权，虽然公司执行分段计价的财务包干制，明面上收入提成是直接计算到个人，但最终签字上报公司的人是部门负责人，会有很多因素导致分段计价的收入被调整，比如公司风险"连坐"导致的扣款会直接导致个人收入被调整，比如部门费用在执行过程中超支导致的个人收入被调整，这一切的执行责任人都是部门负责人。团队长如果不能和部门负责人建立良好的信任关系，连业务都做不成，更遑论财富自由。

那么怎样才能成为团队长以及部门负责人呢？部门负责人的任命决定权在公司核心领导，部门分管领导有很大的影响力。团队长的任命决定权在分管领导，部门负责人有很大的影响力。团队长最关键的素质是业务能力，简单来说信托经理要有拼命干活的决心和态度，任劳任怨，与人为善，坚决执行领导指示，项目落地率比较高，项目推进过程中遇到的困难——不管是人的困难还是事的困难——能自己搞定，基本能在几年内升到团队长。因为这一层级和领导的利益是一致的，多做业务好赚钱。而部门负责人与其领导的利益有较大的偏差，对其的要求高很多。部门负责人的领导有分管领导和公司核心领导，已经基本上是掌管公司核心资源的人。对于这类领导而言，做业务已经不是难事，难的是要做自己想做的业务，而且是要以自己希望的方式做成。对于一个希望成长为部门负责人的团队长来说，较强的业务素质固然必不可少，但更重要的，是让领导放心的能力。

对于一家金融企业，各种类型的都有差不多的特征，就是层级越往上，面临的形势越综合、越复杂；层级越往下，面临的压力越清晰，只有业务压力和风险压力。做成了分钱，做不成要么搞人，要么骂人。做成了业务没遇到风险分钱，遇到了风险要么跑路，要么躺平。阿海遇到不少同事，刚来公司时谈起业务头头是道，一遇到项目出风险马上成了个闷葫芦，从此再也没有话，任何情况一问三不知，什么事都是听领导的、看领导的，甚至就直接一份辞职报告递上来，从此消失。

公司核心领导希望部门负责人起码要有能力把自己的事情从头到尾全部都搞定。首先要把自己的业务做起来，最好能做到公司的前列水平，能做到冠军，扬名全公司以至所有高管都认识你，肯定更好。但当你的项目出现风险的时候，必须能很快拿出处理方案，并且直至风险处置完毕，不要怕，积极地面对问题，解决它。不要太早寻求领导的支持，自己把情况都搞清楚想明白之后，再适时地寻求支持。

自己的风险搞定之后，领导肯定会希望你支持别的团队的风险项目的处置，甚至有可能希望你把别的风险项目一起管起来。在这一步上，凡是躲的团队长，职业生涯就到头了。因为你的领导他没有办法躲，不能帮领导分忧的人如果坐到了部门负责人的位置上，领导会累死，那要你何用？

假设领导够仗义，自己运气也不错，风险项目都顺利搞定，就会面临第三个问题，利益的分歧。领导会经常需要帮一些人，也会需要寻求一些人的帮助，在这个过程中，免不了会有一些利益的交换。领导不可能亲自去办这些事，肯定得交给手下人来打理，必然会对一些人的短期利益造成不利影响。

在金融机构，特别是信托公司，经常会有人也包括部分团队长就绩效的金额来找领导申诉，有因为风险"连坐"被扣了不服气的，也有因为业务归属有争议觉得吃亏了的，核心就是算少了钱。一笔业务落了地，团队长觉得全靠自己英明神武才搞定，绩效应该全归自己。领导说，错了，你顶多起了 50% 的作用，其他的谁谁谁更加关键，他应该拿一半走。你觉得谁说得对，阿海在这个时候肯定要说领导说得对，我再去找客户要笔业务来做，领导你多帮我站站台可好。从领导的角度，这种利益的调整主要是看手下对利益的态度，最佳的应对是找领导诉苦的时候，寻求对业务的支持，做增量来补缺口。领导的位置也难坐，如非得已，也不愿意为这事搞得手下鸡飞狗跳不好看，如果不是一个能正确理解利益的划分与处理方法的人来管理一个部门，那领导就是给自己挖了一个大坑。

前面三步走完，基本就把团队长划走了一大半，最后一个考验，就在于组织意志与业务实践不一致的时候，如何应对。对于这一点，阿里巴巴的彭蕾有一句最经典的话，是对这类事件的最佳答复："无论马云的决定是什么，我的任务就是帮助这个决定变成最正确的决定！"当然，阿里巴巴是做的电商，没有信用风险的问题，而金融企业主营信用风险管理，这句话好说难做。对于已经在部门负责人序列上的团队长，肯定会面临一个情景，领导交办一个项目，你做不做？

最近比较热门的电视剧《城中之城》中，也有一个类似的场景，戴行长在力推一笔贷款业务，希望赵副行长经办。赵副行长解释项目合规风险比较大，建议不要操作。戴行长对赵副行长坚持原则的行为非常欣赏，自己另想办法，对赵副行长赞不绝口之余，仍坚持向总行推荐提拔。这些事情阿海见得还真不少，也没有标准答案，如果真要遇到的话，只能说看大势。但是戴行长这种困难自己扛，好处想着手下的顶级领导，阿海从来没有见过。更常见的领导，是把压力传导给手下，然后自己游刃有余，当然领导传导压力也不是无原则的，毕竟手下把事情搞砸了，最后还是要领导来收拾局面，所以领导也是看着手下的能力来传导压力，手下看着事情把不住舵了，领导也会或明或暗地给些指点，只是兄弟们自己要知道什么时候求助，要听得懂话，既要利益，又要规避风险。

领导肯当面交项目让你做，这已经属于领导和你有比较深的互信的沟通方式，不接话或者诉苦都是一种很愚蠢的应对，聪明人都是毫不犹豫先接下来，然后在后续沟通交易结构的时候尽量争取对公司对自己有利的结果。当然现实世界中更为常见的方式，是领导会叫上几个团队长一起聊天，不经意地提到某一笔业务，征求大家的意见。阿海这时候一般都是首先观察领导的意图，是真的顺口聊聊，还是有明确的意图。如果只是泛泛说几句，一般都比较宽泛，肯定不会具体到企业名字，如果企业名称及老板名字都很明确，甚至深入项目细节，那就是有明确意图的。这时候，就要琢磨清楚项目可控性，除非领导点名，否则不要太早说话，最好是最后一个发言，首先要表现出自己对这个区域，或者企业或者老板有一定了解，然后展开自己对项目风险的判断，最后提出几个要点，需要领导把好关。一般这样沟通完后，过几天领导就会叫阿海一起参加一个饭局，然后后面的事情就都顺理成章了。

回到前面电视剧中戴行长交办业务的例子，其实有一些细节，在剧中并没有展开。比如，戴行长直接拿出的是调查报告和一叠业务资料，这就意味着已经有经办人完成了前期对接的工作，而且这个经办人是直接向戴行长汇报的，这意味着什么，这意味着戴行长心中已经下了决心要做。按照银行的一般管理流程，公司业务部或者投资银行部已经深度参与这笔业务，很有可能这位客户已经是存量客户，也并非第一笔业务，赵副行长对这个客户应该是有点熟悉，前期的业务流程已经是经过他手。

这个细节非常重要，阿海是从来没有见过领导直接拿个报告给阿海问他的意见的，都是口头咨询交代。但阿海也能理解剧中领导直接拿出报告来交代的意思，这个环节和拿着某种工具抵着你问你的态度没有区别。领导的意思就是这笔业务的发起流程已经没问题了，问你签不签字，这笔业务流程过不过你，以后有了事情你扛不扛。毕竟赵副行长已经是副行长，从业务分管的原则上说，赵副行长和客户那么熟，肯定分管的是业务营销，还有别的副行长分管贷款审批。日后戴行长高升或者离任，这笔业务也必须由新任行长接手，如果有些麻烦事，新行长最好是想办法处理，而不是直接掀桌子。

后来赵副行长没有接受，戴行长通过表外业务，也就是银信合作业务，实现了对客户的融资，但信托是不可能有这笔资金的，找谁它也变不出这十个亿来，最终的出资行必然还是深茂银行①，深茂银行有可能是通过贷款审批流程实现的放款，也可能是通过表外业务审批流程实现的放款，不管是哪一种，都必然有个分管副行长签字，戴行长在这笔业务流程中跳过副行长这个环节直接自己签也不是做不到，但完全没有必要，也很容易惹出麻烦。流程不全，只要一审计必然被盯上，时间不会超过三个月，而风险揭示有瑕疵，那是只能等业务到期后才能判断的事情，时间最起码一年以上。

所以，戴行长扛着一定的风险，在别的副行长签字的情况下，由深茂银行出资完成了这笔业务，赵副行长片叶不沾身，仅仅是在客户资金量最紧的关口给领导打了个电话表示支持。如果你是戴行长，在推荐接班人，并有可能是要承接这笔业务的后续管理的接班人时，推荐赵副行长，这个逻辑是不是有点问题。更常见的，是后续经组织研究，为了给赵副行长加担子，更全面地培养，将其调入总行某一个略显边缘的部门担任副总经理，丰富从总行到支行的职业背景，只是提拔那就是后续不知道多少年以后的事情了。

---

① 剧中的银行。

接班人？谁签字谁最有可能接班。在这个当口，你必须毫不犹豫地把报告拿起来同意，甚至必须马上先把字签掉，当然也可以先看个几分钟，签完字后把报告拿在自己手上给领导汇报说自己去负责落实。但千万记住，在业务流程单上一定要补上自己的意见，意见的准确与否就看你的专业水准了。

如果这四步都处理好了，团队长晋升部门负责人的日子就指日可待，而晋升之后，至多两年，必将财富自由。对几大金融子板块而言，信托公司的晋升是最容易的，其次是银行和财务公司，最难的是保险和证券。信托公司只要你能力够了，或早或迟，是肯定会晋升上去的。银行只要你慢慢熬，升个支行的副行长也是板上钉钉的事情，因为位置太多，人员流动太大，只要你熬得住，基本不会有意外。但是保险和证券就全然不一样，能晋升的入职半年左右就能看得出来，如果半年内你还看不出来晋升的逻辑，你做到退休也休想升个一官半职。这个时候，聪明的兄弟赶紧和领导经常表扬的同事搞好关系，争取贵人升职的时候，也能提携自己一把才是正经。

很早以前，阿海在商业银行批贷款的时候，曾经审批过一家珠海的矿产贸易公司的融资申请。这家贸易公司的总经理是北京人，纽约州立理工大学 MBA 毕业后，进入华尔街高盛公司工作一年，然后来到香港成立了一家集团公司，先切入保险代理行业起家，后续参与安徽一家上市酒业集团的投资并购，顺利实现资本积累。然后与巴西淡水河谷集团合资成立了一家贸易公司，独家代理国内进出口事宜。这就是证券行业顶级人才的蓝本，根本不是信托、银行诸行业所能望其项背的。这类顶级人才只有券商保险有，人家嫌信托银行干活太辛苦，不上档次。

信托有两端，资金端和资产端，资金端就是找人要钱，资产端就是把钱给人。信托公司就是一根扁担挑两头，两头都在外。明面上的规章制度并不多，中国信托业协会编的法律法规手册，里面所载的文件内容真的不多，只是做业务的时候，虽然直接牵扯的文件不多，但万一管理过程中遇到各种麻烦，间接对从业人员产生牵扯的文件就很多了。

信托公司的业务链条横跨金融的各个领域，技能专一的话可能在某一个阶段也能获得不错的绩效，但因为监管政策复杂多变，阿海们称之为大小年，一旦阿海们所擅长的领域被政策限制死了，阿海们也就很难熬了。只有通过丰富阿海们各个领域的专业能力，才能在政策的夹缝中不断寻找到突破口，保持业务的延续性。这一点光靠态度不够，最起码阿海们得非常了解我国土地招拍挂制度及沿革、国有土地管理制度及沿革、房地产开发运营相关的政策制度及税费规定等，还需要了解证券投资领域证监会的有关政策制度、我国项目投资有关的政策制度、政府财政制度，甚至还得包括煤矿领域的管理制度等，甚至阿海们还要有一个律师所具备的能力。

从业达到一定年限以后，阿海也面临过各种官司的，没有这个能力，就是官司能赢，阿海也会被公司的内部纠纷弄得很麻烦的。阿海永远无法预料自己会遇到什么问题。阿海的知识结构越完善，自己在设计产品时就能少给自己挖坑，后期管理中也能给自己留下足够的空间，甚至在遇到一些有可能牵涉到违法违规的事项时，也能想办法自保，免得稀里糊涂就背了锅。

如果阿海成长顺利，并在业绩上展现出了应有的潜力，他就有希望成为一名卓越的团队长。而要实现这一目标，唯有坚定的信念才能支撑他走下去。如今，走到这一步，他试图回顾从业以来所坚持的信念，看看是否能够完整地展现出来。

第一是地产不败的信仰，没有房地产就没有信托业。信托业快速发展的根本就在于房地产业的快速增长，它是信托业最重要的利润来源。而且最重要的是房地产是我国最为公开透明的产业，它的每一个环节，政府的管理制度阿海都可以在网上查得到，都有大量的中介机构给阿海提供服务。哪怕阿海是一个行外人，看到一块地，只要知道楼面成本，都可以像模像样地讲出个一二三四来。其他任何一个产业，哪怕是金融业都无法与之相比。在这个行业里，哪怕阿海就是被坑了，踩了雷，都有人来和阿海谈，都有自救的机会。不管如何包装，房地产业利润高，融资难，风险小。在阿海遇到种种挫折，怀疑一切的时候，也必须坚定投资房地产。如果真有一天，我国房产价格雪崩了，请相信信托业一定全行业陷入停滞，谁都不可能幸免。

第二是坚定靠近公司核心资源的信仰。信托公司的核心资源就是审批权，没有真正掌握审批权的领导的支持，阿海不可能展现出良好的业绩，能力再强又怎么样，客户基础再强又怎么样，你以为公司真的缺你那几笔业务吗？阿海曾经在朋友圈看到一个朋友发的求职广告，他负责一个三人的小团队，提的要求就是三个人同进同出，公司的政策要兑现等，看到他们对工作的期许，阿海都懒得和他们搭话，无知到了这个地步，相信他们应该已经离开这个行业了。

第三是负责到底的信仰。这个行业利益太大，会有各种人物希望把阿海拉向符合自身利益的方向。阿海经常难以判断事情的利弊，难以做决定。这个时候能支撑他的就是能否坚定地相信要负责到底。阿海知道自己不能抱有侥幸心理。墨菲定律是这个行业的第一定律，一旦抱有侥幸心理，就一定会犯错，就会被人利用，阿海告诉自己一定要千万牢牢记住这点！

变形记

3

蓝色的银信

(1)

转过了年的 2 月份，阿海完成了入职手续，正式来到了五山信托二十楼，开始了新的职业生涯。为了表示对阿海的热烈欢迎，新入职的综合部同事，两个开朗漂亮的蓉城妹子特意一大早就来到了楼下等他，这也让阿海对"蓉城多美女"这句名言深信不疑。一天的时间，除了要领完必要的办公用品，认清自己的工位，还需要和各个兄弟部门、中后台部门的领导同事们混个脸熟。

一圈转下来并不需要花很多时间，因为这会总部没多少人，主要是几十号原来留下来的老员工，不过阿海还是在这里耗了一个上午加半个下午，因为他碰上了一个熟人——前文提到过的廖哥。

阿海跳槽跳过两回，廖哥是他最早待的那个公司的前部门经理，性格特好，插科打诨活跃气氛是基本操作，有人工作出了岔子也能给人安慰得妥帖，阿海还在实习的时候就是他带着的，没想到兜兜转转过了这么久，最后还是成了阿海的同事。

阿海对此颇想吐槽，但廖哥倒是又惊又喜，拖着他叙了半天旧，一个上午过去了还意犹未尽地把阿海拉到尚美轩吃了个午饭。

　　哦，顺便说一下，这是阿海头一回来尚美轩吃饭，来自以吃辣闻名的城市的阿海被店里像极了粤式餐馆的装修误导，真情实感地为这个大概率碰不到辣椒的中午而叹息，却在看到菜单上满目的辣椒的一瞬间把叹出的气都咽了回去。廖哥大手一挥，点了五六个菜，还神神秘秘地拎了一瓶阿海从来没有见过的茅子酒，这瓶酒独立包装，盒子上大红地印着五个大字"茅子红钻酒"，盒子上配有一把密码锁，需要廖哥发一个数字组合过去，然后会收到一个密码组合，这样才能开封。酒瓶通体红色，名家设计，搭配上茅子酒体的浓郁酱香，一眼过去就知道极端高贵。阿海赶紧抱着瓶子使劲端详，一脸没见过世面的样子，廖哥顿时觉得达到目的："阿海啊，这个酒外面没得买的，这是我手下一个兄弟做的项目的定制产品，怎么样，你就说高不高端吧？！"阿海忙不迭地点头。

　　廖哥说："你要不要猜猜多少钱一瓶？"阿海琢磨了一下，感觉廖哥的意思是比较贵，想想这会飞天茅子也就一两千，一狠心伸了五根手指。廖哥很不屑地翘了翘嘴角，掏出手机，搜索了半天，然后把调出的页面递给阿海，页面上赫然展示着，茅子红钻酒7888元/瓶。阿海赶紧伸出大拇指："廖哥不愧是老大，真仗义，以后可要多关照小弟，我就跟着你混了。"

　　看到显摆很有效，廖哥也很高兴，给阿海解释了一轮，这是他们团队做的一笔业务，资金就是用于投资和茅子集团合作的茅子红钻酒，这阵子茅子酒风头看着越来越劲，市场上已经有好几家机构推出了茅子酒的投资产品，主要是通过拍卖购入飞天茅子，然后储存坐等升值，再销售获利。而廖哥做的业务是融资方直接与茅子集团合作定制产品，从源头入手，独立控盘，未来想象空间无限，眼见着是一次暴富的机会。合作方送了老领导两箱，廖哥自己也才留了四瓶，今天和阿海久别重逢，特地给了一个大面子才拿出来一瓶，如果阿海能投资点这笔信托产品就更好了。可惜阿海刚入行，囊中羞涩，连信托行业投资门槛的一百万元都拿不出来，眼见着廖哥脸色稍有些变，阿海赶紧端起杯子敬了廖哥两杯，虽然阿海不会喝酒，也能感觉出来这酒确实很好，一点都不刺激。几杯酒下肚，廖哥心情也好了起来，最后甚至还抢着全额付了饭钱。买完单后，廖哥一把搂住阿海的胳膊："阿海，这一把你肯定是押对了地方，这一行都是进来了就不想出去，看看你廖哥，和当年差别还是很大吧！好好干，廖哥肯定会关照你，争取早日也让你请我喝上红钻茅子。"让阿海泪眼盈眶地直感慨人间自有真情在，但回家一品味，好像有那么一点点的不对劲。

说回到公司本身。那时候人力部正全国撒网大力招人，每个部门都忙得热火朝天。风控部都略显夸张地表示送审的资料已经快堆到屋顶了，这句话让本来看到公司美女众多，心情非常愉快的阿海平添了几分压力。

办公室的设置略显随意，很明显看得出来，基本的装修都是大楼原来的风格，重新开业之后，可能就换了地毯。虽然卡位都是 2.5 米尺寸的，比较宽敞，但布局很松散，也没有前台，装修的材料都是最标准的高密度板，不像银行那么考究。高层电梯从 20 层开始分界，阿海这里正好是直达的门槛，自我感觉就像是专梯直达。出了电梯，左手边便是一个铝合金配玻璃的前门，大门应该有十来年了，当年肯定很时尚，放到这会就略显简朴，面积也偏小，已经不太符合金融机构的偏好。一进前门，迎面是一个胡桃木色的大幅屏风及白色瓷砖质的前台，很明显是新装修的，档次也比较一般。以一个银行系背景的人来看，感觉公司对形象和细节不算特别考究，不像银行，那股唯我独尊的高档劲哪怕走到国外也是没法遮掩的，但那又怎样，阿海是来赚钱的，只要好做事就行。

整个 20 楼都是公司前台部门在使用，阿海也搞不清楚有多少个部门，反正都是各个部门根据需要去和办公室勾兑，只要有位子就能塞人。阿海自己属于信托业务部，公司内部的西部片区；座位后面就是金融市场部，也就是华北片区的同事；转两个弯也有资产管理部，即华东片区的人；投资银行部，也就是华南片区的同事这会还不在这里，他们这会在 18 楼，但两年以后随着编制的扩大，他们也延伸到了 20 楼。阿海自己在部门内领了一个团队编制，这会入职的人员还只有自己，周边都是别的团队的同事，大家混在一块，也不用打卡上班。渐渐地，资料也堆得到处都是，甚至前台桌上都堆上了资料，窗户边的柜子上、地上都逐渐堆满了资料和饮水机等物料，后来钢丝床也出现了，大家从来没觉得奇怪过，都习以为常正常干活。公司领导只关心业绩，阿海们只关心发奖金，办公环境啥的就别当回事了。

公司的核心楼层是 4 楼、7 楼、8 楼和 9 楼，4 楼是财富中心，此时还没开始组建，从 2013 年起在公司的地位才日渐提升。7 楼是项目管理部和审计部，这会也还没组建，也是 2014 年以后才逐渐完善编制，因为公司的主动管理项目都必须派驻项目管理部的现场监管人员，现在他们重要性还没体现出来。8 楼是公司风控部、合规部、法律部，不用多说，阿海和 8 楼每个卡位上的人都吃过饭，这是直接决定阿海们吃饭还是喝汤的楼层。9 楼都是公司核心高管的办公区，有事没事都要找机会去领导办公室露个脸。这样某些需要请领导出个面的时候才好开口，求领导的时候才好找理由。

五山信托是一家新公司，整个公司此时还只有一百人左右，大部分都是伴随着老信托漫长的停业整顿熬下来的老员工。领导们的主要精力都是全国各地的招人，公司间或发出的内部通知都是几十人的入职通知，当然主要在外地。五山信托一开张，可能时机刚好合适，业务增长极为迅猛，特别是华北片区，分管领导一到位，直接就拿下了三百亿元的银信通道业务大单，让骏总觉得特别有面子，说话的声音更是高亢有力。

老领导仍然是阿海的分管领导，甫一见面，两人都觉得压力挺大，因为阿海们的新增业务还没开张。而此时虽然公司刚开业三个月，华北片区的三百亿业务已是尽人皆知。如果不能尽快开张，并且有力度地开张，老领导还可以熬一熬，阿海在公司的时间就是可以数得清的了。所以，第一天在五山信托认了门，第二天阿海就又回到了老东家那，仍旧到处串门，希望老东家的领导们赏点业务做。没头苍蝇似的窜了一周后，终于从老东家那摸出点门道，短时间内是没得着落的，因为目前的业务额度都已经被其他的同行们抢完了，阿海这个刚开张的公司还需要总行给做业务准入，北京在目前的阿海看来，还是一个非常遥远的所在。所以，灰头土脸回到公司的阿海，只能找同样跑个没停的老领导寻求帮助，老领导交给阿海的第一个任务就是对接国家银行的银信合作业务，总行给了 100 亿元的额度，费率千分之三。

阿海担任的是一个二级部门的经理职务，对外叫西部片区某某业务部总经理，也就是内部的团队长。业务刚开张，队伍也不成形，原来打算从老东家叫两个兄弟过来一起干，但这会他们还没有完成离职手续。因此只能先从五山大学和五山财经大学找了两个实习生带着开始干活。后来回头来看，这个阶段最重要的是有业务拉回来做，谁做并不重要，哪怕是刚毕业的学生也可以很快上手。

国行给的业务是最传统的银信贷款模式，此时，正值监管层开始对银信合作实行监管的时点。2010 年 72 号文，2011 年 7 号文，给整个行业带来了很大的压力，特别是 7 号文，规定了银行以理财资金对接信托公司放贷款的交易结构需要按照 10.5% 的比例计提风险资本，这个交易结构要付出的成本就抬得很高了。这句话是什么意思呢？这是参考银行业的一个风险控制手段，要求信托公司每做一笔银行理财对接信托贷款的业务，必须从公司净资本中计提贷款金额 10.5% 的规模作为一个风险资本覆盖。对信托公司净资本有一个 100% 覆盖的总体控制要求，这也意味着公司 20 亿元的注册资本，如果全做这类业务，能支撑约 190 亿元的业务规模，即使全部按照 0.5% 年化的市场收费水平来计算，一家公司的收入封顶就是 9500 万元，如果真这么做，全公司都得喝稀饭。而如果你想按照超出市场水平的多收，同行们并不介意直接让你稀饭都没得喝。

阿海从客户那混了个脸熟回来，直接就往 8 楼跑，一屁股就坐到了风控部老总的办公室里，时任风控部总经理姓枫，也属于二股东派驻公司任职的，年轻帅气，双商齐高，在公司相当有人气，后来进入了智能手机时代，枫总的一条朋友圈起码五十个美女点赞。关于这一点，阿海只是徒然羡慕，毕竟这方面是人比人，气死人。

枫总一看阿海的脸色，直接就说是不是银信合作业务的事，阿海顿觉有门。枫总反馈说公司已经研究过，目前在途的业务很多，刚落地 300 来亿规模，还是不希望业务就此停滞，已经安排领导和监管做沟通，希望考虑到五山信托刚开业，能支持业务发展，短期内暂不按 7 号文的要求执行，但还没有结果。公司也没有停止业务的受理，只是如果后续确实超过了政策要求的话，公司也只能执行。话里话外的意思，阿海自己看着办，目前路还没有堵死。

看在 3000 万元收入的份上，阿海一边赶紧干了起来，一边祈求神灵保佑，神神叨叨地找了个大师在公司里摆了座塔，每天上班下班各一拜，甚至还拉上了最近也碰上难题的廖哥一块儿。

一周的时间，阿海完成了业务送审，合同定稿。然而可能是大师的功力有限，就在开设银行账户之际，噩耗传来，监管不同意公司的要求，还是要严格按文件执行，每笔业务计提 10.5% 的风险资本，这样，按公司当年的净资本考核规定，这笔业务的收费标准要达到 1.05% 年化，在当前市场上，这是一个不可能达到的目标。阿海很郁闷，一边恨不得撞墙，怎么就晚了这么两个月呢，一边觉得两眼发黑，因为这一单如果真被摁掉，阿海的前途也就凶多吉少了，一边还琢磨着怎么和国行沟通。也不枉天天在 8 楼泡着的苦心，风控部具体经办的同事给了一个很好的建议，监管文件的规定仅仅是指银行理财资金作为委托人，如果再加一个交易角色就好了，都已经有别的金融机构在这么操作了。如获至宝的阿海转头又去找国行的经办同事磨，国行没有考虑太久，第二天就答应了，阿海心里的石头落了地。估计是市场上已经没有人还能原样接这笔业务，给谁做不是做，毕竟阿海已经跟到了这份上，咬咬牙干掉了也就算了。

但银行只有一个要求，第一笔业务两周之内必须放款！后面的要力争一周，因为银行是要赶考核时点的。

这个要求过分吗？非常不过分，要知道南部的信托公司拍胸脯说三天搞定，人家是业务团队直接带着公章守着银行做业务的。

带公章上门服务啥的，阿海是不敢想的，回公司提都不敢提。虽说银行是同意新的交易结构了，但业务流程全部都得重来。自己掰着手指头先算算时间，首先要写报告，这个肯定是连夜赶，都不算时间了。然后第二天送审批，风控的领导怎么着也得两天吧，经办人要看，部门领导和公司领导要签字，还是第一单业务磨合，有好有不好，好的是第一回送业务，领导肯定会支持些，不好的是经办人不熟，全新的业务模式，合作客户，他要看多久没个准。业务批完才审合同，这个要过法律部，这个环节很痛苦，公司的法律部是直接改阿海的合同啊，不采纳他就不审，一套合同少说也有六七份，全看一遍怎么也要一两天，还要改，改的意见还要实时找银行确认，小部分意见银行不同意，有时候能协商，有时候还得阿海出主意去串起双方的意见，这个过程你说要多久。第一单业务，阿海私下许了一通愿，好说歹说让法律部的经办人和他一起连夜加班，搞到凌晨五点，也没搞完，第二天继续搞到半夜。最郁闷的是哪怕是公司已经审过的合同，下次换个律师他口味不一样又要改啊。

合同定稿涉及四方或者更多方签署，都得各级领导有空才能约着签字，这一单是个国企，尤其不太好约，特别是地产界的资深高管，那个签字的排场就很让人长见识。签合同就没有一天能搞定的，起码两天。签完合同，再约着去办抵押，毕竟国土局和住建委不是咱们家开的，递件收件再怎么加急，也得三天。其间还夹杂着账户开立，这个因为对手直接就是银行，很好说，但账户开立必须三天后才能启用，因此这段时间也需要预留出来。而且，还有一个很重要的细节，第一次划款的时候，银行大佬是按照放款金额放款出来的，而账户开立后余额是空的，这意味着第一笔资金入账后，需要对收款账户进行放款操作的时候，账户里是没有转账费用的。所以，信托公司不先打一笔转账费用进去的话，第一次放款就会失败，余额不足。而这一笔费用又要预先向财务部申请，还得自己去走流程。如是种种，都是第一次操作业务的阿海所需要解决的，这个时候没有别人来提供这么具体的帮助。阿海就靠着自己的厚脸皮和各类小礼物，以及各种许愿，"跪求"，终于三个星期后把第一笔款项放出去了。

划款指令①出去的第一时间，阿海几乎瘫在地上，手机在此期间至

---

① 信托公司的资金划付都是以对银行出具划款指令来操作。

少接了五百多通电话！每通电话，不管他累不累，困不困，第一时间必须提起精神，激扬情绪，有力度地喊一声"喂"，此处喂三声转二声，附带浓厚的后鼻音，阿海专门分析过，这样会让人感受到阿海的热情。

就这样，从 6 月份开始，这一百亿元的业务陆陆续续落了地。中间几笔业务落地的时候，你能想象阿海在干什么吗？他在天天磕头希望不要把他业务的放款流程分给某一个放款专员。这位放款专员大名鼎鼎，名唤开叔，是五山信托停业前的资深中层干部，当时打遍风控、法律、业务、办公室等各类部门，且均担任过部门负责人。资历无人能及。但问题是现在换了老板，这哥们的心态仍停留在十几年前。重新开业后，开叔已五十多岁，在新老板的眼里，已嫌过气，留给风控部作为普通员工使用，已经是很给他面子。但这哥们总是不太给部门领导面子，对业务的意见比领导还多，还都说得有道理，这就让领导很尴尬了。后来，领导思来想去，放款审核专员作为放款前的最后一环，这个岗位极其重要，而公司资历尚浅，经验确属欠缺，开叔经验丰富，舍他其谁。开业三个月后，开叔隆重上位，第一笔业务就审到阿海的放款流程。

阿海本来是面带微笑来找开叔的。开叔面色红润，身材肥胖，中气十足，职业生涯的起起落落完全没对他造成影响。递上一根烟，开叔婉言谢绝，他也不是完全不抽，但确实抽得很少，别人递烟一般不接，倒也不是不给阿海面子。阿海也不当回事，笑着问开叔何时方便，麻烦他审下放款流程。放款审核的作用，就是对照项目审批书的要求，确认签署的合同、出具的各项融资、担保文书是否符合，抵质押条件是否符合，审核专员点了流程后，后面的领导都是不看的，基本可以认定款项就出去了。开叔先交代以后放款要提前把放款资料邮寄给他，特别是股东会决议、抵押他项文书，特别强调股东会决议最好要先经他点头。阿海赶紧答应，然后开叔指着决议中的一处措辞，说这个不行。

决议都还好说，毕竟在放款面前，再大的企业都会相对低调一点，而且出具一份决议流程短、人员少、好沟通，这个阿海敢答应。马上开叔又指出主合同关于担保期限的约定有问题。

这个阿海就傻眼了，主合同签署方众多，是信托交易结构的核心文件，而且关联到所有的其余文件，一旦要改，所有的文件全要改，流程长，人员多，一旦定稿，谁敢说要改，可以预见的结果是把你这个交易角色给换了，因为工作量是一样的，众多怒火中烧的兄弟和领导一定会找一个泄火的对象。阿海虽然刚开展业务，也知道这里面的利害。但第一次和开叔打交道，还摸不清底，只好继续赔着小心，慢慢做工作，解释这个修改难度，因为他提的这个要求也不是完全没道理，这就牵涉到一个法律关系的定位问题。

其实法律文件中的措辞，很难说完全严丝合缝，文书和语言这个东西，本来就有它的灵活性或者不严谨性。就好比中文说英文停滞不前，英文说中文过于僵化，大家又都说国际上通用法律文书用法文，是因为法文最严谨。这一系列指责其实都表明，文书就必然是个性化的。凡是要较真，都能说出个子丑寅卯来，在这一点上去较真是没意义的，阿海也懂，所以先必须顺着开叔来，如果只是给个下马威，那也只能受着，后面再慢慢做工作，毕竟要赚钱，就必须先受得了气！所以说阿海最终能在行业里熬下来，这一单其实就显露了端倪，最后阿海以银行出具承诺，以它知晓并且认同这种表述达成了共识。因为这种银信通道业务毕竟是银行主导，银行明确在合同中约定了它承担风险，那么文本当中的任何问题，最终都是银行来扛。信托就是个通道，不承担风险。

这单业务开叔算是给阿海抬了抬手！耽误了大半天时间后放款成功，但这次真让阿海出了一身冷汗，因为两个原因。

第一，别的同行对不同的业务是有分类管理的。比如通道业务，合同里边已经写了原状分配条款，就是完全由银行兜底的风险保障条款，纯粹借用信托的牌照完成融资，这类业务银行是自己完成独立的风险审批流程的，其他同业基本都是按照银行的要求来，都是在更有效地完成业务来做文章，有的是在送审流程中标注，该笔业务为银行指定业务，合同不得修改；有的直接给业务团队授权，对重点客户直接携带公章上门服务，流程后补。而五山信托只是弱化了实质性风险审核，流程一个不少。最重要的是，合同完全没有考虑标准化，完全看法律部同事的个人偏好，阿海这一类业务，同样的交易对手，只是不同的笔数，就被三个同事改了三稿，当然每个人都觉得自己改得对，改得很重要，但阿海真的很痛苦，别的金融同业确实没出现过这种现象。

第二就是开叔这种行为，真的属于越权。别的同业，放款审核只是核对审批书的内容是否在交易文件中表述得完整正确，他老人家却是直接把问题扩大到审批书没有的内容。这就搞得阿海更加被动，甚至无法招架。这事你还不能去找领导，因为开叔讲的点不是没道理，只是这个道理和业务的实质风险关联不大，而且更重要的是和他的岗位工作内容没有关联，但你如果去给领导说，保不齐最终的结果是把开叔的主张加到审批书里，那阿海就里外不是人了。

这笔业务虽然惊险过关，但阿海的心也悬了起来，谁知道后面会出什么幺蛾子，但让他很意外又惊喜的是，和他一起搭档的实习生阿斌，还比较有眼色，默默地和具体分业务的小姑娘打得火热，悄没生息地把一大半的业务分给了另一位同事，而阿海自己就只会磕头烧香，后来看着表面上憨憨的阿斌，心里默默地竖起了大拇指，这小子肯定很有前途。

最终的交易结构是国行理财资金认购安平信托的资金池产品，安平信托再委托五山信托公司设立单一资金信托，单一资金信托给国行指定的企业发放贷款。这样一来，业务流程虽然多了一个交易对手，但对于所有参与方而言，性质已经发生了变化。对安平信托而言，他的委托人虽然是银行理财资金，但它的投放对象不是放贷款；对五山信托而言，虽然资金投放是放贷款，但资金来源是安平信托的资金，不是银行理财，这样，大家都不需要执行7号文的规定，风险资本计提系数直接降到了1.5%，都可以赚钱了。对国家银行而言，虽然交易结构有两个机构，但资金全程都在国家银行的账户体系中流动，风险并未增加，交易成本虽有增加，但都是由融资企业承担，银行的收入没有减少。而这笔业务本来是因为银行贷款规模已经达标无法投放的，转成银行理财资金投资后，计入中间业务收入科目，不需要计入资产负债科目，也就是所谓的表外业务，也不影响银行的存贷比考核指标。对企业而言，本来是融不到资的，现在只增加了一点点成本，资金全额到账，更是喜出望外。业务完成后，回头看看，大家都很高兴。后来时间久了，规模大了，这种业务也有一个别的称号，即所谓的"影子银行"。

这笔业务站在更宏观一点的角度来看，似乎是有些奇怪的。因为在银行的报表上，是查不到这笔业务的，这也正是表外业务的定义。因为投资的资金是理财资金，而理财资金不属于银行的业务资产。同时五山信托和安平信托的报表内分别都有这笔业务，如果只是简单加总计算社会融资总规模，那又存在重复计算。

业务完成之后，五山信托业务总规模增加了100亿元，对外显示出了强大的资产管理能力，社会信誉也极大提高。其实在业务的实践上，阿海做的工作就是"跪求"加跑腿，稍有些技术含量的工作就是攒报告和审合同，报告也是银行给的初稿，就是把银行的第一视角改成信托的第一视角，基础资料、合同都是银行发给阿海的。

业务推进过程中，最痛苦的就是和公司沟通合同的事，因为业务都是银行给的，银行对阿海的要求就是听话，用银行的话说就是风险都是我担，业务也是我给的，你一定要保证效率。唉，阿海是多么怀念在银行的生涯，银行的法律部哪有这么高的地位，银行投行部的兄弟们把合同甩给法律部后，法律部只能非常小心地出个法律意见，给些提示和意见，急了不听也没关系。

为什么银信合作业务都要拼到这份上呢？就在于合同中有一个原状分配条款。原状分配的含义是指，信托计划到期的时候，如果信托财产没有全部转为现金状态的话，信托公司有权以信托财产的现状对委托人进行分配，并结束信托。意思是如果融资人不能到期后正常还本付息，那么信托公司就可以把未清偿的债权直接分给银行，然后信托公司就自己一拍屁股不管了。这句话保证了信托公司不承担融资业务的实质风险，有这句话的业务，阿海们后来都统一归到事务类信托的范畴。在这种情况下，信托公司在业务中所干的活就只是签合同、办抵押、按银行的指令划款，不担风险然后分钱，再加上 30% 的激励，收益高风险低，你说要不要拼。

所以，阿海有次告诉朋友，如果发现上市公司开展了信托投资，特别是单一信托投资，信托合同中有原状分配条款，然后其中相关的费用又相对比较高，比如超过了 0.5%，那就要多留一些心眼了。

(2)

2011 年是银信合作业务的超级大年，浩渺无边的银信合作业务就像蓝色的大海一样此起彼伏。这边国行的业务刚刚落地，那边商业银行又找上门来。7 月份的时候，有个商行的老同事给阿海打电话了，只问阿海现在还能不能做银信业务，费率好谈。因为上半年其他信托公司的业务规模基本用完了。而五山信托因为刚开业，而且一直在提通道业务费率，所以还有规模，但阿海的报价已经到了 1.2% 的费率。商行没有还价，只是说他们的交易结构略微有点独特，希望不要对外传。

所以咱就是说商业银行是大行呢，为了更好遵守 7 号文的要求，商业银行设计出了财产权信托的交易结构。简单来说就是把之前的交易结构倒过来了。之前的银信合作是银行理财委托信托公司设立单一资金信托，然后对融资客户发放贷款。现在的交易结构是客户将拟融资的资产委托信托公司设立财产权信托，然后银行理财再和信托公司签订投资协议来投资。这样的交易结构委托人是拟融资客户，多了一个投资人而少了一个贷款客户或者融资对象，又对 10.5% 风险资产覆盖的政策形成了规避，可以只记 1.5% 的风险资本。

这笔业务遇到的唯一障碍是时间，因为市场已经对公司快速增长的业务规模提出了控制要求，看在商业银行可以提供 1.2% 费率的面子上，公司拍板立即操作了。而且骏总直接参加了风控部门的会议，点了这笔业务的名。后果就是业务流程无比顺畅，没有任何人提出意见，是的，没有任何人，法务没有修改合同，开叔对于这一笔业务也没有说任何话，而对第二笔放款条件提的条件在第二天又自己撤回了，没有耽误放款。

整个 2011 年，公司全员都处于一种极度亢奋的状态中，年初从 0 起步，8 月份公司业务规模就达到了八百多亿元，通道费率从 0.3% 起步，0.3% 的要求没两个月就到了 0.4%，很快就到了 0.8% 乃至 1%，7 月份最高达到了 2%。根据提供 2% 费率的银行的要求，公司的合同连原状分配条款都取消了，增加了一个延期结束条款也算是对通道业务的交代。延期结束的意思是如果到期融资人没有还钱，公司可以选择一直等到客户还钱再结束，理论上可以一直延期到客户还钱或银行受不了为止，当然信托也不用自己去垫钱刚兑。虽然不能直接把债权还回去，但是 2% 的等待成本，公司觉得也够了。

这一年的季度经营会中，领导们都极度强调费率，收费 2% 的业务被反复提及，要求大家必须积极向先进部门学习。只不过当时大家并不知道这就是市场的顶部。集合业务也有一笔 8% 年化收费水平的房地产项目在送审当中，领导没有多说细节，但对收费水平的满意神情让阿海印象深刻。最后，公司明确要求，由于市面上同业的业务规模受限，五山信托还存在很好的市场空间，业务的收费费率必须进一步往上调，阿海很幸运地搞定了国行这一笔开了张，才能在后面的岁月里不断见证五山信托的精彩。而那些刚刚入职的兄弟部门同事们脸上已经开始发青。

银信合作业务是信托业的基石性业务，它是信托业腾飞的主发动机，任何时点它在信托业规模中的占比不会低于50%，收入中的占比虽近年来逐步下降，但也不可能低于50%，最高峰时的体量只需要你尽情发挥想象力。

虽然规模这么大，但这类业务和信托公司其实没啥关系，资金以及客户都是银行的，信托公司仅仅在中间卖块牌照。这类业务的融资成本从5%到10%以上都有可能，构成主要是银行管理的资金成本，因为银行是根据融资客户的行业计提不同的风险成本，所以有区别性的报价，给央企等大型集团客户4%都有可能，对房地产一般是7%起步。然后再加上给信托公司的通道费，不同时点差异很大，从1‰到2%不等。还有信托计划的托管费，有时候银行还会切出一块费用以财务顾问费的形式收入另一个科目，就构成了业务的总成本。但不管金主怎么玩，信托的角色都是安静地待在某个角落，等待着金主大爷们心情好的时候丢下来几个铜板，然后把大爷交代的工作落实好，大爷其他的宏图伟业，信托只用做好鼓掌欢呼叫好就可以了，不要多想，也不会多想。

在阿海的业务还在推进的时候，公司里传出了一个令人心情沉重的消息，由于业绩没有完成，南京、南昌的业务团队被整个裁掉了。因为公司对业务团队的考核周期比较短，基本的要求都是半年必须完成任务，如果没有，则给一个季度的过渡期，再完成不了直接裁掉。

这几个团队成立的时间也就三个季度不到，几个团队长性格都挺好的，跟阿海一块儿吃过几顿饭，还算有点交情，论水平也是在证券业混迹多年的老鸟，只是可惜没有踩准节奏，一开始他们就立足于主动管理类的房地产业务，审批时遇到了些障碍，好容易批下来了又错过了找资金的好时机，又找不到钱，最后客户等不下去找了别家，导致一直没有开张。

吃完散伙饭，留下来的兄弟们很快就收拾好心情继续干活了，毕竟活下来了，好日子才在后面等着。

从五山信托的角度，或者扩展到整个行业，能活下来的队伍都必须具备搞定银信合作业务的资源，因为这类业务不管再怎么磕磕绊绊，它的风险特征行业还是认同的，区别只在于效率，业务人员实在没办法了，找领导支持也有人敢拍板，有业务落地了才能说后面的发展。而其他主动管理类业务，在业务人员个人形象得到人认同之前，是很难落地的，这一点阿海也是慢慢才品出来。所以一开始就直接搞主动管理类业务的团队基本活不下来，哪怕是领导招进来的团队也没有例外。但问题是，后面敢进来的团队，基本都是奔着赚钱来的，都是想着一把致富奔小康，加上银行资源已经都被老团队开发殆尽，所以阿海的印象中2015年以后只活下来了一支队伍，其余的新队伍全死了。老队伍也不断地合并调整，基本上只剩五支基干队伍算是生根发芽在茁壮成长。

(3)

这类业务竞争的核心，在初期是通道费的报价以及操作的时间，一般一家银行要做业务了，都会给市场上的主要信托公司打个电话，一般电话的内容都是这样：

银行："嗨，哥们，我们这边要做一笔通道，有兴趣没有啊？"

信托："大哥，有事儿您尽管吩咐，要我干啥？"

银行："有额度没有，现在费率多少？"

信托："您这是房地产还是非房的？业务规模大概多大？"

银行："房地产的，这一笔5个亿，后面还有，总规模不会低于20亿。"

信托："现在房地产业务规模紧哦，公司每个月都要给银保监报余额，现在应该还有，估计费率得到千五。"

银行："高了吧哥们，人家越财才报千三哦。"

信托："大哥，非房的千三我也能做，房地产确实公司额度看得紧，肯定要高些的。"

银行："这样吧，你也去公司问问，看报价能不能下调点，我也给领导汇报下，争取给你们协调点额度，咱们都这么熟了，你也要多给公司争取点资源，我想关照你也得有条件啊！"

信托："谢谢大哥，我去给公司汇报一下，您这边如果要做，什么时候放款呢？您这边审批流程走完了没？"

银行："流程就快了，估计这周我会完成审批，行里边要求下周内必须完成放款，时间上能保证吧。"

信托："一周多时间肯定够，您放心吧！"

就这，如果信托这哥们醒目的话，最迟第二天马上去银行攻关，这笔业务应该是跑不了的。

这一年的银信合作业务都是银行理财资金在投资，凡是银行理财资金作为唯一资金来源的银信合作业务都称为银信1.0。但此时监管的风向渐渐变了，开始对资金来源和去向变得更谨慎、更细致，金融业职场里的人都能敏锐地察觉这种变化的气息。尤其是过去那些资金本质来自银行理财的业务，即便表面做了各种复杂的包装，比如在业务结构里增加中间机构，但资金的源头依旧没有改变。且业务创新也跟着进化。没多久，银信之间的业务合作模式便又悄然升级，各种更加复杂的业务架构开始慢慢浮现出来。

2012年，展业银行的通道业务大量开展，这次的主要创新在于银行和信托签合同时，以自有资金的名义来投资信托，这样也可以规避7号文关于理财资金的规定。只是阿海偶尔有空的时候了解了一下展业银行的业务规模，似乎较他们所有者权益的规模大了许多。自有资金的属性完美避开了监管政策的要求，不管如何认定，资金性质上的差异总算和政策不冲突了，大家心里踏实多了。但事后，好像自有资金和理财资金会有一系列的交易，确保资金的头寸符合要求。

逐渐地，展业银行主导的业务中，资金方越来越多，各种股份制银行、城商行、农商行都开始成为信托计划的委托人，当然都是以自有资金的名义来和信托做业务。逐渐地保险资金也参与了进来。展业银行也开始有了同业之王的美称。别的金融机构为什么会投展业银行安排的业务呢？据说是展业银行在后面对风险进行兜底，因为银行间是有一种被称为同业授信的业务存在的，在同业授信额度范围内，其他金融机构也相信展业银行的兜底能力。反正有个大的在后面撑着，大家兴高采烈地分钱都干得挺热乎。

慢慢地，其他银行都跟进来了，都用自有资金来投，银信合作业务正式进入了银信 2.0 阶段。

很快信托公司也开始开动脑筋了，银信合作业务不就是通道嘛，信托干吗还要一笔一笔业务去批，直接给你批个业务模式加额度，后面你给信托发指令不就好了。于是银信合作业务的资金池模式闪亮登场，进入了银信 3.0 阶段。

这个资金池模式讲穿了其实很简单，信托公司这次主动出击。它直接给银行批一个比如 50 亿规模的信托，先把信托合同一次性过掉，讲明可以分期成立，先投一笔具体业务，后续银行有新的项目要投了，直接发个指令过来，签一个确认函就完事，这效率比常规模式快了许多，费率也可以随行就市调整，实乃银信业务抢生意的不二法门。后面还可以设开放期，这样哪怕有些客户提前还了钱，可以选择赎回也可以选择继续投新项目，多方便。而且这样最大的好处，对信托而言就锁住这家银行了，只要不是把银行搞得太不爽，它都很难再换别家，对银行而言时间更有保障，环节也省了不少，效率高了不止一点。银行配合开户也是一次开好几个，免得后面要用来不及。总之一切为了效率，一切为了收入。

再后来，升级就不好一言概之了。比如一笔 5 亿元的信托，信托给你设立两个委托人，一个是银行理财资金 4.99 亿元，另一个是自然人100 万元，这样委托人多一个，就不适用信托净资本惩罚性监管政策和单一信托业务规模的规定了。到了现在，银行已经开始不局限于委托人的个数。

（4）

2012 年刚过完年，银信通道业务就发生了一些变化，上年不断上调的收费标准开始掉头向下。阿海虽然上年还算幸运地搞定了几单业务，只是后来也被公司费率上调的速度搞怕了，毕竟总是上调收费也没法对客户交代，所以直接放弃了营销这一块业务。没想到到了年后，信托公司政策的多变性第一次对阿海展示了真容。忽然一下，业务规模就放松了，收费标准也下降了，而且下降的速度非常快，一个月不到直接就降到千分之五的年化水平。阿海在懵逼的状态中去找客户询问了一下收费，发现别家的报价甚至还低过五山信托的。后来在多年的业务实践中，阿海终于发现五山信托的通道业务收费水平一直是全行业最高的之一，搞得阿海做通道业务就一直像搞零售一样，只能接一些疑难杂症，后来也不停地陷入各种麻烦中。因为银信业务也不是没有风险的，仍然存在相当比例的融资逾期，这个时候，银行会不会按照合同约定来回收也不一定，更何况如果没有原状分配条款，那后面的工作可就少不了，毕竟在监管看来，这笔风险资产是挂在信托公司名下的，后面的评级压力、考核压力，这一切的一切都会变成信托业务人员收入的压力。唉，阿海诸多烦恼无以言表，为了养家糊口也是颇为不易。

原来信托行业达成了共识，分别将有原状分配条款的银信合作类业务，按照事务类信托的风险计提系数向监管机构报备，这样风险资本计提比例降到了 0.1%，而原来是 1.5%，这一下，业务规模能直接扩张到原规模的十五倍，又释放出了大量的业务规模，熟悉的价格战又开始了，通道费率迅速回落，并且在后续的年份里进一步下降，阿海记得 2016 年最低降到了 0.1% 以下。从 2018 年起，因为市场明确定调要全面清理通道业务，银信合作类业务的收费又开始上扬，甚至行业里也流传过一些千七千八的业务。

这十几年总体来看，银行、保险以及各类金融机构主导的非标通道业务总体规模应该是没有缩小的，只是这个盘子在信托、证券资管子公司、基金资管子公司以及一些不通过通道的交易结构之间辗转腾挪，在各个科目间飘忽不定，随着监管政策的执行体现在收费标准上上下游移。比如通财证券的理财子公司，曾经有那么两年很激进地在市场上和信托公司竞争业务，平均收费水平不到 1‰年化，券商的理财子公司一直没有主营业务，穷得眼睛都红了，根本不考虑费率的要求，有收入就行。它的交易结构也很简单，也有做委托贷款的，但主要还是做明股实债。而在这方面一直最有创新精神的建筑银行，在那些年曾经开发过一种叫作"股权通"的业务模式，究其实质，其实就是直接以理财计划的名义对项目公司股权进行投资，其间绕过了所有的通道，这样就能把所有的费用都留给自己。但这样做的问题都一样，因为信托公司是合法的金融持牌机构做贷款，抵押主体和贷款主体是同一的。

而那些理财子公司，理财计划，都不是合法开展信贷业务的主体，所以这些机构开展融资业务，都必须把抵押权设置在代理银行名下，这样如果出了风险，它们是没法独立去主张权利，都必须通过代理银行去主张，甚至自身这笔融资业务是否完全依法合规都需要证明，否则一旦融资业务被认定为无效，所有的抵押权都属无效，这个后果可就不是谁能承担得了的了。所以，一般融资业务出了风险之后，就需要银行自己放贷款把出风险的资产接回表内去处置。但这时候资产已经出了风险，就又不符合银行贷款通则的规定，导致贷款很有可能放不出来。其间商业银行南方区域某省的副行长，就为了把风险表外资产接回表内处置，硬着头皮批了贷款接回了资产，结果后来被定性为违法发放贷款，加上其他的一些违法事项，被判了无期徒刑，可谓惨痛。

这里再细致地做些解释。一笔信托贷款业务，在信托委托人将资金汇入信托成立了一个信托计划后，信托计划会在落实完所有的风险控制条件后，将相应资金贷给融资人。这里的风险控制条件主要包括落实资产抵押。这里的资产是直接抵押给信托公司的。而理财子公司以及银行设立的"股权通"产品，因为不是合法的金融持牌机构，所以都不可能设置抵押权。对这一点，理财子公司一般都是按照《合同法》的相关约定设立委托合同后，通过银行的委托贷款产品实现对借款人的融资，而资产抵押都是设置在委托贷款银行名下。"股权通"产品也是按照《合同法》的相关约定，但因为这个产品的发起机构就是银行，银行没有这类产品的经营牌照，所以这类产品根本没有独立的法律地位，不可能形成任何的法律行为，在它名下即使操作了任何的金融业务，都必将被认定为无效行为。所以在短暂的"股权通"产品运营期间，它都是直接通过股权的方式开展业务，而非债权。这"股权通"业务还是基于对客户信用风险的评估结果，业务的本质还是债权，这种夹生的现象必将导致一旦业务产生风险，银行将毫无处置能力。

每一家信托公司的银信合作业务规模基本体现了自己的风险偏好和经营策略。比如五山信托，因为坚持一定要赚钱，一直坚持着市场上几乎最高的费率水平，从2012年后就与市场上主流银行合作关系日渐疏远。但与一些城商行、农商行乃至互联网银行还保持着千亿元以上业务规模的合作。而且所操作的通道业务还含有相当数量的非标准化通道业务。这里所称的非标准化通道业务，说的是资金方内部审批流程存在一定瑕疵，比如传说中的领导的业务等。

在2017年以前，信托公司的银信合作业务都要加上原状分配条款，在信托公司被一遍遍揉搓后，这个条款也确实为信托公司提供了基本的保护。但从2017年这年开始，因为市场开始明确表态要全面清理通道业务，信托公司感觉到时日无多，逐渐开始放弃了这一条款。2020年以后所谓的主动管理型银信合作业务规模也已经不少了，这类业务的融资客户还是由银行指定，银行和信托签的是资金代销合同，合同中也没有原状分配条款，顶多一个延期结束条款或者干脆什么都没有。初看上去就是一个完整的主动管理型项目，只是给信托公司的费率也是一个通道费率。没办法，信托谋生不易，且做且珍惜。你不做，大把人还在抢呢。

因为大家都认为银信合作业务是银行在后面兜底，属于低风险业务，对于相当数量的国有信托公司，对通道业务就秉持着多多益善的态度，费率、效率啥的都不讲究，所以你会看到一些公司规模能冲到大几千亿元。

有一段时间，保险也通过这种架构和信托公司做业务，这些模式都在用，就是资金和项目都由保险提供，信托还是做通道。信保业务一般给信托公司的费率会高些，因为大家对保险公司的兜底能力的信心会比银行弱些。而且保险因为政策的关系，不能投资单一信托。现在因为政策规定保险投一个信托计划规模的比例不能超过总规模的20%，所以保险的通道已经很少听说了，这个资金拼盘能做的，市场上估计只有一家。

上面说的都是资金端的变化，对于银信合作业务的资产端，只有两种，房地产和非房，纠结点也还是费率。对于房地产通道业务，因为政策有个规定，一家信托公司房地产业务余额不能超过公司总规模的15%，这个政策针对的是信托的资产端，与信托公司从资金端风险承受责任来划分的主动管理业务（主要是后面说的房地产业务）还是通道业务（就是前面说的银信合作业务）是无关的，只要最终投向是房地产企业就算，后来还把一个房地产集团内的建筑公司等非房地产公司都计算在内。所以任何时候信托公司对房地产通道业务一直都比较谨慎，报价也一直比非房高不少。随着时间推移，业务设计的技巧也不断演变升级。信托公司更为谨慎地优化业务结构，比如在一些资金投向相对敏感的领域，通过灵活调整业务模式、合理选择投资方向，以适应不断更新的监管要求。每年监管部门都会设定一些业务领域的占比指标，各家金融机构也都严格按照监管要求去执行。从公开的数据来看，银行和信托机构的业务结构都在合规范围之内，维持着相对稳定的状态。但从阿海他们这些从业者的角度看，业务背后的实际情况却未必完全如此。许多业务的性质看起来与某些特定行业关系不大，但在实践中，资金的真实流向却可能有着更复杂的关联性。

阿海算是一个比较有钻研精神的人，平时就对各种历史很感兴趣。从欧洲的文艺复兴到近代的甲午海战，历史上的各种重大的事件基本都研究过，家里还有一整套《罗马人的故事》。

所以业务落了地后，他对信托业的历史产生了浓厚的兴趣，根据他的考证，最开始的银信合作是从政府平台开始的，你信不信？你看，信托的各项业务其实都搅在一起。

这要是说起来就有点久远了，第一单银信合作业务是商业银行通过信托给重庆的一家平台公司放的两百亿融资。当时中央领导、金融监管系统领导以及银行的领导都给予了极高评价，全国推广。约莫是2008年，那时银行已经从巨大的不良包袱中爬出来好些年了，主要银行也都上市了，但表内业务仍处于严格的监管态势下，对每种贷款都制定了严格的监管要求，连计算公式都给你规定好了。你只要按规定操作，银行的经营风险和信用风险肯定是可控的。只是在全球金融危机下，放松银根①的信用创造机制显现不出来。在这个模式下，一方面银行对信托是一笔投资，这样可以不受监管对表内贷款的各项规定约束，瞬间把货币

---

① 这是经济学的一个重要观点。在经济衰退期，经济体中的货币量也趋于收缩，因此刺激经济的一个重要因素是货币扩张，而此时经济体因为正常贷款需求不足，货币量难以增长。所以在国内，就需要非常规地促进贷款规模增加，以达到货币扩张的效果。

乘数效应发挥的空间打开了。另一方面，信托行业经历了四次整顿，堂堂一个金融子行业，全国几十家信托公司，加起来总规模几千亿元，苦苦挣扎求生，好不容易从违法乱纪的坑里爬了出来，虽然理论界对信托业的定位和发展进行过一些探索，但事实上都是在金融市场的边缘领域磕头化缘，或者靠抱股东大腿赏些饭吃，都是吃了上顿愁下顿，这下有了一个稳定靠谱的业务模式，可以实现可持续发展了。最后，政府平台凭空多了几百亿元资金，一下子腰杆硬了，对辖内的城市环境及基础设施可以任意泼墨挥毫，政绩也出来了，经济效益也有了，谁都高兴啊。当然说这个交易结构对冲掉了国外金融危机的不利影响，这种说法未免有些夸张，但是这个业务规模确实成了经济的一个发动引擎。

银信合作模式发展的历程大家都看到了，现在可以装到这个模式里边的融资总规模估计已经没人弄得清了，这个模式现在已经创造出了无穷的花样，参与的主体也基本覆盖了我国所有的金融机构。有一段时间证券公司也纷纷成立资管子公司来和信托抢生意，使得参与的主体更趋复杂。有些银行还推出了一些产品，直接以理财计划代理人的身份对企业进行投资，完全不用中间机构。信托行业的20多万亿元规模主要都是银信合作业务，基金资管子公司、证券资管子公司应该也是一样，还有一些银行直投、保险直投也是一样。

现在的主流方向是将银信合作业务纳入统一监管，分头再打板子。对银行是限期要求全部回表，对信托是限期压缩业务规模，也在不断成立银行资管子公司准备替代掉信托的角色，毕竟还是银行的监管系统最完善，都并到银行的报表里边，市场应该是最放心的。

(5)

那是 2015 年某月的一天，生民银行的朋友给阿海来了个电话，说有笔业务要关照阿海。他们行要给蓝地集团在华南的一个项目做一笔融资，需要信托做下通道。

业务上门，赶紧落实细节，沟通了一轮，就是一笔很常规的业务，生民银行的自有资金委托信托公司成立一笔单一信托，给蓝地集团某华南项目做一笔开发贷。如果要说特殊，那就是蓝地集团不给项目融资作担保。一般一个企业集团做融资，都是项目公司担任贷款主体，而集团出面做个连带责任担保，就是表示融资是我集团的统一安排，最后我也会统筹来安排偿还。集团不担保的情况也不是没有，这就是店大欺客还是客大欺店的逻辑，集团太大了不想担保，银行有时也会捏着鼻子认下来。但一般来说，因为项目公司的融资并不一定都是项目上使用，往往有结余的时候会由集团统一调度，这样，集团做个担保也有一层加强统调统还的含义。比如著名的永大公司，它的融资是明确要求集团统一使用，也表明是集团统一归还，你不同意它就不提款了。像蓝地集团这种巨无霸型的国企，一般的融资也是有集团担保的，房地产领域的融资基本都一样。

再往下聊聊，就发现业务的起源是蓝地集团华南公司和两个本地的企业合作开发这个项目，三方各占相应股权，但两个小股东没有出资实力或者不想出资，找到生民银行希望融资。生民银行看在蓝地集团的面子上业务还是想做，但融资主体不是蓝地集团（其实真是蓝地集团的业务也不接受生民银行的融资成本），所以表内贷款也批不了。后来行长就把这笔业务交给了生民银行的金融市场部来想办法，所以就来找信托搭表外的结构了。

很明显这笔业务就不是正常的逻辑了，阿海自己猜想，事情应该是这样：房地产项目是有很强的属地性的，一般外地企业想拿一块地都需要跟一些本地的利益团体进行勾兑，否则拿不到。但外地的国企基于财务制度的原因，一些费用又出不了。所以就需要和一些本地的民企合作，民企出关系，出阶段性费用，国企最终买单。但这时候如果费用超出预期，就需要做些特殊的融资了。

这笔业务搭来搭去都是看在蓝地集团的面子上，所以银行就提出来，蓝地集团必须给担保。但蓝地集团区域公司也提出来，这是帮小股东的忙，本来蓝地集团和小股东是正常的股权合作关系，还帮它担保集团那边也过不了。蓝地集团区域公司和银行纠缠了半天，最后双方各退了一步，蓝地集团可以不担保，但是必须在区域内找有实力的项目公司来担保。

所以阿海在做业务结构的时候，就是蓝地集团华南区域公司下属的两三家二级区域公司提供的担保。签合同的时候，经办的虽然是蓝地集团华南区域公司的财务总监，但那个态度实在算不上配合，让阿海们等在一个角落的杂物储藏室里边，合同签署人始终不露面。好半晌一个经办人拿着签署人的身份证和签名章过来，通知阿海只能这样签合同，不认就拉倒。阿海跟在后边好说歹说，人家理都不理。实在没办法，只好把生民银行的兄弟们叫过来，把这情况给他解释清楚，兄弟们也没办法，电话请示他们领导，最后说就这么办吧。合同签完了，阿海想想还是不放心，又专门给银行出了个报告，把合同签署过程中的细节全部给双方明确了一下，也请银行回复了书面确认回执。

结果到了 2016 年底，业务到期的时候，因为项目进展比较慢，还没到分红的阶段，小股东也没有还款来源。阿海如实通报给银行，这下银行也着急了，找到对接的蓝地集团华南区域公司的人，人家这会也没办法，区域公司内部调动这么一笔钱真是超了权限，必须得报集团批准。但据说银行的人去蓝地集团要账的时候，集团根本就不搭理。这会五山信托是不着急的，到期后经过几轮协商，阿海们按照原状分配的约定把贷款转让给了生民银行，就算完事了。后来了解到，银行走了司法程序，边打边谈，最后和解，蓝地集团回购了小股东的股权，把生民银行的贷款代偿了。从阿海的角度，这笔官司打得很是无厘头，也许背后有别的逻辑吧。

这算不算典型的银信合作纠纷呢？阿海不好判断，但近两年这类纠纷越来越多。还有一笔更是奇葩，是一家城商行和一家小贷公司的信托纠纷。那是一笔假集合信托，业务规模 1.6 亿元，初始银行出资 1 亿元担任优先级委托人，小贷公司出资 6000 万元担任劣后级委托人，小贷公司要以自身收到的信托利益为限对银行应收的本息提供担保。两家都把资金划给五山信托设立了一个集合资金信托计划，该集合计划将资金认购了一家证券公司设立的资管计划，该资管计划再通过深圳一家银行发放一笔委托贷款，给山东一家房地产公司开发使用。整个架构还约定了小贷公司担任对融资人的管理人职责。

在融资项目的开发过程中，出现了很严重的管理不善的迹象，开发到一年的时候，融资人的几个股东发生了大量的纠纷，还涉及对外的民间借贷，销售资金也被挪用，融资的利息也付不起了。眼看着项目发生风险，怎么办？

五山信托首先发难，公司把项目的管理人也就是劣后级的受益人小贷公司、委贷行、融资人及担保人全部作为诉讼对象，一揽子都告到了法院。小贷公司也不甘落后，主张信托公司应该按比例将债权原状分配，也把城商行、五山信托告到了法院。资管公司慢慢悠悠地把委贷行的委贷权益对五山信托做了一个原状分配，也不管信托同不同意，坚持这个事已经与自己无关。城商行看着不对，也把小贷公司和五山信托告到了法院，要求五山信托不得按比例原状分配，要一起对融资人主张债权。三个官司搅到了一起，涉及的法院分别有山东高院、南昌中院和深圳中院，中间为了管辖权的问题还惊动了最高院，诉讼主体分别在江西、深圳和四川、山东，官司一打就拖了三年多。融资人不还钱怎么办，没有人顾得上。直到2019年官司陆陆续续都开始判了，大家才开始关心融资人如何还款及追责的问题，但最终的结果现在还不知道，肯定会有人亏得厉害。

这个项目是个极端案例，涉及内外勾结，损害融资人利益等违法行为，刑事责任和民事责任都搅到了一起。相对常见的是在融资人没有到期正常还款的情况下，委托人银行与信托公司产生纠纷，信托公司要原状分配，银行不答应，要求信托公司发起诉讼，履行追偿的责任。一般来说，如果只有一家银行担任委托人，信托公司只要有原状分配条款的，都还是能把银行说服的，如果有两家银行共同作为委托人，这官司就将旷日持久了。对于五山信托而言，这类代打官司的事情是没有人会干的。原因很简单，打官司很贵，国内一笔 10 个亿的融资纠纷，诉讼费就会达到千万元级别。这笔钱委托人是没有科目出款的，因为对它来说，形式上它是投资人，信托作为受托人和原告，投资人代为垫付诉讼款，权责不对等，这笔付款的流程批不下来。而对于五山信托而言，公司会就这笔垫款向业务团队收取利息，利息还颇高，一年就上百万元。万一官司还没全赢，需要承担一部分诉讼费，那就惨了，公司会全额扣减业务团队的绩效和费用，业务团队肯定会因为费用透支而被裁撤掉。所以五山信托一旦发生这种纠纷，基本都是强行原状分配，然后与金融机构一拍两散。

在阿海看来，这类业务在最初接单的时候，对最终出现纠纷，其实参与人都是有一定的预期，就是估计会有些麻烦，但是有多大的麻烦，就不一定看得很准，那为什么信托还要去接这笔业务呢？通道费给得高啊！

现在媒体经常报道信托的一些风险项目的事件，主要报道的都是银信合作类的项目，这类项目对信托公司还真没影响，只要是银行出钱，哪怕没有原状分配条款，信托公司也可以底气十足地和银行扯皮，最极端的就是某一年商业银行与诚信信托就山西正富能源集团有限公司成立的"诚至银开 1 号集合信托计划"所产生的纠纷。这个项目的资金还不是商业银行的理财资金，是商业银行代销的诚信信托的集合计划。但这些认购的客户首先是商业银行的客户，他自己批不了表内贷款，甚至也不能直接包装成理财计划直接投单一信托，只能走代销的渠道去推动集合信托计划包装融资。

而诚信信托只要是商业银行推荐的业务首先是要做，其次才是怎样做。这笔业务信托的收费也是介于通道类业务和主动管理类业务之间的标准，只比通道类业务略高。所以诚信信托完全是将它视为一笔通道类业务来操作的，只是没想到最后真出了风险。虽然诚信信托尽力去扯皮，但还是没能全部甩掉锅，因为合同中真的没有原状分配条款。单论风险的话，肯定还是银行想得透彻，信托无恒产，期望见缝插针，就只能被人揉搓。

银信合作类业务，是信托业起家的手艺，也是因为银信合作类业务给信托业扩大了规模，赚到了第一桶金，才能在此基础上形成一定的发展特色。哪怕是到了现在，信托业俨然是金融第二大产业，平时都高居鄙视链的顶端，动不动看不起证券啊基金啊什么的，但只要银行让它趴着，它还真不敢躺着。因为信托业知道，如果真把银行惹不高兴了，不给业务做，自己分分钟被打回原形。

历史证明，信托也知道，只要资金是银行出的，哪怕有些风险，有些扯皮，银行都要履行兜底的职责，哪怕没有原状分配条款，信托也敢不刚兑，陪着你慢慢扯，最终还是银行受不了。所以呢，站在银行的角度，这类业务做多了以后，都慢慢开始去信托化，毕竟你就一通道。

还是2016年的某一天，阿海刚一上班就感觉公司的氛围很紧张，同事们都在办公卡座上窃窃私语，不时瞟一眼大会议室，而大会议室门紧闭着，阿海扫了一眼，似乎涛哥在里面，不知和什么人在谈事情。

自己还有很多事情要忙，阿海甩了甩头，就把这眼前的事情放了过去。眼见快到中午，自己业务的报告初步有了一个眉目，涛哥走了进来。他神情有些紧张，但脸色还好，进来后一下坐在阿海对面，深吸了几口气，搓了搓脸，掏出烟和打火机，递了一根给阿海。阿海也没客气，接了过来，还凑着点了火，一边吸一边看着涛哥。

涛哥刚从会议室出来，就过来感谢阿海："阿海，这次还真是亏你谨慎，要不然你哥这次就要掉坑里了。"

这关系到一笔两年前的业务。

前年的时候，涛哥经朋友介绍，联系到了首都一家著名的企业正权集团，它的标志就是鸟巢边上的那家高大上的酒店。老板是文总。此时的文总正值巅峰，正权集团发展迅猛，坐拥一家券商以及首都北四环外的一个42万平方米的商业项目，包括自称"超级五星级"的酒店，12套空中四合院，以及几百套定位顶级的公寓。这个商业项目很难用价格来衡量，空中四合院每套对外报价都过亿，公寓对外报价都过千万元，总体项目的估值接近千亿元。而集团控股的那家券商当时排名也非常靠前，此时已经有一家国内排名前列的正方证券提出并购，按照已经公开的方案，正权集团将成为新合并后正方证券的二股东，市值肯定也是百亿级别。正权集团希望能以部分公寓作抵押，找涛哥融一笔资金，融资利息给得还不错，涛哥高兴坏了。

这种项目还有什么好说的，涛哥马上给领导汇报，表达了对方希望邀请五山信托领导去正权集团指导工作的热情愿望。正好借着公司在北京开会的机会，几乎整个班子集体出动，主要是想参观这个远近闻名的项目。

文总已经不参与一线的经营，前来接待的是集团主管融资的副总经理，他领着公司领导从地下一层开始，逐层介绍这个可以与帆船酒店比肩的土豪项目。这个项目主打的就是一个龙字，一共包括 1 幢超 5A 级写字楼、3 幢国际公寓、1 座"超五星级"酒店、1 条长 411 米的世界第一商业长廊——龙廊，以及位于 3 幢国际公寓顶部、全球独一无二的 12 套空中四合院，共 5 种建筑形态。整个项目以 191.65 米的写字楼为龙首，"超五星级"酒店为龙尾，由南向北依次延伸约 600 米。它面向奥林匹克公园一字排开，整座建筑犹如一条通体雪白的巨龙，与水立方、鸟巢毗邻而居，交相辉映，成为北京的一张经典的"城市名片"。

项目负一楼有国内唯一的一家布加迪展示专卖店，停了两辆布加迪威龙，具体款式涛哥也没去了解，阿海只是注意到了涛哥那心旷神怡的表情，仿佛看到了梦中情人，涛哥发誓他坐进去了驾驶位，还拿出了他在驾驶位上的自拍照。作为大众汽车集团旗下 100 多年历史的全球顶级跑车，布加迪威龙的入门款跑车单价为 170 万美元，据涛哥介绍国内最巅峰的年销量是 12 辆，什么宾利、兰博基尼、保时捷，在 EB 面前都是小弟弟。边上还摆了几台宝马的摩托车，再加上专业设计的灯光和音效，让处身其中的几位领导都不免有些心旌动摇。

涛哥陪同各位领导专门上去了顶楼的四合院参观，对接的副总经理安排了一位非常专业的迎宾来介绍装修的细节。项目的装修、建筑是把奢华体现到了每一个细节，当时的涛哥只觉得文总带领的团队简直就是全世界顶级的团队了。这里的体验超乎想象。

建筑是四合院的中式风格，室内陈设却没有一味铺陈中规中矩的仿古家具。香港设计师把进门的北房做了中堂，屏风案几、字画楹联乃至太师椅一应俱全，但天花板下垂挂的居然是 Tord Boontje 为施华洛世奇设计的水晶灯 Blossom。中西合璧的设计这里俯仰皆是，丝毫不显唐突，意大利手工沙发边上配了红木案几，水晶莲花烛台的旁边是中式回纹杯垫，南面饭厅的八仙桌正上方挂着水晶吊灯，北边隔间用来在饭后消磨时间小酌一杯，罗汉床上的象牙烟枪只是摆设，重要的是身后的雪茄盒，也是主人唯一亲自置办的物件。各个不同的区域用屏风或窗帘分隔开，地毯是一些祥云腾龙的民俗图案，却加以西化的抽象变形，起到过渡、融接两种风格的作用。

空中四合院陈设虽然数量众多，风格各异，却并不杂乱，"花"的主题到处都是，带出暗藏的整体感：从院里、案几上的真花，到四周的窗帘、吊灯、烛台，甚至中堂 Tord Boontje 的花枝形水晶灯，以及沙发上的手工褶皱……二层主要是卧室，只有稍许花形图案的地毯绣品延伸了一层的主题，其他全被彻头彻尾的白色基调所统一。但细看，却会发现所有家具绝非随意搭配，都是从全世界的白色里千挑万选出来的顶级设计品牌：Cassina 的躺椅、MOROSO 的沙发、Artemide 的落地灯、MAXALTO 圆形休闲椅、Moooi 的书桌和吊灯、MEDA 的沙发。这样的设计让人放松，遍布精品，却毫不堆砌，可以心安理得地享受日常。

而且，更为重要的是，每晚当客人走入房间的时候，室外水立方的投射灯光远远地深入空中，七彩斑斓不断变化，临窗远眺，则可以看见灯光绚烂的鸟巢。各种极尽奢华的景观远近交融，顿时让人浑然忘我。

"站在这个项目里边，你还能有什么话想说，你只觉得，这个项目能让我做，多少成本根本不重要了！"涛哥一再强调，"阿海，你是没看到那么多领导，都被镇住了，全中国绝对没有第二个项目能和这个比的。"

"好吧好吧，别像个土包子了，就是格调再高，也和你没一毛钱的关系好吧，涛哥，你也是见过世面的，先把口水擦擦。"阿海嫌弃地丢了一包纸巾过去，"那你今天这个算怎么回事？"

一提起这个，涛哥刚昂起的头瞬间低了下去，"后面的事情真是狗血，谁知道会往这个角落里拐啊，坑死我了！"

文总已经多年身穿素衣，出现在公众场合都是手执一串佛珠，面容特别慈祥，乐善好施，和人聊天都是"佛曰"不离口，让人都很不好意思和他谈生意。文总的发家过程也不是很清晰，他早年在河南省也是经营和房地产开发有关的生意，至今在郑州还留有一个几十万平方米的商业项目，做大了后挥师北上，进军首都。然后拿下这个北四环项目，2008 年建成开业，总投资也是将近百亿。然后 2010 年许正逢明珠证券公司原控股股东意欲转让，他又花了约 20 亿元成为绝对控股股东，顺利将之收入囊中。这一系列的手笔，都堪称世界顶级。除了一点，钱从哪来的？

涛哥也不是没有这种疑惑，所以在尽调的时候，很用心地分析过正权集团的财务报表。发现整个商业项目能顺利建起来，最关键的是很早以前农村银行给项目公司发放了一笔三十多亿元的贷款，而那时土地证还没有完全出。

"好吧，明白了，只是阿海，你想不到吧？这家项目公司最早的股东居然有一个国内耳熟能详的演员。你说是不是很神奇。"涛哥专门提起了他那个著名的发现。

阿海很不屑："你说啥，我又不认识。"

涛哥顿时无语，只好继续往下摆。关于并购明珠证券公司的钱，对方副总经理也解释了，他们家老板和正方证券关系很密切，两家对于这家证券公司的未来发展有共同的预期，资金方面也是有密切的合作，请涛哥放心，再过一段时间很多信息就会公布，到时就明白操作的逻辑了。

这种大佬之间的默契显然离涛哥很远，他就是想继续了解也不知道怎么提问题了。从开展尽调的时点来说，一切都很正常，项目正常运营，资产负债结构合理，未来还款来源明确。这种业务还不抓紧，后面被别人抢走了哭都没地方哭去。当然也不是说没有一点瑕疵，起码准备拿来做抵押的公寓，它的评估值就不好取得共识。

按照正权集团副总经理的意思，这评估单价起码十几万元一个平方米才符合他们家项目的定位，但这个价格涛哥是真的有点肝颤，毕竟蓉城的公寓两三万元一个平方米就是天价了，这个价格开得这么高，涛哥实在是没胆子接这个活。

正权集团副总经理还很懂信托，为了让涛哥干活更麻利，还专门介绍了一笔通道业务给他。那是一笔标准的通道业务，规模二十多亿元。资金方是一家总部位于上海的城商行，融资方是正权集团下属的六家单位，交易结构就是最普通的贷款。如果说有什么不寻常的地方，那就是那六家融资的公司基本都是空壳，没有什么资产，然后这六笔贷款都是信用贷款。一个城商行能批出二十多亿的信用授信业务，这也是让涛哥开了眼。眼见着这业务背后肯定有些故事，涛哥也是心大心小，便回公司先请示沟通了一轮，领导们都想接，但也有要求，让涛哥落实到合同里。然后副总经理说信托报酬可以给千五，这一句话让一切分歧都不再存在，领导马上拍板搞。涛哥最后还是想着有点儿不放心，就找了几个相熟的团队长一起商量了一下，大家伙帮着出了些主意，建议把原状分配的权利、融资方的现状及风险揭示、资金来源的合法合规性承诺等风险提示性要求写得明确具体，然后放到合同里，万一后面要扯皮，自己也埋好伏笔有个先手。城商行不是很像正常出资方金主的样子，涛哥说啥都同意。甚至涛哥怀疑他们家都没好好看过合同，就把公章盖出来了。看在钱的分上，涛哥也只好许愿天下太平。

操作这笔通道业务的时候，自然那笔融资业务就放缓了些，通道业务放款结束，正权集团副总经理也好一段时间没来催促涛哥的业务进度。涛哥看着这个抵押物价值不好谈，也乐得缓一缓，毕竟这种核心问题，如果融资人自己不着急，涛哥着急也没有用，反正通道业务的收入也不少，也够涛哥半年吃喝了。

然后2014年10月，事情突然向一个匪夷所思的方向发展了。

这个月，正权集团突然在官网公开举报正方集团的有关领导涉嫌内幕交易，以及涉嫌侵吞百亿国资。这一记惊雷把有关没关的人全惊呆了，要知道半年前，这两家公司的核心领导都还在紧密协商重组正方证券的董事会，随着两家证券公司合并的完成，正方集团和正权集团分别位居正方证券的第一、第二大股东。之前这四年多的时间里，市场上对于这两家公司在并购原有证券公司过程中的默契情况都还非常不解，谁料到这会反目成仇，而且以这种极端的方式爆发在公众的面前。

正权集团的举报还不是一次性的，连续举报了三波，而且每次都选在重大外事活动开展的关口发布，颇有把事情捅破天，不把被举报对象搞倒不罢手的意味。这一段时间，涛哥很尴尬，别说报业务了，都不敢给领导们打招呼，偏偏领导都很关心这事，一个一个地都要涛哥去汇报情况。涛哥都是把"这业务不做了"放在汇报的最开始，才最终在公司内部过了关。

虽然涛哥业务不打算做了，但正权集团副总经理还是和他保持着联系，经常给他传递文总的各种信息，给他宽心，让他保持信心，一再强调文总的人脉极广，甚至"能通天"，肯定能把一切都扳回来。涛哥自己也搞不清楚，只能当故事看着。

但渐渐地，事情的发展明显与副总经理描述的不一样了。文总已经被确认在非洲某个国家，而且在涛哥和领导们开展尽调的时候就已经出去了，这个举动说明文总是有最坏的打算的。三个月后，正方集团的董事长、总经理以及其他一些核心高管突然被带走调查。涛哥心里开始犯嘀咕，难道正权集团副总经理的描述很不靠谱？

果然，没过多久，副总经理也失联了！

后面新闻报道开始泛滥，涛哥从没有见过哪个案件会像他的经历一样，媒体应该是把所有的细节都报道出来了，也许这也说明这个案件有关的力量源泉被一网打尽了。各种秘闻层出不穷，涛哥已经心力交瘁，自己在琢磨着怎么面对必将来临的压力。

涛哥操办的这二十多亿元的通道业务也逃不过媒体的关注。随着强力部门的介入，正方证券被接管，然后很快披露，原被并购的明珠证券被挪用资金二十多亿元，金额恰是涛哥操办业务的金额。

原来当年正权集团并购明珠证券的二十亿资金都是从正方证券拆借的，据媒体报道，当年正方集团希望借着明珠证券控股股东转让控股权的机会实现两家券商的合并，但不知为什么自己又不想出面，最后找到正权集团出面并购，自己提供资金。并购完成后再实现两家公司的合并。前面都很顺，只是在合并时，两家公司在新券商的董事会构成上谈不拢，最后一拍两散，正方集团的领导威胁文总要他还钱。文总团队想出了这个从明珠证券挪钱偿还正方证券拆借款的方式填了这个坑，然后可能觉得不甘心，直接用鱼死网破的方式把两家有关人员，以及跟着出过力的有关领导全送进去了。

今天来找涛哥的可不是浪得虚名之辈，重案组成员是也。虽然这一段时间涛哥已经在不断加强心理建设，但在看到这些强力机关的领导的时候，还是免不了腿打战。还好领导比较和善，只是来了解情况，知道涛哥操办的这笔业务属于银行赏饭吃，重点在于了解资金的去向，兼顾有没有行贿受贿等违法乱纪的事项。在涛哥虔诚地一再强调自己就一跑腿打杂的小跟班后，领导要求涛哥提供一份业务来龙去脉的报告后，走了！

涛哥多庆幸当年操办业务时留下的伏笔啊，这报告不难写啊，所以这会心放宽了后，慢慢恢复了开心果的天性，挤兑着让阿海给他压压惊，毕竟当年他也带过阿海。

后面正方证券被接管后，动作非常规范齐整。通道业务的委托人城商行出了正式公函，要求五山信托将信托资产原状转让给正方证券。原来当时的业务，是明珠证券将一笔资金在城商行处开办了通知存款，然后质押给城商行，城商行根据这笔存款质押，按照明珠证券的指令，将同等金额的资金委托给五山信托贷款给正权集团的下属企业，实现了资金的挪用。

这纯粹就是通道类业务泛滥之后，这些不靠谱的资金方想学习银行，通过揉搓信托来实现自己的非法目的。但我国的法理是实质重于形式，不管看上去多么精妙的交易结构安排，真到了诉讼阶段，其实也没用，理论上信托财产隔离于委托人的自有财产，但如果这资金来源违法或者用途违法，信托也保不了你。

像这笔业务，就属于城商行资金用途和来源都违法，所以后来这家城商行的有关核心管理层也被送进去了。而和涛哥对接的副总经理，虽然一段时间后恢复了自由，但后续的经历就有些神神叨叨了，他和涛哥还是保持着联系，一会儿告诉涛哥文总在香港"干了件大事"，引入了海湾富豪的巨额资金，意图并购国内在港上市的头部券商的控股权。阿海也就听一些不听一些，也没太上心。后来有关文总的消息就少了，涛哥最后听说的消息是文总胆大妄为，涉嫌诈骗，彻底被送进去了。涛哥从这笔业务后，性情大变，提成虽然也被公司找各种理由扣回去了不少，他居然不在意了。后来涛哥寄情于山水之间，有空没空都抽时间去西部地区徒步、野营，完全像变了个人，人生境界顿时拔高到了一个阿海无法企及的高度。

现在在对信托的宣传上，确实存在一定的误区。确实有一些人，片面理解信托财产的隔离保护法律意义，想说无论什么条件下，信托财产都能实现财产与委托人和受托人的隔离，其实不是这样的。在我国的大陆法系下，信托的破产或者其他的隔离功能，是建立在资金来源和运用的合法前提下的。而这个合法与否，地方法院的裁量权不小。但是呢，总也架不住很多人要这么想。比如前段时间很热门的 P2P 公司，基本都想过通过信托平台来发放贷款，还好五山信托都拒绝了，那些真给这类公司做通道的信托同行，现在不知道苦成什么样了。

银信合作类业务是没有未来的，金融业的本质是风险管理，有某一领域风险管理的手艺，再加上资金融通，才构成了金融领域的竞争能力，不管这一手艺的来源奥妙是什么，总得有才有市场的价值。对于不涉及信托业风险管理的银信合作类业务，在特定历史机遇过去后，大家的行动还得回到金融的本源处来。

做了两年业务以后，阿海已经不复刚入行时的白纸一张，心跳气短；平日里已经习惯了西装革履，红酒细品，白酒"令狐冲"（拎壶冲）；跟人聊天时，从国外到国内，从上下五千年到纵横千里外，也都能聊得像模像样；拎起球杆，也能超过百杆外，朋友遍天下；抄起球鞋，全马也能四字头；无论德州扑克、麻将还是掼蛋，想输就输，想赢也能赢；只是偶尔回想起当年在银行的工作经历，免不了有些恍若隔世。细细归纳下来，虽然白色的纸张已经画上了各种绚烂的颜色，在行业中安身立命的本钱还是对金融的理解吧！

变／形／记

4

红色的房地产
色的房地产

(1)

自从商业银行的业务落地后，阿海实在是烦得不行，那种夹心饼干的滋味实在是太痛苦了。更痛苦的是，商业银行和国家银行也对阿海和五山信托颇多怨言，觉得公司收费又高，要求又多，还多变，特别是改合同这个事，投诉了好几次，完全不是一个长期稳定合作伙伴该有的样子。后面的业务不管阿海怎么维护，都是有一单没一单，这样一来就变成了恶性循环，来的业务都是别人不接或者时间很赶的，那就意味着沟通的压力更大，但公司要求可并不会降低，夹心饼干的两难日益加剧，而且风控同事总是在阿海这看到麻烦的项目，对他的信任度也在降低，明面上不会说，但实际上审查的要求渐渐也变得严苛，最后甚至发生过经办同事直接被开叔指着鼻子骂了半天的事情，这个事情闹得很恶劣，经办同事直接就跳了槽。队伍的不稳定进一步加剧了阿海的职业生存压力。

通道业务只要有业务在跑，你就必须配人手，还必须是熟手，就是既能攒报告，跑流程，沟通细节，还能搞定人。主要是时间太赶，没有犯错误的余地，生手一个压不住火，或者讲不到位，阿海也未必能圆得回来，客户和中后台同事都是惹不起的大爷，都是赏饭吃的，没有几百亿的规模，也养不了人。这样一来，客观上也逼得阿海必须考虑做房地产的主动管理类业务，这也是信托人所必须要有的核心手艺。

行业中所称的主动管理，指的是信托公司自己对相应产品承担管理责任，相较于前面所说的通道或者事务管理类信托，信托公司认为那一类产品是由银行承担管理责任的。而为什么一提到主动管理业务就首先想到房地产融资业务呢？这首先是监管，其次是行业特征。

这会房地产开发业正值最为兴旺的时间，阿海和同行们一聊起房地产，就像看到了一团红色，一面是炙热火焰般的红火，一面是竞争激烈的红海，所有金融业全在这个行业里边找饭吃。为什么房地产行业能容纳几乎所有的金融业的展业需求呢？首先当然是行业规模够大，妥妥的第一大产业。产业超大的好处，就在于业务机会近乎无穷，无论你怎么看待房地产的市场，房地产的客户，以及客户在市场竞争当中的能力，只要你想在房地产市场中找饭吃，就能找到吃饭的机会。其次房地产行业规模虽然大，但融资的品种受到了严格的监管，导致资金的需求与融资的供给存在相当程度的不匹配。具体到金融业，合规的贷款只有开发贷一个品种，不管你是什么类型的机构，只要是贷款，就只有开发贷。任何贷款或者具备贷款性质的融资，只要不符合开发贷的"二三四"要求，就是违规。这里的"二三四"指的是融资主体必须具备二级开发资质，30%的自有资金比例（后来有所放松）和"土地证、建设用地规划许可证、建设工程规划许可证、建设工程施工许可证"这四个证件，这四个证分别由三个国家机关和四个内设机构负责审批。但由于房地产项目的良好前景，对资金的巨大需求贯穿了项目的整个开发周期，这就意味着融资能力越灵活的机构能获得越多的超额利润。而灵活搭设交易结构的能力，正是信托公司的核心竞争优势所在。如果没有这套监管体系，别的金融机构都只能看着银行能做的业务流口水。而阿海们开展业务，意味着必然要避开银行能覆盖的领域，比如银行做不了的客户，或者银行做不了的项目，或者银行做不了的业务规模。

凡是银行说了一声"放着我来"的业务，阿海们都必须很机灵地有多远滚多远，哪一家银行都有能力说这句话。同行之间，拼的就是效率，看谁快，一方面是审批快，另一方面是放款快。这方面拼的实际上是信托经理的整合能力。信托公司总裁的整合能力肯定最强，但不是每一个副总裁都有很强的整合能力，至少有一部分团队长的整合能力不弱于部分副总裁。副总裁肯定都很成熟，但不一定还有做业务的决心，而团队长某些时候就是看到坑，也要琢磨琢磨怎么往里跳。

行业里还有些很容易让人混淆的定义，比如前面提到过的非标与标准，这个划分指的是资产端的投向，也就是信托行业募集到资金后去干什么。一般公司认为投向证券市场的，特别是投向股票和债券的属于标准化产品，而投向企业融资类的产品都属于非标，比如房地产融资。非标产品与标准产品最重要的差别，在于流动性，也就是说如果投资者不想玩了，想退出，将产品卖掉收回现金的容易程度。标准化产品都有非常充足的流动性，大把人等着买进卖出，随处可以变现，即使有了亏损，也可以及时止损。非标产品流动性则非常匮乏，基本买入后只能等着到期才能还本付息，有没有亏损都很难及时知道，一般都是到期了才知道有没有亏损，亏损额多少，在过程中发现有致使亏损的风险也基本没办法止损，只能硬挺到到期了才能想办法去争取变现的机会。

但有一段时间市场上也有一个认定，即将房地产融资放到银登中心挂个牌，然后再用资金接回来后，就能把这笔债权认定为标准债权，但现在这种方式已经被明确为非标了。为什么要做这个看似无用的动作呢？形式上主要是对非标债权和标准债权有不同的监管要求，对信托公司的风险资本计提系数也不同。而且有些资金特别是保险资金，只能投标准债权。实质上呢，在银登中心挂牌后，似乎有了交易市场，有了充足流动性的交易可能，但实际上，非标产品的实质是没有变化的。总的来说，标准债权这个名字是个好东西，风险资本计提系数低，能投的资金量大且来源广，但真正的标准债权因为信息公开透明，特别是报价透明，对于信托这类高成本金融机构而言，很难成为主流的投资方向，毕竟相对于非标，没有那么赚钱。

当所有的报价都直接体现在屏幕上的时候，信托公司想多吃点价差，就会被委托人直接一脚踢走。而非标债权虽然风险资本计提系数高，资金来源有限，基本只能自行募集，但融资主体可控性高，报价不透明，很方便操作者吃利差，是信托机构合作的主流，特别是对阿海这类民营信托公司而言更有积极的作用。

此外还有一个很重要的信息，对于房地产类非标债权的主动管理项目而言，信托公司到目前为止都是刚兑到底的。当然现在兜不住了则另当别论，这也就是前面几次提到过巴塞尔协议的框架，在风险敞口超出了信托公司净资本的覆盖范围，并且也丧失了其他兜底措施的情况下，就只能两手一摊，都交给命了。这就是前面所提到的，因为非标债权不透明，出现风险的情况下，信托公司很难撇清责任。而标准化债权或投资的主动管理项目，信托公司也不会刚兑。因为产品报价公开，管理信息公开，管理责任撇得清楚。我国监管一直希望压缩非标，积极发展标准化产品，也有希望打破刚兑，实现买责自负原则的考虑。

基本上阿海所说的主动管理，也并非如国外私募资产管理机构所做的主动管理一般，自己持有资产运营来获得收益。而是像银行一样通过向企业提供融资来获得利息收益。此处所管理的资产都是指的信贷资产。当然阿海也并不是觉得信贷资产不好，只是与国外的信托机构干的活相差很大而已。另外在这里多一句嘴，估计大家都猜不到，国外信托产品的底层资产是什么？主要是债，各种债，因为国外发债不需要找谁审批，都是注册制，最依赖的是独立第三方，比如标准普尔评级公司赋予的债项评级，只要有合适的评级，就能找到各种主体认购，比如各种杠杆收购的 LBO，主要的架构都是并购主体发行的垃圾债，然后再通过各种投行机构设计的信托架构实现衍生募资以及交易。而国内信托产品的底层资产主要是贷款，这也体现了金融发育阶段的不同。

信托公司对房地产企业融资的审批要求，基本都来自银行的风险分析模型。所以对阿海这类从银行出来的从业人员而言，是有极大的便利性的。阿海做的第一个项目是天府本土的一家开发商，来自一个银行行长的介绍，项目在眉山市，时间大致是 2011 年底。

在阿海职业生涯中，这个阶段是我国房地产企业融资成本最高的时间点，银行对房地产业的新增授信基本被叫停了，而且房地产企业对这一轮调控基本没有预期，导致资金链紧绷得非常厉害，市场上的融资成本动辄 20% 以上年化，哪怕头位央企背景的房地产企业都要 12% 以上年化，现在来看，是一个很恐怖的水平。

相较于通道业务的交易对手只有银行一个，主动管理业务的交易对手实际有两个，也就是融资客户以及资金渠道，信托经理既要让融资客户相信你能以他能接受的条件批下来业务，还能在他能接受的时间内找到资金放给他。多一个交易环节，意味着难度高了好几倍。

对方企业的办公地点在蓉城的南二环，也就是天府新区，但当时区域的成熟度和现在完全没法比。阿海上门的时候，老板还是挺客气的，拿着阿海的名片看了半天。

老板："五山信托，你们就在天府广场吗？"

阿海："是啊，董事长，我们乡里乡亲的，所以要多合作啊！"

老板："我们企业呢，就一直在川内开发房地产，张行长一直跟着我们，对我也很支持，现在嘛，银行管得紧，资金跟不上。他介绍你过来，我肯定信得过，只是五山信托是个啥子嘛，啷个没听过呢？哥子你先帮我扫扫盲行不嘛！"

戏肉来了，这几年聊不了两句，阿海就要给老板们普及信托知识。

而且普及的角度也随着大家的喜闻乐见在不断完善。最开始，阿海是从信托的起源讲起，讲信托在第四次整顿以前的辉煌历史，讲信托的法律架构和意义，讲信托的国内外差异对比，讲信托的光辉未来。

第一次代表信托做客户营销，阿海口水四溅讲得还是很开心的，只是慢慢发现老板的表情变得越来越狐疑，最后他打断了阿海。

老板："哥子哦，你讲的这些，我老实讲不晓得有没得用，你就告诉我要怎样搞才能给到钱我！"

阿海无语。

阿海能跟你说他也没钱，要想法给你批了下来才能去找钱吗？

阿海只好讲，我信托也是受银保监会监管的，我们也有很多的要求，我们也要走审批，还要报银保监批准，都好了才能放款。

老板："张行长介绍的，我肯定信得过，你估计要好久才能批完的嘛。"

阿海："我们现在效率很高，要过两个会，一个立项会，一个评审会，都是一拨人，公司老总主持，当场就会拍板，只要资料齐，一个月就够了。"

老板："好嘛好嘛，我的项目在眉山，前面房子都卖得很好，你找时间去看看，争取早点把钱弄下来嘛。"

阿海："董事长，你找个兄弟伙先交代一下和我对接，我有个资料清单，麻烦他尽快把资料给我，我好盘一盘，后面的进度也好安排。"

临出门前，老板随意地提了一句："你们前期要出什么费用不？"

阿海转头："我们是正规金融机构，前期主要是评估费和律师费，和银行一样，都必须是我公司库里边的机构，你可以自己选，费用可以在放款以后再支付。"

老板："你们这笔钱大概好多利息？"

阿海表现得很诧异："张行长之前没跟您提过吗？"然后大概报了个数给他。老板表现得似乎有些牙疼："也正常，比担保公司的还是便宜些，那你们的钱好不好用？"阿海表示可以根据企业的实际需要具体商量，肯定会比银行灵活些。

虽然阿海经验还不太够，但对这笔业务已经心里有底了。

后面企业安排车接阿海去项目上做尽调，眉山市离蓉城非常近，也就一个小时的交通时间，交通条件一马平川。市区人口三百多万，市内人口也过百万，这还是一直被蓉城多年虹吸后的结果，每次看到天府省内各地级市的人口数据真的是吓死人，如果放到国外，任何一个地级市的人口都属于超级城市级别的了。但是经济总量就相对逊色很多，都是一千亿元出一点点头。天府省的经济结构非常有特色，蓉城市作为一座规模宏大的城市，生产总值昂然过万亿元，然而身后的小弟们个个都小个头，甚至第二名到第十名的经济总量加起来也就和蓉城市差不多的水平。

项目也确实还不错，已经开到了第二期，第一期房子已经售罄了，作为一个川内的二线城市，大家都是供应毛坯房。一水的混凝土板楼，阿海一直也没搞明白开发商宣传的境界人生和一套房子的关联度体现在哪，但是房子既然好卖那就说明合理。地下室已经开挖，桩基础施工了大半。现场工人虽不多，但也确实是在干活。周边的房子都卖三四千元，盘盘项目也还是有利润。企业开发经验也还可以，累计盖了一百多万平方米的房子了，大半都在蓉城市周边，只是蓉城的房子一直没涨价，老板也就赚了些地。

天府省内的金融本来就不太发达，各银行的主要投向都在蓉城，阿海以前批贷款也基本没出过蓉城周边，川二线干渴得很。虽然没明说，但阿海估计老板在外面临时拆借的情况肯定少不了，回去还得好好想想怎么把老板的资金给锁住。

这一趟走下来，感觉在川内二线城市应该有很多这种类似的企业，扎根多年，家底也不错，虽然市场容量不大，但是好好挑挑，生意还是有得做，谁也架不住天府人多啊，房子只要价钱合适，哪有卖不出去的呢。

回了蓉城，找企业要财务报表，居然拖了很长时间都没给。差不多过了一个月，又和老板吃了顿饭，拉了拉家常，谈了谈蓉城房地产未来的预期，终于把财务报表发了过来。

看报表的时候，阿海很有感触。回想起当年审批贷款的时候，那个干净整洁范，和手头这份报表的水分，真是当年被人忽悠成什么样了！可怜阿海那时还觉得自己水平有多高，世界多美好！阿海后来发现府内房地产企业，除非已经走出天府省，要不都有一个毛病，财报编制水平相当不高；勾稽关系不符也就罢了，经常会有些老板借钱给公司的现象，金额还不小，可能财务觉得这样体现老板的实力很强，只是金融机构往往会往民间借贷去解读，而事实上金融机构的解读还一般没跑偏。

难怪报表不好要，换作阿海也要下好大的决心才敢往外给，回头问问给阿海介绍项目的张行长，原来他也是朋友介绍的，他是觉得介绍人比较熟，反正他也做不了，就到阿海这里来试试水，特别安慰阿海说，你要觉得为难直接回绝了也没关系的。

后来土地的评估值与企业的预期相差比较大，老板很坚持一定要3个亿，也答应补充一块蓉城的地给阿海。过了一段时间又跟阿海说蓉城的地现在押在别的银行，阿海要先放钱给他才能解押给信托。一会儿又提出资金用途方面的要求。阿海也不知道老板到底要做什么了，直觉上感觉资金用途会有些不能摆上明面的还款需求，再加上层出不穷的问题折腾得阿海很烦，最后借着个理由把他回绝了。

其实那时阿海也松了一口气。

阿海出身于银行，所以对如何操办这类主动管理业务还是不陌生，但对于证券公司以及刚毕业的学生或者其他跨行业来到信托业的人而言，操办这类房地产业务是带有极大的幻灭感的。作为信托这种高端金融，不应该天天西装革履出没于高端写字楼，不应该开口闭口国际国内金融风云，不应该 M2、CPI、α、β 等各类指数不离口吗，怎么干起银行客户经理那种放贷款的勾当了。

其实全世界的金融还真差不多，都是想尽各种办法讲故事。

国外的金融发育早，经济体也进入了成熟状态。经济体进入成熟的标志，也就是几乎没有了非标准化的融资，直接融资占据了金融市场的 80% 以上，以银行贷款为代表的非标占据了将近 20%。因为市场成熟了，就那么些企业，每年融资的都是熟面孔，新企业很少能够发育到上规模，金融自然就开打价格战，你提供贷款，我就帮你发债券，你收百分之一的手续费，我打断骨头只收千分之五，最后均衡的时候，就只剩了四家大型投行，金融产品活跃的全是衍生品，因为底层资产只有那么几家金融机构在做，其他金融机构都围绕着这些底层资产找逻辑再创造。国外的信托怎么可能去干贷款的活，太不赚钱了，它们基本上围绕证券市场开发各种策略，然后卖出去收管理费及业绩报酬。风险嘛，买者自负！

国内金融发育晚，还处于金融深化的前期，国内的企业仍然存在海量的融资需求，表征就是非标融资占据了金融市场的一半以上，底层资产层出不穷，还不需要过度衍生。贷款类的金融产品仍然是金融市场的主流产品。这个好处就是银行听话好管，坏处嘛就是隔一段时间就会爆雷，因为风险总是容易郁积在银行。

（2）

2011 年下半年，公司做成了第一单主动管理的集合信托，融资客户是广州一家现在已经消失了的本土房地产开发企业，规模两个亿，期限一年。交易结构是股权投资加回购。这也是后来比较盛行的一种交易结构，具体来说就是信托计划成立时，以信托资金直接对项目公司增资入股，占有项目公司 67% 的股权，实现绝对控股，同时签署远期回购协议，约定回购的价款包含回购期间的融资利息，回购的过程实际体现的是按季付息的安排，并基于此回购协议去办理抵押登记。也就是后面频频见诸监管文件的明股实债。

听说了这笔业务落地后，阿海专门去了解了一下具体的过程，听经办信托经理讲，这笔业务其实是他从原来单位带过来的，公司批的时间非常长，将近三个月，光风控部同事和领导去项目现场开展尽调就不下三次。因为是第一单集合业务，风控部的同事们心里也不算有底，把同期报批的业务都尽调了一轮后，因为这个项目地点在广州市核心城区里面，看上去区域优势最大，所以放行了，但提的要求是要派驻现场监管人员。天知道这时公司连项目管理部都没有设置，所以又临时招人，还请别的业务部门同事在现场先帮忙做监管。比较搞笑以及吓人的事情是，在别的业务部门同事到达现场开始监管章证照之前，融资款项居然已经放下去了，后果不难想象，融资款很顺利地被企业转走，然后在融资偿还之前，代管的部门、放款的部门、审批部门为了责任的归属，一直在扯皮，还好最终融资顺利归还，这个事情也就不了了之，否则，当然也没有否则！

也是从这单业务开始，五山信托展现出了对未来发展道路的选择。同期同行的信托公司基本都是依赖银行帮忙代销信托计划，也就是银行帮着找客户出钱，而五山信托公司从一开张就自建直销团队。只是因为刚建立的直销团队能力还不够强，这单业务是公司联系的第三方财富公司对外发行的。总体来说，在国内的信托行业，资金来源只有三个渠道，直销、金融机构直投或代销、第三方财富公司代销。

直销指的是信托公司自建财富管理团队，直接对高净值客户进行推介。按照政策的规定，这个推介的过程不能公开向不特定对象开展，必须在办公场所对特定对象在做好风险提示的基础上开展募集，还必须对合同签署过程进行录音录像，简称"双录"。直销是非常困难的，在这个阶段，大众对信托的接受度还不高，连知道信托是干什么的老板都不多，一百万元的高净值客户门槛也不低，所以在这会就自建直销团队的公司非常少。而且直销队伍的管理也比较复杂，人员流动性大，对客户归属的管理既不能降低公司的掌控力，也不能影响到客户经理拓户的积极性，还有或明或暗的税务风险相对高，客户推介和认购过程中的合规压力也相对大。但好处也是很明显的，对资金来源的掌控力非常强，对政策变动的承受能力强。

金融机构直投看上去和上篇所介绍的银信合作业务一样，但本质上大不同。说实话，只要是金融机构投的资金，在项目出现风险的情况下，信托公司敢扯皮的决心是一样的，所以后来金融机构与信托公司的合作都比较谨慎。前面的银信合作业务中，风控标准是银行定的，信托公司在形式上虽有送审，但其实话都不会多说一句。主动管理业务中，风控标准是信托公司自己定的，但是银行是不会理你这一套的，它还是要过自己的审批流程，审批不通过，它就不能投，相当于双重审核，这个对融资客户的要求就很高了，而且银行基本是按照贷款的流程要求走的。想想你也应该能知道，银行贷款流程能走通，还找你信托干吗？

阿海记得大概 2014、2015 年的样子，是有一些股份制银行和城商行、农商行投过五山信托的主动管理类产品，后来就很少了。据了解，主要源于两类机构选择客户的口味偏差比较大。银行主要是投一些国有背景的行业排名靠前的信托公司产品，还主要投在银行还有空余授信额度的企业。

早期金融机构把信托产品代销视为一种相对低风险的业务合作，一般是在私人银行部门设置的风险审核岗位来做审批，不经过银行的授信审批流程，所以比较宽松。自从中诚信托与工商银行那笔诚至金开业务产生纠纷，银行发现代销并不能减少麻烦后，纷纷又将代销的审批收归授信审批条线，这下标准就和直投一样了。

第三方财富公司只是一种泛称，不少带有财富管理、私人理财等名称的企业，都号称在做第三方财富管理，都是对客户推介金融或者类金融产品，这是一个门槛为零的行业。2010 年，国内第一家独立第三方财富管理的诺亚财富成功实现美国上市，其创始人出身于湘财证券私人银行部，五年创业即实现财富自由，在这个巨大的示范效应下，2011 年那时各路英豪纷纷突入第三方财富领域大展拳脚，后来曝出诸多负面新闻的企业那时都在跑马圈地。基本有点客户资源的都很积极地从信托这里签一部分额度去推介。第三方财富公司与金融机构的私人财富部门的差别只在于是否受监管，表现在一个产品的推进过程中的差异，在于信托合同的签署和收集的落实上。第三方财富公司为了保护自己客户的信息，早期都不愿意交合同，交的时候留的电话往往是客户经理的，主打的就是一个不让你直接联系客户，当然信托公司早期借助第三方的服务其实也真的打的逐渐挖墙脚的算盘。这种在刚兑的年代也还好，后来爆雷的时候就酿出了不少惨剧。

那个年代卖信托产品真是苦乐不均，卖不动的真是卖不动，卖得疯的直接打超规模，后面沟通退款的时候又是一番纠缠。阿海两种都体会得非常深刻，既有过产品一周就直接打超，然后退款忙活半个月，被理财经理一边求一边骂得幸福，也有产品募集了整整半年，最终也没找着几个钱，几乎被客户"骂成翔"，被理财经理"损成狗"的痛苦。那又怎么样，只要客户还是要了阿海的钱，转头都是一条好汉。只是在那些产品泛滥、资金紧缺的年头，在外面拉业务真是要有一颗强大心脏啊！因为市场上信息传得飞快，几单产品募不动，市场上几天的工夫就传得沸沸扬扬，有时候客户对公司的信息比阿海还知道得快，吃饭的时候点上几句，阿海还一头雾水，回头才知道这单业务估计要黄。

第三方财富管理未来会怎么样？从目前来看，真的感觉似乎是没有未来，早期没有领导愿意管，后来各地政府都非常关心，全在组织对这类公司的资质审查，没听说有让过关的安排。这类公司如果仅仅是代销信托或其他金融机构的产品其实是没有风险的，问题是这类公司的老板们都很有想法或情怀，代销了金融机构产品一段时间后，看着信托公司干的这事好像也挺简单。尤其像恒天财富这类做得比较出名的三方，甚至可以牛到代销信托计划的时候自己做尽调，还可以直接找融资方谈代销费，最离谱的时候，它收的代销费甚至远超过信托公司赚的钱。发展得好的三方财富公司都会憋不住自己来做产品，如果一家公司开始销售私募类产品，这个东西就讲不清了，你是自融呢？还是被骗呢？还是飞单呢？

阿海记得在 2014 年以前，公司都是直销与代销并行，但要求直销优先，所以打架就比较厉害，争执的焦点主要在于双录工作的开展责任、小额客户的分配和收尾阶段的资金分配。这里所说的双录，指的是客户与信托公司签署合同的时候，要对签署过程进行录音录像，信托经理必须当面对客户提示相关风险，不能过度营销，合同当中的风险提示段落必须由客户亲自手抄一遍。根据监管的要求，不管资金从哪里来，双录的工作必须由信托公司自己来做。所以如果产品外包出去了，那后面的收合同、录音录像的工作就是个大麻烦，任何一个工作留下了瑕疵，都是小则扣钱，大则处分，越到后来越是头痛。300 万元以下的客户，也就是所称的小额客户，按原来的规定不能超过 50 个，客户数量相对多。

对于卖得动的项目，小额客户的分配权甚至是一个促销项目的抓手，因为一旦 50 个数量打满，后续的募集速度立即肉眼可见地陷入停滞，所以募集的时候要和理财经理讲好，多少个大额带一个小额，外包的时候三方不给你打，你头痛，打多了小额，不认账又是头痛，用多了数量，担心规模打不满头痛，用少了，成本超支，算账算不过来更是头痛。总之在做主动管理的岁月中，舒心的时间是远远少于揪心的岁月的。在阿海的印象中，2015 年股灾后的那大半年时间是最幸福的，什么项目上线全是秒杀，二十多个亿的项目也是一样，好像做梦一样，半个月前还是滞销，一转眼额度居然满了。然后 2016 年底又是滞销，天天没钱进账，又被人"骂成翔"！

2015 年开始公司就坚持直销了，除非极其特殊的项目，都不允许第三方财富公司代销，但金融机构的代销还是鼓励，只是开展的规模约等于无。刚开始也很痛苦，但从 2015 年以后，理财经理队伍建设基本成型，销售能力明显上升，也就没有什么嚷着非要到外面找代销的声音，随着对销售环节监管的压力越来越大，后续外包就变得不太现实了。

这一单业务就是走的第三方财富公司代销，这家第三方公司实力很强，短短一周资金就全部募集到位。阿海渐渐明白这意味着分管领导在行业扎得很深。这个分管领导后来成了公司的总裁。

(3)

向先进业务部门学习了一番后，很快阿海的第一单房地产集合业务也落地了。

这家企业现在是国内出名的头部企业，发家地在河北廊坊。因为环绕着北京，对外宣传基本是突出环首都区域。总部也搬到了首都，现在以产业新城开发运营响彻国内外，发展非常迅速。这个时候企业刚借着一个夹缝里的机会实现了重组上市，市场认可度不高，虽然项目都属于环北京，但毕竟不是北京，北京的金融资源它还真用不上，而河北的融资能力又与企业需求差距非常大，也不知怎么想到外面来碰碰运气，互相朋友托朋友，一个信息源就辗转到了阿海这里。

这次有经验了，先看资料，特别是财务报表，毕竟是经过了上市的考验，报表拿出来已经很有亮点了，总资产三百多亿，年销售收入虽然还不到百亿，但预收账款体量很大，融资规模很小，说明企业还是比较扎实。在一个有特色的小饭馆里和中介朋友初步聊了聊后，便约好了去看项目的时间。

从这单业务开始，阿海的业务就走出了天府。在北到首都，西到蓉城，南到广东，东到山东的广阔范围内，阿海陆陆续续地操作了二十多个项目，基本还都在经济比较发达的三线以上城市。客户都是省外的客户，大部分都是业务接触了以后，觉得阿海人还靠谱，互相转介绍来的，还有些是交易对手们跳槽以后再找上门来的。从此阿海开始了在全国打飞的的行程，最高峰的时候，一年要飞一百多趟航班，手头很快就累积了三家航空公司的金卡。

项目在河北廊坊市固安县，十年以前，这里就是个标准的农村。但此处有个最大的优势，就是紧挨着北京的通州，仅仅一河之隔。到了阿海尽调的这会，北京通州区的巨大发展潜力已是呼之欲出，加上北京对房地产的严格限购，无穷无尽的购买力稍微溢出点给这里就不得了。那时固安的房价也就三五千元每平方米，相对于永定河对岸一万五千元一平方米的房价，这个地方的发展空间在阿海看来，已经是板上钉钉的了。该企业与固安县政府签了几十平方公里的合作协议，约定合作范围内的土地的基础设施和房地产开发都由企业负责。在这个年代，这个想法是很有创新性的，由房地产的销售推动区域基础设施的建设，区域配套设施的完善肯定能进一步支持房价的上涨，再适时地推动一些产业项目的招商引资，短中长期的价值目标就完美地统一在了一起。唯一的问题，就是前期的资金需求量是个巨大的缺口。而河北的金融非常不发达，四大行的省级分行信贷授权也就两个亿左右，相对于这家公司的发展势头来说是远远不够的，对信托公司而言，确实是个机遇。

一圈尽调下来，企业的商业逻辑和阿海的业务逻辑确实成立，企业也很有诚意，对阿海的安排都很配合。就是遇到一个实质性的障碍，融资的交易结构比较难搭。当地经济发展欠缺抓手，所以售房的条件非常低，基本上地价款一交清就可以售房了，后来才知道有些胆子大的开发商连土地款都没交清，把地一圈就开始卖房。留给做开发贷的时间窗口几乎没有，更何况阿海还要找钱，钱啥时候能找到还心里没底。如果按照开发贷的交易结构去设计，估计等钱到位的时候，房子的销售款也基本到位了，按照资金的监管要求，也差不多要还款了，完全没有使用效率的贷款企业肯定也不会要。企业这会儿对融资也不太熟，前期什么路数的融资都在搞，没有贷款的项目公司正好没有，也没有能在股权上做文章的载体。幸好阿海是银行审批出身，琢磨了半天，把眼光转到了项目建设这块，最后商定以一条城市道路的建设为项目，以项目建设贷款为结构，把企业目前闲置的一些银行次级债，以及一家城商行的股权作为抵押物来推进。

后面的活阿海就很麻利了，当年阿海是怎么被人拱的，现在他就怎么去拱人，当年想听什么，现在就说什么，给风控的兄弟们把银行的产品逻辑摆了一通，加上阿海的财务功底，基本就把阿海的专家形象树立起来了，很顺利地过了会完成了审批。

把合同丢给律师，阿海就开始了找钱的历程。11 月份阿海飞到北京，挨个去第三方财富公司拜码头。那时中融系下面的恒天财富、新湖财富等机构已经在江湖上闯出了好大的名声，一年的销售能力超百亿元。这会儿信托公司因为没有直销能力，都排着队和他们谈合作。

恒天财富让阿海增加一个省级担保公司的担保，这要阿海改交易结构的提法确实很新鲜，但阿海不可能考虑的。倒不是看不上担保公司，是阿海确实觉得在信托架构里，担保的意义并不大，阿海和担保公司两家干的都是同样的活，无论是事前的风险辨识，事中的风险控制还是事后的风险处置，担保公司的能力其实还不如信托。担保公司的风险代偿能力其实也有限，后来阿海也确实听说了一些风险项下担保公司和信托公司互相扯皮，拒绝风险代偿的例子。有一个八千五百万的茅子酒投资方向的集合计划出现风险后，更是直接将一家央企背景注册资本十个亿的担保公司搞破产了，这家担保公司也就代偿了一千万元而已。

新湖财富的拜访更不顺利，他们业务部门领导估计业务太红火，约了两次都没见着人。诺亚财富给阿海开出了堪比信托报酬的代销费，一定要让阿海给他们打工。

回到酒店，阿海心里很郁闷，虽然这是他第一次和三方财富打交道，但还是明白对这类企业，实际的决策人都是公司的董事长，阿海这见的人都还没到能直接和他们对话的层面，就已经开出了阿海无法接受的条件了，说明阿海这条路不通啊。

调整了一下思路，改找小一些的三方财富公司想想办法。

小些的机构态度虽然很好，但也是花样百出。有的比较实诚，表态说他们没有包销能力，只想做一部分。有的胸脯拍得天响，但阿海一问他们以往的销售业绩和合作项目，就语焉不详。最不靠谱的，还有一家提出希望融资企业能给他们投资一些股份，充分说明这个行业朝阳蓬勃，人才汇聚，后来的兴旺发达也顺理成章了。

在北京待了一周，大大小小的机构谈了十几家，最后还是只敢和中天嘉华明确了代销意向。阿海不知道它算不算第二梯队，但起码这家的历史业绩还经得起检验，最重要的是，它要的代销费真的很良心。

后面的工作出乎意料的顺利，四天的时间资金全部到位。回想起来，融资人又是上市公司，项目沾着北京的光，宣传起来也很有亮点，确实是个好项目。这家企业也不知道是不是从这里吸取了啥经验，后来的宣传语是"房子在天安门向南八十公里"，更是赤裸裸地蹭北京的热度。企业也很念阿海的情，后来才给阿海说，这是他们公司第一笔集合信托，也是当年最大的一笔融资，从此以后企业发展的速度确实不一样了，几乎年年翻番，很快就成长为国内的头部企业。

过了一个月，阿海和企业负责融资的副总经理沟通好，约定阿海请骏总过来拜访对方王董事长。对方自是无任欢迎。请骏总的时候稍微有些不顺，因为老领导有事没有陪着一起来，当然明面上是骏总有安排，阿海在北京候了两天，终于等到骏总有空，然后企业派车接了骏总一行去往北京三元桥附近的地产总部。对方王董事长早就候在会议室了。

王董事长年纪五十出头，非常憨厚实在，据说他曾破产过一次，就是在二十多年前，他在当地开了一家饭馆，承接政府党校培训学校的接待，被学校打的不兑现的白条，硬生生拖得现金流断裂，被迫清盘。但祸福相依，当年的校长后来官运亨通，晋升为某地书记，还记得当年王老板宁肯自己吃亏，也不给领导添麻烦的仗义行径，将他引入当地的市政建设领域。王老板可能吃过一次亏后，财商彻底开窍，从市政建设构建出城市开发的运营模式，历经十余年的苦心经营，终于一飞冲天，晋级为上市公司董事长。

不知道骏总是不是了解过什么，阿海注意到领导在企业介绍过程中一直很平静。但中午吃饭时，当王董事长端起满杯的红酒一饮而尽时，骏总终于颇为动容，也端起满杯红酒一口喝干，看得阿海咂舌不已。两位领导后来还干了两满杯，吓死人了。特别是王董事长说他因为身体有恙，刚刚还在吊水，更是让骏总感动不已。而副总经理作为一名非常年轻的 80 后，还和骏总是校友，虽然已经是地产公司的四把手，姿态却也放得非常低，不停地奉承着领导。

吃完中饭，回程的路上，骏总一扫喝多的模样，专门给阿海叮嘱道："这家企业可以做，但抵押率一定要控制住，不能超过公司要求。"阿海一阵无语，领导到底是领导，把控能力真不是盖的。

给企业副总经理传达了领导的建议，副总经理一阵挠头，他们家公司这种运营模式就是缺抵押物，因为他们要承担区域内大量的市政设施建设，这些项目投入巨大，虽然利润率很高，但是必须等到政府有了钱才能支付代建费用。政府什么时候能有钱，还得取决于王董事长的公司什么时候去拿自己配建成熟的地块。直到房子卖了出去回了款，才能把前面建设市政设施，落实城市规划的项目动起来。否则，靓丽的利润都是水中月镜中花。而前面建设市政配套设施的时候，就是最缺钱的时候，真到了土地出让的环节，反而资金压力就不大了。而在这个时点上，毕竟企业规模不大，知名度不高，和企业合作开的金融机构寥寥无几。副总经理沟通了半天，还是下了决心要把和五山信托的合作扩大起来。

企业拿出了一块在山东的土地，这块土地一时半会儿不会开发，咬着牙给了阿海，成本也满足了五山信托的要求。交易结构参照了上笔业务，另外挑了个道路建设项目作为载体，设计了一笔 6 亿元的项目建设贷款融资计划。这样做的好处是项目建设贷款没有那么严格的资金监管要求。这会儿五山信托逐渐开始重视对资金监管的要求，阿海也是未雨绸缪。

在报审项目的过程中，为了做好沟通，阿海邀请了副总经理来五山信托总部给相关领导做了一轮汇报，效果很好。副总经理本来就颜值高，又是985博士，名片拿出来年轻有为，一众领导都印象深刻。上会的时候，有委员表示说建议压缩融资规模，因为融资规模就是比照抵押率设计的，相较于项目总投资确实有些偏高。这时风控会主任从项目建设冗余度的角度，发表了听得出来的支持性意见，确保了项目如期过会。庆幸之余，阿海也对副总经理的魅力值有了更深的认识。

有了第一轮的经验，后面的工作就顺风顺水。多年后北京部的领导在一次聚会上，突然端着杯子要敬阿海，阿海一头雾水地喝完了后，他才说道，这一年，他有笔业务和阿海一起过会，阿海半个月的时间完成了放款，而他连合同都没签好，还在改合同，搞得他狠狠整顿了一番内部。这绝对属于表扬，阿海听得出来。

正在放款的过程中，副总经理给阿海打电话通报了一件事情。骏总给王董事长打了一个电话，明面上是替展业银行营销他们家的股票质押业务，还许愿说后面发企业债的时候，展业银行也会购买。本来王董事长的股票质押都是交给衡信证券操办的，接了这个电话后，还是很给面子地留出来十个亿规模交给骏哥，副总经理从此称领导为骏哥，由他全权操办。这会已经落地，想着阿海毕竟是领路人，不说一声还是不好。当然阿海不会有任何意见，恰恰和副总经理的预期一致，这两哥们都是很有格局的人，就是他不说，阿海都会主动交给骏哥来弄，后来的发展也证明，骏哥是个很仗义的领导。

虽然两单业务落地，但架不住王董事长家的业务模式已经打通了任督二脉，收入、利润狂飙，所有的财务指标全部爆表。顿时市场上所有数得上名的金融机构蜂拥而至。而阿海因为公司出了名的成本刚性，即使阿海在集团守了半个月也跟不上企业融资成本下降的速度。两年后王董事长的企业迅速挺进地产开发百强名单。而阿海的存量融资到期后就被别家取代，虽然也做出过努力，推动高层出面营销，但终因为两家价值导向差别太大，所以后来只能约着喝喝茶、吹吹水，笑谈风月不谈业务了。

这单业务落地，阿海也算是在这个行业扎下根了，心里是长出了一口气。如果要说后悔的话，阿海和这家企业建立联系的时候，企业的股价八块多，三年后的股价上涨了二十多倍，连续三年都是证券市场涨幅榜的前三名，阿海既然在做业务，当然也买了股票，可惜阿海身在局中，只敢低买高卖地做波段，完美错过了每一轮大涨，最终只涨了两倍，后来的心理阴影导致阿海再也不想看到这只股票了。

如果要说最后悔的事，阿海做过的每一单业务，客户的领导们都劝阿海买房，不说便宜点，起码都可以保证好的朝向和楼层，在最紧缺的2015年可以保证能买得到。可惜，这种客户介绍的房子阿海一套都没有买。而最成功的客户里边，通过大量买房炒房实现几个小目标身价的兄弟并不在少数，长期和这帮人在一起聊业务，阿海真是百感交集啊！

（4）

2012 年的时候，房地产业务是最让人舒坦的，一单房地产业务比通道业务赚得多太多了，通道业务单笔收入超过一百万元就算大单子，房地产一单业务起码都在三百万元以上，要捞着一个大客户，猛怼一单大业务，明面上一单收一个亿的情况也不是没发生过。而且回过头来看这十来年行业都是往上走，胆子越大越发财。而恰巧整个公司最主要的喜好就是做大项目，特别是十个亿以上的大项目。两者的完美结合，直接创造了公司前五年的辉煌和最后的衰落。

阿海也是在房地产业务稳定了之后，才真正体会到信托这个行业的魅力。公司考核指标少啊，少到只有一个指标，就是赚钱，公司要赚钱，个人也要赚钱。

每个月、每个季度的公司通报主要的篇幅都是创收，季度考核涉及的扣分项也都是直接扣钱。拳拳到肉，只要进入这个行业半年以上，就会如同出闸的公牛一般，只鼓起眼睛按照业务的指引狂往前冲，只要有一单业务成型，往上拱起流程来就非常玩命。按照阿海的理解，不同行业背景出身的人干起业务来差异非常大。银行出身的人因为在银行训练得比较好，合规意识比较强，还比较讲道理，所以业绩往往不好，被淘汰得也非常快。券商、信托或者地产出身的人做业务非常凌厉，杀伐果断，对的，真的是杀伐果断，凡是拦他业务的人基本都是仇人。而且做起业务来，小规模的要往大规模上靠，大规模的要往天上抬。真的没人怕，反正阿海是没有看到有人怕过。从 2012 年公司就开始操作 16 亿规模的大项目，此时公司的注册资本还不到 20 亿。两年以后 40 亿规模的项目也不在话下，一个团队没有操作过大项目，在公司的话语权是不高的。大约是 2017 年，阿海看到南边一个业务团队报了一笔兰州的 15 亿规模的房地产业务，在正常的送审流程中一直被否，最后在公司的投决会中被同意，条件是融资成本提高一个点。

用行业里老手的话讲，做业务的时候，要时刻有用叉子把对手顶在墙上的决心，如果要问谁是对手，凡是拦着不让做业务的都是对手。阿海在上会当评委的时候，最头痛的就是一些东拉西扯的信托经理。比如评委提出企业财务报表上的一些资金调度问题，信托经理就强调项目区位多么优良；评委善意提醒企业开发经验不太够，项目规划建设内容与市场现状有一些差异，信托经理就强调企业实力多么强，有多少项目在建；评委马上对总体建设资金提出疑问，信托经理就拍脑袋说这些房子一两年就可以卖完。就是属于完全不在乎评委提出的是哪个点，而只看得到自己眼中光彩亮丽的世界，凡是不认同他观点的人都是水平差，愚笨如猪，会后马上动员领导挨个给评委打电话做工作。而在房地产业务最红火的 2013 年左右，基本没有人会关注地方政府对房地产市场办证以及资金的监管要求。阿海站在一个银行信用审批老员工的角度，五山信托合格的信托经理真的不多。但是整个行业里边不怕死的人真是不少。这又怎样，阿海敢否定吗？肉食者都不担心，阿海这个食草动物也只能照顾好自己。

只要有一单业务落地，兄弟们马上买房买车，这示范效应摆在那，行业内的文化就显著成型。所以十年以后，行业里面基本都是地产背景或者干脆就是新人成长起来的人了，公司里面基本三五年刷掉一批人。

阿海后来也会和很熟的同事们开玩笑，行业里最有效的策略是过几年换一批信托经理，这是业绩好的关键。

第一单业务落地了以后，阿海也找到感觉了，二季度第一个月的工资直接过了六位数，这是阿海从来没有见过的工资单位。二季度又跟着落地了两笔业务，全年的任务顺利完成，然后阿海马上买了一套房。7月的时候，接到公司通知，到云南腾冲参加公司上半年的经营分析会，会期为三天。因为云南一直是公司相当重要的一个业务拓展区域，后来还有好几次的相关会议都选在云南。第一天上午开会，主要是分析二季度的经营状况，此时正值业绩蒸蒸日上，能参会的都属于业绩优秀之辈，开会的气氛就是你好我好大家好，互相捧捧场，就结束了会议。下午领导们就带队下场去打高尔夫球，这是阿海第一次接触高尔夫球这项宣传中的高尚运动。因为一直以来对自己的运动能力还比较有信心，这一次打球阿海也下了场，不出所料锄了几下绿地以后，骏总受不了了，先是手把手地指导阿海做动作，发现这是个非常新鲜的菜鸟后，毫不犹豫先走了，让阿海在后面负责买单。

高尔夫球也是风靡一时的公司形象运动。每次会议都会邀请一些同业客户和房地产客户参加，一方面是聊聊合作，另一方面也是请朋友们一起玩玩增进感情。阿海也注意过，邀请的都是这两个行业，虽说证券投资类和政府平台也是重要的业务方向，但这两个行业相关的领导从来没有来过。

后来老领导也经常关心阿海的高尔夫球水平，多次给阿海介绍教练，很善意地提醒他及时提高自己的能力，跟得上信托行业进步的步伐，起码看上去要和国际接轨。于是从 2013 年开始，阿海报了高尔夫球的培训班，也像模像样地买了一套装备，经过很用心的学习，卡拉威、泰勒梅、Titleist、HONMA 本间、PING 这些品牌的优劣处也能朗朗上口，除了每个季度的经营分析会参加公司的活动外，自己也会张罗着召开一些客户会议，会议之余也会陪着老板们在球场上切磋切磋。只是水平增长并不大。多年以后，阿海挥杆，只要不出界就算成功，和领导打球基本不赢，和相熟的客户打球，只要时不时调整下球的位置，就能维持个不输不赢的局面。熟人之间偶尔下个注找个乐子也是有的，提高下大家的竞技状态，不伤感情。总体上这项运动还是偏于高端，愿意下场的兄弟们不多，女同志更是没有。领导们虽然也比较卖力地在推动，但还是代表不了信托行业和公司的水平。

最能代表行业文化的活动，肯定是喝酒，特别是茅子。下午打完球后，晚上就是聚餐，那氛围热烈极了，一场酒直接干掉五箱茅子，兄弟们互相敬来敬去的感情越来越深，干到最后，总经理直接带队拎着分酒器一口一个，喝酒的氛围比银行厉害多了。不说客户营销要喝酒，内部沟通感情要喝酒，定期的集会也需要喝得酩酊大醉，给领导表忠心更是需要酒干感情满。只是行业的文化代表虽是喝酒，喝酒却并不只属于行业，其他行业喝起来更凶，相比之下，金融喝酒属于喝最贵的酒，和最多的人喝酒，连刚入行的小年轻也是用茅子来进行考验，舍得拿这个成本来考验人的可不多。喝酒和公司业绩也呈现明显的正相关关系，大口喝茅子的时候，正值公司业绩的巅峰；后来小杯喝郎酒的时候，公司业绩也下滑得厉害了。

整个公司上下，能够真正做到老少咸宜、"与民同乐"的还是麻将这项带有浓烈天府特色的娱乐项目。酒喝完了，一堆人又冲进了棋牌室，麻将桌早已热热闹闹地开起来了，领导们坐一桌，兄弟们坐一桌，自得其乐，都执行天府的血战到底规则，从天黑打到天亮。后来国外德州扑克流行，信托自诩国内的高端金融，一部分兄弟附庸风雅，欲在公司推广，可惜这个游戏只有年轻人感兴趣，领导们明面上觉得太费脑，远不如麻将来得热烈激昂，实际上是路径依赖，所以德州扑克很快就销声匿迹了。

这一次的会议让阿海觉得很爽，很有成就感，回了蓉城后，在兄弟们的鼓动下换了一辆宝马。后来的多次会议感觉也都很好，而且公司发钱也很爽快，季度绩效、年终奖从来没有拖到承诺的时点过，阿海几乎以为大秤分金、大碗喝酒就是信托公司的文化了。直到廖哥的团队出现风险项目，他才知道公司有一种叫"连坐"的制度。廖哥爆发风险的2013年，阿海的当季奖金直接清零，年终奖也比预期的少了很多。一打听才知道，公司执行的政策是确定风险的时候要对已经发放的奖金进行追回。问题是，发奖金的时候是分批分时直接发放到业务团队的人头的，追回的时候是一次性对整个部门执行的，这就意味着整个部门，不限于业务团队都要背黑锅，因为一个业务团队背不起。这个季度整个部门几乎炸了，廖哥被怼得半个月不敢来公司，老领导也黑着脸沉默寡言，阿海这次表现还不错，一边宽慰着领导，一边继续推业务，半年后整个部门才缓过劲，真是不容易。

多年过后阿海静下心来体会，幸好他入司早，业绩出得早，哪怕晚半年，那就是另一段人生了。与五山信托文化有关的印象，最深刻的就是三个点，以及公司应收的不足部分可以由业务团队去补。这句话的意思，是做业务最低收费标准是三个点，如果不足三个点，公司应收部分，也就是 70% 的部分，可以由团队收入部分来弥补，也就是说，业务团队既是在和客户做生意，也是在同步和公司做生意的。

公司的文化总体上比较浓稠，非常的蓉味。虽然从收入上自己觉得属于高端金融，但从干的活说的话做的事情上都还是留在过去，腻于传统。最让人诟病的是真正执行的标准永远不说，说的事其实不做。最典型的就是房地产业务指引，前前后后制定了五六个版本，实际上全然不执行，公司操作的业务相当一部分不符合指引，符合指引的业务如果不懂套路，永远也做不成。每次公司都认真制定证券投资和政府平台的业务指引，实际上根本就没打算做，但如果不是公司的老人，哪怕你离开了你也不知道为什么。就像一盘麻将，盯着上家，防着下家，间或还要看看对家，看似什么账都在算，却都是算些小账。风险的失控应该就在这里。

(5)

2012 年，房地产市场上信托公司的业务机会急剧爆发，市场利率快速上升，即使是最大的央企地产公司融资利率也超过了 12% 的年化水平，其余的公司基本超过 20%。哪怕信托公司给到投资人 13% 以上的投资回报，自己也有大把的钱赚。而且各个业务方向上都有大把机会，所有能承受高成本的行业都急于寻求信托的支援。公司开评审会的时候，感受就很明显，煤矿、房地产、政府平台、证券投资，都是一大把，只是募资能力跟不上，过了会落实不了资金的项目很快就过了百亿。公司也觉得有点恼火。很快，隆主席就对业务方向定了个基调，房地产业应作为公司发展的重点，其他方向从严。他的原话是，能源行业我做了这么多年，里面的水太深，我都不敢说能百分百躲坑，你们就不要碰了。回过头看这话确实精辟，能源行业的融资项目连一个小周期都没能扛过去，两年就全完蛋了。公司虽然错过了政信业务大发展的机会，但是煤矿业务爆雷的风险是躲过去了。

这一年的房地产业务是很难用现在的市场情况去想象的，客户优质，几乎全是头部企业；成本极高，高到后面入行的同行们想哭；项目区位优质，基本都是省会级城市以上；监管条件随你开，只要能给钱。2012年这一年真的是捡钱之年。阿海们逐渐开始自诩为一家房地产信托公司。风控在对房地产的风险评估模型越来越得心应手的同时，也越来越执着地用这个标准去把握其他的行业。要知道房地产是国内唯一一个第一还款来源和第二还款来源重合的产业，再加上融资成本与行业利润率的比较，一切以这个模型为基准，也基本意味着放弃其他行业了。这里的第一还款来源和第二还款来源都是行业内的术语，指的是融资项目直接销售产品获得的收入来源，以及将抵押物拍卖后对应的收入来源，房地产项目直接形成的产品是房子，抵押物是土地和在建工程，刚好也是房子的中间状态，这样第一还款来源和第二还款来源完全重合，不需要多占用企业的资源，除此之外的其他行业就没有这个便利性。阿海有次不信邪，拿一笔股票定增融资业务去申报，结果风控的领导要求在参与定增获得的股票办妥质押手续前，企业需要提供足额抵押物，阿海看看证券公司的融资方案，默默地撤回了申报材料。

这两年公司对房地产企业做的交易结构主要是开发贷和股权收益权加回购。风险控制措施主要是土地或在建工程抵押，项目建设达到预售条件后，要求销售资金按比例进行沉淀，设置分期还款计划。有些地方要求项目办理预售证时需要对土地进行解押，会导致相关项目在预售证办理下来前抵押物存在悬空期，公司先是坚持要求置换抵押物，因为银行在这个阶段往往会直接给予企业解押处理，公司的要求在企业看来有些过于严格，有相当长一段时间公司内部打架打得很厉害，最后公司基本形成一致意见，由项目管理部派驻现场监管人员对账户进行监管。对于贷款资金用途，基本是对应企业的实际需求设置，所以很受欢迎。客户大中小都有，成本高中低均可，只要能找到钱。

围绕着发展房地产业务这个主要方向，公司也逐渐完善了各项配套工作。前两年公司什么相关的制度都没有，管理的部门架构也不齐，一个业务能否过会很重要的因素是分管领导拍胸脯的决心。后来按业务流程分设了专职后期管理的项目管理部，把资金划转的职能放在了信托财务部，把贷款发放的审核岗放在风控部，也设置了专职人员。风控部也开始编制业务操作指引，设计尽职调查模板，等等。当然哪怕到了现在，业务指引的作用也非常微小，除了收费制度执行得非常坚决外，其余客户、区域准入及操作标准的要求，都是可以突破的。所以后来新入职的业务团队，开始都信心百倍地找业务、报业务，但总是有各种原因被否掉，然后同样的客户，被另一个团队报上去就很快做下来。然后目瞪口呆的新团队就一边骂着娘一边继续恶性循环，直至最后被干掉。

这个审批和管理模式是直接从银行拷贝过来的，已经很成熟了，正常情况下也确实有效。要说这一年给公司留下了什么不太好的事情的话，那就是锁定了公司对房地产的理解，导致公司总是用这一年的状况去对市场提要求。从2012年起，公司要求房地产项目信托报酬不得低于3%年化，这就是五山信托著名的三个点的起源，除了后来有一年适度调整了一下以外，一直坚持至今。随着公司业务的拓展逐渐传遍了房地产开发的每个角落。阿海不确定这三个点能不能代表企业文化，但阿海相信，凡是在房地产融资条线工作过的兄弟们，听到三个点肯定能想起五山信托来。

一个房地产企业之所以要找信托，在于它真正的资金需求银行不能全部满足。

房地产开发在现在，只有拿地这一个环节是真正产生资金压力的。因为这个交易环节的交易对手是政府，谁敢拖欠对政府的支付义务！拿到土地后办理阿海们称之为"四证"的报规报建环节，资金需求量不大，都好安排。开工了以后，工程款真的是可以拖的，阿海就没看到过哪一家房地产开发企业不拖欠工程款的。极端的工程建设可以在预售前完全不付工程款。预售之后工程款的拖欠就需要谈了，也可以拖，但是总包方会提要求，所以各个地方政府现在都制定了预售资金监管政策，焦点就在于怕预售资金再被挪用后导致项目烂尾。

监管政策明文规定，房地产项目融资只能做开发贷，不分银行或信托，而且拿地阶段的融资更是受限，任何融资无论是直接或间接的用于支付土地出让金都有违规的嫌疑。开发贷必须满足"四三二"，这句行话指的是开发四证齐全、30%自有资金到位、二级开发资质。因此，银行融资供给与房地产企业的需求匹配度其实并不高。

为了切入这块市场，2012年这会，信托都是在股权上做文章，比如股权收益权加回购、明股实债等，就是融资结构看上去是一笔权益投资，但合同中约定了融资方回购权益的条件，信托不承担市场风险，只享有固定的融资利息的回报。但监管反应迅速，很快将这类交易结构明确为融资性，统一规定这类交易结构必须也满足"四三二"。

这样导致信托只能在贷后资金监管上寻求空间，因为房地产项目拿地的钱支付了以后其实是不需要融资的，拖欠工程款一点利息都不用付，借你的钱还要付利息，你说企业会怎么决策。所以市面上信托的融资性结构除了一小部分用于项目建设外，其余的都是很快就大量地支付给总包方或者其他方。

这样做其实风险很大，一方面监管的压力并没有变小，另一方面如果后续销售资金被挪用就会产生风险。比如五山信托在昆明就有一个项目，因为贷款资金被挪用出去了，现场监管的兄弟不知道是不是觉得挪了也没什么事，结果后面项目的销售资金也被企业挪出去了，导致项目还款能力悬空，最后因为企业别的项目销售不畅，资金链断裂导致项目烂尾，融资也逾期，拖了好几年才逐渐处置完毕。同样的原因，公司一些区位没什么优势，体量偏小，规模一般的企业的融资项目都陆续出现了风险，风险的暴露使风控部门变得比较紧张，也越发在项目区位、抵押条件和资金管理条件上变得更为严格。偏生整个市场走过 2012 年的高峰后，同业都纷纷涌入房地产市场来找饭吃，加上市场资金面的迅速宽松，激烈的竞争导致资金利率快速下滑，融资条件也趋于宽松，对于市场的优质客户而言，五山信托的要求就变得有些不合时宜了。

那又怎样，公司就是要赚钱的。面对这个矛盾，公司的客户群便急剧地向小企业滑落，大家越来越费心在银行看不上的客户当中淘金。值此关键时刻，一个交易结构横空出世，硬生生把阿海们从业务滑落的趋势中捞了出来。

(6)

记得大致是 2013 年年初，五山信托上线了一单非常有特色的房地产项目，地点在武汉，企业是一家发家于云南的老牌上市公司，曾经位列百强，现在掉队得比较厉害，在市场上已经没有它的身影了。

先发个简介给大家看看：

本信托计划总规模为壹拾贰亿元（小写：¥1,200,000,000.00），优先级信托单位、次级信托单位各为陆亿元（小写：¥600,000,000.00)。优先级信托单位由公司分两期募集，每期募集叁亿元（小写：¥300,000,000.00），次级信托单位由集团股份有限公司对武汉公司的陆亿元（小写：¥600,000,000.00）债权认购，期限为 2 年。

在这之前阿海们做交易结构要么是股，要么是债，股加些回购条件、对赌条件什么的，实现明股实债的设置，当然这套把戏监管早就了然于胸，虽然阿海们也还想继续创新，但心气已经没了，硬搞些创新连公司的合规要求都过不去。债的标准全国统一，玩不出花样，这个交易结构是个什么路数，怎么股和债搞到一起去了，这到底是想干吗？

这就是后来在监管文件中一再被点名的"股加债"的交易结构。这个交易结构是谁原创的已不可考。阿海公司第一单"股加债"项目花落武汉，当时阿海拿到这个交易结构文件的时候，很是花了些时间仔细阅读，才搞明白。

比如一个房地产企业想要拿一块10亿元的土地，一般信托公司都愿意按照1∶1予以配资，也就是5亿元。在一些极端的年份，做到1∶2，也就是6、7亿元融资甚至更高也不少见。

前述"股加债"的交易结构下，信托公司将设立一个12亿元的信托计划，分为6亿元的优先级和6亿元的劣后级。6亿元的优先级对外募集，募到了资金后对项目公司进行股权投资，一般只以部分资金注入注册资本，占67%的项目公司股权，其余部分注入资本公积，这也是实际上的融资。

同时企业让一家公司对项目公司形成一笔债权，也就是让一家公司和项目公司签一个借款协议，并且实际支付，当然支付完毕后这笔资金怎么处理信托公司就不管了。这两家公司都是集团下属企业，这样构造一笔内部债权也很容易。然后内部债权的债权人、债务人和信托公司签一个三方合同，以债权人持有的债权来认购信托计划的劣后级。债权金额一般是等于优先级金额。这样信托计划成立的时候，资金端有两类委托人，优先级委托人有多个，总额是信托计划募集的 6 亿元。唯一的劣后级委托人是以债权认购而形成的，在信托资金的层面是没有资金的划付动作的。在资产端有两块，一块是由优先级委托人划付资金对项目公司投资形成的公司股权，一块是随劣后级委托人认购信托计划而转移至信托名下的债权。

等融资到期的时候，融资人偿还由劣后级委托人认购信托而转移过来的债权，信托公司却将收到的现金对优先级委托人进行清算。清算完毕后，将信托计划项下剩余的公司股权原状分配给劣后级委托人。

看上去很复杂吧！绕来绕去的很容易把人搞晕。

在这里，信托计划投资项目公司股权的行为，是一次真实的投资。投资合同就是一份完全意义上的投资合同，和以往信托公司所操作的明股实债完全不同，合同里没有任何约定远期回购或者溢价对赌等的安排，无论你怎么翻，它就是一次真实的股权投资，没有对于投资结果的任何约束性要求。完整意义上的真实投资是没有合规性的要求的，只要投资行为双方公平合理、是真实意愿表达、不侵犯第三人的利益，理论上直接支付土地出让金也是没问题的，确实就有信托公司直接操作过。当然更常见的是要求企业先行支付全部的土地出让金后，再用投资资金偿还前期项目公司对股东或第三方的借款。

而对于项目公司而言，其真实的成本是偿还债权的本息。在构造内部债权时，约定的利息就是信托的融资利息。但是构造的内部债权因为不是金融机构融资，所以不适用于监管合规的要求。而后面转让给信托的行为，因为是一次资产的转让，不是贷款的发放，也不违背监管合规的要求。对于信托投资入股的行为，因为后续股权的分配是以原状分配的方式处理，其实是没有成本的。

这个交易结构的关键点在于，信托公司在信托的资金端和资产端做了一个错配。

成立的时候优先级的资金投资了股权，劣后级的委托人转让了债权；退出的时候，信托公司却用融资方偿还的劣后级委托人转让债权的本息，去清退了优先级委托人的本金及收益；而将优先级资金投资形成的公司股权直接分配给了劣后级的委托人。

通过这样一个错配，信托公司实现了对优先级委托人本金及预期收益的约定，没有承担过多的风险，也锁定了融资的本息。资金也符合拿地阶段的监管要求。

要说有什么问题的话，其实这个交易结构也有经不起推敲的地方，比如信托公司经常会有资金募集不足额的现象，这样优先级资金与劣后级信托单位金额不对等的时候，如果一定要按照劣后级债权合同上约定的本息去找项目公司要的话，这就是一笔乌龙账。但还没听说过哪家信托会去占这种便宜的，大家基本都是根据讲好的数来据实收取，只是这个依据对融资方来说其实是有点风险的，后面的税务安排会有一些隐患，但对融资第一的房地产行业来说，借到钱的重要性比后面扯税的麻烦要重要太多，当然在这种市场环境下，有人给你做融资就只管用了，哪里会去计较这些小事。

另一方面其实这个债权的有效性也有瑕疵。因为往往这笔债权的资金只是在项目公司打个转就走了，而且都是一家集团内部的企业；如果哪家企业够心黑，直接说这笔债权本就虚假，在此基础上构造的后续债权转让等行为全都应该无效，估计信托公司也会吃不了兜着走。但还好，信托公司也知道有这种可能，所以这种交易结构都会派驻现场监管人员，对项目进行全面监管，也很少闹到鱼死网破的局面，所以还没听说冒出些什么奇葩消息。

这个交易结构除了通过错配实现土地款融资的核心诉求外，还有一个亮点，就是融资规模的突破。正常的开发贷仅仅是根据抵押率来设计，土地评估值 5 亿元，信托公司一般就发放 2.5 亿元，也就是 50% 的抵押率，这还仅仅是指住宅用地，商业用地或者别墅用地一般按 40% 抵押。而"股加债"里边，除了前融部分按照土地款的一半来设计外，都配比了一定规模的建设资金，建设资金与企业自投资金的比例按照 1：1 抵押，也就是说，土地款配齐了以后，项目具备动工条件了，企业投一个亿，信托公司就配一个亿，而且这个数形式上是根据资金峰值设计，实际上就没怎么管，超配也是常事。这样一来，经常会出现下面这样的交易设置。

一个项目土地款 5 亿元，融资方案为 5 亿元，其中对应土地款部分 2.5 亿元，建设资金 2.5 亿元，土地款部分由项目公司交齐土地出让金后发放，建设资金落实土地抵押后根据企业自投资金进度发放，建设资金配置比例 1：1. 土地款部分可以用于项目公司偿还股东借款。

按照这个交易结构，项目公司自己出 5 个亿拿了地，后面融资了 5 亿元，相较于原来开发贷的结构，土地抵押顶多能实现 2.5 个亿的融资，这个结构超配了一倍。融资部分虽说都是指向了项目建设，实际上多多少少都会有相当部分流入开发商的口袋。这个交易结构出现后，信托的房地产业务进入了一个新的阶段。

从 2014 年起，五山信托的房地产业务基本都是"股加债"的交易结构，主打"四三二"满足之前阶段的融资需求，每年几百亿元的业务规模也做得很是兴旺。而这个交易结构放到一些国有背景的信托公司里边，除了一家相对激进一些的公司外，其他都因为所蕴含的瑕疵过不了审查，市面上主力操办这个交易结构的就那么几家民营背景的信托公司。五山信托其实后来内部也不是对于交易结构的合规和风险没有一点意见，只是当年已经冲了出来，规模也做得不小，想改也改不回去。

2019 年，这个交易结构彻底被监管点名叫停。

(7)

阿海觉得，只有房地产才能谈谈风险管理。站在信托公司的角度，通道业务是银行的，平台业务是政府的，证券业务是靠天的，只有房地产业务才是自己的。谁也不是天生就能把风险管好，五山信托对于房地产行业的风险控制措施也有一个逐步完善的过程。总体来说，风险管理的核心就是抓抵押、打补丁。

最开始的时候，信托业的风控模型都脱胎于银行。五山信托也一样，都是风控人员坐在总部办公室里边，按照客户评级和债项评级的逻辑对项目进行审核。当然信托业没有银行业历史数据丰富，没有也没想过像银行一样对每个客户进行信用等级评定，并相对准确地判断历史违约率、违约损失率，以此来核定授信额度。五山信托早期基本都是对着公司财务数据、项目市场数据分析来分析去，大致按照一二三四线城市的划分和房地产百强排名来出意见，核心就是抵押物。

五山信托因为没有自己培养的队伍，也没有什么规矩，大家都是奔着短期激励过来。所以在审批人员的眼里，报项目的人靠不靠谱甚至比项目还重要。不管你说得多么天花乱坠，最后抵押物一定要靠谱。到了后期，因为购买了全国房地产数据库，对全国的地价和房价有了一个比较全面准确的分析标准，才逐渐做到了标准化审批。

所幸，国内的房地产行业没有出现过波动，特别是近十年，唯有大涨与小涨的差别，没有卖不掉的房子，也就没有解决不了的风险。在项目审批的基础上，按照打补丁的逻辑，不断地对出现的问题进行亡羊补牢，使公司的风险管理工作也逐渐做得像模像样。在这个过程当中，五山信托作为信托公司的某一种代表，所遇到的风险种类和状况，也是远远超出阿海的想象的，很有些啼笑皆非的故事存在。

公司的第一单房地产风险项目出现得比较早，出风险的原因也很常见，就是骗贷。这是 2012 年，项目所在地宁波，融资人拿了块工业用地向公司借钱，由于很多稀奇古怪的原因，公司不仅批了，而且批的抵押率还特别高。一年不到，客户明确告知无力偿还，回头查起来，发现该融资人不仅核心的申请材料，包括银行账户流水、税单、财务报表全部都是伪造，而且业务人员尽调的时候去检查的厂房，居然是另一家企业的。幸好抵押物不是假的，加上融资规模也较小，公司花了四年的时间就把整个事情处理干净，认赔了事。

这件事情之后公司对业务尽调的程序、深度做了明确的规定，后来也确实没有再遇到过这类事情。

接下来公司在西宁的项目由于销售缓慢的原因也没能按时还款。这是个旅游地产项目，幸好那时年头较早，房价的大涨还没有覆盖到这个城市，在公司处置项目的过程中，西宁的房价刚好一波上涨，公司花了一年多的时间把债权转让给了一家资产管理公司，还很愉快地赚了钱。

从此以后旅游地产项目公司就基本没批过。

天府省宜宾市的一家龙头房地产开发企业最高峰时与公司合作了三个项目，还曾被业务团队当成核心客户重点维护，2014 年的一天突然被告知，抵押物被查封了。很快公司就知道企业在民间非法集资了几十亿元的资金，任何事情一旦涉及民间非法集资就变得非常麻烦，因为民间集资引起了市民的闹事，进而影响地区维稳工作，正常的司法处置程序根本就无法落实，政府直接介入，成立了工作组，接管了项目的运营工作，正常的法律程序根本无法启动，直到现在还被迫停在那里等待着地方政府的安排。

从此以后公司对于企业资本积累的过程格外关注，凡是资本来源不明的，业务流程文档都会留下一句"涉及民间集资的风险"作为风险提示。但这个风险无法彻底规避。主要是预售资金不知道怎么算，现在一个项目只要降价就会有人闹事，如果闹大了算不算非法集资呢？

公司也曾经操作过蓉城的一个一级市场改造的项目，项目体量很大，还导致了公司另一类业务的大发展，也就是后文将要介绍的资金池业务。这个项目牵扯的事项更复杂，总之就是融资方资金链断了，但公司很快将项目出手给了华南区域的一家头部房企，公司承受了一定的损失，但那家房企很高兴地在第二年的房市大涨中赚了十几个亿。

从此以后公司没有再介入过房地产一级开发领域，而且对内强调项目的抵押率不得超过 50%。

目前公司存留的风险项目主要是商业地产项目，涉及地域包括四川、山东、浙江、江苏等省份，规模就不说了，来源也比较复杂，处置前景颇不乐观，公司虽然一边说不介入商业项目，但一边还会有些项目出来，为什么也不好说。

但市场化的商业项目确实公司没有再做过。

别墅项目公司基本没碰过，主要是很早在上海操办了一个别墅项目，然后就运气非常不好地烂在手里，将近十年了一直没有处置完，这个项目在公司的历史已经长得超出了绝大多数员工的工龄，所有的五山信托员工应该都听说过这个项目，后来公司也没有再碰过别墅，哪怕有段时间海航控股在青城山脚下的一个别墅盘很得一些领导的称许，也最终没有操作成。

从 2017 年起，公司归纳项目风险来源于两类，一类是业态，一类是管理。业态上公司缩减到了完全的住宅导向。管理上要求所有项目都要派驻现场监管人员。信托不是没有账户体系监管现金流吗，把人派到项目上，对公司章证照以及网银 U 盾全部共管总可以了吧。你还别说，这还真是牵住了房地产项目的牛鼻子。后来不少项目一出现现金流下滑的趋势，业务人员就开始逼着项目归集还款资金，随着融资规模的逐渐下降，风险也就慢慢释放掉了。当然到底是这项措施有用，还是因为 2015 年以来房价的一波强劲上涨有用，没人说得清，而且从 2021 年的情况来看，后者的作用似乎还更强些。

唯一遗憾的是一个昆明项目，虽然派驻了现场监管人员，但由于一些原因，使得企业仍然违规售房，不但销售资金被挪用，而且购房业主还住进去了。人住进去了就很麻烦，司法也不可能把人赶走。这下在企业现金流断了以后，司法处置工作也推不动。这是唯一一个派了现场监管人员还没控制住的项目。

还有一些在银行根本想象不到有可能发生的事情，信托业也会遇到。比如公司一个沈阳项目，企业晚上直接派了几十个人，把公司现场监管人员关起来，把保险箱砸开抢走了共管的章证照要件，够凶了吧。但公司这个事处得还很好，不怂，很快就通过司法的强制执行手续冻结了企业账户，企业马上就怂了。这说明我国的司法制度还是值得信赖的。又比如一个天府泸州项目，企业悄悄刻了两套公章，自己藏起来一套，在外面盖了很多合同，但现场监管人员很快发现，一交涉企业就把两套公章都交出来了。还有一些企业甚至有人专司修图，在需对外用印的文件上弄虚作假，然后悄悄拿出去，这种行为已涉及违法操作，不仅企业本身面临法律追责，相关责任人同样难辞其咎。

从整个金融业资产分布的角度以及五山信托的风险管理实践来看，房地产领域的正常项目的风险业务规模是最小的，总体的风险敞口也是可控的。风险余额基本都是内部管理上的问题导致，比如没有能够及时处置，或者审批时受到特殊干扰等，不是业务导向或者市场风险的原因，这也是前面所说的，树立房地产不败信仰的由来。当然从事后来看，房地产不败其实是因为房价一直在涨，将近三十年的单边上涨，做交易的人都知道，左侧的市场拼的就是胆子大，故事嘛随便你怎么讲都可以，只是不要真的以为自己可以上天就好了。

可问题是信托公司往往都有一块领导的业务，这块业务是不归正常业务的风险管理管的哦！所以说风控人员也是不容易，并行两条线的后果，就是搞得这帮兄弟几乎要分裂，阿海这么多年下来，发现这帮兄弟看人都从门缝里边看的习惯，都是被这路数压出来的。

(8)

这两年，信托公司的房地产业务似乎进入到了最终阶段，也就是"投贷联动"业务模式。

其实也简单，就是信托公司在给房地产项目做融资的时候，也要占一部分真股。交易结构嘛无所谓，有各种花样，但核心的意思就是信托公司不忍心让融资企业独担风险，一定要共撑一把雨伞。

五山信托所推行的"投贷联动"业务模式难以用文字描述，能表述出来的就是上面的介绍。隆主席在一些小范围的会议或者座谈中零零星星地勾勒过一个很宏大的场景，似乎是想以主席为核心，团结一帮房地产开发的小兄弟，风险共担，利益共享，扶危济困，共同发展，但是内容因为和现行的监管政策似乎有些不匹配，再加上这个安排刻意在公司内部以及外部做了大量的分割，后来阿海也不知道具体情况了。

房地产行业之所以能高速发展，除了市场体量外，阿海思考后觉得，核心因素之一在于它是国内最为公开透明的产业。

你在网上能查到几乎所有的政府管理政策，你去政府的办公窗口，能咨询到几乎所有的办事流程及要求。在房地产开发的任何一个阶段，甚至可以说在任何一个城市，你都可以找到大量的中介机构给你提供服务。哪怕你对房地产一无所知，只要你有心，几个月的工夫你就可以在你想要开展业务的区域说得头头是道，俨然一个资深行家。各项原材料的供应商遍布全国，你可以顺利地实现全国的集中采购，价格及供应量充足且价格稳定，房价更是稳定上涨，即使房价有了波动，请相信政府比你更着急，政策的反应绝不会比市场慢多少。如果你有钱，市场大把拿地的机会，即使你没有钱，只要你对市场有足够的了解，你也不缺找着钱的机会。

只要你知道你的梦想，加上过人的胆识以及智慧的大脑，房地产就是你发家的不二选择。

阿海见过 2012 年开始运作的企业，仅仅五千万元的启动资本，到 2019 年净资产都超过了三十亿元，老板仍然百分之百控股，完全凭市场运作，没有占政策的任何便宜。不由得你不佩服。在别的任何一个行业你能想象吗？

既然房地产是一个最为公开透明的产业，就怪不得信托公司做了多年的房地产融资以后，自信心爆棚也要去分一杯羹。所以"投贷联动"业务模式的推出也就顺理成章了。

但话又讲回来，既然房地产是一个最为公开透明的产业，地只要拿到手，谁都可以算出其中的利润，老板们脑子又没进水，为什么要开放股权比例给合作机构呢？

最开始拼的都是融资的决心，这块地 10 个亿的出让金，老板只有 5

个亿，信托说我给你 5 个亿，但要你 20% 的股权，银行的通道走不通，找同行朋友们拆借利率又高，资金到位时间还没法保证。你说企业会怎么选择？

但这种商业逻辑总体上是个小概率事件。如果企业成长到百强以上，总有那么几家银行渠道是稳定支持的，只要抵押物有，银行灵活起来其实信托根本没法比。所以大企业真的拿土地款没办法，只能接受信托股权条件的那种情况几乎没有。小企业主动接受"投贷联动"条件的，其实他自己那块钱怎么来的，自己也解释得稀里糊涂，土地的权属也多多少少有些瑕疵，在尽调这个环节也很难过得去。盘来盘去也基本做不成。

所以早期"投贷联动"做得比较欢的，比如安安信托，基本都是做到了土地一级整理这个领域。

我国的土地都是国有，1994 年开始为了开发房地产业，在国有的土地上制定了销售房产的政策，也就是将土地与房产的权属相分离。但为了保持房产权利的独立性，还是给土地设定了一个七十年的使用权出让的制度。更因此而制定了国有建设用地的一个独立的证书。而原有的土地要么没有土地证，要么属于农村的集体建设用地，那么为了使没有证书的土地和村集体用地变成合法的国有建设用地，便产生了一个国家有关部门收储、整理乃至变性的操作流程，这个流程必然还伴随着一定的经济利益让渡，毕竟，能让人愉快地居住的土地基本都不是闲置的，要么现状是一个工厂及其家属楼，要么是市场或者市政配套设施及家属楼，或者是一块祖辈耕种的农田，还包含各种宅基地乃至祠堂，反正都是有主体占用的。那么这个将土地现状从使用者手里收回来的动作，便构成了一级整理。就是做好土地收储前的拆迁、安置工作。

土地开发这个领域，长期以来都是各路人马关注的焦点，每个环节都充满了博弈和挑战。阿海有个朋友，家里有个工业厂房开不下去了，想借着政策的春风自主改造，跑了五年手续，报告不知道打了多少，很多次都感觉似乎只差一步了，最后还是没能如愿。

这就是一级市场的现状，就像一句老话说的，当所有人都想到一个好主意时，这个好主意就是最差的主意。当所有人都想着麻烦你来扛，钱我来赚的时候，谁也别想赚到钱。

时间不可控，现金流不可控，看上去很美好的利润似乎成了空中楼阁，所以积极参与一级市场的信托公司很快就纷纷倒闭了。

"投贷联动"的商业逻辑还是成立的，它和正常的房地产融资的业务逻辑一样，还是帮助开发商拿地，就因为现在阿海们俗称的前融更难了，所以胆大的就更应该多赚钱。但大部分的老板都觉得，房地产开发各个环节中，最关键的就是拿地，只要地拿下来了，哪怕钱没到位，总是有办法想的，地没拿着或是没按合理的价格拿着，这盘生意能不能做就不一定了。所以真正能按照开发商拿地，信托公司出钱的逻辑做得下去"投贷联动"的，就很难。开发商只要地拿到了，不管你信托说给多少钱，开发商只要涉及股权就嫌贵。而地还没拿到，开发商想找信托公司出钱的，信托公司又觉得开发商是空手套白狼，怎么也不愿给。所以这盘生意，看上去就像一个吊在驴子眼前的红萝卜，怎么也吃不到嘴里，直到中良地产想到了一个两全其美的办法。

中良地产应该是对"投贷联动"理解最为深刻的企业了，在香港上市的这家企业，可以对所有的合作机构开放股权，不论是内部员工、外部股东、金融机构乃至各家中介机构，只要项目是冠的中良地产的名头，一切都可以谈。就凭这一条，最近这五年风头最劲的企业非它莫属，目前已高居房地产百强榜的前五十。

它是目前唯一一家将"投贷联动"作为一个标准化融资模式的房企，融资方案的核心是中良将自己的房地产项目视同一个金融企业和房地产企业共同开发的综合体。技术上以开发过程中的现金流峰值为测算依据，以投资峰值为融资总金额，债权融资需要满足投资峰值的大部分比例，剩余的投资峰值缺口作为股权投资开放。金融机构可以依据自己的偏好认领相应的股权投资份额。

比如一个项目，土地价款 5 个亿，投资峰值 6 个亿，因为投资峰值的测算是依据推盘方案以及相应预售证的办理节点，一般不会比土地价款增加太多。常规的融资方案就只能依据土地价款 5 个亿做 2.5 亿的融资，然后在融资的时点以及资金的用途上寻求空间。

中良对合作机构开放股权的条件是，依据投资峰值 6 亿元，债权融资需要达到 60% 以上，也就是不低于 3.6 亿元，剩余的 2.4 亿元算股权投入，合作机构想占多少股权，就投多少资金，每 2400 万元对应 10% 的股权。债权融资的资金必须首先对应到土地款，股权款可以后面根据需要再同比例投入。中良想得明白的问题在于，合作机构不能按中良要求的时点资金到位也没问题，中良就要求自己的资金要视作对项目公司的垫款，也要收取同等的利息；如果合作机构股权投入的资金希望中良对最低收益担保，也可以，但中良也要求对项目公司收取担保费；如果合作机构希望项目公司对建设成本及费用进行封顶，也可以，中良要求对项目公司收取管理费；合作机构希望根据现金流的情况提前分红，也没问题，中良要求对等同比例分红。

阿海无法判断中良这个运营方案对管理团队的激励效果怎么样，但从它的发展速度来分析，应该是执行得比较到位的，这点比其他房地产公司强很多。虽然现在基本上主流的房地产公司都推出了成就共享的激励计划，但执行过程中对管理团队的克扣是一个普遍现象，所以现在口碑越来越不好。

而且阿海发现，中良对合作结构是说话算数的，谈好的方案执行真不走样。其他房地产企业基本都是将"投贷联动"视同一个高成本的融资方案，所以在后续的核算过程中会有各种扯皮，为了这块支出算不算成本，算不算费用，该由谁承担，该不该支付，承诺的资金没有及时到位等各种事项，打架可以一直打到双方老板的程度。

银行对这个东西是没法感兴趣的，它没有产品。银行所有的贷款品种都必须按照信贷手册及各项政策来执行，全国都不能走样，房地产企业只能做开发贷。

中良的这个方案是真正打到了信托公司的痛点。

信托公司的"股加债"交易结构被用于"投贷联动"服务，对外募集的资金是投资的项目公司股权，想放多少放多少，只要再设计一个AB档就行了，对真股和假股分别核算收益，带来了可观的盈利空间。不过，在监管趋严背景下，此类模式受到了严格规范，这是后话了。

公司的同事最开始设计"投贷联动"方案的时候，合规部门曾经很纠结真股部分对委托人如何设计收益率的问题，毕竟真股的收益率是浮动的，资产端收益不固定，而资金端给个固定的收益率，一方面良心似乎有点过意不去，另一方面好像也还是有些风险吧，万一预期的收益率实现不了，谁来赔？所以，早期的时候，业务部门曾经提出过按比例对委托人开放收益率的方案，遵循风险与收益对等的原则，但报公司的时候要么没动静，要么被公司干净利落地干掉。后来公司还是半公开地定了调子，明确中间的价差必须留在公司，大家都消停了。开玩笑呢，你以为信托公司辛辛苦苦推"投贷联动"是为了啥。

(9)

站在信托公司的角度，投贷联动是公司深入扎根实业，刻苦研究市场，努力创新的劳动成果，也体现了金融业回报与风险承担相匹配的要求。站在地产公司的角度，其实它是将投贷联动对应的融资资金，分成两部分来看的。一部分对应原来正常抵押率的融资资金，也就是50%抵押率所能融到的资金；另一部分是信用融资，相当于替换了自有资金，对应的是自有资金的回报要求。地产公司对自有资金的回报要求一般都是18%起步，公司越大要求相对越低，越小要求越高。两者的利率加权平均下来，作为融资方案的实际利率水平，再根据当前的资金紧张情况做决策。而且在实践中，股东那一部分的回报，取决于房价有没有在融资期间内有一波暴涨。

五山信托总共续做了不到五笔的投贷联动，和三家交易对手，有赚了大钱的，有磕磕绊绊拖了几年才结清楚账的，幸好没有赔过。在五山信托所有的业务领域中，房地产是对公司业绩贡献最大的部分，房地产信托公司绝对不是乱讲的。

信托公司生存的核心痛点是成本刚性，就是说对于一家正常的信托公司而言，他的资金成本近年在10%左右是没有办法改变的。这还是加大管理力度，到处压降的努力成果，在2012年的时候，资金成本曾经高达14%，然后在2016年最低曾经到过8%，但很快又反弹到10%。

在这种条件下，阿海曾经遇到过一些客户，他们很热切地跟阿海探讨，说他们有一块非房的业务，能不能做非房的交易结构，能不能把成本降下来，说银行非房的成本比房地产业务低很多。阿海只能苦笑着一再给他们强调，信托公司是成本刚性。成本刚性的意思就是阿海选择房地产客户，不是阿海喜欢或者不喜欢房地产，而是只有房地产能接受这种成本还能以正常的商业逻辑继续合作下去。当然后面要介绍的政信业务也一样。阿海也曾经遇到过河北的一家钢铁企业找信托融资的，它的销售净利率5%不到，找信托公司借15%的资金，你说它是打算还呢？还是打算不还呢？

还有那些所谓的供应链融资，现在也有不少信托公司推出了供应链信托的产品，这类业务阿海也不好一棍子打死。但明眼人都知道，大宗商品贸易的净利率也就在5%以下，甚至只有1%，融资人除非是想把钱挪出去干别的，比如房地产，否则就只能相信融资人是新时代的雷锋，为了信托公司和委托人的利益宁愿牺牲自己，也要造福社会。但即使后面有挪钱的合理的商业逻辑，大家也只能相信信托公司的管理能力能跟得上，毕竟供应链信托本质上就是信用融资。银行的朋友可能会对这类业务理解得更深一点，还记得前两年频频爆雷的票据欺诈案件吗？

有了解过西北一些区域发生的黄金融资欺诈案件吗？这几者是有些雷同的地方的，这几类融资的名字虽然不同，但业务逻辑、交易结构都是同样的，真实的融资用途都没有表露出来，后两者都是做的时间比较长了，总有部分人资金用途出了问题，回不了钱了，转头就开始在融资结构上作假，希望再套一笔博一把翻身，最后爆掉了事。供应链嘛，做的时间还不长，规模也还不大，但未来应该还是比较暗淡的。

现在的统计口径里面还有一类工商企业信托，阿海也知道，这类工商企业信托，要么就是通道业务，就是前面介绍过的银信合作业务；要么就是挂羊头卖狗肉，披着工商企业的外衣，实际资金都在房地产项目里面，特别是那些建筑公司融资的信托计划，更直接了一点。

这些都还是负责任的，阿海们这些业内人士最怕的，就是那些没有抵押物的信托产品，或者是二押、三押，或者股权质押。

房地产业发展到今天，大家都是又爱又恨，但不管阿海们的态度如何，这十几年的时间里，阿海们都脱离不开这个行业。能以住房改善为核心，团结全国人民的力量，以房地产的开发、运营、销售为载体，在短短十几年里对百万亿元级的财富进行重新配置，这是阿海等所有人都有过的机会。你看，在过去的二十年里，只要你的行业与房地产有关，你的工作、生活就都不会差，哪怕一点都不相关，只要你敢买房，胆子越大，买得越多，你现在的生活状态就很有可能会更好。甚至最极端的，阿海已经在不少的公众号里面看到过，各位大 V 们，通过对过去二十年或者更长期的资产价值和货币发行量进行对比，信誓旦旦地发表观点，要敢于负债，大胆负债，借的越多，薅银行的羊毛就越多，未来的生活状态就会越好。

但这些言论背后是有一个逻辑的，就是你持有资产的增值速度是超过货币贬值速度的，也就是说，这二十年胆越大越发财的背后，是房地产价值的单边上涨，如果忽视这个，而将个人的英明神武简单代入，那就会得出一个大谬的结论。

任何一个产业的发展都有自己内在的规律，但房地产发展到现在这个地位，阿海觉得去对它做什么预测都没什么意义，这个产业已经将我们国家、阿海们每一个人都裹挟其中。阿海们需要的仅仅是做好选择，不要试图逆流而上而已，毕竟堂吉诃德是一个悲剧，而且已经被一再证明。

房地产信托是整个行业的中流砥柱，不管业内人士如何受到打击，只要你有一手做地产的手艺，都可以通过地产的大哥大姐们找到缓冲。任何一个业务团队，甚至一家公司，只要有哪怕一个核心客户，都可以养活你，给你温暖的包容，极度的呵护，让你对人生充满信心和希望。对于信托行业，无论如何强调房地产业的核心地位都不为过，任何时候都不要放弃。

当阿海们对外开玩笑说自己是一家房地产信托的时候，心里面其实是感激的。

(10)

时间来到 2013 年初，正是阿海在公司站稳脚跟的第二年，一个史无前例的泼天富贵砸到了他的头上。

某天早上，老领导给了他一个电话号码，并说道："这是我一个朋友，他说泛洋地产正有个业务机会，你去聊一聊。"

老领导并没有起身的意思，仍然坐在办公桌前看电影，阿海瞧着领导并没别的话要交代，也就点了点头，给领导推荐了一部好莱坞动作大片后，走出了办公室。

领导基本没啥偏好，不抽烟，不好酒，不打牌，酒局上也不给阿海们加负担，自己都喝倒过好几次，甚至打牌也不赢阿海们，输了付账，赢了不拿。阿海们敬佩之余，也不知道怎么讨领导的欢心，用南方的话说，擦鞋怎么也擦不到痒处，只能在业务上不给领导添麻烦，有问题自己扛着搞定。反而是骏总好伺候，骏总好烟好酒，好唱歌，好打牌，一切好玩的事物都有兴趣。阿海只要定期去领导办公室拜码头，放一条烟，请一顿酒，其他时候听领导的电话指挥，买好单就行了，领导很仗义，很能鼓舞士气。

电话那头是一家深圳的财富管理公司，也就是前面提到过的三方，但这一家还不是普通的三方，它明面上是在香港上市的财富管理公司，实际上还是和比较多的金融机构保持深入合作的三方。这家财富管理公司的老板有三个，各自独立对外开展业务，根扎得相当深。

接电话的是个小年轻，自称小丁，一口一个海哥叫得非常亲热，热情邀请阿海去深圳考察一番，阿海自然半推半就，还没去南方著名的特区开展过业务，怎么能号称新时代金融巨子呢！在小丁一再表明，与泛洋地产的第一次沟通只能通过在他们公司现场的电话会议开展的条件下，经请示领导同意，阿海很惬意地定了第二天的航班直飞深圳。

这家公司规格很高，在地王大厦高层，装修风格偏中式，属于潮汕派的风水局，不太像干金融中介助力融资的，倒像是卖茶叶或者其他奢侈品的。办公卡座上的人也不多，阿海心里犯着嘀咕，但老领导给联系方式的镜头一直挂在脑海中，几乎到嘴边的话还是咽了下去。

小丁和他的领导在楼下迎接着阿海，但人家再怎么热情，阿海也没觉着有啥不应当。合作伙伴们不停地给阿海递着奉承的话语，阿海心里有些犯嘀咕，不免旁敲侧击地探着口风，慢慢听了出来，老领导也是被更高层的领导安排认识合作公司的老板的。

上午十点，与泛洋地产的电话会议正式开始，泛洋地产的对接人员自我介绍是泛洋集团融资部的副总，直接对集团副总裁汇报。他们的项目主要位于杭州、武汉以及上海、北京，项目体量巨大，单个开发面积都在五百万平方米以上，属于超巨型项目，融资需求比较高。副总对集团开发的项目非常自豪，评价道我们有所有的业态，只要你们想做，都能找到载体和结构。

这会的阿海已经有业务落过地，实操经验已经能将以前银行的心得融会贯通，明白是该展示下公司的经验和自己的能力了。五山信托去年已经操作过与云南俊发地产15亿元的融资业务，虽然最终募集资金的数量没有打满，但已经是很显实力的案例，虽然不是阿海主办的，但毕竟是公司的业绩，赶紧一顿吹。

副总认识骏总！

不经意间，副总聊起他的领导，也就是集团副总裁和骏总似乎很熟。阿海脑中顿时亮起一个感叹号，对交易对手的信息收集不够。

马上补课。泛洋地产为上市公司。老板强叔，成名很早，属于资本市场上的大鳄级人物。20 世纪八九十年代，还是山东省某地级市教育局的科员，改革开放初期便毅然下海，据说首先做文具生意起家，完成初步积累后杀入基建行业，迅速致富，并转战北京，从此鱼跃龙门，一发不可收拾，1997 年就借壳一家上市公司实现上市。强叔对资本市场极有悟性，上市后几年就定增、减持等一系列运作手法怒赚几百亿，看得阿海面红耳赤，羡慕不已。

泛洋地产做地产开发已经二十余年了，项目也做了十好几个，目前主要在开发的分别位于武汉、杭州、上海和北京的核心城区，都是一级开发就介入土地运作的经典范例。比如武汉项目，原来是一个军用机场，随着城市发展，渐渐融入城区，管理不便，后来归还地方管理，但要求地方建设一个新机场予以置换。在全国招标的过程中，泛洋地产在新世纪初掏出 18 亿真金白银帮助地方建设新机场，从而获得老机场土地的使用权。你要知道当时武汉市的财政收入才 80 亿元而已。此时的泛洋地产可谓是富可敌"城"了。之后建设新机场，拆迁、平整，完成土地变性手续，花了十好几年的时间，等阿海来现场考察的时候，土地证还没有全部办出来。虽然看上去强叔白白亏了十几年的时间，但是反算回来，当初拿地的成本高达 350 元每平方米的单价，相比现在仅仅

15000 元的房价，似乎这个成本又掏得非常划算。

刚做了一些基本情况的收集处理，忽然听到副总在询问阿海融资成本，阿海毫不犹豫报了个 18%。后来熟了，副总给阿海说当时听了差点从凳子上掉下去，他一直都担心出一个超出预期的融资成本。但当时阿海没有感觉出一点异常，双方还很友好地确定了开展现场尽调的时间。

从深圳回蓉城，给老领导做过汇报，表达了一个谨慎乐观的预期，领导笑眯眯的，鼓励之余，说会全力支持阿海开拓业务。过了两天，阿海突然在外出见客户的路上，接到了骏总的电话。电话中，骏总说已经知道了阿海正在和泛洋地产接触业务，让阿海马上和他去北京，他带队去和泛洋集团一揽子洽谈。

居然还有这样的好事，阿海心花怒放，差点跪下来喊爷爷了！

骏总不强求阿海要同机过去，到北京会合后，才知道骏总和泛洋集团的副总裁有很多年的业务合作和私人交情了。强叔合规意识很强，泛洋集团和泛洋地产是两套班子，集团融资由副总裁主持，地产有自己的财务总监，但融资方案也要报集团批准。

泛洋集团是国内知名的企业集团，下辖多家上市公司，地产板块以泛洋地产这一家上市公司为核心，还包括能源、金融、贸易、大宗商品等业务板块，总资产过千亿元。公司老板强叔，国内知名大佬，最知名的江湖传说是生民银行的发起股东之一。

泛洋集团和泛洋地产位于长安街边的地标性建筑，生民金融中心，这也是泛洋地产的项目。生民金融中心占地 4.5 万平方米，建筑规模约

25 万平方米，其中地上 18.6 万平方米，地下 6.4 万平方米，是长安街的最高建筑，由五个相对独立的建筑单体（Ａ、Ｂ、Ｃ、Ｄ、Ｅ座）组合而成。最高峰的时候，一座楼的评估值就超过了 50 亿元。

这次会谈的规格很高，五山信托公司由总裁骏总带队，北京部的分管领导出席，老领导专门给骏总打了个电话说他有事，委托阿海跟进执行，北京部、上海部来了五个团队长。泛洋集团副总裁，融资部总经理、副总经理，泛洋地产财务总监刚被调走，职务空缺。但两边加起来还是差不多有二十来个人共同参与会见。

泛洋集团副总裁专门提出了几个方向，一是上市公司的地产融资需求，二是集团能源板块的融资需求，此外集团金融板块也有长期的资金需求。对了，泛洋集团金融板块此时已经集齐信托、公募基金、财务公司、证券公司、保险公司等各类金融牌照，还是银行的战略股东，集团总资产已经远超千亿元。

骏总表明了全力支持泛洋集团业务合作的态度，强调了一下去年全年募资三百多亿元，今年预期翻倍的实力，会着重向泛洋集团倾斜，此外公司还有资金池，股票质押、债券都有合作的空间。北京部的分管领导把集团的业务机会领了回去，阿海知道没他说话的机会，但是上市公司的地产融资机会应该是留给他了。

会见完毕后，骏总和领导们一起聚会去了，阿海被武汉项目公司的财务总监留了下来，双方约定隔天就去武汉做现场尽职调查。阿海很喜欢这种紧凑的工作节奏，虽然还不明白为什么武汉项目抓得这么紧，而杭州项目就先往后放放了。

　　第二天直飞武汉，老空军机场地块已经处于开发状态。地块占地四千亩，已经在陆续出土地证的过程中。这是一块省会级城市中绝无仅有的超大地块，位于市中心二环内。阿海也没有意识到政府规划的五条接入城市道路只开通了两条，只知道这个地块离汉口火车站只有2千米，离武汉市商业中心只有二十分钟，规划的地铁线路短期内就有五条。整个地块由美国知名设计公司操盘，定位全球顶级，地块内规划有武汉市最高的写字楼——武汉中心，有六家五星级酒店，十几幢5A级写字楼。住宅开发就更不用说了，泛洋地产所开发的住宅一直定位高端，北京的"泛洋国际社区"更是全国知名，只需要强调业主都明白的一点，所有建筑的外墙都选用意大利进口的大理石！

　　由于已经提前做好了充足的功课，现场阿海并不需要更多了解这个项目的情况，直接问能提供什么抵押物。武汉项目公司的财务总监非常干练，直接拿出了三块土地证说可以提供抵押。

　　这才是顶级公司的做派，哪需要和金融机构就抵押物进行极限拉扯，那都是浪费时间的搞法！

　　晚饭时财务总监有领导要接待，由财务副总监陪同阿海吃了一顿非常有武汉特色的全鱼宴，各种烹饪手法别具匠心，搞得阿海垂涎欲滴，一副很没见过世面的样子，给蓉城人民丢脸了。副总监舌灿莲花，从美学到地产开发，从中央集权政府的变迁到登陆月球的技术挑战，各类知识无所不知，无所不通，明显学富五车，阿海虽然也能勉强应对，但心中对泛洋地产武汉区域公司的底蕴越来越心惊，哪敢等闲对之！区域公司总裁还专门来房间和阿海喝了一杯酒，阿海后来才知道集团总裁创业之前履历相当不一般。

阿海已经没心思再干别的了，第二天直接乘早班机飞回蓉城，把兄弟们怼起来立即赶报告，虽然武汉项目公司的同仁已经在尽量克制，但阿海能强烈地感受到他们对时间的渴望。更关键的是阿海自己也是对时间极度渴望的啊！

如果说有唯二不确定性因素的话，那就是抵押物评估值和融资利率了。

这单业务阿海感受到了公司极大的善意，枫总对评估公司的选定给予了一个建议，在公司评估公司库里的某一家评估公司顺利地给出了31亿元人民币的评估值，满足了公司对抵押率的要求。

泛洋地产一直没有对阿海开出的18%年利的融资成本给予任何表态，阿海已经完成了项目送审的所有基础资料的准备，但一直没有哪一位领导对可以接受的融资成本表达一个明确的意见。最后武汉项目公司负责具体执行的财务经理给了一个比较中肯的意见。

在那次电话中，财务经理很客气地对阿海说道："海总，我也知道你们是做事的人，你们老板和我们大老板都是工商联副主席，高层的关系是有的，我们项目公司也很想把业务做成，你开多少成本，我其实并不介意。但你要理解，我们公司只有大老板才能拍板，他虽然也表达过原则性的意见，但只有你们形成了批完的最终方案，强叔才会对这个方案表达意见，以及是否签字。强叔不签字，谁说了都没用！我们总监已经找大老板口头汇报过你们的方案，老板给了个原则性的意见，希望你们能考虑到双方的合作基础，先自己压降一部分成本。我也知道这时候市场总体成本都很高，但不管怎么说，你先降一个点的成本批完，我们区域公司肯定会尽力去落实，你觉得怎么样？"

话都说到这份上了，阿海只能自己扛一部分不确定性了。

老领导也关心过融资成本，阿海拍胸脯说降低一个点了！

项目送审流程过骏总时，领导专门把阿海叫了过去，一再问他确定这个成本能搞定吗？阿海能怎么说，继续拍胸脯呗！

没有人，包括枫总，对这笔业务发表不利意见，哪怕融资规模高达15亿元。两周时间完成两轮上会、表决，以及出具决议。这是阿海所见公司的最高效率。

随后三周的时间，泛洋地产没有任何回馈，阿海都慌了，这完全是被放鸽子的节奏啊！

三周后的某一天，泛洋集团财务副总给阿海打了个电话："海总，告诉你一个好消息！"

阿海哪还有心情去配合副总当捧哏："副总，我的钱你还要不要啊！消息好不好首先取决于这一条啊，你要坑了我，领导那我交代不过去的啦！"

"武汉区域的财务总监国生总被提拔为地产公司财务总监了，你觉得是不是好消息？！"

一个激灵，阿海似乎明白他的意思了！

"强叔签字了，有两个要求，你必须要搞定！"

"说吧！"

"第一，融资成本不能超过16%！"

"没问题。"虽然后面肯定有皮扯,但阿海知道,这个幅度的下降他肯定能搞定,毅然先斩后奏了。

"第二,合同里要留一个满一年可以提前还款的条款。"

"没问题!"

阿海瞬间自己就拍了板了。副总居然当场就相信阿海能拍这个板。

老领导自不必说,骏总也同意阿海最终谈下来的成本,并且意味深长地对阿海说:"阿海啊,你知不知道,这是我认识的人中和泛洋集团谈过最高的成本,连我都没搞定过,你很牛啊!"

有个很有意思的小插曲,骏总各个场合都称呼阿海为阿海,而老领导从来在人前都叫海总,细揣摩下,是不是有那么一些独特的韵味。

阿海当然不会真的觉得自己很牛,这单业务推进到现在,虽然和自己的专业能力不无关系,但显然是有一种外生的力量在推动。只是业务还没落地,还不好判断这股力量来自一种合力,还是一种顺水推舟。

领导的表扬肯定要表示感谢,只是阿海这一会还想不明白怎么去表达这种感谢,只能回头去麻烦老领导了!

和泛洋地产武汉公司的融资合同居然就这么签下来了,后面没有再出么蛾子。融资结构就是一个最标准的开发贷,贷款用途包括建设开发支出和置换股东的前期投入。事实上也没有置换,真的都用在项目建设上了。五山信托公司也没有对项目派驻现场监管人员。当然这一点确实是因为,这个时点项目管理部派驻现场监管的业务模式还是针对股权方式的融资结构,特别是对应真实抵押率不满足 50% 抵押率的交易结构。对于这笔业务,无论哪个方面都满足最标准的开发贷，所以根据前期武汉项目公司的强烈要求，阿海稍微给公司汇报了一下，审批结果就同意了不派驻现场监管人员。当然从其他派驻现场监管的项目运转情况来看，双方的合作关系会很快结束，完全磨合不下去。

成本高到这个份上，阿海在设计委托人收益率时，只是稍微做了一点倾斜，就成了爆款产品。因为毕竟泛洋地产是上市公司，项目区位是武汉这一全国知名城市的二环内，抵押率不足50%，业态以住宅为主，简直就是投资人的梦幻项目，加上委托人收益率也能持平同期的市场水平，一个月的时间，仅仅一个月的时间，阿海在公司的知名度直线上升，成了最著名的当红炸子鸡，同期公司募资的其他所有项目，全部被碾压。就是这个项目，让阿海知道了什么叫作秒杀，就是一个募资项目在公司财富管理部系统中上线一分钟就封账，结束募集下线。哪怕十年后，公司同仁和阿海聊天时都免不了要提一嘴这个项目，太震撼了！

在武汉项目公司财务经理的强烈邀请下，集团财务副总和阿海一起再回到武汉小聚了一下。

这次待遇明显不一样，项目公司是派了车在机场等着阿海的。

财务经理一见面就感谢了阿海："海总，你知不知道，集团财务副总真的是帮了一把的。"

阿海明显懵："什么情况，需要我以身相许吗？嘿嘿。"

"哈哈，你知不知道，我们集团去年和你们另一个团队合作过上海项目的融资，但是效果非常差，集团等了一个季度，资金都没有到位，强叔是很不满意的。这次其实签字的时候，强叔还有一个顾虑，就是你们到底有没有募资实力，副总是帮你们打了包票的，你应该懂这个包票是什么意思。"

阿海想起来了，那单业务他听说过，那是去年一单形式上很普通的通道业务，对，阿海当时真以为是通道业务。而且更巧的是，经办团队也是老领导管理的部门内的兄弟团队。

难怪老领导一直很忙，难怪另一个兄弟说的话怪怪的！

"海总，我看你也是很务实，你知不知道我们这单业务能成真，得很有些运气。"

阿海很奇怪财务经理为什么这么说，然后听到经理的同事在叫她丘总。阿海："丘总，看样子，升职啦！要请饭吧。"

"提了个副总监而已，也是靠你支持的啊，但我这真不算啥，国生总上调集团当财务总了，你知道吧！"

"听说了。"

"所以我们项目财务副总监升了总监，我也跟着提了一级，都是沾你的光。而且你知不知道，我们一个季度前，项目上一个月没卖掉几套房子，我有半个月没有一分钱销售款进账。"

"我不想知道这个事啊！丘总，你给我讲这个是什么情况啊。"

"我们现在一个月卖一百多套了你知道吗？"

阿海受不了了，丘总这是要炫富吗？还是觉得吃了亏？

"我们去年就知道融资压力很大了，当时强叔来项目上的时候，我们就做过专门汇报，强叔也定了原则性要求，然后有两家信托就进场尽调，然后一直在沟通都没进展。"

阿海有点懵，他完全没有感觉到别人的存在，还有人在抢生意吗？

"整整三个月了，就是没有实质性进展。集团也说没有钱，还是要我们自己想办法，国生总只好麻烦集团联系了你们。"

财务副总这会开始插话了："海总，这单业务真的要感谢你，我是通过公司的主办券商放信息出去的，你还记得第一次电话会议吧！"

这阿海肯定印象深刻，这是他和财务副总第一次直接联系。

"我当时最怕的就是你开出个逆天的成本，我之前一直问小丁融资成本是多少，你知道吗？我给出去的数比咱们签合同的数低了好几个点。我给你说，要不是你们骏总马上就来了集团，咱这单业务就黄在那了。"

这一点阿海肯定是有意识的，但当时副总的演技也很过关，最起码他完全没意识到副总受到了很大的挑战。

丘总看来心情确实很好，又开始补充："海总，你可是给我们留下了深刻的印象，你一来，效率就特别高，别家比你早进场两个月，你批完了他家还没动静。你知道你批完后，为什么我这边几个星期没动静吗？"

这一直是阿海最困惑的地方，"我都以为你们有什么变化了，是哪里出了问题吗？"阿海追问道。

"主要是强叔对你们没信心，就是去年那单业务最后还是集团财务部搞定银行出了钱，才最终放款，今年资金情况特别不一样，强叔怕你们再掉链子惹出大麻烦。国生总觉得和你比较投缘，才愿意去老板面前保了咱们这一单业务。"

副总也竖起了大拇指："海总，你可是给你们公司挣了大面子了，老板都没想到你放款效率那么高，要不然再拖一个月，我们保不齐就又有变化了！我们公司所有事情，都是要强叔签字才算数的，他不签字的话，谁说了都没用，都不算数。这一个月我们的销售情况明显回暖，头寸已经转过来了。"

好吧，可以确定，真的是来感谢阿海的。

接下来的一天，阿海和合作伙伴喝了两顿大酒，也才算比较深入地了解了泛洋地产的真实情况。这家公司的员工对公司的认同感很强。公司资产实力非常雄厚，房子在市场上有口碑，不难卖。员工工作压力不大，福利比较好，老板也比较厚道，各级领导能力很强，工作比较好干，买内部房还能打个折，是难得的好东家。只是从集团到地产都有一个小问题，当然是非常小的问题，就是项目推进的节奏特别慢，对的，超级慢！慢到一个项目十年没怎么开发是常态，北京项目、武汉项目、上海项目全都是十年都没怎么动，杭州项目七年多开发完居然是特例！

放到阿海喝酒的这个时点，这个节奏真的非常不合时宜。当然这几个项目的区位都不能等闲视之，全在市内，北京项目区位最远，在三环内，武汉项目、上海项目都在二环内，转遍地球也确实没有同样的第四块地了！喝酒之余，几个领导还一直动员阿海买一套他们家的房子，说可以享受员工内部折扣。阿海想着武汉离家这么远，交通成本都不是个小数，也就婉言谢绝了。

对阿海而言，如果说有什么不理想的事情，就是他们公司是有一些长期合作的伙伴的。比如项目公司财务副总监长期对接另一家信托，业务支持力度方面有很明显的倾斜。这次主要是那家公司掉链子了，要不肯定没阿海什么事，就是来陪太子读书一轮而已。而集团和几家银行合作深度相当扎实，如果不是武汉项目公司财务总监，也就是现在的地产财务总监国生总力推地产公司想自己主导融资，集团解决这个事并不难，只是对于这帮领导的职业生涯会有些不利影响。这次阿海搞定后，国生总的升职也算是有受益的。

这单业务能掉到阿海头上，也确实有些偶然。好巧不巧，去年操办泛洋地产业务的团队也是老领导管的，那单业务搞得不汤不水，老领导也颇觉没面子。所以这单业务才让阿海去碰碰运气。而骏总一方面是正好要把和泛洋集团的业务合作全面推起来，另一方面也想帮一把阿海，时机刚好赶上点了。有可能是银根紧缩的影响，这个时间刚好全国经济形势突然下坠，发电量和运输量暴跌，房地产价格和销量都呈崩溃之势，泛洋武汉项目销售状况深受影响，几乎断流。而马上中央出台了刺激政策，半年后经济状况及房地产销售状况迅速反弹。而阿海进场的时机恰在反弹的前夜，公司正好在加快冲业务，效率奇高。

而泛洋地产给出的成本合适，导致资金募集情况也极为理想。当然最重要的，隆主席和强叔都是工商联副主席，两人认识，所以最终强叔能认这个方案，绝对有给隆主席面子的成分在里面。后来阿海凡是初次营销的客户，前一两次的项目都几乎不可能合作成的，人家都是看看阿海的能力，都是有个主力方案在推，阿海负责陪跑。一般跑个一两次，才荣升主力，力保阿海的方案落地操作的。

这次之所以第一次合作就这么顺利地落地，就是上面一系列因素的共同作用，阿海适逢其会，真是命好！

阿海火了！泛洋地产武汉公司15亿元人民币融资业务，当年新增收入超过五千万元，这是当年公司最出名的项目，规模最大，收益最高，骏总在公司大会小会上不停宣讲，年底也给了阿海一个优秀员工，阿海成了公司上上下下都认识的当红人物。最重要的是，这一笔业务的提成，就足以覆盖阿海在知识和职业技能上的所有投入，还远远超出。

武汉项目放款后，泛洋地产杭州公司的项目总专门飞来蓉城，面见海总，商谈推进杭州项目融资的可行性。阿海陪着杭州项目总面见了公司多个领导，他感觉到领导们对待这笔业务的态度有了些微妙的变化，都没有反对，但也都针对项目业态的构成、销售前景、融资规模表达了些许的顾虑。这笔业务的融资规模、抵押物业态和价值、期限及还款计划和武汉项目融资几乎一样。回头阿海很坦诚地给杭州项目总报告了他对业务推进期限的不乐观。杭州总表示很感谢，也没有多说什么就回去了。一个月后，阿海关注到泛洋地产的公告中，提到安平信托给杭州项目发放了融资，成本更高，但规模更大。

年底的时候，阿海又买了一套房，自我感觉已经彻底财富自由，老领导也只是叮嘱阿海不要拿太多钱炒股，可以多买房。

项目成立快满一年的时候，泛洋当初坚持的满一年的时候可以提前还款的约定开始显现威力。丘总打电话过来，说新任的武汉公司财务总监希望来蓉城拜访公司领导，意图提前还款。这时候房地产的市场形势已经截然不同，房价叠叠上涨，销量屡创新高。海量的资金拼了命地往知名企业身上堆，去年批业务批得三心二意的机构全然不见了当初的矜持，尺度全无，肯定是别的机构眼红这笔业务的高成本，意欲把阿海踢出去。

财务总监带了一家信托公司人员过来沟通，该机构已经完成了审批。因为武汉公司已经没有闲置的抵押物，提出希望五山信托同意提前将抵押物释放，或者最不济能同意将抵押给新的信托公司设定第二顺位抵押，以实现该公司放款时对抵押率的要求。去年三块空闲的土地证刚好是刚出证，泛洋地产公司为了税务问题，专门留了一段时间操作资产在不同开发公司间的转移，刚好给阿海赶上，现在哪里还可能有空余抵押物？五山信托公司主要领导有点不客气地直接拒绝了这个操作方案，阿海既然已经入了局，如果正常还款也就罢了，要想这样被置换就没那么容易了。财务总监还是挺有涵养的，即使被拒绝也没有形之于色，看到那家信托公司人员有点着急，还好言好语安慰对方说方案仍然继续。在蓉城的这段交流几乎算是谈崩了。

阿海有点不是很理解财务总监为什么要来跑这么一趟，因为老领导后来是很有些生气地对阿海说，这个方案他绝不会去给老板汇报，会被指责吃里爬外。后来他和集团财务部副总打电话时，旁敲侧击了一句。副总笑笑没直接回答，只是说他觉得如果五山信托能调整一下融资成本，操作性应该会更强些。毕竟市场不同了，成本下降已经是个现实，如果只是给泛洋制造置换的困难，那么把它逼急了，下血本找各种资金过桥置换也不是不可能，所以最佳的办法就是阿海主动找到低成本的资金实现对原有高成本的资金的置换，这样才能顺理成章地把这笔融资保留下来。

这时五山信托已经有了比较多的金融机构合作伙伴，阿海在财富管理部门同事的协助下，找各种银行询了一圈，很快，南方一家城商行表达了兴趣。也很巧，这家城商行的金融市场部总经理正是武汉人，他听说过泛洋地产武汉项目，并对项目区位有一定了解。基于对上市公司和五山信托的信任，他同意推进以该行自有资金投资五山信托的单一信托的结构，来对接这笔业务。

本质上城商行投资五山信托单一资金信托的业务与五山信托原有的集合资金信托计划属于两笔业务，但因为抵押权人都是五山信托，导致只有五山信托能实现两笔业务的顺利过渡。也就是保证承接期内新业务的抵押率仍然能满足审批要求。因为五山信托占据了抵押物，所以，五山信托可以再设立一个单一资金信托，这个单一信托以同一个抵押物设立第二顺位抵押权，并且五山信托可以对这个单一信托的投资人出具承诺，证明这个抵押物可以在偿还五山信托的信托计划后，升格为第一顺位抵押。这样可以保证过渡期的抵押率不失控。

方案设计的焦点第一是融资规模，城商行单笔业务受自身净资本的约束，提出来只做8个亿规模。阿海和泛洋那边多次协商，还是无法达成一致，泛洋地产嫌少，毕竟原来规模是15个亿，相当于拦腰砍了一半，确实是有点接受不了。最后是泛洋地产受不了了，由集团财务副总出面，和阿海一起去城商行拜访了一轮。城商行金融市场部总经理很受感动，应该是之前投资产品的时候，很少有这种底层资产的企业来专门做路演。再加上泛洋地产作为知名上市公司，光环也比较耀眼。他精心安排了这次拜访，协调了主要行领导也参与会见，财务副总代表泛洋地产也在其他业务方面抛出了一些橄榄枝，让城商行上上下下都觉得很够意思。

说一个人有没有职业前途，真的是会在一些事情上看得出来。这次副总上门拜访是承担了相当的职业风险的。既然泛洋地产提出来要置换阿海这笔业务，那必然是有一些领导在推动，而阿海所在的五山信托也不是完全没有靠山，正常的逻辑，能脱开的人等都应该靠边站，不惹事。因为在确定融资金额这个事情的时点上，还没有让两家机构动用太多的资源，都还属于公对公的工作范畴。这个时机上挺身而出，是有搞不定的风险的。副总这趟出行如果没有成果，相当于把办事不力的口实送到了别人的手边，而办成了，明显只会有地产财务总监对他高看一线，其他领导未必会觉得这哥们有多能干。似乎有点风险与收益不成比例。当然，这都是阿海私下里自己的嘀咕，副总应该有自己的信息源及判断。因为结果证明他看得很准。后来，副总荣升为一家保险公司的财务总监，成为名副其实的金融机构高管。

阿海回蓉城后不到两天，城商行反馈同意投资规模提到 10 亿元。这是这个时点城商行级别银行对外投资的天花板，在非标投资领域绝对是最高的金额！而原有的抵押土地则释放了一块，这样泛洋地产也觉得比较合适了。

另一个焦点是利率，之前泛洋地产愿意给出的成本已经低于 10%，较上年的利率水平大幅降低。最终城商行和泛洋地产都做出了一点让步，保证阿海收入不低于一个点，其余都给城商行。

上年主动管理的集合资金信托的业务，阿海的收入预算将近 4 个点，最终实现的收入很有可能远超 4 个点，而今年变成单一信托业务，收入直线降为 1 个点，这还是两方朋友都给面子的结果，市场上的通道业务已经在千二以下了。所以主动管理业务有了收获的阿海，心里确实已经把重心转移开来了。

核心的问题得到解决，后面操办的技术细节就没什么障碍，银行的资金到位精准，这一年阿海虽然收入少了不少，但因为客户维护的压力很小，其实也过得舒心。

两年后，业务快到期的时候，这次是泛洋集团财务副总打了电话过来："海总，这么久没来看我，也不关心关心我们啊！"

阿海有点小意外："副总，好久没见啦，你来蓉城了吗？我来安排你啊。"

"还没过来呢，我们那笔业务，还要你的支持啊！"

也不怪阿海一下子没反应过来，这笔业务理论上已经与五山信托无关，已经是城商行的业务。这两年真是没怎么关注泛洋武汉项目的进展，听这话的意思，还要把融资再周转一次？

副总："海总，你也知道我们武汉项目体量太大，这每年都是要融资的，想着咱们关系都那么久了，你能不能接着再做一笔融资啊？"

生意上门了没有往外推的道理，电话中阿海先接下了，然后再找城商行的同事去了解了一下情况。反馈说项目建设还是有进展，但是销售偏慢，泛洋地产坚持高端路线，这两年房价也涨了不少，一直属于武汉市最高水平。虽然说了很多好话，但阿海也听得出来，城商行对泛洋地产的开发策略有些顾虑，对于到期能否正常还本付息有些没底。毕竟不是他们多年维护的客户，第一次合作快到期了都没还钱，也怪不得心里有想法。想要在到期日一把还清 10 个亿的融资，不是谁能简单做到的。

这两年中五山信托也有了较大变化。骏总已经离开公司，北京部的分管领导升任公司总裁；枫总也离职了，现任风控部总经理费总，律师出身，由公司从律所聘请过来，性格谨慎。值得一提的是，原来骏总和枫总都是由央企二股东选派，现在的总裁和风控部总经理均是市场化聘用，已经脱离了二股东背景。隆主席也已不再担任公司董事长，新任董事长由五山信托下级证券子公司董事长调任。

阿海首先去给各级领导做汇报，虽然心里也对项目销售情况有点犯嘀咕，但汇报时还是做了点技术处理，着重强调项目体量，历史开发业绩以及集团资产实力等。总裁那好说，明确表态支持。五山信托和泛洋集团的合作还是当年他分管北京部时主持的，目前合作余额已经比较大了，五山信托还购买了他们家的企业债，也承接了股票质押融资。董事长在业务上表态不多，但鼓励阿海多开拓证券投资类业务，刚好阿海落地了几单配资炒股的业务，赶紧汇报了一下落实领导指示的设想，董事长还挺高兴。费总很明显还是比较认同泛洋地产这个项目，就是表态要求阿海把项目销售现金流切实管起来。

一轮汇报下来，阿海心里比较有底，那么问题又回到了利率上。两年时间过去，资金市场发生了很多变化。城商行全接一笔单一信托的业务模式，已经不再可行了。一是泛洋地产这次对融资规模提出了较大的新增要求，土地已经变成了在建工程，评估值显著增加，对融资额的要求也得水涨船高。而城商行受单户客户业务集中度控制的限制，不可能也不愿意再这么搞。当年一笔10亿元的投资很明显给金融市场部的同仁们造成了很大的压力，信用压力和合规压力都有，他们不愿意再干。其他城商行规模普遍偏小，更大的城商行已经自己独立操盘项目，也不愿意接单。所以只能阿海按照主动管理的集合资金信托的路数来推。集合资金信托对利率的要求就受限于公司300BP的要求了。为了磨合利率，阿海和副总谈了很久，翻来覆去解释，最终，副总给了一个超出10%的年利率水平，并且表示这已经是他们今年能给出的最高水平了。

这个利率水平高不高？那要看怎么看，如果是看同等收入水平的企业，真不算高，泛洋地产虽然名声大，但销售收入就几十亿元，离国内房地产销售百强的榜单越来越远。如果是从资产规模和项目区位来看，泛洋地产就很牛，这种档次的业务都是银行在做，那成本就不是一个档次的。再加上集团下属金融板块很强，合作伙伴都相信集团的资金调配实力，都抢着给它做融资，比如行业头部的中信信托、安平信托，都在和泛洋地产做业务，而且合作规模都比五山信托要大很多。这次给出的利率真心不低。

阿海压力就很大，按公司政策，账算不过来。如果按照公司同等募资收益率水平给投资者，阿海连公司要收的收益都保证不了，更遑论自己团队的收入。坐在办公室愁了两天，阿海觉得今年市场收益率下行也是张明牌，牙一咬眼一闭，拼一把，调低委托人收益率干吧！

主要根据抵押物的评估值，融资规模虽然上升到了 21 亿元，但公司的审批几乎没有悬念，除了上会的时候，有些评委善意地点了阿海一下，说资金募集压力不小哦。这真的是善意，对于阿海这样的老鸟来说，这的确是一个不小的压力。

合同签署，抵押办理，一切都很顺利。来到了资金募集的环节，阿海给出的资金募集收益率比公司同期产品收益率低了两个点，就这，阿海收的信托报酬也不到公司要求的 300BP，这也意味着阿海自己团队的收入是要打折扣的。

一个月的时间，没有一分钱到账！

虽然也有预期，但这赤裸裸地打脸，阿海还是觉得脸有些发红。在财富管理部也做了好几场路演，还是完全没用。毕竟在刚兑的年代，资金和理财经理其实对项目的风险性质真的不太关注，他们最看中的就是收益率，如果几个项目差别不大，区位、借款人等亮点多的项目会打款速度快点，但是像阿海这样，上来先减少了两个点的收益，也真是不能怪投资者不给面子。

最后，泛洋地产也着急了，因为五山信托这笔业务的资金用途是要包括置换原来那笔到期的融资的，如果五山信托这边一直募不到钱，最差会导致原来那笔业务逾期，那就玩太大了。后来泛洋集团的副总裁也给老领导打电话了，委婉表达了希望老领导能多在公司高层做做工作，把公司的资源倾斜一点给这笔融资。老领导和阿海商量了半天，最后还是决定由老领导出面，找总裁向公司的资金池借笔钱先过桥。

这里所指的过桥，是说先由公司资金池以一定金额的资金投资这个信托计划，然后后续募集到资金后，再把公司资金池的资金置换出来。这种操作在信托合同里都留有相应的条款，说得不是那么明确，但符合合规性的要求。这种操作不算资金池的主营业务，但从资金池成立起，就暗含这种安排，否则有些时限性特别强的业务，公司就没法接了。但这种操作一般阿海们都不太愿意去接触，因为资金池的成本非常随意，早期公司还没意识到资金池这种过桥操作的便利性的时候，资金池只是收取投资人同等的收益。

这时候，大家都以能借到资金池的过桥资金为荣，导致资金池的收益要求越来越高，因为这种投资都是公司内部行为，收益的核算全是公司一本账，后来经常出现投资完成后，公司上调收益导致业务团队无利可图，甚至倒贴的现象。阿海们深觉这完全是砧板上的鱼肉的路数，所以一般不愿意去碰。这次实在是不想耽误泛洋地产兄弟的职业前程，所以厚着脸皮也要麻烦一下老领导了。

老领导出面邀请泛洋集团副总裁和公司总裁一起在北京吃了顿饭，虽然两位领导很熟，但今天这个局其实是大家一起表示对总裁的尊重，也是给总裁的交代。集团副总裁也很识趣，没聊过阿海这单业务，只是聊以前和强叔发家过程中的一些趣事，间或感谢总裁之前一些业务特别是企业债发行过程中的支持。总裁平时话就不多，今天格外风趣些，也聊了些之前和一些大佬打交道时的见闻。阿海这时已经入行有些年头了，也对信托行业有了些体会，听这些已经处变不惊，只顾着给领导倒酒，并一轮一轮地敬，表达自己的崇敬之情。

回来后，总裁表态同意拆借 10 亿元资金，以保证前笔业务置换的资金需求。阿海抓紧走资金池资金投资的流程，也不算很顺利。走流程的过程中，城商行和泛洋地产的同事电话催个不停，因为内部的流程不便透露，那两方都对五山信托的资金到位情况表示焦急，因为前笔融资到期在即，资金在哪他们心里都没底。阿海虽心里有数却也不敢多说，只能一边应付着，一边去流程上的各位领导处赔着小心地说话。其中公司财务总监还把流程捅到隆主席处，还好总裁出面解决了这个最大的问题。

资金是在前笔融资的到期当日划出的。阿海已经迫不得已暗示按行业常规，资金可以有两天的在途日计算，不算逾期。但丘总职业操守值得称许，他坚持必须到期偿还，提前一天落实了资金，虽然搞得鸡飞狗跳，但毕竟没有用上。事后，阿海觉得事情办得夹生很懊恼，丘总反而安慰他："海总，我们都知道你不容易，毕竟事情最终还是成了，那就可以了，不要要求太高。"

这笔资金到位后，公司内的资金募集情况有了些乐观的变化。一方面是证券市场的暴跌，海量的资金纷纷涌入以信托计划为代表的固定收益类产品避险。公司资金池接受了一笔迄今为止最大的投资，资金规模高达 160 亿元。而阿海的这笔业务明面上的信用等级还是最高的，虽然收益仍然最低，但架不住其他产品募集满后，逐渐地只剩了阿海这一只产品，排他性的地位还是开始接受一些资金的关注。另一方面估计是公司的理财经理们并不了解这笔 10 亿元资金的真实内情，还以为是哪家机构打了款。所以不少理财经理纷纷去各家银行咨询银行的自有资金或者理财资金有无可能认购。

不久，有两位理财经理向阿海寻求帮助，他们分别从不同的支行发起，同步向一家金融市场总部位于上海的全国性质的城商行发起了投资申请，然后这笔内部打架的申请卡在该行金融市场部总裁的办公桌上了。总裁表示纠纷没解决之前不予签批。

阿海也着急上火，于是表态可以去拜访总裁做一轮路演。华南财富中心的理财经理比较给力，做通了支行行长的工作，约好了金融市场部总裁的时间上门拜访。

总裁姓迟，温文尔雅。阿海等了不到半个小时便得到了迟总裁的接见。支行行长虽然和迟总裁的级别相差很大，但毕竟营销出身，最擅长处理这种领导的文案，表达得和迟总裁那是一个亲切，阿海简直以为两者是亲戚，行长絮絮叨叨说了半天营销业务的不易，总算找了个由头把阿海介绍了出来。

阿海能说啥，难道因为两家支行抢业务的额度，就真的以为自己是皇帝的女儿不愁嫁吗？

不，不，不！多年浸淫的老鸟这个时候才拿出自己压箱底的手艺！

阿海很低调地给迟总裁汇报了五山信托多年来保持产品零不兑付记录的心得、决心以及制度的安排，介绍股东实力，介绍公司战略设想，简直口若悬河，纵横国内国际金融五百年，从国际上的巴塞尔协议到公司房地产客户几乎为零的违约率，以及和该城商行历史良好的合作记录，等等。尽情地展示自己雄厚的金融底蕴。

支行行长听得越来越不是滋味，因为阿海从头到尾就没提到过他最关心的要点，就是迟总裁要批他的业务流程，因为他和五山信托关系最铁。但阿海哪敢说这个话，谁求谁他还是搞得清楚的，他是来求迟总裁同意投资的，迟总裁愿意同意就行，想同意谁的流程完全是迟总裁的心情，阿海可不敢坏了领导的心情！最重要的是要让迟总裁觉得阿海水平够高，做事靠谱，五山信托实力够强。

会见时间长达两个小时，远超原来约定的时间。迟总裁明显很高兴，中午还招待阿海一行简单吃了个工作餐。出了银行后，支行行长压抑着自己的情绪，意欲和阿海告别，阿海还是忍不住，给行长交了个底，这笔业务如果能成，绝对不会少了他的业绩。

理财经理还是有点道行，在机场候机的时候，没口子地夸奖阿海，一直表达对阿海的仰慕之情。幸好阿海已经饱经沧桑，否则难免想入非非。但还是忍不住向理财经理表了个态，如果财富管理部老大切了她这笔业务的利益，阿海愿意出个面帮她搞定。

就几天的工夫，听说迟总裁出面主持了两家支行的协商，两家切了个西瓜，大家见者有份。然后投资审批书签发了出来。虽然投资要求中的一些细节与五山信托的产品要素有一些不匹配，但只要银行资金能投，这些问题都能搞定，用句话说叫大事都是小事，甚至都不叫事。五山信托财富管理部老大也主持了理财经理间的协商，虽然另一个理财经理就归她直管，还是保证了一个让华南财富中心理财经理满意的业绩提成比例。

大家皆大欢喜，真不容易！

事情发生了天翻地覆的变化，这笔 9 个亿的认购资金，是五山信托同期最大金额的单笔信托计划认购金额，阿海又小小地在公司刷了个存在感。

公司核心领导出面了，要求财富管理部切实顺应市场的变化，加强产品收益率的管控，面对市场收益水平的下行，要切实体现在信托产品的收益率设定上。

是不是有点不好理解，不要紧，你只要知道，五山信托后面上线的信托产品收益率全部是比照阿海这笔业务的水平制定的，阿海以一己之力把全公司的资金成本给压低了！后面最低的收益率给到过6%，这时候甚至不到10%融资成本的项目，也有业务团队敢接。当然事实也证明这个收益率已经太低，还是募集不到足够的资金，后续业务团队又被迫提高收益率，然后就在一个相对平衡的收益率水平上稳定了很多年。

可惜没人感谢他，当然阿海在公司的知名度还是隐隐上升了不少。

同期产品收益率拉平的后果，理财经理自己相信，并且一再给客户宣传说，现在是收益率下行的时期了，不买这个项目，后面的收益率只会更加低了，阿海的这单业务再度开始热销。又是一个月左右的时间，剩余11个亿的业务规模被打满。然后阿海开放原有资金池认购的业务规模，开始置换这10个亿的额度，没想到在置换到只剩2亿元的时候，资金运营部的总经理不干了，他直接一个电话打给了阿海。

"海总，你什么意思，非要把我的额度全部置换完吗？我就这笔业务信用等级看得过眼，你差不多也得给兄弟们留点念想吧！"

资金运营部主管公司资金池产品的运营，之前可能因为找他们借钱的人比较多，承受压力比较大，所以沟通难度一直较高。开的投资条件也不低，还经常要求提前赎回，如果业务团队做不到就追溯调整收益，所以之前阿海也和他们打交道不多。这次居然会打电话过来要求保留额度，非常少见，可见是真心不想被置换。一轮沟通下来，运营部同意只收取正常的资金收益，其他的价差都留给阿海。这让阿海多赚了不少。

这笔业务放完款后，老领导在某次会议上很意味深长地表扬了阿海："这笔业务能搞成，海总功不可没。当初海总坚持要做这笔业务，我是不看好的。海总在这笔业务中表现出了极强的韧性，百折不挠，灵活坚定，非常值得部门同事们学习。"话虽然这么说，但阿海也知道，这应该就是他和泛洋地产的最后一次合作了。

这次合作把五山信托的短板暴露无遗，就是对融资成本极度依赖，一旦融资成本低于某个标准线，便表现得毫无效率，而这个成本极度刚性，无视客户的信用等级。这样在竞争一些优质客户时，很难对市场波动展现出竞争能力，五山信托对此甚至可以说毫不在意。这样导致阿海们后续实在无力维护信用等级高的客户，只能在相对低信用等级的客户中尽量挖掘优质的项目，但说实话，这样对政策这一类非系统系风险的敏感性极度提高。

一年以后，丘总打了电话过来，通知将于融资满一年之日还款。这次不是商量，仅仅是通知而已。资金在到期前一周的时候全额打了过来，阿海能做的，只是配合泛洋地产的要求，尽量快地完成抵押物解押的工作。因为合同规定资金划拨时间有个固定的时间，阿海就连想晚几天给银行分配收益，毕竟有几万块收入，都被人投诉到董事长处，然后被臭骂一顿。阿海后来发现，这笔抵押物被中信信托接手，对应融资金额 25 亿元，成本比阿海这笔还低两个点。

悄悄地，其他业务团队有个兄弟离职了，办手续的时候专门过来请阿海吃了个饭，阿海和他不算特别熟，但也还算聊得来。这次晚饭的时候，这兄弟才说出来，他就是当年阿海和泛洋地产武汉项目做第一笔业务时，在现场做尽调的其他信托公司的员工。他在项目上待了三个月，翻来覆去整各种项目材料，算各种经济性指标，但怎么也不能满足风控部同事的要求，连约个上会的日期都做不到。当他听说五山信托也有人进场做尽调时，心里是好笑的，但这个好笑转眼就变成了恐慌，因为五山信托一个月就完成了审批，他早进场两个月，进度还遥遥无期。然后再过了一个月，泛洋地产的同事通知他撤场，因为五山信托已经开始放款，已经没有业务要他跟进了。

这种情绪首先是崩溃，花了三个多月劳而无功，非常伤士气。但转头一了解发现五山信托开业时间不长，还在全国招兵买马，而且给出的绩效政策很是激励人，精神头比较活跃的小年轻顿时起了跳槽的念头。念头一冒起来就再也压不下去，到处托人介绍了一番，便顺利地跳槽到老领导管辖的另一个团队中。

可惜啊！总是觉得别人家的孩子比较聪明，真到了五山信托，才发现主动管理业务，甚至是通道业务都不是那么好搞，他跟的那个团队长能力一般，公司领导都不大看得上，每年都是老领导分点业务做做，勉强养着队伍，毕竟那团队长跟老领导的时间比阿海还长，老领导还是念旧的。只是苦了手下的兄弟，两年的时间连一单主动管理业务都没做成，帮别人代管现场的时候又出了纰漏，在公司抬不起头来，检讨了无数回，实在是找不到方向，最终决定还是回他老东家混口饭吃，实在是灰了心了。

临了告别了，兄弟伙给阿海递了一句话："海哥，我当年以为你和公司都非常牛，现在看来家家都有一本难念的经，但我还是佩服你，希望你一切顺利！"

阿海顿时百感交集。

变/形/记

5

绿色的证券

(1)

可能最开始大家了解信托都是通过阳光私募，阿海也一样。比如著名的伟哥，就是在润华信托发的昀沣系列产品。交易结构也很简单，就是信托公司以信托计划的名义找家证券公司开立一个证券交易账户，通过银行、信托以及证券三方独立对账实现阳光化的私募运作。每一轮牛市来临的时候，阳光私募产品就有一轮爆发，然后再大量消失。即使阿海入行没多久，也知道这块业务其实不好做，因为它主要依靠投资顾问的市场号召力。哪怕是经过了这么多年的直销队伍的建设，信托公司也就在固定收益类的产品募集上有些积累，对于这种浮动收益类产品的募集能力完全是略等于无，甚至赶不上银行的一个小指头。当然还有小部分原因是我国证券市场波动性太大，无论是开发什么策略，有效性很难超过一年，都是灰头土脸地败下阵来，搞得没有人有信心敢对客户拍胸脯。润华信托与伟哥的合作，其实后面也存在着银行的影子。这行做的时间长了以后，才知道完全找信托来发产品的投资顾问也不是没有，但信托公司顶多把自己当成一个产品运作的平台，资金的募集都是完全交给投资顾问自己去推介。

都是从炒股这个逻辑出发，信托公司逐渐衍生出一系列的相关产品，成为信托公司最丰富的一类产品线，也是信托公司发展时间最长的产品，就像一棵常青的乔木，永远给从业人员带来希望的绿色，不管从业人员在谋生艰难的时代，还是颐指气使的年头，证券市场都以它永恒的绿色抚慰着大家的心灵，让大家觉得总还是有一块精神的家园没有抛弃他们。还是在新世纪最初的那些年头里，房地产刚刚起步，融资类信托的结构都还不成熟，银信合作更是没影，相当多的信托公司都是靠着这一条产品线熬过寒冬的。谁能知道信托业还能有今天的光耀年景。

凡是投资方向为股票、债券，或者是以上市为目标的企业股权，就是有公开市场报价、有充足流动性的信托计划，在这里都属于证券类信托的范畴。前面介绍的房地产信托都属于融资类，证券类信托基本都属于投资类，除了股票质押外，而银信合作类信托投资类和融资类都有。这里提到的三类信托分类方法其实是不一样的分类标准。房地产信托和证券类信托是按照信托公司资金投向的领域来分的，银信合作类信托是按照资金来源和风险承担责任来分的。证券类信托的主要资金来源是银行或其他金融机构，所以基本也在银信合作类信托的统计口径里面。说起来好像信托规模很大，一层层剥下来，内核也是极有限的。

证券类信托主要包含下面几类产品：

第一个是证券投资信托，也就是上面提到的阳光私募。

第二个是阿海们俗称的证券配资，也叫结构化证券投资信托。一般是一个或几个委托人，可能是自然人，也可能是公司，目前大致是按1：1的比例，比如一个10亿元的信托计划，一个大佬出5亿元充当劣后级委托人，然后找家银行出5亿元担任优先级委托人，这10亿元的资金都交给信托公司设立一个信托计划，信托计划找家券商开立一个证券交易账户，然后由大佬出指令去炒股。赚的钱先把银行收的利息付掉，再扣掉信托公司和证券公司要收的钱，剩下的都是劣后的。如果赔了，劣后就要先以自己的资金保证优先的本息兑付，亏损都是自己的。之前市场上声名大噪的伞形信托也属于这一类。

第三个是定向参与特定股票认购行为的信托计划，包括定增、大宗交易等，可能是平层，但更常见的是结构化。这块业务杠杆率相对高，当年达到3：7是个正常水平。

第四个是股票质押融资。就是上市公司的股东，基本都是前几名的比较大的股东，一般也是直接找到银行谈好融资方案，然后找信托做个通道。这一类其实券商也做得比较多，但相当部分银行只认信托，所以有这么一块业务。后来信托公司有了自己的资金池后，也有直接开展股票质押融资业务的。甚至也有很小一部分股东直接找信托公司发集合资金信托来融资的，但这一类非常少，而且往往是股票质地或者融资人有些特殊需求，导致无法从银行获得融资才逼不得已的。这类业务是一种标准化业务，只要当过上市公司股东的应该都明白。

第五个是员工持股计划。这块业务曾经在股市大跌时期很是兴旺过一阵，可惜生不逢时，能全身而退的不多。这块业务的杠杆率一般参照定增计划，以 3 ∶ 7 的为主，一般由大股东对员工投资的份额提供差补，可惜耍赖的也不少，坑了不少员工。

第六个阿海们称之为债券配资，也就是结构化债券投资信托。它的结构和第一个几乎一样，只是投资标的是证券市场或者银行间市场的债券，这类业务一般杠杆率非常高，1 ∶ 10 也常见。

第七个阿海们称之为股权投资类信托，和私募基金干的活类似，但这类业务投资的是还未上市的公司股权，以实现上市或者被并购退出为目标。基本都是和一家投资顾问合作，募集一个信托计划对拟上市公司股权进行投资。

最后一个类别名字叫作雪球，这类产品属于期权。当然看名字委托人是完全想不到的，这是我国为数不多的证券市场衍生产品之一，存在时间也不短了。券商基于多种原因，会持有以各类基金为代表的产品，为了对冲这些持有产品的跌值风险，所开发出来的对冲策略产品。对于券商而言，它都是 100% 的对冲，然后收取无风险的固定收益，风险有限收益也有限。而对于雪球产品的投资人而言，它就是单边赌市场的行情，收益有限而风险无限。

一般来说，证券类信托都有投资顾问，都是在市场上找饭吃，靠着投资顾问的能力赚到钱后大家分账，如果市场不好没有赚到钱，赔了也是委托人自己认的。这里不知道有没有必要提醒，这一类产品，信托公司基本都不会刚兑。是不是要敲下小黑板再着重强调下。

因为这类产品的投资标的都是公开市场交易的品种，信托公司在设计产品和推介产品的时候讲得很清楚，在投后的管理中尽责与否也很清晰，所以是敢不负责的。

由于近些年来信托公司刚兑的形象渐渐深入人心，所以有相当部分委托人是闭着眼睛在买信托，当然如果是直销，信托公司财富管理人员还是会充分解释清楚，比较少出现超预期的亏损。但是还是有不少通过第三方财富公司或者银行购买信托计划的人，出现了逾期或者亏损的现象，给大家造成了困扰，这点也需要委托人澄清一些概念。

除了投银行间市场的债券外，证券类信托和其他融资类信托相比，对信托公司有一定要求，需要公司专门开发一套资产管理系统，以对接券商的交易系统，这主要是基于我国证券市场的设定，炒过股票的人都知道，只有券商能担任场内的经纪人角色，从交易的流程上看，信托公司相当于一个委托人，必须通过一个系统对接场内经济交易，才能满足投资顾问交易时效性的要求，并且满足产品设定过程中的风险参数控制的有效性。还需要设置一个专门的交易室，独立处置证券交易过程中的相关事项，比如产品跌到平仓线了，就要由交易室来执行平仓交易。

基本每家信托公司都能操作这类业务，但真正将这类业务作为公司的核心战略性业务的公司很少，无他，收费相对较低而已。

(2)

信托公司其实一直都比较提倡发展证券类业务，这类业务比较稳定，不管业务发起端是投资顾问还是银行，只要能在一家信托公司落地，后面都很少去改换门庭。毕竟找谁都是找，换人也很难有什么优势。也就意味着，只要抓住契机落地了这类业务，后面都会越做越大。

当然 2015 年之后，监管态势的大变化导致的影响又另当别论。

2014 年的时候，眼看着股票市场有了明显起色，五山信托公司将证券类信托业务做大的愿望更趋强烈，为此专门调整了证券业务的审批流程，简化了节点，成立了专职的证券业务审批小组，放松了风险控制要求。之前因为公司的风控模型是从银行脱胎而来，银行的二维评级模型对客户、债项都有要求，而且要有明确的还款来源。股票配资还好，还款来源有的理由可讲，但有实力的客户收费怎么也满足不了公司的要求，能给费用的公司怎么也瞧不上眼，股票质押业务就完全没有还款来源，都是指望着再融资。因此在这之前公司的证券市场业务基本动弹不了。这一次调整虽然明面上没有说，但实际上就是只卡杠杆率，把客户、股票的要求全部放掉了。就这标准一松，业务规模一下就开始了膨胀。

银信合作业务比较稳定了，房地产业务也有模有样后，阿海的队伍也逐步开始扩大，自然地也一边学习，一边摸索着，开始切入这块领域。信托的特色就是横跨所有的业务领域，既然从事了这个行当，什么门道都要掌握一下的。当时证券市场已经明显有了起色，公司领导在大会小会都给大家鼓劲，也很难不去响应领导的号召。

经过几年的积累，这个时候的五山信托已经积累了一批资金渠道，资金池业务也初具规模；与此同时大光银行这两年将证券配资作为一个重要的资金配置方向，着重与五山信托结成了非常紧密的客户合作关系，对五山信托推荐过去的配资业务，设立了专门的绿色审批通道，几乎不否而且高效，扮演了一个非常重要的稳定资金提供方的角色。

后来海渤银行、发展银行都加入了进来，直接将公司证券信托规模推到了千亿元级的水平。

但等阿海想做的时候，这些资源却一时都用不上。公司的北京业务部，也就是前面提过的操作了公司第一单集合信托的那个部门，他们对信托行业理解比较深，已经自己提前开发了资产管理系统，这种资产管理系统的开发模式也是五山信托管理特色的具体体现。资产管理系统是信托公司开展证券投资业务最核心的一个交易系统，这个系统对接证券公司的交易系统，实现交易指令的传递和风控要素的校核。行业内的信托公司都是由总部开发，给全公司使用。而五山信托是交给北京业务部开发，然后再由总部授权管理，系统的交易室也设在北京。五山信托与大光银行的合作也是北京部的同事打通的，甚至大光银行总行还专门在系统内打了招呼，要求五山信托所有的业务都要通过他们所指定的北京部的同事去对接，这么一闭环，阿海根本沾不上边。公司的资金池僧多粥少，业务已经开始上量，排队等着资金的项目数都数不过来，也根本轮不上阿海。阿海最开始想从商业银行要些证券投资类的通道业务跑通流程，但找了原来那帮老同事好几次，人家表态说存量项目都有合作开的机构，把阿海引进去抢人家生意也不合适，最好是阿海能推荐客户过来，先入得了门，后面才好帮阿海说话。

想想也是这个道理，毕竟在这个行业做的时间短，客户基础薄弱，想来想去，只好从券商这边打打主意了。

后来能做起来，真是风起来了。股市一涨，各种大大小小的投资顾问全冒了出来。券商做不过来，自然就想往阿海这边推。一个信中证券营业部的老总给阿海介绍了第一个投资顾问的客户，偏生还巧了，这个客户已经和公司别的业务团队落地了不少业务，也是不希望在一个地方做的业务太集中，希望分散一下业务资源，免得未来发生什么掣肘的事情。而券商把他介绍给阿海，是因为券商自己的风控标准高，他们自己配资匹配不上，介绍过来万一做成了交易账户总是要开在这个营业部的，后续衍生的经济业务总是跑不了。所以国内的信托尽做些别人看不上的业务，看上去啥都能做，其实别人看得上的业务都插不上嘴，幸好市场大，能好好把别的机构看不上的客户做好，也有自己吃饭喝粥的机会。

这个客户虽然在市场上历练了十多年了，但都是在帮一些大资金方操盘，没有像基金经理一样拿得出手的业绩，所以虽积累了些客户资源，但在以前没法公开做产品。这一轮牛市不知怎么的，银行等机构都抢着放水，他首先在五山信托另一个团队那边跑通了公司的审批流程，大光银行也闭着眼睛投了资金过来，一口气发了十几只产品，总规模像吹了气一样上了十个亿。到了阿海这里，难度就小了很多。公司内部的审批流程都已经被兄弟们趟完了，不用阿海费心。阿海主要是找商业银行对接资金，这时已经是 2015 年了，各家银行都已经显著提升了对证券配资业务的重视程度，流程简化，资源倾斜，事情好做了很多。商业银行很麻利地给阿海批出了 1∶3 的杠杆率。

阿海们的职业习惯，都喜欢以杠杆率来称呼业务，这里的杠杆率指的是客户投的资金与融资资金的比例，客户投一个亿，银行就匹配 3 个亿，然后组成 4 个亿的总资金认购信托公司设立的证券投资类信托，信托计划再投向股票市场。房地产类业务也有杠杆率的概念，但阿海们一般按照 1 ∶ 1 来掌握，也就是客户出多少，信托公司也出多少，杠杆率的差异主要取决于资产的流动性和价值的波动性。证券市场上的股票和债券的流动性肯定远远高于房地产的土地，其中债券的波动性又远远小于股票，所以债券信托的杠杆率又远远高于股票信托。

商业银行给阿海批的 1 ∶ 3，其中还预留了一个分层的安排，就是劣后方应该投的 1，还可以由其安排一些资金来做中间层，最终的资金安排可以变成 2 ∶ 1 ∶ 9，就是最终的劣后方投 2，中间层投 1，优先级的银行投 9，这样下来，相对于最终的劣后方，整体的杠杆率变成了 1 ∶ 5，是不是很厉害。中间层和优先级的资金都只收固定收益，剩余的总体收益都归劣后级，但劣后级要为中间层和优先级的资金的本金和利息提供担保。

所有的证券投资类业务中最独特的就是开立证券交易账户的环节，如果是个人想炒股，顶多跑一趟证券营业部，营业部都会一条龙代劳；如果是交易账户转托管，现在打个电话就可以，你都根本不会意识到证券交易账户是注册在交易所。但是以信托产品去开立证券交易账户就不是这么回事了。券商虽然还是提供经济服务，但开户就得阿海们自己跑了，而且必须是信托公司派人携带金融许可证原件去证券交易所现场开立。还好公司在深圳和上海都有业务团队，深交所的开户阿海拜托了同事帮忙，上交所的开户阿海打算自己去跑跑历练一下。

其实开户这个环节就是一个监管调控的抓手。在银行理财计划可以直接开户的年月，这块业务信托公司所占的份额非常少，2008 年的股市暴跌导致不少银行理财产品亏损，2009 年 7 月的时候，交易所就发布规定停止了银行理财计划的直接开户，2013 年底虽然又发文开放了银行理财资金的开户，但实际上并没有执行，从这时起，银行理财资金就纷纷转到信托计划、券商资管计划或者基金专户来操作，也有直接通过私募的。交易所虽然没有明确停止过信托计划的开户，但是监管的态度直接影响了开户的顺利程度。在当年 3 月间，开立交易账户必须提供签署完毕的合同以及信托公司对交易标的承诺函、章证照原件等一系列的资料，资料齐全的话一周可以完成开户。5 月间开户时间长达一个月以上，开户资料经常调整，还经常说资料不齐给退回来，有时退回来的潜台词就是不给开，有时候又不是这个意思，具体含义得靠自己琢磨。基本上阿海接业务前都得跟兄弟团队细心打听，一听说退开户资料就赶紧收手，否则就费心费力了。而且现在开户都要把产品名称输进去，这就使得变更账户名成为不可能，听老同志说以前可以多开几个账户，有业务的时候就可以拿来用，别小看手头有账户这个抓手，在这年头你冲外面喊一嗓子说有账户，绝对有人来找你做业务，关键是效率有保障啊！阿海们都知道证券市场的行情稍纵即逝，特别对于结构化信托，优先级资金都有成本，2015 年成本每月上浮，到了年中的时候成本已经相当不低，加上开户的时间不可控，对客户心理和操作预期的影响非常大。

回过头来看，加上要支付的相关费用和前两层资金的利息后，这个交易结构只要一个跌停，就危险了。但当时市场已经非常狂热，钱都是银行的，连银行都不觉得有问题，阿海们更加不会多嘴，整个市场以这种模式冲进去的资金少说也在千亿元级的规模。

从 2014 年四季度起，市场在大半年的时间里一直是单边上涨，所以这会是胆越大越发财，虽然投资顾问说起交易策略和市场观点来都是一套一套的，接触得多了，也没觉得有啥特殊的。反正什么股票都是一轮一轮地往上涨，这几只产品很快净值就超过了 1.2，看着安全边际越来越高，阿海心里也比较踏实，寻思着再找些投资顾问做做业务。

5 月份的时候，在市场上飘着的不那么协调的风声已经有点厉害了。中旬的时候监管已经叫停了伞形信托，但因为伞形信托的规模并不大，所以没造成太大的影响。比较吓人地说要禁止 HOMS 交易系统，大家传了一会又觉得不太可能落地，只能当没听过。接下来的杠杆率大家都不敢继续往上放了，控制在 1：3 以内，夹层资金也不加了，5 月份的时候公司的证券配资业务总规模也过了千亿元，股市仍然不停往上涨，任何消息的解读都是利好，虽然说私底下并不认为指数能突破一万点。但还是觉得指数突破 2007 年的高点只是时间问题。直到 6 月 12日，监管层发文要求整顿证券公司提供的股票交易服务端口，9 月底前全面停止服务。

真的是晴空霹雳，这句话的意思是要求证券公司拔掉他们的股票交易系统与信托公司的资产管理系统的对接端口，也就是停止信托产品的线上股票交易功能。端口停掉了以后，凡是通过信托公司的产品进行股票交易的行为，都只能由信托公司员工自己登录证券公司的网上交易系统，用用户名和交易密码来执行交易，或者由信托公司员工打证券公司交易电话进行股票交易。而之前都是由信托产品的投资顾问通过他自己电脑上的交易系统一键下单，交易指令直接在信托公司资产管理系统中执行风控校核后，发送到证券公司的证券交易系统中进行交易。

这意味着所有信托公司成立的证券交易产品中，实际承担交易决策和执行功能的投资顾问已经没有办法直接操盘，他只能通过证券公司的人员才能实现交易，两种交易方式的便利性和时效性没有任何可比性。这导致在信托产品中担任劣后、承担风险的投资顾问没有办法控制自己的风险，证券投资类信托已经没有了存在的价值，所以，迅速变现清盘是所有人必然的选择。毕竟 2007 年的崩盘已经有点久了，阿海们都是在那之后入的行，6 月中下旬的市场踩踏炸得阿海们头破血流，从这阿海们开始明白，所谓的不可能，只是意味着发生的时候代价更为沉重而已！

半个月不到，阿海的一只产品就跌破了净值 1，这意味着夹层资金面临亏损。还好投资顾问经历过 2007 年的雪崩，手里还备有不少"子弹"，很爽快地补了一些资金，将净值拉到了 1 以上。市场还在继续跌，产品净值马上又跌破 1，投资顾问继续补。持续到 7 月，眼看着投资顾问吃不消了，毕竟他整体在公司发了十多只产品，全部都要补，压力太大。眼看着跌破预警线，随即跌破平仓线，钱还是补不上来。

这半个多月，五山信托迅速调整了工作流程，阿海也专门抽调了一个同事到北京的交易室。每天负责专职对接各个投资顾问的电话，然后通过证券公司的网上交易系统做交易，这种交易水平已经恢复到20世纪80年代的交易水平，仅仅比电影《华尔街》中的水平先进一点点而已。

怎么办？这个节骨眼上，执行平仓肯定是全输的局面。这时监管层已经救市了一段时间，号召为国接盘，暂停IPO，直接托市，降低交易税费，全部都没用。最后救了阿海的还是上市公司，产品买的股票纷纷停牌，给了大家一个合理的理由，平仓执行不了了。

趁着停牌的机会，阿海马上开始走访投资顾问和夹层资金方，通报产品的现状，商量解决办法。夹层资金方本来是冲着投资顾问的能力投的，指望着赚着较高的固定收益，虽然市场暴跌，但凭着经验还是觉得没到山穷水尽的地步，都觉得熬一熬，边走边看。银行还有更麻烦的产品要处理，阿海这个产品还没到危及优先级的本金安全的地步，都没空理它。

所幸命不该绝，一个多月以后，一股外在的强大力量开始直接入市救人，从大盘股到小盘股，谁都没有落下，力量之大摧枯拉朽直接激活了市场的流动性，所有股票只要复盘全是好几个涨停板。阿海产品所买的股票也挺灵光，看着市场反弹马上复了牌，四五个涨停下来，净值超过了1，彻底给阿海解了套。阿海立马通知交易室平仓走人，世界太平了！

2014年，就在大A进入牛市的同时，经过一个朋友的介绍，阿海认识了国银证券下属一家专职做PE投资的资管子公司的总经理，长得白白胖胖，非常富态，双商超高，一年到头桃花不断。他年纪并不大，这会儿才三十出头，但大佬派头已经撑在外面，大家都半是戏谑、半是客气地尊称他一声"银爷"。

银爷的职业生涯堪称逆袭的典范。作为国银证券管培生一入职便担任总裁办秘书，他的性格也特别适合，小心谨慎加上心思灵光，颇受领导看重，奠定了他职业的高起点。在总裁办服务五年后，调任固定收益部，固收部属于低调的富豪部门，服务的两年间他勤勤恳恳、任劳任怨，里里外外都不放下，从业务研究到客户营销，都冲锋在前。

一次酒后闲聊时，他稍微提到了自己复杂的心路历程，那次他在总裁办公室不小心看到了员工绩效工资单，备受刺激，银爷一边吹着烟圈，一边晃着酒杯，絮絮叨叨地说道："一个实习生，奖金都是七位数，我辛辛苦苦在外面拼酒搞关系，都不到她一半。"银爷从此收了成为固收大佬的心，调去了机构业务部，专门搞机构客户的营销工作，很快就获得提升。厉害的人总是遮掩不住，在国银证券鼓励发展投资业务的关口，银爷果断申请成立一家主业做股权投资的 GP 企业，并搞定了一家蓉城本土企业做大股东但不绝对控股，国银证券做二股东，他自己成了三股东。从此翻身成了有实际话事权的管理层。

私募股权投资领域的当家人都不是普通人，最起码都是特别有执念的人！

银爷本就性格豪爽，喜欢呼朋唤友，在国银证券董事会办公室的工作经历，也让他认识了不少有影响力的人。认识人多的好处，就是当你想法明确的时候，能很快找到朋友来实现它。

在私募股权行业也有通道业务的说法，这是出于合理避税的考量，有限责任公司的所得税是 25%，有限合伙企业或者契约型基金对法人 LP 的投资行为是不承担代扣代缴税负的工作的，意味着如果仅仅是一种投资行为，通过有限合伙企业或者契约型基金的结构经济性更高，而信托公司虽然也能起到同样的作用，只是作为持牌金融机构，对业务伙伴有较高的合规性要求，那么市场一些不那么规范的投资行为，往往会找一些私募投资企业来帮忙做个通道。

银爷先搞了几单通道业务，然后通过朋友找到了阿海这里，希望阿海能帮忙募个私募产品。

国银证券在蓉城也是很有影响力的金融机构。银爷的思路是借助国银证券投资银行业务的客户储备，以上市公司为中心，围绕上市公司的产业链上下游找寻被投资企业，然后争取被并购或者 IPO 寻求退出。这个思路肯定没问题，全世界的上市公司都与券商保持着密切的业务联系，也只有券商，在资本运作领域最有发言权。

很快银爷把国银证券的董事长约着来五山信托拜访了总裁，虽然国银证券和五山信托都在一个城市，两家机构背后老板的风格不太一样，机构之间也就没打过什么交道，这是董事长第一次来五山信托公司，他经历过的事情很多，给人的感觉是性情很平和。会谈中董事长主要推荐银爷这个他看好的年轻人，间或提及当年国银证券发展过程中的各类事情，总裁也都有所耳闻，两人明显有些惺惺相惜，总裁对董事长当前大量成立资管子公司拓展直投业务的思路表示认同，当前五山信托也在大量扩充队伍，要充分把握住经济快速发展的机遇。董事长之前在监事长职务上任职良久，也是经历了很多事情才出头。

会见后，阿海便开始推进这笔业务，交易结构比较简单，设立一个集合资金信托，该信托作为一个 LP，投入一家银爷设立的有限合伙企业，银爷的资管公司作为 GP 管理这家有限合伙企业。银爷的这家资管公司此时规模并不大，但已经和其他信托公司有了合作，也完成了十来个亿的投资，加上摆出来的投资委员会的成员都是国银证券的高管或者投委会成员，不管是过五山信托的风控会还是路演时的推介材料都很能说服人。后来五山信托在直投和充当 LP 这两者间摇摆了一阵，再后来随着投资行业的快速遇冷，干脆基本停止了这类业务。

这类业务的难点，第一是募资，无论你规划得如何天花乱坠，募不来钱都是浪费时间；第二是投资与投后的管理，项目选不对，管理期内赚不到钱变不了现，最终也难以实现预期收益。

这笔业务期限设定在了 1+2 年，因为没有经验，沿用了房地产业务的设定期限的思路，再加上过往五山信托超过两年的资金很难募得到，而这个期限银爷做投资的经验不可能实现退出，所以稍微扯了一下，大家都退一步，定在三年，第一年是投资期，期满未投资金必须退回，然后是两年的退出期，到期未能退出怎么办，到时再协商。看上去这话和没讲没什么两样，但阿海也不能再怎么样！写严格了做不到，那就是阿海的失职了，给自己挖坑的事情那怎么也不能做。

审批过会没什么障碍，委员们都强调要做好信息披露，不设预期收益率，那就是委托人完全自负盈亏，自主担责。五山信托收的是一个固定的信托报酬加一定比例的浮动报酬，把 GP 和五山信托都要收的钱加上后，其实这个产品的委托人收益是比同类的股权投资类私募产品低的。明面上都能理解，GP 都是自视甚高的，这类产品都靠自己的投资管理能力，再怎么样也不能让自己不赚钱，收费这块那是不可能少很多的。五山信托这块收费标准放在这里，虽说公司鼓励发展证券投资类业务，那仅仅是说鼓励而已，鼓励的目的是多赚钱，不可能少赚钱的。两家因素加到一起，那成本不就呼呼上去了嘛！

产品在财富管理部上线募集的时候，银爷专程来做了两次路演，也列举了一批拟投资的企业，都是已经谈妥了条件，等着投资到位入股然后很快就可以股改报材料，等着 IPO 上市的。行业也是五花八门，这会互联网概念正值最热门的时候，一半都是互联网概念，从互联网金融到互联网旅游，互联网大数据等，阿海确实不懂，也不插嘴就只看着。

纵然财富管理部的支持力度很大，募集到位的资金达到两千万元后，就一直停滞不前。而且，别看这两千多万元资金金额不大，这已经是五山信托最高额的募集记录了，要知道，这真是没有预期收益率的资金，完全是以往和五山信托多次合作，存在较高信赖程度的客户打的款。眼看着快一个月了还是这点规模，银爷觉得很尴尬，毕竟他自己为了以身作则，带领他公司的兄弟们也投资了几百万元的。这金额要也不是，不要也不是。项目产品设计有个 20% 单户企业投资集中度的控制要求，这样可以避免出现太极端的情况，追求一个相对平滑的收益水平。不管是哪个阶段的被投企业，两千多万元的规模意味着单户只能投五六百万元，这个金额再缺钱的企业也给不了什么条件。

银爷的动作是请国银证券董事长和五山信托总裁再吃了顿饭。后来，总裁遇到阿海的时候，给他交代了一下，这单业务，五山信托就是提供了一个资金募集平台，帮助 GP 推介自己的产品，五山信托不提供任何信用支持，特别强调阿海在募集的时候要把握好尺度，不要落人口舌。

这个话很明确。那就继续再推动财富管理部的募集工作吧，谁知道财富管理部一位领导在路演中对银爷产生了极大的信任，不单自己认购，还推荐了好些客户和公司不少同仁认购，最后，她还找到总裁，推动公司自有资金认购了部分额度。保证项目五千万元资金全额认购到位。这个魅力值，阿海叹为观止。

钱都到位了，银爷也开始了投资动作。没多久，银爷就打电话过来，解释说因为募集时间比预期的长了不少，有部分原有储备的项目已经过了打款窗口，必须要有所调整。这个阿海表示理解，毕竟路演时说的拟投资项目也不是强制约束性的要求，后期根据实际情况进行调整也是正常，只是阿海强调说这是银爷和五山信托的第一次合作，一定要把他最好的企业投进来，争取能多赚钱，这样后续进入了良性循环，对他也是个非常好的宣传效果。

这个银爷肯定懂，他表示第一个项目是一个大数据公司，由国内知名的大数据专家发起，肯定会大赚，最后随口说了一句国银证券自己也投了不少。而且这次准备投的企业中大部分都有国银证券自有资金或者相关资金参与或领投。这个说法让阿海比较安心，毕竟在他心中，国银证券肯定是最专业的存在。

五千万元额度预留了 GP 和五山信托的管理费和基本运营费后，剩余的资金很快就都投了出去，分别投了上述的大数据公司，以及一家互联网旅游公司，一家互联网金融公司，一家 AR 玩具公司，一家家具制造公司。

投完之后，银爷也找时间给阿海介绍过他们的投资逻辑，大数据公司在阿海看来有点硬科技的逻辑，主要是用这家公司的开发能力和各地政府公共部门开发项目，用于一定用途的大数据识别和处理，比如据说和某地公安部门联合开发了非法吸收公共存款犯罪线索的识别系统等。该公司以一位著名大数据方向教授为形象代言人，CEO 有多年的商业运营经验，宣传能力超强。就在这个产品投资的几年间，引入了大量知名股东，国银证券、翡翠城以及幸福华夏的投资平台及多家资金方一起投了进来，估值也节节提升。互联网旅游公司和互联网金融公司在阿海看来，有点蹭热点的嫌疑，这个年头正是互联网概念的最高峰，哪家企业不和互联网挂上钩简直不能出门和人打招呼。互联网旅游公司引入了艺龙当股东，也获得了艺龙较大力度的支持。互联网金融公司与国银证券关系密切，据说某个领导私人重资入股，当然这个纯属小道消息。AR 玩具公司属国内第一波发展 AR 领域的企业，据说美国一家玩具公司非常看好，一直在谈并购。家具制造公司由一家家具上市公司领投，并且由深圳一家知名创投机构当大股东，银爷对这家公司尤其看好，说它财务报表净利润超过 6 个亿，早已达到主板的上市标准，投完就会向证监会报 IPO 材料了。

每个企业都看上去非常完美，把大 A 崩盘的痛苦也冲淡了不少。随着领导鼓励了一番新三板，新三板涌起一波行情，银爷食髓知味，也鼓动阿海帮忙再发一期产品，主投新三板，说已经和财富管理部领导沟通好了，肯定好发。

阿海还在犹豫，毕竟前期的产品才刚投入运行，效果怎么样还停留在口头，想看看实际效果。结果财富管理部领导直接找上了门，说前期产品怎么怎么好，银爷那边又储备了好些靠谱的项目，急着等钱，强烈建议阿海马上启动审批，有很多资金想投。

财神爷都在催，那还有什么好犹豫的。阿海的第二期项目以新三板为主题完成了审批，交易结构和第一期一样，还是信托产品做 LP。然后在财富管理部上线募集以后，稍出了些意外，募集的资金比想象中的少，又是到位了两千多万元就停滞了。这次银爷有些恼火了，半个多月没有给阿海打电话。但不管怎么样，这次财富管理部领导来找阿海，希望阿海再去找下总裁，申请自有资金投一下的时候，阿海拒绝了，不但如此，阿海还发起了置换自有资金的申请。

突然一下，来了一波资金，把第二期项目规模增加到了四千多万元，阿海不想再募了，虽然银爷扭扭捏捏地说不想要，阿海硬是逼着他把资金收了。然后随着后续资金陆续在置换第一期的自有资金投资的份额的时候，运营部的领导打电话过来，说剩余的资金不再置换，留着和其他资金同份额同权。

这是第二次遇到不太合常理的事情了！

突然银爷转发了一个公告给阿海，厦门一家电子上市公司发布了公告，拟对十家机构定增，用于并购一家大数据公司，对应估值 18 亿元，大数据公司名称恰好与第一期产品已完成投资的企业名称一模一样。按估值计算，光现金交易部分，就可以收回产品的全部投资。还有一半是以股票交割呢，眼看翻倍就在眼前，这才半年啊！

神了，银爷威武！阿海立马请了银爷吃大餐。吃饭时，银爷画了好大一块饼，什么携程马上增资扩股，估值翻五倍啦，什么国银证券开通经济业务数据，导流加返点，估值十倍起啦！所投的企业翻倍都只是基本要求，个个都是独角兽。

这个公告对阿海形象的提升简直比直升机还好使，公司里没有买这个产品的兄弟们纷纷捶胸顿足，排着队请阿海吃饭，询问他有没有自己投，有没有可能让一点额度出来，条件嘛随便开，只要能平价转让，叫爷爷都是立马就可以做到的。

这个当口的阿海，似乎和走出埃及的摩西很相像，哪怕面对海洋，只要说一声："开！"海洋都会让出条道来。阿海让份额是不要想了，只要叼上一根烟，马上就有人给打火机点上，然后他懒洋洋地拍拍兄弟伙的肩膀："下期项目请早，我肯定留够份额给你，够不够兄弟？"

应该纯属巧合，2016年6月24日，上市公司唐德影视发布公告，放弃收购无锡爱美神影视文化有限公司的重大资产重组事宜。从这天起，所有轻资产的公司上市的难度陡然升高。

所谓上山过了顶峰便是下坡。证监会的审批书迟迟没有出来，经过了两轮漫长的询问及反馈，阿海也感觉出来了，证监会对被并购企业的财务状况、发展前景以及对赌的实力没有信心，还想着有没有可能银爷的运气比较好呢？2017年1月，上市公司发布公告终止收购这家大数据公司。就晚了半年，这家公司的上市之梦最终化为泡影，银爷、阿海以及众多兄弟的暴富之路还得继续努力。

所谓福无双至，祸不单行。大数据公司上市折戟没多久，银爷悄咪咪给阿海又传递了一个坏消息。那家家具制造公司被证实财务造假，老板已经跑路，公司资产也被查封。银爷信誓旦旦说他是第一家采取行动的股东，其他股东包括那家上市公司都还在寄希望于重组。后来银爷把判决材料给阿海看的时候，才发现这家企业一是财务造假，虚增利润，二是老板还挪用资金投入广东惠州的一个房地产项目开发，这个项目还是个农业复合的地产项目，后来现金流断裂，项目也烂尾。最终这家公司的投资血本无归。好在大数据公司虽然上市未成，却还能找到新股东入股，并且收购了阿海这笔业务的老股权，估值还翻了一倍，刚好打平了家具制造公司的亏损。阿海庆幸之余，看着银爷的眼光不免有些犹疑。

互联网金融公司有些许像是模仿同花顺，但主要着力是发掘炒股达人，应该是希望炒股达人具备一定影响力后，将其培养成投资顾问，帮助募集产品开展证券投资，并与券商就经济业务收入进行分成。本来打算是打通与国银证券的经济业务数据，这种模式市面上也不是没有，但不知道为什么，一直到最后，数据的互通都没有实现，银爷也逐渐语焉不详。这家公司逐渐现金流枯竭，虽然后来也上了新三板，但所有人都看得出来已经没有了未来，银爷和阿海明显能感受到越来越大的压力。互联网旅游公司也曾经红火一时，主打西南几省的民宿服务业务，包括代订住宿，代为规划旅游等，很早就引入了艺龙，携程收购了艺龙后，也对这家企业颇为看好。2016 年 9 月 6 日，携程在美国发布了 25 亿美元的股票及债券发行计划，虽然没有公告，但其中有几千万美元的资金是计划投入阿海产品所投资的互联网旅游公司的。可还没等阿海高兴几天，由于携程股价的大幅下挫，这个募资方案最终没有落地，然后携程仍然在对外投资并购，但阿海产品投的这家企业却似乎被人遗忘。

2016 年间，这几家企业还没有什么变化，银爷却突然想搞 MBO，也就是管理层收购[①]，他计划联合管理层收购国银证券对这家资管公司的股权，并且把管理层的持股权提升至大股东，他自己也已经找到了支持的资金。据他解释是监管要求各家券商逐步退出资管子公司，国银证券对他提的要求。按合同约定，这属于必须事先征得 LP 同意的重大事项，阿海暗自苦笑，面对资管公司的正式出函，也只能召开受益人大会对 GP 公司股权变更事宜进行讨论表决。经济学上对于 MBO 是鼓励的，认为对实际干活的同样一帮人有更好的激励效果，但是对金融行业可能时点比治理结构更重要。第一个 MBO 以后国银证券肯定支持力度下降，再想从国银证券挖资源难度就大了，第二个管理层变了老板，加上又是借钱来完成收购的，后面动作会不会走样，这就是天晓得了。阿海私下里总觉得不是个好消息。

MBO 之后银爷就真的成爷了。公司搬迁了办公室，从国银证券主楼搬去了城南的一个新写字楼，面积扩大了五倍，银爷的办公室变得富丽堂皇。过了一年多，银爷也低调地给阿海解释了一下，他离婚了，不

---

① 管理层收购（MBO, Management Buy-Out）是指公司的管理层通过借贷或筹资的方式，收购公司全部或部分股权，以实现对公司的控股或完全控制。

幸的家庭各有各的不幸，阿海也只能表示安慰。

时间很快就三年届满，但从 2015 年起，股权投资市场就越来越冷，IPO 募资的尺度也时紧时松，但总体趋紧，这三家企业别说上市了，想新找笔资金来并购退出都越来越难，企业的经营状况也越来越不理想。银爷在这过程中也陆续给阿海推荐过两个上市公司并购项目，以医药行业为主。这会阿海看到银爷，就光想着这两产品都头痛，也没心思再谈新的，后来才发现银爷都自己搞了产品投了进去，但说不清楚为什么，这两家上市公司后来都涉及财务造假，自己都濒临退市，更不要说保那两项目的投资回报了。

两个产品的存续期限陆续届满，一时半会确实退不出来，非要采取极端手段的话，肯定是投资人的损失。阿海不得不召开受益人大会，讨论产品展期，银爷第一次还比较配合，自己亲自参会，解释了这三家企业的现状，他做的努力，远期的展望，良好的口才极大地抚慰了投资者的心，大家都还是心平气和地接受了展期的请求，展期两年。两年之后还是没进展，只能再次展期，这次银爷事务繁忙就没有出席了，由他公司的投资总监来报告，投资者虽然牢骚满天，但也没有办法，还是得同意再次展期。

展期没多久，突然有一天，一个朋友发了一份法院判决给阿海。这个事情就很狗血，原告是银爷，被告是一位美女。阿海之前也见过，是一次在深圳的商场招待会上，主题是探讨影视业的投资机会，阿海受银爷邀请参加，那名美女也在场，银爷介绍时只说那美女手里有好些电视剧资源正在找投资，阿海有兴趣也可以聊聊。根据判决书的内容，银爷和美女在北京谈恋爱，银爷给美女租了房还每个月支付一部分款项，谈了两年后，两人感情破裂要分手。结果美女找了两个亲戚把银爷非法拘禁在北京，勒索一亿元现金。银爷坚贞不屈扛了两天后，屈服了，第三天通知公司划款了8000万元，然后美女心满意足，放了人。但银爷也不是省油的灯，出来后就报了警，警察在成都机场将美女捉拿归案。然后诉诸法院，按照刑事案件附加民事赔偿判决，要求美女返款8000万元，并判刑若干年。其中美女诉求这8000万元合理的理由也是极其匪夷所思，阿海看得几乎喷出一口老血。阿海记得几年前银爷创业时是没多少积蓄的，这几年也没看到他有哪个产品赚到了钱，但美女勒索的8000万元可是真金白银付出去了的，银爷这赚钱能力可真是深藏不露啊！

这事也没法说啊，只能当没看见。孰料时间没过两个月，突然某天阿海在看到银爷点赞某位武汉美女的朋友圈时，美女甜甜地回了一句："知道了，谢谢老公！"这剧情又比较狗血，这位武汉美女也是几年前银爷在武汉搞商务招待时介绍给阿海认识的，当时介绍说美女之前在国银证券财富管理口工作过，是公司知名的能干人士，他有心想把美女挖到自己公司来一起奋斗。阿海还觉得银爷对国银证券各项资源了然于胸，到哪都不忘布局工作，心里暗暗竖大拇指。这没几年就要到自己家里去了，真是工作生活两不耽误。阿海找个由头致电银爷表示恭喜，银爷也没多说，说刚领证，也不好意思大肆庆祝，兄弟伙知道就算了，以后找时间一起吃饭道贺一下。

武汉美女是真心投入了，三天两头朋友圈不忘秀恩爱，定期满世界旅游做慈善，绝对的成功幸福人士的人设。银爷就比较低调，只秀过一次恩爱，朋友圈都还是发的工作的进展以及一些研究思考。

第二次展期过了半年，五山信托财富管理部领导，也就是之前非常支持这两期项目发行的同事，突然转了一条信息给阿海，大意是银爷公司单独发行的一期产品目前净值大幅下跌，只有 30% 多的净值水平了。阿海一下没看懂，想想还是打电话过去解释一下，这不是阿海所做的两期产品，这两期再差，净值也不可能跌到这份上。同事几乎哭出来了，话还是没说透，但阿海好像听明白了，就是她当时非常认同银爷的能力，除了在公司力推这两期产品的销售以外，还受银爷鼓励，单独购买了他们公司发行的有限合伙企业的 LP 份额，投的企业也差不多，可当时阿海推产品退出的时候，她买的份额没有退，现在亏得受不了了。阿海也只能解释说这肯定不是普遍现象，一时的运气不好还是要看开点，也许以后运气会更不好呢！

银爷还是挺有能量的。朋友圈里，银爷的公司已经围绕军工转民复合体，结合硬科技，然后围绕芯片、存储等领域转了一大圈，开展了一系列投资，思路明显聚焦，早已不复当年东一榔头西一棒槌地追逐热点的愣头青样。武汉美女生了双胞胎，专心在家相夫教子，疫情期间积极投身慈善，甚至在武汉疫情紧张的时候，还专门协调了一架直升机运送防疫物资。夫妻感情和睦，家庭事业双丰收，妥妥的人生赢家。

阿海这两期产品，最后的几家企业，有通过诉讼折价五成回购的，有两折转让的，最高的九折转让，最后第一期产品亏损 30% 清盘，第二期产品亏损 10% 清盘。主要二期的时候，阿海已经心小了很多，投资的企业只要有人要就赶紧让银爷卖掉，最后一家股权亏了 10%，以及亏了五山信托和 GP 两家公司的管理费和募集费用。只是两期产品时间几乎七年，这个时间成本只能随风而去了。

后来有一天，阿海和银爷吃饭闲聊，银爷总结了同期他做 GP 的这几只产品的效果为什么不好，原因是钱来得太容易，决策还是太草率了，阿海都忘了那顿饭是怎么吃下去的。

这两单业务给阿海的启示是，资本市场的风险比其他市场的风险大多了，最起码大 A 的风险比其他市场大多了，大 A 的股票经常可以在没有什么消息的情况下，表现出上下 50% 的波动；可以对同样的信息披露，表现出利好大幅上涨和利好出尽大幅下跌，而且上涨与下跌完全随机游走。阿海也做了一点点股票质押信托，侥幸在上市公司爆雷前全身而退，与海航集团的定增信托擦肩而过，但回头看反而躲过了一劫。债券信托阿海错过了能开户的时机，没有办法开张。阿海觉得，自己踩不准证券投资的节奏，最后，阿海彻底放弃了这一块业务，还是做自己擅长的事情吧！

(3)

这一年的关键词是场外配资和伞形信托。

所谓的场外，指的是股票市场，可以简单理解成证券公司做配资就是场内，其他的任何机构做配资都是场外。

因为开户这个环节对于证券类信托的影响太大，而且一个产品开一个证券交易账户，不能虚开、套开，必须去交易所现场开，成本高、效率低，对信托公司业务的开展造成了极大的限制。比如小客户没法做，因为一单业务信托公司只收千分之几的管理费，一个几百万的客户找过来，信托一算账才收几万块钱，跑腿费都覆盖不了，那就提不起劲。一般都是要上亿的规模才能保证正常的效率。比如急客户做不了，客户本来看好几只股票，想放杠杆拼一把，结果你花了一个多月才把户开出来，股票已经上了天或者落了地，客户也很无奈地说那就算了吧，结果信托公司的兄弟们就要疯了。有志于私募炒股的客户都是不会做证券配资的，真有水平的宁肯慢慢培育客户，培育资金，打死他也不会找优先保本保收益的去炒的。

另一个对业务推广产生实质性阻碍的是单票持仓 20% 的限制，这是监管的硬性规定，突破就是违规。金融机构的红线恰恰对应着市场的旺盛需求，想着集中买几只票然后单车变摩托的人太多了。

那会信托公司就这一条产品线，自然要想办法把市场做大，有从业者想到，能不能我先发一个产品，把户开好，等有客户过来了我再在内部做分仓操作呢？这就是伞形信托。

伞形信托的创新完全针对开户，也就是将产品在信托公司内部模拟分仓。从券商的角度看，伞形信托和常规证券信托没有任何不同；站在信托公司的角度，需要独立开发一套资产管理系统实现分仓交易、核算以及清算等功能，技术上没有任何难度，差的只是一个想法而已。

从业务流程上，首先是信托公司找到银行，就伞形信托的规模、杠杆率、风控要素等条件达成一致后，分别完成一个产品的审批，这个时候可能有劣后级委托人，也可能没有，然后信托公司去把证券交易账户开好，将自己的资产管理系统和券商的交易系统对接好接口，做好系统调试，就可以等着客户上门了。假设有个小客户上门说我有五百万元，想配资一千五百万元，信托你能不能接？信托一般审核一下客户的经验、资产实力等，差不多的就会应承下来。后面就很快了，因为前期已经定稿了合同，可以直接拿给客户签署，预留几天时间给银行做个审核，然后就可以约定打款日期。信托提前在系统中做好分仓设置，到期只要客户资金转到了信托专户，银行也会同天将优先级资金打过来，然后将资金从托管户转到证券交易账户，客户马上就可以开始做交易了。后面再有客户，直接再设一个分仓，两三天的工夫又可以做交易。这样口碑慢慢在市场上传开后，后面的业务完全不用你操心了，规模就像雪球一样越滚越大，多好的事。

伞形信托好是好，就是比较占人手，因为小客户多。小客户往往没有交易风格，最喜欢听消息跟风炒作，恨不得全仓买一只票，追涨杀跌啥的那是常规操作。一个伞规模铺大了，小客户多了，总免不了天天给你打电话要你协调这协调那，一天下来电话爆棚不说，别的事你都别想干了，甚至连带着整个队伍都干不了活了。更免不了有爆仓赖账的，能及时清掉仓还好，万一碰到股票停牌或者急剧跌停导致优先受损的，就比较麻烦，因为对内虽然有个模拟分仓，但对外是整一个产品分不开，一个子仓位亏损就会拖累到别的仓位，如果惹到了官司，更是麻烦，万一被封账，所有的人都会来找信托公司的麻烦了，银行投的优先级也会来找麻烦，你说如果发生怎么办？所以并非所有的信托公司都有开伞，主要是那几家老牌而且一直坚持做资本市场业务的信托公司在默默地耕耘。

基于这些现实的麻烦，伞形信托在研发出来了以后并没有在市场上掀起太大的波澜，总规模也不大。但从 2014 年起，场外配资真正成了气候，就是源于 HOMS 系统[①] 的推出。

信托公司虽说无恒产者无恒心，但毕竟是一家正规金融机构，上面还有监管机构天天盯着，股东几十个亿真金白银投进来也不想惹麻烦。股票市场虽说几十万亿元的盘子让人眼馋，但毕竟存在了这么多年的历史数据，各种风险还是暴露得比较充分，综合考虑各种风险的控制，业务上总免不了缩手缩脚，这时有些从业者想到，在信托公司分仓配资这么麻烦，那能不能先以劣后客户的身份通过信托公司配资，再独立分仓对外配资去炒股呢？

这个想法由来已久，但还是只有 HOMS 系统真正在技术上实现了操作。HOMS 系统是由一家金融信息公司开发的交易系统。常规的交易系统有两个接口，一个接口对接券商，一个接口对接投资顾问，两个接口都只有交易指令的传导功能，而系统设置在信托公司。一个完整的交易流程由投资顾问发起，他形成交易指令建议后发送到信托公司，信托公司对指令进行风险参数校核，符合要求的发送给券商，券

---

① 是一个著名的在信托端的资产管理系统，其创新性地在投资顾问端增加了模拟分仓的功能，直接促进了 2015 年资本市场的牛市。现在已经被禁。

商自己的交易系统也要进行风险校核后提交场内申请成交。而 HOMS 系统在投资顾问的端口处附加了一个分仓功能，使投资顾问可以对整个产品进行一个模拟分仓操作。

当然他们可以有很多理由，但这个系统一推出市场就被很多人往一个方向使用了，那就是第三方配资。

基本所有使用 HOMS 系统的投资顾问都是这样使用的，此处所指的投资顾问已经不是常规意义上的投资顾问了，后来甚至有一个专门的称谓称之为配资公司。一开始投资顾问找到信托公司，申请股票配资，业务规模一般一个亿起步。在信托公司和银行完成审批之后，投资顾问就开始对外吆喝，提供配资炒股服务。一大帮资本实力不强，但改变生活状态愿望强烈的小散们蜂拥而至。这个配资比例就完全由投资顾问自己定了，听说最高峰的时候 1 ∶ 10 也是有的。比如说一个小散有 100 万元想配个 500 万元买一只单票，投资顾问想干就可以干了，小散把 100 万元打给投资顾问的私人账户，投资顾问从产品中切割 500 万元的份额设置好分仓，并提供一个接口给小散，这票生意就可以开做了。这 500 万元哪怕只买一只单票技术上也是可以的，因为虽然对这个小散而言集中度 100%，但站在信托公司的角度，比如整支产品是 1 个亿，那单票集中度也只有 5%，也是满足合规的要求的。小散们打给投资顾问的保证金全部是在产品之外循环，反正信托公司是看不到了。

HOMS 的要义就是将配资的主体由信托公司转到了投资顾问，而且在信托产品之外构成了一个资金的循环。谁也没想到就这一个突破，会对市场构成如此强大的冲击。这个第三方配资的总规模也没有一个清晰的数据，有说 5000 亿元的，有说 8000 亿元的，应该不会超过 10000 亿元。阿海公司的配资业务规模大概在 500 亿元以上。在不到一年的时间里膨胀到这个体量，速度还是有点吓人的。这个资金量中，一大半都是银行理财资金，一小半是劣后级的资金，其他则是券商或信托资金池的资金。就是一点点的改变，便激活了这个体量的财富，说明我国的资本量是多么活跃。

这个体量如果说有多巨大，那肯定有些夸张，毕竟还有 18 万亿元的银行理财资金作为对标，更何况我国股票市场也有 50 多万亿元的市值，这几千个亿放在这么大的池子里应该是没那么显眼。但不可否认的是，通过第三方配资形成的资金，都是无法通过正常的配资方式实现配置的资金，风格最激进，基本都指望着用最极端的杠杆，借助着市场的上涨瞬间暴富，策略票操作基本重仓题材股，当受到监管政策影响时，又集中抛盘，加剧了市场的暴涨暴跌，对 2015 年股市的反应是起到了最重要助推作用的。问题是虽然后来场外配资被定义为违法，但配资已经是一种非常标准的投资方式，此时信托公司还有上万亿元的场外配资，券商还有 2 万亿元的场内融资融券，还有几千亿元的结构化配资，整个市场还有上万亿元的股票质押融资，基金公司还有几千亿元的专户配资，所有这些配资方式都设置有预警线、平仓线，当市场全面暴跌的时候，监管所定义的正常配资和违法配资哪里会有差别，一轮一轮地把所有的配资方式全部打爆，这个连锁反应最终以一种极为惨烈的方式永远留在阿海们的记忆中。

2015 年一季度的时候，监管已经注意到了第三方配资的问题，专门通过券商对整个市场的场外配资进行了调查，但整个第二季度没有对此发表态度。5 月的时候停掉了伞形信托，调高了融资融券的保证金比例，6 月下发通知要求 9 月底前停止所有的券商交易系统端口服务。

前面也介绍过，信托公司股票配资业务的快速发展，基础是信托公司的资产管理系统，这套系统实现了投资顾问所发的投资建议能够不经过人工对接券商的交易系统，这样才能保证交易所需要的效率以及风控合规的要求。现在券商交易系统端口被停掉后，意味着信托公司的资产管理系统没有用了，信托公司开立的证券交易账户只能通过网上交易或者电话交易，好像直接从自动化社会回到了原始社会。投资顾问的投资建议只能通过电话或者邮件的方式传达给信托公司，然后信托公司也只能通过人工的方式对投资建议进行风险合规的校核，通过后再通过电话或者网上的方式通知券商开展交易，券商还要以人工的方式对交易指令进行风险合规的校核，通过后再手工提交交易所申请成交。再加上当时整个市场几万亿元的资金盘都在卖票，你想想信托公司和券商的交易室能有几个人。这意味着一个交易指令从形成到成交，从原来的零点几秒变成了半天甚至更长。特别在股票持续跌停的情况下，维持一支产品的运作已经不太现实。因此这个文件一出，所有的场外配资盘，包括第三方配资产品、伞形信托以及正常的股票配资乃至私募全部都只有赶紧套现清算一条路可走。

至此大局已定，所有的资金全都争先恐后抛单，虽然监管发现大事不好后尽力救市，但信心散了，神仙也救不回来。9 月开始，公司所有的股票配资产品全部被停掉了交易端口，交易室的工作量陡然暴增，每天频繁地挂单卖出，后来实在忙不过来了，把业务团队的兄弟们叫过去一起挂单。跌停的股票都是一堆的卖单，侥幸打开的股票也很快再被打跌停，无奈地等着成交。从 2016 年起，全行业都一样，与产品有关的诉讼此起彼伏，公司告劣后的，夹层告公司的，劣后告公司的，你想得到的官司基本都有。还有投资者到处投诉的，来公司闹事要求赔偿的，直到 2018 年才渐渐平息。现在公司证券配资业务规模已经清零，徒然留下一地鸡毛。

事后看来，1：3 以下杠杆率的产品基本都保住了优先级资金的本金，1：3 以上的产品夹层资金本金受损的现象比较普遍，1：5 杠杆率的产品优先级资金本金也损失较大。在这么剧烈的市场崩塌中，还能看得出这些后果，也是为未来的业务留下些启示吧。

直到 2019 年 2 月，阿海才略有些感慨地看到，监管下发通知，就《证券公司交易信息系统外部接入管理暂行规定》向社会公开征求意见，似乎 2015 年停掉的交易端口又要尝试打开了，只是信托公司的配资业务已经彻底成为一个历史名词，不管是法院还是监管，都没有再留下口子。大家如果还想借钱炒股，只能找券商，其他机构都是违法的。

（4）

2015 年过去后，原本以为事情已经结束，却没有想到这才是真正的开始。

这一年，除了股票配资业务波涛汹涌外，还有两块业务也是风云际会，一块是股票定增，一块是股票质押。

股票定增全称是股票定向增发，市场上存在着定向增发和非定向增发两种方式，定向增发是指向不超过十家机构或自然人，也就是特定对象增发股票，非定向增发是指向不特定对象增发股票。很早的时候市场上都是非定向增发，因为增发股票都较股票的市价有一定折让，所以非定向增发只要审批完成就非常容易募资，但因为增发股票对原股东的权益有相当程度的摊薄，大量小股东意见非常大，所以现在基本都是定向增发，锁定了增发股票的对象不能超过十个，而且参与定增的对象还要接受一到三年不等的限售期，资金方与上市公司原股东的博弈难度急剧增加，也出现了定增失败的案例，对上市公司小股东权益的保证能力明显提升。但这也拦不住大股东推动定增的决心，市场上很快出现了大股东对参与定增资金方的保底承诺的做法，也就是大股东保证新增资金方在限售锁定期满后的年化收益率不低于一个水平，否则大股东将按照约定的收益率进行回购，这样一来，大家的利益又一致了，从此定增只要批出来，就成了大家哄抢的业务。

按照经典的西方经济学的观点，股权融资是成本最高的融资方式，一家成熟的公司肯定不到万不得已不会用增发新股这种方式来融资。国内则恰恰相反，大家都比较喜欢用定增的方式来融资，将之视为一种成本最低的方式，因为不用还而且不用付利息。这种方式也是声名大噪的资本运作的核心内容。资本运作的最终目的也是把资产变现赚钱，对于很多人而言，定增就是变现的最佳方式。

定增都是和一个资产的重组并购方案相关联的，两个方案互为表里，缺一不可。定增是上市公司找股东要钱，然后通过购入一块资产把钱花出去，这样就构成了一个完整的业务链条，仅仅是定增融资，摊薄原股东的权益，又看不到未来的方向，那老股东肯定都不会干。必须有一个业绩增长的故事，比如买了新的资产后对业绩的增长、公司的发展有极大的好处，才能把利益相关的利益诉求统一到一起来。

定增在股票市场存在的时间非常长，老牌的上市公司基本上都非常深度地运作过定向增发。在新世纪的头个十年，上市公司定增并购的对象都是大股东的非上市资产，市场高点的时候运作资产让上市公司并购，上市公司公开发股，在市场低点的时候仍然运作资产让上市公司并购，但全部对大股东定向增发。这样一来一回，上市公司大股东的持股比例没有降低，资产却实实在在变了现。所以后来监管就叫停了上市公司与大股东之间的定增及重组并购方案的审批，要求必须是非相关方的资产并购。当然这也难不住人，接下来并购基金大行其道，其中大股东的身影也隐约浮现，但能否成功，就不好一概而论。

对于参与定增的资金而言，一方面定增的股价相对于市价有一定折让，另一方面上市公司大股东往往都对定增的收益有一个保证。所以看上去确实是一个不错的投资机会。只是对上市公司的原小股东而言短期内不太有利，但之前的数据也表明，只要通过定增"注入上市"的资产对上市公司的业绩有如预期的增厚，股价的表现也会较并购前更好。所以经过多年的培育，市场上对定增的认同度越来越高。

变化发生在 2013 年之后，监管降低了对定增及重组并购的审核要求。一夜之间，市场上冒出了一大批的影视公司被上市公司并购并申请定增。还有很多海外资产也试图装入上市公司，针对互联网企业、金融资产特别是 P2P 企业、学校、医疗行业的定增方案此起彼伏，而且方案越来越大，到了 2015 年的时候，百亿的定增方案已经无法让大家惊讶了。

相信大家也能想得到，上市公司热衷于推行定增及资产的重组并购，肯定不仅仅是为了做好远期业绩造福社会。更关键的是赚取拟购并资产的一二级市场价差。

这个逻辑和股票 IPO 的逻辑是一样的。一块资产如果属于非上市资产，那它的定价基准是投资成本，哪怕非常赚钱，也顶多在重置成本的基础上进行一定比例的上浮，这个定价一般称为一级市场定价。但如果一块资产属于上市资产，那定价基准就是市盈率，也就是这块资产的年度利润乘以同类上市公司的平均市盈率，高峰时期市盈率超过五十倍，这个定价属于二级市场定价。你说这两个价格差距有多大，资产还是那块资产。

可惜信托的牌照功能很早就被监管掌握了，所以监管明确规定，资产上市前必须拆掉信托的架构，不管是 IPO 还是重组并购，资产持有人必须实名。重组并购这个环节就没有信托什么事了。

这几年信托公司是以一种狂热的态度参与定增环节的业务机会。第一，这几年股票的定增价格较市价的折让比例非常高。因为定增方案一通过董事会，股价都是狂涨，而方案的审批流程还需经过股东会、证监会审批，时间往往长达半年以上，等审批完成后，股价已经是水涨船高了。而定增价格确实按照方案公告时的基准价格。甚至有打到四折的，厉不厉害！其实是股价翻了一倍多了。第二，上市公司大股东还提供兜底，一般都保限售期内较高的收益率。最关键的是，银行也很积极。

最后一条其实最关键，因为信托公司的资金渠道太受限。如果是一年期限售期的定增方案还好，信托公司的资金池勉强能够匹配上，三年期的定增如果没有银行理财资金，信托公司根本没可能参与。

当然，在这两年，上市公司也是以一种欢迎的态度在拥抱着信托公司，因为这十个特定投资者也确实不那么好找，项目多了，规模大了，资产的靠谱程度似乎也下降了。

于是，这两年的定增方案，最终的认购对象中，极少是没有信托公司参与的，而且往往信托公司还能收取一定的浮动报酬。也就是如果最终认购的定增股票变现时的价格超出定增价格的话，溢价部分信托公司还能收取一定比例的超额收益。

信托参与定增的交易结构充分体现了非标的特色，有结构化参与认购的，就是上市公司大股东充当劣后方，为优先级银行资金提供一个安全垫；有平层参与认购的，也就是资金全部由银行提供，除了极个别股票外，基本都有大股东提供本息安全的承诺；有等额认购的，也就是信托计划的资金规模和定增份额的资金规模相等，限售期间不收取利息；也有超额认购的，即信托计划规模超出定增份额资金规模，超额部分实际用于支付限售期间的利息。方案的取舍取决于定增方案在市场的追捧程度，越难找到钱的条件越苛刻。

2015 年股市崩盘之后，监管随即收紧了定增及重组并购的审核标准，此前汹涌的影视公司、P2P、海外资产、学校、医疗什么的都无法通过审批了，哪怕上市公司一再调整方案也不行。于是，已经审批通过的定增业务成了市场的焦点，到处都可以看到信托公司的身影，阿海公司也顺利抢到了几单。每单业务除了固定信托报酬千五，还有 10%~40% 的浮动信托报酬，放款后看着兄弟们畅想着如果股票翻一倍会赚多少钱，把阿海眼馋得不行，因为阿海一单都抢不着。

但出乎所有人的意料，从 2017 年起，上市公司居然也开始出现债务违约了。要知道国内的上市公司高居企业鄙视链的顶端，只要公司能上市，融资手段就会丰富很多，银行融资、信托融资、发债、股票质押……所有你想得到的资金都可以想办法匹配，2016 年的时候都有相当一部分信托公司专门给上市公司做信用融资。上市公司只要做好选择就好了，哪怕经营业绩不好，就是卖壳都价值十个亿以上。所以当上市公司因为到期债券还不上宣布现金流断裂的时候，阿海们相当意外。

债市的发育也有很多年了，大家都默认发新债换旧债，监管也从来没有说不给批，就最开始的债券会审批比较严格，只要发出来了，后续的债券肯定都一帆风顺，市场上也是认购比较踊跃。所以慢慢市场上有些朋友传上市公司到期债券出现逾期的时候，阿海们的潜意识里还是不觉得真会出大事。直到泰泰能源真的违约了。

印象中这是第一起标杆性的爆雷事件。由于 15 亿元到期债券没有偿付，引起了全面的连锁反应，所有的存量债权都被宣布到期，然后银行牵头成立债委会，对企业经营进行重组等一系列让人眼花缭乱的措施出台。但更惨的是泰泰控股还控股另一家上市公司德德股份，刚刚完成38亿元的定增！

这笔定增也是颇多磨难。2015年9月，德德股份开始运作向控股股东泰泰控股发行新股，募集资金48亿元用于增加公司核心子公司海德资产管理有限公司的注册资本，因为国内上市的地方资产管理公司就这一家，所以这个方案还是比较良心的。上市公司定增方案的公告一出，公司股价就开始了异动。公司董事会、股东会一圈常规动作下来，终于在2016年8月上报了证监会并获得了受理。这个时候也确立了股票的定增价格是13.06元。

证监会审核期间正值定增尺度逐渐收紧，经历几轮沟通，也根据实际情况，上市公司将定增规模从48亿元调降至38亿元。2017年1月经证监会上会审核通过，但迟至2018年3月才正式获得审核批文。这个时间窗口是比较少见的，也反映了一些信息。整个审批流程长达两年半，但如果想想这两年半中股票市场发生了多少事，有多少定增方案流产，也不觉对德德股份还能批下来报以敬佩之情。其间股价波动剧烈，在审批最关键的2016年11月左右，公司股价曾涨到了50元以上，在过会的1月份公司股价稳定在30元以上，在获得批文的3月份公司股价也稳定在25元左右。从整个审批的过程看，这笔定增简直就是给人送钱。

4月份定增就完成了认购，4月份定增的股票就被泰泰控股全部对外质押给了黄海信托和安安信托，同期公司董事长和总经理辞职。5月份泰泰能源债务违约，泰泰控股持有的德德股份的股票全部被查封，德德股份股价也掉头转下，目前维持在 9 元左右，几乎与除权后的定增价持平。

估计再天才的编剧也编不出这个剧本。当德德股份的股票被查封的时候，阿海们全部都是傻眼的，不知道黄海信托和安安信托是什么表情？

当然，这笔定增融资当中黄海信托和安安信托起的作用也不大，就和最开始介绍的银信合作业务一样，这两家也就是通道，背后的出资方还是银行。但这一笔定增方案属于非典型的信托股票质押融资了。从本质上讲，这笔融资应该属于定增，但因为最开始德德股份设计的定增方案已经指明了是针对控股股东的，那么这种情况下信托就无法直接参与定增，但大股东实际又没有钱，怎么办？常规做法就是银行通过信托直接给大股东做一笔融资，讲明是受让预期的股票收益权，也就是通过定增将要获得的股票的收益权。现在还没有股票怎么办，那就先放款，给一个时间窗口，股票一过户马上就办质押，也就是阿海们所看到的那一幕。

不幸中的万幸是做完了质押才被查封，如果先被查封，估计经办的兄弟跳楼的心都有了。为什么银行不直接放贷款，要通过信托，很简单，银行哪有这个贷款品种，银行只有流动资金贷款、项目贷款，而且贷款通则里边明确要求，贷款资金不能挪用于对外投资，如果被查明定增资金来源于贷款，那就是赤裸裸的违规，这种操作哪里挨得上边。这还是信托的非标角色才搞得定的交易结构。而且在融资放款前，股票价格一直维持在定增价格的一倍以上，也满足金融机构一般 50%

抵质押率的要求。随着泰泰控股也发生债务违约，这笔融资最后不知道怎么收场。

同样的还有君花集团收购飞翔腾达的事例。

2016 年 11 月，上市公司飞翔腾达突发公告，君花集团，现在叫松花集团，直接通过并购上市公司控股股东飞翔集团的方式控制了上市公司，很厉害的在于君花集团还直接按监管的规定发起了要约收购，这招非常少见，毕竟大家购买上市公司的目的都不是私有化，而是为了继续搞资本运作。能把要约收购直接亮出来的都是显示自己财大气粗的。要约收购价是 6.48 元每股，公告发出后股价暴涨，截至要约履行的 2016 年 12 月 1 日至 12 月 31 日，其间股票价格维持在 11 元左右，理所当然，没有人申请要约回购。君花集团顺利入股上市公司。

2017 年 6 月，也就是君花集团入股半年的时候，其将所持有上市公司对应权益的股份全数质押给了山东信托，后来还因为信批的问题专门发了一次更正，将股票质押贷款更正为为其他贷款提供担保。这里的山东信托也是通道，背后的出资方还是银行，这里的业务逻辑和泰泰能源是一样的，也是先放款后办质押，只是君花的实力强过泰泰能源太多，所以同样的过程，不同的结果，徒呼奈何！2017—2018 年的年头转换就是一道坎，之前定增很好批，之后定增很难批，2018 年飞翔腾达再度推出的定增方案就不幸未能闯关，天时不再谁都没办法。时至今日，很多人才知道，松花集团的资金也都是通过不那么合法的渠道拿过来的，现在也是债务违约。

所以为什么上市公司都喜欢做定增，因为资金不难找，赚钱的门道多，链条长。不夸张地说，叫作批过即赚到，比主营业务的利润率真的高太多。

股票质押融资已经是信托公司的常规业务了，这块业务其实发端于券商，因为股票的流动性太强自带还款来源属性，所以迅速衍生出几万亿元的市场规模，银行理财由于没法开账户，只能通过券商或者信托来开展这块业务，而因为信托更听话些，所以银行的核心客户基本都是通过信托。

常规的股票质押业务只有一个质押率的选项，一般限售股三折以下，流通股 4~5 折等，随着股市指数的高低，牛熊市转换与否会有一些差异。另外会对股价的走势设置预警线和平仓线的监控，但哪怕是平仓线的设置也离质押率有相当一段距离，所以这里的平仓线往往会给企业相对长的一段时间去筹钱补仓。这里的设置就和股票配资要求有较大差异，股票配资的平仓线顶多一两天，杠杆率越高，要求补仓时间越短，甚至有 T+1 的设置，但从实际来看，这种设置很难办得到。

从逻辑上分析，股票质押相当于将企业的融资能力直接翻了一倍。上市公司正常能做的融资可以自行开展，而现在股票还能直接拿去融资，同样一块资产可以借两块钱，难怪讨人喜欢。而且在 2016 年以前因为股市波动没那么大，很少有股票会涉及平仓，所以金融机构都很喜欢股票质押融资这块业务，基本都认为是低风险业务。股东也就东家做做，再转西家，中间安排得好的连资金过桥都不需要，所以看上去就变成了一笔永续债，股东只要做好付息的安排，不用考虑还本的事情。

正因为有这块业务在，有相当一段时间一些有实力的企业很喜欢并购上市公司，只要一完成并购马上就可以甩给金融机构把资金回笼，然后再推定增，渐渐地就形成了一些被称为系的企业集团。其实想想，整个这一圈被称为资本运作的游戏下来，到底是谁在赚钱，谁在亏钱呢？

股票质押业务主要是券商和银行在做，他们之间有合作也有竞争。最开始是券商做的，因为企业刚上市，融资渠道还未完全打开，券商近水楼台先得月。一段时间后，银行也走得通审批流程了，银行资金成本更低，一把就将业务抢了过去。但是银行受政策影响大啊，某个时点审批要求又不符合了，这时候券商又会抢回来。或者股市不景气了，券商资金没地方投了，就算咬着牙不赚钱也会把客户抢回来。上市公司就在这种竞争关系中慢慢形成了一种稳定的融资条件。而信托在资金池成规模前，就只能给银行当通道做股票质押。等 2015 年普遍资金池规模做起来了，开始发力股票质押的时候，又不幸碰到了崩盘，阿海也不愿意说两者是否八字不合，也许目前的信托和股票市场缘分还不到吧。

(5)

阿海觉得，股市应该是人类历史上最伟大的发明。

上市与否，仅仅是公司股权获得了一块新的流动性，但公司的价值却获得了一个突飞猛进的增加，公司的融资能力、发展能力都获得了巨大的增值。股市的投入可以说寥寥无几，而所有的参与者都觉得自己得到了赚钱的空间，都能从中获益，没有人从中受损，有时候想想再伟大的魔术也无法与此相比吧！可能只能认为人类第一间证券交易所的设计者对人性的洞察仍然远远超出阿海们的想象，阿海觉得这是上帝视角最直观的显现。

但站在参与者的角度，阿海们必须承认，股票市场的特点就是动荡，谁也不要觉得就自己高明。请大家尝试着梳理股市参与者的不同视角看看：

以整个股市为分析对象，参与者包括上市公司的大股东、众多小股东、监管层、以融资提供者为核心的外层服务机构以及上市公司等五类。

这个分类的标准并不统一，所指的外层服务机构与小股东的差别在于能否直接开设交易账户。这个账户看上去不起眼，其实就与股市的核心资源有潜在的关系。当自然人去开立账户的时候，是感觉不到监管的存在和力度的，但外层服务机构想开立账户的时候，就能深刻地体会到监管的温暖或者意志了。这个交易账户在哪？对了，券商！阿海们所有的交易信息全在券商。所有交易的资金事实上也全在券商。如果愿意的话，对于交易所而言，可以当作看不到市场上众多的参与者，可以把市场理解为仅仅存在一百多家券商而已。而阿海们所有人都需要通过券商才能做交易。只要不允许你开账户，再多的资金，天大的本事，也只能望洋兴叹。

大股东与小股东的差别，核心在于能否直接控制上市公司，即使是银行这种体量，某种程度上也是小股东，因为对买入股票的公司没有控制权。

监管层是整个规则的制定者，是超脱意志的存在，对于参与者而言，这是外生变量，是一定要适应的。

上市公司与股市的关系很有些意思，它的信息在市场中，而自己本身却又似乎不在。参与者交易的对象似乎都是上市公司的信息，而非上市公司实体。上市公司的分红或增发的时候，是它存在感体现最鲜明的时候。

这几年的股市，对于一部分大股东而言，估计心里是最为百感交集的，明明自己又有信息优势，又有资金优势，还是主导方，怎么搞到最后，以大股东丧失对上市公司的控制权甚至连带上市公司爆仓退市这种最惨烈的代价为结尾呢？

大股东辛辛苦苦把公司整上了市，一瞬间财富自由，上市公司发行股票获得了一笔资金，一定期限内融资的压力基本消失。大股东所持有的股票也具备了独立的价值，券商和银行都会来营销大股东将手中的股票质押出去融资，成本不高，金额还挺大。更重要的是，这笔融资全是活钱，完全可以游离于上市公司正常经营需求之外，所以很少会见到大股东做完股票质押融资后，又将资金投给上市公司的，基本都用于开展外部投资。

很自然地，已经有了成功的案例，手里又有了钱，大股东一般都会想到再去并购新的资产，运作一段时间再装入上市公司，把上市的逻辑重演一遍。买的时候按照净资产估值，卖的时候按照市盈率估值，买进来多贵也有得赚呐，多好的生意！

而且这一路的融资都有办法想，各类金融机构都有产品可以对接。初期有股票质押融资，并购的时候有银行的并购贷款，如果没有抵押物有 PE 私募股权基金，上市公司并购的时候可以发定增，定增的资金可以有信托融资；为了维持定增股价的稳定，还可以做股票配资。整个流程，抵押物都不是最关键的要素，只要舍得放成本，资金肯定能够融得到。甚至这一切都不需要大股东全部都懂，市场有大量的中介机构抢着给大股东提供各类金融服务方案，只要是上市公司的大股东。

但是，这一切有一个关键的问题，这些钱再好借，毕竟都是借来的，都是要在一定的期限内归还的！而且这一路资本运作所涉及的融资安排都没有可以用于还款的资金来源，除非最后把股票卖掉，否则融来的资金永远要在市场滚动。最开始可以做非定向增发股票的时候，只要市场上股票发行出去了，大家就算退出了。而现在统一都是定增，大股东基本都要兜底，相当于只是转了一个融资方案，还是在一个盘子里。大股东搞来搞去，最后才发现被牢牢套住的似乎还是自己。加上这些年行情不好，上市公司通过定增并购的资产普遍业绩不达标，形成的商誉一旦集中计提损失，严重影响上市公司业绩，又造成股价的急剧下行，进一步影响大股东融资的补仓安排，如此一来，就构成了恶性循环。情急之下，大股东恶意掏空上市公司，拆东墙补西墙，最后两家一起爆雷，连带相关的金融机构一起下水。

所以这几年来，上市公司一轮资本运作下来，却最后以大股东丧失控股地位为终局，真是机关算尽太聪明，反误了卿卿性命。更惨的是通过买壳实现大股东地位的资本，如果说大股东是通过 IPO 实现的上市，因为原始股权的价值，即使这一轮不幸爆仓，都还能有点渣剩，那些通过买壳实现大股东地位的资本最后只能跑路了事，留下一地鸡毛。

作为尾声，2016 年以后，员工持股计划①也红火了一阵。从信托的角度，员工持股计划也是银信合作的一种，整个业务流程全由银行主导，因为经历过股灾，结构比例一般都是 1 : 2。这类业务特殊在劣后方都必须是公司员工，名字都要向监管报备。常规的都还需要大股东提供兜底，还是熟悉的配方，还是熟悉的味道，可惜这几年行情不好，员工持股计划到期的时候，往往股价都已跌破买入时的价格，那些大股东已经丧失兜底能力的公司，终于把员工也成功地拉下了水。

从 2015 年到现在，时间又过去了几年，也不记得是什么时候起，上市公司大股东大比例股票质押融资已经被作为风险事项，在上市公司代码边上悄然增加了一个风险提示。领导们也偶尔提过一下，要推动化解大股东的股票质押风险。现在肯定是风险，之前为什么又不是风险？未来还是不是风险？

站在信托的角度，与客户建立业务联系的节点还是融资，股票市场业务与房地产业务有一个共同点，都是第一还款来源与第二还款来源重合，还款来源是股票预期的分红及处置的收益，抵押品也是股票。当然，阿海们也知道，实际上股票能获得的分红收入寥寥无几，而处置股

---

① 证券投资产品的一种，全部由上市公司员工出资设立，一般附加杠杆，按西方经济学的观点，员工持股计划有两方面的好处，一方面对市场释放出内部员工看好公司前景的信号，另一方面也能更好地激励员工好好工作。但在国内效果尚不明显。

票的收入更是镜花水月，一旦股票真的开始进行处置，看上去高不可攀的估值瞬间就可以跌到你哭爹喊娘。但在这一切都还没有发生的节点，大家都可以尽情地发挥想象力，而杠杆，更是可以尽情地往上加。

2015 年之后，监管层对股市监管的态度有了一个实质性的变化，特别是 2020 年，注册制是真的要推出来了，退市制度也真的要严格执行了，这两个措施看上去只是一个技术上的调整，但实质上确实颠覆了整个证券市场的生态环境。2015 年以前，股票市场严进严出，客观上构成了对上市公司大股东及大量中小股东的保护，因为上市公司哪怕只剩了一个壳，也有其巨大的市场价值，股价哪怕跌到惨不忍睹的程度，只要不退市，凭借着重组概念，迟早有涨回来的一天。在这种条件下，联合坐庄炒股就是一条发财的金光大道。毕竟只要股票不退市，就总有办法想。

现在股票真的要退市了，坐庄炒股的风险瞬间就大到难以承受。回顾阿海公司的风险项目，造成最大后果的莫不是退市股票或者濒临退市的股票。而以坐庄为主业的知名或者隐姓埋名的私募，从 2015 年以后，基本消失，其多年积攒的家当也损失殆尽。究其原因，在于新的生态环境下，仅仅靠操纵价格也无法避免成为韭菜了。

2016 年，正是耀徕文化老板祈海虹最高光的时候。此前一年，他将自己多年积累的耀徕影城成功注入 A 股上市公司控股投文控股，交易对价 23.3 亿元，同时携手北京资文控股共同掏出 21 个亿控股投文控股，自己掏出 9 亿多资金成为二股东并兼任总经理。一进一出，净赚十多个亿，当然也因此背上了三年的业绩承诺。

　　2012—2017 年，是我国影视等轻资产行业迅猛发展的时期，回过头来才知道，主要是因为政策的放松。当然，在 2012 年的时候，能看到这一点的寥寥无几，其中眼光最为独到的就包括祈海虹。

　　这位后来被很多娱乐圈人士亲切地称为祈哥的老大，就是一位很擅长一波流①的选手，起家一波流，滑倒同样是一波流。祈哥在十多年前敏锐地察觉到了影视行业的机会，拉着房龙大哥一起设立了北京耀徕房龙影城五棵松店，房龙大哥此时在国内票房的号召力无出其右，五棵松店也做到了全国票房的单店冠军。这个业务模式不断复制直至顺利登陆资本市场，登陆的直接好处，便是融资渠道的丰富和规模的便利性。为了快速实现业绩的对赌，祈哥一方面为耀徕文化引入了鼓浪信托大举融资，以股票质押的方式，从鼓浪信托一把融资 35 亿元。这是 2016 年的时候，能够搞定金融机构一把融资 35 亿元，说明资本市场的融资增幅能力确实惊人。

　　另一方面，祈哥设计了新的定增方案，希望将成功的经验再来一次。也很顺利，关于新建影城和补充营运资金的定增 23 亿元的融资方案，仅仅申报半年多即顺利过会。与此同时耀徕影城大举扩张，2015 年末，耀徕影城影院数目为 32 家，2016 年新开 15 家，而 2017 年仅一年就新增影城 40 家。投文控股确实实现了业绩的跨越式增长，净利润由

---

① 一个源自电子游戏和竞技体育的术语，表示通过一次连续的进攻或操作，迅速解决战斗或完成目标。后来在更宽泛的领域代指一个企业欠缺随着形势变化换挡调节的能力，只会踩油门，市场好的时候增长很快，市场一变就垮了。

2015 年的 1.38 亿元上涨至 2017 年的 4.34 亿元。与此同时各个方向的钱也花了不少，奈何后来又突逢三年疫情，导致效果非常不理想。

2017 年资本运作的审核尺度明显收紧，新的定增方案从过会到拿到正式批复花了 8 个多月，较上次定增方案等待时间不足一个月有明显的延长，这里面就很意味深长。此次定增方案还引入了马超的信华超越公司和五山信托公司。五山信托公司掏了 9000 多万元直接持有投文控股的股票，单价 11.18 元，入股时间是 2017 年 6 月。然后紧接着在 2017 年下半年，五山信托另行设立了一款名为"五山信托 — 北京三宝股权投资集合资金信托计划"，该计划募集资金 13 亿元，投向是入股投文控股的控股股东北京资文控股有限公司，资金金额恰好略大于 2015 年资文控股入股投文控股的 11.8 亿元，不知道是不是连本带这几年的利息。而且担保条件里，有和五山信托同期入股投文控股的另一个股东超越华信对此计划提供的担保。这 13 个亿募集的时候，资文控股持有股票的市值差不多一直维持在将近 80 亿元，安全边际极高。而刚好 13 亿元投完，2018 年 1 月，股票一复盘就崩了。资文控股持有股票目前的市值约为 9 亿元。

这几年资本运作时期，投文控股的股价表现也非常配合。2014 年 8 月，彼时还叫辽松汽车的上市公司开始酝酿定增方案，股价就开始暴涨，从 8 元多当月就翻了倍，然后随着定增方案审批的进度一路上涨，最高在获批的 2015 年 6 月涨至 50 元，定增实施完后，股价开始回落，最低至 16 元。然后 2015 年 11 月，投文控股再次酝酿定增方案，股价再度暴涨，又在过会的 2016 年 9 月达到最高的 52 元（除权后 26 元多），不同于上次过会后不久股价就开始回落，这次股价在整个 2017 年都非常坚挺。因为上市公司在 2017 年 6 月完成定增后，马上又提起新一轮的定增方案计划并购影视公司，然后就停牌一直到 2018 年。

就在股价最高的 2016—2017 年，两家信托公司不约而同地冲了进去。鼓浪信托和五山信托进去的时间有先后，两家的融资方案以及后果也有较大的差异，鼓浪信托是以置换耀俫文化前手质押所持投文控股股票融资的方式入的局，而且是作为通道进去的，背后还有一个真实的资金方。这里说鼓浪信托是通道有两个依据：其一是鼓浪信托自己公告说汇金 1667 号股权收益权集合资金信托计划属于事务类信托，事务类信托就是通道的官方名称。其二鼓浪信托根本没有 35 亿元集合信托的募资能力，这家公司就不是追求资金可控性的业务模式。

而且根据鼓浪信托入局的方式，它是分四笔将融资款项放满的，这种方式也只有银行或者保险等金融机构才有能力做到。这样实际承担风险的另有其人，鼓浪信托只是站在前台而已。五山信托是以自己募集的集合资金信托入的局，完全是自己承担相关风险。从投文控股股价变化的情况来看，五山信托是以一个近乎完美的动作跳水入坑，然后就马上被埋，估计直到现在也还在里面躺着，公开信息也查不到它做了什么自保的动作。而鼓浪信托则掐住了祈哥的脖子。2018 年 4 月，一跌破预警平仓线就手起刀落，直接司法查封，把祈哥的整个如意算盘打崩。一直到最后以物抵贷，慢慢卖股票清盘。从公开信息查询，鼓浪信托最后清算下来很有可能比五山信托亏得还多，因为它的融资盘子更大，质押股价更高。

在此期间上市公司节奏混乱，多起明显超出公司能力的投资方案纷纷公告，包括计划投资万达电影，还有对下属耀莱影城和游戏公司的投资方案等。而逐渐披露的新一轮定增方案漏洞百出，资产明显掺水太多不靠谱。似乎有人在迫不及待制造各种热点，想赶紧把上市公司的资金花出去，终于把市场的信心耗光了。2018 年 1 月股票复牌以后，股价突然崩盘，在 8 个月的时间里从 20 多元的价格直接坠落到 4 元以下的区间，股价打了不到两折。然后 2018 年 4 月祈哥辞职，同月月底耀莱文化持有的股票被司法查封。至此所有的故事都讲不下去了，后面就是各类股东竞相减持，夺路而逃，很明显当年都是被祈哥拉过来的。这几年股价表现出了高度的被控盘性，但最后应该没有人赚到了便宜。

钱来得容易，花得也容易，一部电影一两个亿，一个影院又好几个亿，再加上置换前期借的钱，确实也不经花。估计祈哥有打算让耀莱文化先自己建影院，再想办法装入投文控股，而后上市公司明显对耀莱影城的扩张有了一些些的隔离，将影业并购的主体都换成北京投文互娱投资有限责任公司。最终祈哥没从第二轮定增中捞到啥好处，勉强完成了 2015 年耀莱影城的业绩对赌后，被融资资金压得六神无主，实在是无力维护股价，然后融资逾期导致股价崩盘，这也是毫无安全边际的一波流所导致的恶果。

整个事件，以及其他大量的定增活动，都存在一个很难以理解的事情，就是耀莱文化借了那么多的钱，到底花哪去了？

这两轮的操作，前面都是耀莱文化借各种的钱在循环。最开始祈哥建耀徕影城的钱是找各种基金借的，通过定增入主上市公司的钱实质是找鼓浪信托借的，上市公司定增入股的资金都由耀徕文化提供对赌兜底，本质上也是由耀徕文化找五山信托和其他基金借的，维持上市公司股票的市值也需要海量的资金。两轮定增完成后，所有投入耀徕文化和上市公司的钱都是借的。

这些钱来得快，来得急，而且成本高，都是固定成本加浮动报价。在耀徕文化公司层面承担了大量的负债，本指望挪用上市公司的资金以及股市上的散户来买单。上市公司是沉淀了大量的资金，但三方监管的模式导致挪不出来。看后面的关联交易审计报告，祈哥已经把自己的物业装了不少给上市公司，上市公司曾经做出两次向下属耀徕影城公司增加投资和增加借款的尝试，但毕竟杯水车薪，离融资规模相差太远。而指望最终接盘的股市的跟风资金压根就没有，维持市值的资金根本抽不出来。恰恰资本市场从 2017 年开始收缩，最终还是股价崩盘，一切归零。

祈哥最后才看出来，之前运作得很正常的定增，最终买单的就是市场上的散户，这些没有真实利润的所谓资本运作，就是一场牵扯面更广的坐庄而已。只是这种玩法已经存在太久，制度上的完善使得彻底变现的时间以及成本已经大幅增加，一旦预计失误现金流断裂，最终就是祈哥自己和金融机构买了单。整个流程，只有跟风祈哥最紧密的朋友能赚到钱，但十有八九会在最后崩盘时再度把自己埋进去。

祈哥的表现就是典型的半懂不懂，没搞清楚金融的实质就贸然下注，虽说早期也有过投资一部电影爆赚几千万上亿，但当他以为他投的所有电影都有这种利润率的时候，风险便降临了，一旦投错便越发乱投，逐渐不可收拾，最终连带一票兄弟一起被埋。最早动手的鼓浪信托背后的金主其实也是损失惨重，从 2018 年诉诸司法查封以来，又经历了三年疫情，影视行业损失惨重，查封的股票一直卖不出去，最终直接抵贷转至鼓浪信托名下慢慢卖，目前成交均价只有两块出头，总共只能卖出约六个亿。而五山信托还没有机会动手，最终的处置价值还是未知数。

回过头来看，赚快钱的时代结束了！

(6)

证券类业务还有一类最低调，最封闭，但蕴含最大利益的业务，就是债券投资信托。

债券投资信托指的是以债券为投资标的的交易结构。放到全世界范围内，债券都是最大的一块市场。我国 2019 年债券托管规模 100 万亿元，新发规模 45 万亿元，现券交易量 217 万亿元。看看这个单位，是不是透着一种财大气粗的感觉？！相比较之下，股票市场 50 多万亿元的市值，房地产市场年约 14 万亿元的交易规模，债券的这个交易体量是不是一览众山小？！

目前债券市场主要分为两块，分别为银行间债券市场和交易所债券市场。银行间债券市场依托全国银行间同业拆借中心开展交易，总部位于上海，由人民银行管理。这个市场的参与者主要都是各商业银行，正如整个市场的资金几乎都由银行提供，银行间债券市场也必然是国内最大的债券交易市场，而交易所债券市场相对就小得多了，这一块指的是在国内 A 股市场进行交易的债券，因为 A 股市场的投资者以散户为主，而且散户投资都是希望博收益，对债券确实缺乏兴趣。有数据为证，2019 年我国银行间债券市场现券交易量 209 万亿元，交易所债券市场现券交易量 8.4 万亿元，刚好是前者的一个零头。

债券市场也有一级市场和二级市场的划分，一级市场指的是承销和发行的环节，二级市场指的是公开交易的环节。债券和银行融资都是企业的一个债务性融资行为，银行在融资行为中是一个强有力的债权人，会直接对债务人构成制约；但债券则完全是依据公开信息对债务人构成制约。两种方式各有利弊，都是金融市场的必要构成部分。站在企业的角度，如果能对外发行债券，基本上其他的融资行为都要靠边站。因为债券是企业的一个主动融资行为，利率低、期限长、用途灵活，到期一般都可以续发，基本不需要还本。极端情况下，债务人还对贷后管理事项有相当程度的主导权，对比银行融资，贷后的好处简直数不胜数。而且，债券都是信用融资！对银行等金融机构而言，投资债券也有相应的好处，债券投资与贷款不同，它属于标准化金融产品投资，占用金融机构的风险资本小很多，但赚取的利差却差别并不大。

请稍微花一点时间听阿海介绍下债券完整的一个流程。一个企业希望通过债券融资，首先得明确通过哪种方式，比如企业债、公司债还是短融中票等模式，这些模式看上去种类多多，各类对企业的财务状况等技术指标都有分门别类的要求，但实质上的差别是审批机构不同，分别由人民银行、财政部、国务院、发改委、证监会等机构审批。虽然对于审批的方式，也有审批制、备案制、注册制等的说明，但都是换汤不换药。其次得确定一家主承销商，除了证监会负责的公司债以外，主承销商基本都是银行，毕竟只有银行有钱，如果发行不畅导致认购不足，主承销商要提供包销兜底。主承销商负责和企业一起做文件，报审批机构批准，时间或长或短，一般三个月以上。

一般央企、省属国企或者政府平台发债，各家银行、证券就需要对主承销商的地位开展激烈的竞争。反之，民营企业想要发债，一般都是要去银行拜码头，求银行帮忙。最终主承销商的确定，离不开审批人员的指点，这背后的安排嘛，大家自己品味就好，反正近年一些债券的案子对其中的门道也揭露得比较多。

主承销商确定以后，因为事先都会和监管机构做好充分的沟通，材料送去监管机构审批后，除非遇到宏观政策的重大变化，否则一般都会批下来。这里边可能最无奈的，就是房地产业的发债申请了，近些年动辄被实质性叫停的几乎都是房地产企业的发债申请。

完成了审批工作后，就进入最关键的发行环节。债券发行和股票IPO类似，都需要公开募集到资金才能成立，而两者的不同，第一是客户群差异很大，债券发行必须以机构资金，特别是以银行为主；股票首发以散户为主，再加上开市几十年来新股不败的神话深入人心，所以股票发行罕见失败。而债券发行，特别是交易所的公司债发行，近年来失败的案例还真不少，甚至有发行失败导致上市公司爆雷乃至退市的案例出现，这更加意味着债券的发行占据了何等重要的地位。发行时，最重要的是企业及债项的公开评级，其次是主承销商的市场地位。银行间市场的债券发行就比较好，毕竟有主承销商的包销协议在，这也意味着主承销商包销必须有足够的市场影响力才能确保发行成功。

所以能签下主承销商包销协议的银行必然是全国性股份制银行以上，否则企业也没信心能发行成功。而券商的主承销商地位就比较弱势，除了极少数的几家券商外，其余券商竞争主承销商地位主要靠的就是公关、听话以及便宜。主承销商对于债券的定价有极大的建议权，对于首发完成后的分销，那就完全是主承销商的权力范围，特别是对于一些所有投资机构都需要的 AAA 级债券的分销而言，重要性更是突出。所以，市场也间或有些债券主承销机构的从业人员的道德违规现象被曝光。

债券发行成功后，便可以进入市场公开交易，债券的流动性随着信用评级的不同差异极大。基本 A 级及以下的债券几乎没有流动性，一旦发行完成就只能在认购者的库中等待兑付。AAA 级的债券流动性极强，价格波动也少，但哪怕一分钱的波动也意味着巨额的利益。AA 级的债券是市场流动的主体，价格波动性也强，特别是 2015 年之后，随着证券市场的变化，一些高负债的企业纷纷爆雷后，债券价格的波动性越发变强。

回顾中国债券市场的发展历程，1981 年开始发行第一只国债，1983 年开始发行企业债，2005 年开始发行首批短期融资债券，2007 年发行第一只公司债，2008 年发行中期票据，至此债券的门类暂没有继续扩大。在阿海看来，企业债、公司债以及短融中票，其实都没有本质的区别，国内呼声一直不低的 REITs^① 前几年终于放开投向了市场，然后迅速在两年内证明了自己巨大的波动能力。在债券存续期内，融资企业只要正常付息就好，债券到期的时候都是一次性还本。相当一部分企业都是将债券当成永续债来处理，快到期的时候再申请一笔债券发行，对这一点审批机构一般也不会拒绝，只是新债发行与老债偿还之间的流动性安排是个很有技术含量的活，一个衔接不好企业立马万劫不复。

债券市场实行登记、托管、清算、结算的统一集中管理。还记得前面提到的交易账户吗？债券交易和股票交易一样，都需要托管清算机构，债券市场有两家公司担任这个角色，分别是中央国债登记结算有限责任公司和银行间市场清算所股份有限公司，前者简称中债登，后者简称上清所。前者由国务院批准成立，后者由人行和财政部批准设立。所有想参与债券市场交易的主体都必须而且只能申请在这两家机构开立账户，有了账户才能参加交易。

这两家机构的规矩类似，都是分成了三类账户体系，分别是甲乙丙和 ABC，其中呢，甲类和 A 类账户除了能给自己做托管和清算以外，还可以代理丙类和 C 类账户的托管和清算，乙类和 B 类就只能自己管自己。理论上只要是合格投资人都可以申请开立账户，特别是金融机构产

---

① REITs（Real Estate Investment Trusts，房地产投资信托基金）是一种通过发行股份来筹集资金，投资于能够产生收入的房地产资产的金融工具。REITs 允许个人投资者通过购买其股票来间接持有商业地产，从而享受房地产市场的收益，而不需要直接购买和管理物业。这类资产不同于房地产开发项目，都是成熟项目。

品更能够开立乙类账户，但事实上除了2013年以前的某一些时间段内可以开立账户以外，金融机构产品的账户开立申请是被排除在交易体系之外的。原因嘛有很多。这种安排确实也比较方便管理，账户一锁死，其他人就只能靠边站了。

债券的一、二级市场各有各的门道。论及一级市场的利润来源，主要是承销费及主承销商与分销商之间的息差，其间的利益只与银行和券商相关。这一方面是取决于主承销商的地位，另一方面是资金量和交易端口。一级市场明面上最关键的因素是资金，但基于我国所有制的实际，能在债券市场上实现融资的企业，除了某一些特定时点以外，基本都是不缺资金的主，要的都是符合成本要求的资金。所以，一级市场最关键的实际是审批机构，之前间或曝出的一些涉及债券发行的案子，其中少不了审批机构的身影。也一直有要统一债券市场监管的风声出来，但考虑到其中涉及的利益有多么巨大，统一的可能性实在是不好判断。对于一级市场，信托只能光眼馋其中的利润，一点办法都没有。

二级市场的利润来源，主要来自市场波动产生的价差以及持有债券带来的期间收益。理论上最关键的因素是发债企业的质地，但实际上最关键的因素正是资金。发债企业的质地以及宏观经济的形势提供了大家投资的依据，但市场价格的波动归根结底还是资金导致的。自诩为金融百货公司的信托，自然不可能放过这么一大块市场而不参与。可惜基于资金来源的现实条件，信托只能参与债券的二级市场交易环节。

债券市场如此大的体量，背后只可能是银行资金才撑得起来。站在监管的角度，随着市场规模越来越大，参与者的成分肯定是越精炼越好，最好全是银行，这样一是方便管理，二是银行资金实力雄厚。所以从2013年以后，信托公司基本就没有开成过账户。极少数在市场上浸淫时间更久的、积累更深的兄弟们，手头才能留下来几个账户。而且还要交易结构设计得好，确保产品能够一期一期地滚动着运行，否则产品到期清算的时候，账户也要被迫注销。这种感觉，和自己砸聚宝盆是一样的。如果说一个证券交易账户能每年给信托公司创造一百多万元的收入，债券交易账户能给信托公司创造的价值就高到很难用金额来衡量，一个债券交易账户一年可以很轻松实现几十亿元的交易规模，哪怕抽个万五的报酬，一年也是过千万的收入。

当然，即使放开了账户的监管，也不会意味着信托公司投资能力的进步，只是会给阿海们这些有银行背景的从业人员提供一条更佳的谋生之路。如果一个业务团队有了债券投资账户，在市场上的抢手程度，你都很难想象。只是这一切，不在债券投资这个圈子里的人，是完全不会知道的。

债券交易信托产品的交易结构一般都富含结构化的设计，最起码包含优先劣后两级，多的三级、四级也不是见不到。而且杠杆率超高，一般都是1∶10起步，这主要是源于大家对债券市场波动性的一贯印象——稳定，波动性小。杠杆率低了，盈利前景就几乎没有了。

债权投资从本质上来看，应该属于固定收益类的投资，只是投资者们不免觉得有些奇怪的是，债券市场这么大，怎么很少见到信托公司对外发行相关的产品呢？基本上投资者都会把信托公司发行的 TOT① 类产品或者资金池类产品当成与债权投资有关，事实上呢，关联度很小。

这里稍微探讨一下所谓信托公司的主动管理能力。

主动管理能力是与承担的风险种类相对应的，信托公司没有也不愿意承担市场风险，它只愿意而且有能力承担信用风险。二级债券市场能获取的收益在于市场价格波动以及债券本身内含的到期收益率，这两者都非信托公司所擅长。那么找到信托公司的都是具备投资能力，甚至是已经具备资金渠道的主体。对于这一类客户，信托公司能提供资金的成本就太高了，能提供资金的只可能是银行，信托也就是发挥自己在产品结构上的优势提供一个通道，通道的优势在什么地方？对了，账户。

对于债券市场投资而言，既难，也不难。

等阿海想到债券类业务的时候，已经停止开立新交易账户了，但是一个很偶然的机会，阿海欣赏到了其他兄弟部门操作过的债券类业务的劣后级资金的收益率。五十倍是基本收益，这个量级说实话，震撼到阿海了，请原谅阿海的孤陋寡闻和想象力的欠缺。后来就看到公司通报对债券类业务的劣后级资金情况进行摸查，然后从 2013 年以后，自然人做劣后的业务就基本消失了，对劣后级资金的要求也严格了起来，这类业务也减少得厉害。目前的主流做法，都是银行资金以

---

① TOT（trust of trust），信托之信托，投资信托计划的信托计划。正常的 TOT 是根据一定的投资策略，在对市场上的信托计划进行历史数据分析的基础上，构建一个投资组合，从而实现风险优化，业绩稳定的目的的投资方式。此处所指的信托计划以投资资本市场的信托计划为主。

平层的方式对债券市场进行投资。

从整个市场来看，信托资金的占比是很小的，所以市场上不大有相关的消息。能做得成业务的都在低调地大口吃肉，做不成的也只能徒然站在门外流口水。从业这么些年以来，与这类业务有关的印象，主要是一些朋友和单位的一些同事突然辞职了，或者失联了，后来吃饭的时候，说起与债市有关，心中也顿然明了，不提也罢。

最近这几年里，在以标准化业务为主的团队兄弟们看来，没有消息就是最好的消息！更何况，现在债券爆雷的事件已经多起来了。

(7)

雪球这类产品存在时间其实很长，之前都只在券商各营业部的资深大户室里推介，所以市场上了解得很少。这类产品基本没有持续性，都是在市场条件具备的时候突然爆发一阵，然后在十几个月的时间里爆亏一轮，然后消失。最近这两年之所以在市场上取得了一定的影响力，在于房地产项目频频爆雷，证券市场大幅波动的背景下，当年被洗过的理财经理已经离开了市场，这一批证券公司的理财经理都很年轻，把雪球当成了一个固收类产品对普通投资者大力推介，得到追捧，恰逢 2021 年以来证券市场取得了一年多的上涨，也给雪球产品的投资者带来了较好的回报，所以影响力迅速提升。相当多的信托公司纷纷开发出相应产品对接券商的雪球。那么后来为什么声音又慢慢低下去了呢？无他，产品后来亏得很严重，推不动了。

雪球产品的主导方是券商，所以要不说券商是金融业的"高富帅"

呢，名字取得很有诗意，完全没有期权那高风险的特征，在推介产品的时候，理财经理会强调产品的收益就像雪球一样越滚越大，实际运行的时候，如果产品挂钩的指数下跌发生敲入，下跌的风险也会像雪球一样越滚越大，两方面的联想其实都非常贴切。但是这个产品就是期权，而且是异化期权，也就是非标准化期权。阿海也很无奈，受欢迎的产品总是带有非标这两个字。

期权是一种衍生产品。衍生的意思，指的是附加在一个底层资产上的权利，在底层资产所内涵的权利基础上构建的权利。一般而言，这类产品产生的逻辑，都是券商基于某种原因，持有了某一类基金，特别是ETF①基金产品后，为了对冲掉基金产品市场下跌的风险，所构建出来的产品。

比如某信托公司发行的"中证500雪球2号集合资金信托计划"。该产品期限为24+12个月，起投金额100万元，票面利率为19.20%（注：系扣除管理费、税费前的预期收益率）。信托资金投资于某证券发行的雪球＋指数增强型收益凭证，挂钩标的资产是中证500指数，敲出价格为100%×期初价格，敲入价格为78%×期初价格。

券商发行的雪球产品比较喜欢挂钩中证500指数，这也是国内流动性最强的指数，这里阿海对核心的交易要素进行一些特别的解释：

1）敲出价格为100%×期初价格。敲出的意思很形象，投资者可以

---

① ETF（Exchange Traded Fund），即交易型开放式指数基金，是一种在证券交易所上市交易的投资基金，结合了股票和共同基金的优点，提供了高度的流动性和多样化的投资选择。

理解为产品挂钩的指数达到合同约定的点位后，双方解除合同，投资者拿钱走人。从合同的权利义务关系中敲出来。当然从数据上也可以看出来，敲出的条件是指数上涨超过初始指数，而且为了避免短期的急剧波动，一般合同会约定从第三个月开始定期观察是否敲出，这样可以避免太短期的波动减少了投资者的收益，因为这个 19.20% 的票面利率是年率的概念，如果提早敲出，收益要按照实际存续时间折减。

在指数上涨，券商对投资者支付期权费的情况下，券商是否会承受相当部分的亏损呢？如上述的例子，最高情形下，券商需要支付超过 20% 的年化期权费率（除了投资者收益外，还包括销售费用以及税费），这笔费用从哪里来呢？券商有以下几个利润来源渠道，首先券商的业务基础是对冲，指数上涨会带来券商持有底层资产的增值。我国证券市场一直是牛短熊长，牛市来的时候都是短期内的脉冲式狂涨，这样的走势对券商非常有利，指数上涨的利润全部由券商独享，牛市情况下覆盖所有成本绰绰有余。在最极端对券商不利的震荡市中，券商没有获得指数的上涨利润，而投资者交付的保证金可以作为券商融资融券乃至股票质押业务拓展的资金来源，这一块的利润也相当丰厚，目前主流券商的融资利率成本在 8% 以上，股票质押成本一般会超过 10%。

除此之外，近年来，券商尤其是主流券商大力开展转融通业务，就是通过将持有股票或者基金转借给做空的主体，以收取利息的业务。这几块收入加起来，虽不足以覆盖全部成本，但风险敞口已经不大，而且这种震荡市在我国证券市场上属于低概率事件，券商开展雪球业务是连续的，这意味着拉通一段时间来核算，从大数据的角度券商盈利的可能性几乎是百分之百。

如果遇到下跌市，这正是雪球产品推出的初衷，直到触发敲入，指数下跌的亏损将全部转移给投资者，券商完美脱身，连期权费都省了。

2）敲入价格为 78%× 期初价格。敲入的意思很残酷，投资者可以理解为产品挂钩的指数跌到合同约定的点位后，双方进入一个资产买卖的合同义务关系，券商按照初始价格将相应指数基金卖给投资者，因为交易时点时指数已经大幅下跌，这意味着敲入条件满足时，投资者将面临即期的亏损。而且因为这类产品在到期时才结算，所以，一旦发生敲入，即使投资者已经意识到亏损的发生，对于这个产品，仍然什么都不能做，只能面对亏损的进一步发生，最极端情况下，可能损失全部的本金。当然，券商构建这类产品是为了在持有资产期间对冲价格下跌的风险，所以，22% 下跌幅度的指数敲入条件设置体现了券商的真实意图，因为历史上大 A 经常在没有什么实质信息的情况下波动率超过 50%，即使是以炒股为主业的券商也受不了。

一般雪球都附加了延期结算的条款，也就是，如果雪球期满的时候，挂钩基金的终值又回到了约定的波动期间，就是又涨回来了，投资者还是可以拿回全额的本金，只是损失了初始设置的预期收益而已。而且，券商对敲入的盯盘是每天，只要有一天的收盘价格低于敲入价，就满足敲入条件了，而敲出盯盘是按月，意味着哪怕一个月中间涨上去了，只要盯盘日指数跌回了波动区间，就不满足敲出条件。

这类产品交易要素的所有设置，全部都是在券商完成的，信托仅仅是起到了汇集资金的作用而已，和前面介绍的通道模式几乎一样，至多也就是通过大拆小来赚取价差，而信托公司的管理模式支撑不了它构建运营这类产品。

期权类产品是市场中风险最高的品种，不管是不是业内人士，都多多少少知道期权类的高风险属性，所以，如你所愿，这类产品的名称叫作收益凭证，而且所有带有收益凭证，或者凭证的产品都是期权。是不是有点小惊喜？！投资者签署的合同会明确载明期权，但是推介材料只会在某个角落用不那么显眼的黑体字来解释，而最大的字体只会是收益凭证，似乎是一笔稳赚不赔的生意。

构建这类产品的初始逻辑是对冲底层资产的价格下跌风险，立足点是券商对证券资产的运营能力，所以这类产品最欢迎上涨的牛市，宣传资料里所载明的预期收益计算，主要篇幅都是以这种情形进行测算，当然因为敲出条件宽松，产品以敲出结束也是不少见，在这种情况下，投资者赚小钱，券商赚大头，大家皆大欢喜，业务进一步做大。

可惜的是，我国证券市场的波动性冠绝全球，几乎没有在两年的时间里维持一个窄幅波动的走势历史，倒是连跌两年以上的走势屡见不鲜，持续几个月的大涨也出现过好几回。这种走势，意味着雪球产品有一定概率敲出结束，但相当部分会面临敲入，而且一旦敲入，多是以市场的相对低点进行结算。对于投资者而言，投资体验绝谈不上好，多是小赚几笔继而大亏一把，把历史盈余亏光不算还要倒贴相当部分本金。

前面已经介绍过，券商在上涨市和下跌市都能保证不亏乃至大赚，震荡市也有相当概率保本。投资者在面临下跌市时，是否除了认赔就没有别的办法了呢？

答案也是否定的。这就是资本市场和非标市场最大的不同，非标市场因为信息和流动性的不足，当投资者认识到被套亏损的时候，往往已经没有办法，只能通过司法或者其他劳神费力的渠道试图挽回损失，或者干脆认赔。但资本市场是有一定的对冲策略的。

对的，就是策略！

马丁格尔策略[1]其实是一种高风险资金管理策略，这个方法早在18世纪发源于法国之后没多久时间就在欧洲广为人知，这种方法在拉斯维加斯的牌桌上很常见，理论上这种策略绝对不会输钱。

这个策略很简单，在投资者认识到自己买的雪球已经被敲入了的时候，选择一个合适的点位再开两笔雪球，以此类推。只要投资者不是在最高点位投资的雪球，理论上新开三轮的雪球，就有超过99%的置信区间保证能压盘赢一次，而只要赢一次，就可以将前面所亏损的金额全部赢回来并多赢第一次所压的金额。

当然这个世界上不存在任何完美的策略，马丁格尔策略有两个致命点。第一投资者要确保自己的资金能覆盖逐渐扩大的投资头寸。开四轮雪球意味着最终的投资规模将是初始投资规模的十五倍，而且，如果证券市场真的出现极端情况（我国也是真的出现过两次极端下跌），

---

[1] 马丁格尔策略是证券投资行业的一个常见术语，因为标准化投资品种的高流动性，意味着随时可以止损，所以完全可以用时间和投资方式构建的策略来寻求稳定获利的确定性。

投资者还需要开第五轮，意味着投资规模将达到三十一倍，如果还有极端，风险将完全不可控。所以说运作这种策略对投资者有极高的头寸管理能力要求，初开仓位的资金头寸决不能过重，否则慎用；直接认赔，甚至新开融券仓位对冲更为合理。

1995 年，英国人李森违规交易日元期货导致英国巴林银行倒闭的事件，就是他一再使用马丁格尔策略加大仓位导致的。期权市场本就是投机对倒的生意，有人赚就一定有人赔，一旦某一个交易员的仓位重到引起市场的重视，所有的交易员都会暗暗联合起来和他做对手盘，也就是所谓的空头不死，多头不止。逼空趋势一旦形成，是一定会把空头打爆的，就是银行也扛不住。而投资雪球的投资者，就是空头。

第二是投资者得确保在需要的时候，券商能为你新开雪球仓位。如果到了某一个阶段，券商停止雪球产品的新开仓，投资者就失去了对冲的可能，这种情况下，反而放大了亏损。但实话说，我国证券市场出现系统风险的时候，别说雪球了，就是券商的交易网线都会给你拔了，想别的都是多余。

对于券商而言，它不愿意承担市场风险，也不愿意为此而承担成本，所以以一笔期权费对冲了未来可能的价格下跌风险。究其本心，券商更愿意看到与客户的共赢，所以在推介产品的时候，主要的篇章都是在强调如果遇到市场上涨，投资者将获得多少收益。它也不介意投资者在震荡市中获取预期收益，哪怕为此自己承担些许亏损。但可惜的是，它会经常遇见面临极端下跌时大幅亏损的投资者对理财经理误导销售的投诉。雪球这类产品如果对照底层资产的话，券商端的杠杆率基本都是

100%，也就是对券商而言，是全口径对冲的。多次市场风险处置过后的当下，也已经没有券商会单边开仓雪球了。

对投资人，特别是相当部分奔着获取固定收益的投资人来说，投资结果完全取决于证券市场的走势，如果没有采用合适的策略，投资行为是以承担损失全部本金的风险敞口来博取封顶的收益。而如果计划采用一定的策略，对资金头寸的管理以及与券商的关系维护则非常重要，这个度的把握完全是见仁见智。只是，对于投资人而言，这个还是不是原先想要的投资体验，就不知道了。

其实，投资人为什么不直接去买与雪球挂钩的指数基金呢？同样面临下跌的风险，但指数上涨的时候，指数基金的涨幅全部是投资人的。

变形记

6

黄色的政信
色的政信

(1)

政信类信托，是近十年来颇受人关注的投资热点，指的是以各种方式给各种地方政府投融资平台公司实现融资的信托业务。这类业务的融资主体是地方政府成立的投融资平台公司，作为一个存在国有经济信仰的国家，这种纯国有企业在市场上的融资行为，就像黄色的大地一样厚重，按说应该是走路带风，被人追捧，但一路走来，居然也毁誉滚身，实在是奇怪。这类客户可以说，是唯一一类，同时身为银行类金融机构和信托公司的共同客户。其他的客户，基本上是银行搞不定，才转来找信托；或者是银行看不上的项目，才转来找信托。而只有这一类客户，是银行和信托都来者不拒，上门都是客。让信托公司的兄弟们自觉帅了不少。之所以将这类业务归结为政信业务，最起码在操作的兄弟们心中，看中的是政府的信用，中央政府也明白，间或也强调不准地方政府违约。只是地方政府手中的裁量权相对较大，不敢说博弈，扯皮的事情还是需要兄弟们发挥些创造性，否则，违约的事情也不是没有发生过。经常会在网上看到有些人发些分析政信业务的投资心得，作为从业人员，阿海觉得那些人都是隔靴搔痒，说的和废话差不多。

每一类业务都有一个主角，银信业务的主角是银行，房地产业务的主角是信托，证券业务的主角是股市，政信类业务的主角是平台公司，按说这类业务的主角还应该是银行的，毕竟主要是他家出的钱，但谁也架不住我国的国有力量太强，他家说一声我要钱，全市场的各类主体均屁颠屁颠地赶过去，双手奉上。

一个区域的最核心经济要素是生产总值的增长数据，投资是拉动生产总值增长见效最快的措施，尤其是超出地方可支配财力的投资力度对于地方生产总值增长数据的排名意义重大，可惜我国的预算法禁止地方政府举债。怎么办？一些地方政府自然会想到，主导成立一些专门负责区域项目的投融资工作的公司，专业化运营，在缺钱的大背景下，肩负城市建设发展的历史使命，积极投身于我国资本市场，搞活资金融通。早些年的平台公司领导不乏被提拔的案例，激励了不少同仁积极开发思维扩大融资能力，表现出了很强的创新精神。

地方政府投融资平台公司，指各级地方政府成立的以融资为主要经营目的的企业，包括不同类型的城市建设、市政建设、铁路建设、交通建设公司，还有一些做产业园建设运营，覆盖了经济领域的方方面面，也寄托了地方政府发展经济的宏观愿望。它的简称也不胜枚举，包括平台公司、融资平台、投融资平台等，"平台"两字非常精炼地指出了公司的工具色彩，决策不在本公司，仅具备执行功能，它与其他非平台类国企公司最大的不同，在于所代为投管的项目带有强烈的公益色彩，也就是说还款来源很少，主要依赖于政府财政拨款或者其余的筹资来源。因此它的资金到位了多少，也将直接决定项目能否正常推进。平台公司的创新能力非常强，其负责的项目投融资方式复杂多样，某些操作真是让人叹为观止。

平台公司都有一些共同的特点，就是资产规模巨大，省一级的平台都是百亿起步，过千亿元的也不少。地市级的平台一般十亿起步，过百亿的却也不少。县区级的平台一般十亿多的规模，过百亿的就很少见了。早期资产负债率极低，因为它的使命就是融资。一般资产负债率达到 50% 以上后，主要工作就转变为维持融资规模。早期的平台基本没有收入，随着监管的要求越来越多，目前的平台公司多多少少都有些收入，甚至有些已经具备了自我生存的能力。

早期平台公司的股东直接就是政府有关部门，一般是财政厅（局）、发改委、交通厅（局）等，后期随着平台数量的增加，由平台公司直接担任股东的情形也逐渐变得常见。平台公司的注册资本一般都比较大，动辄几十亿元，但比较少以现金出资，基本都是以各种类型的资产评估出资，公司硕大的总资产中一般以各种固定资产为主，如公路、桥梁、土地、办公楼等，各种你能想得到的东西都能在全国各种平台公司报表上找得到。但是呢，这些资产的流动性都不太好，想想也明白，流动性好的资产都能顺利地实现融资，也不需要通过平台再搞一轮。平台公司在某种程度上，就是地方政府扩大融资能力的最后一次尝试，所有想得起来的资产，甚至不少是专门为了成立平台公司而搞成的资产，都弄出来了，比如储备用地，不少地方将收储还未出让的土地都整出来了一个土地证，确实挺开眼的。这么整的理由，在于金融机构的风控模型比较看重资产负债率和总资产,而对有隐性财政实力撑腰的收益情况没那么重视。

虽然整出来了平台公司,但早期能提供融资的金融机构只有银行,融资的产品只有贷款,那就要受银行风控模型的束缚。不管怎么包装,也改变不了平台公司所操作项目的公益属性,以及自身资产状况,与银行的风控模型匹配度还是有限,所以平台公司在2008年之前还是没有成气候,市场上存在感不强。

随着2008年的四万亿元经济刺激计划的推进,为了快速刺激经济的发展,投资的压力客观上给平台公司融资功能松了绑,平台公司筹资功能的顺利发挥获得了全社会的关注,经过众多参与者持之以恒的创新,市场创造性地将银信合作与政府平台结合起来,终于实现了平台公司融资规模的突破,将以平台公司为核心的政信合作类业务推到了一个巨大的规模。

明面上突破的要点在于交易结构中引进了信托,银行在信托后面把对信托的投资设置成为金融投资行为,不适用于融资类产品的授信审批。而信托本身就没有一个很严格的风控模型,产品审批的个性化色彩很浓厚,加上平台公司本身强国企色彩,地方政府领导还往往亲自代言,审批自然是一路绿灯。

市场上第一单与银信相结合的政府平台融资产生于2008年的重庆,其时中央领导、银保监领导、银行总行领导都给予了极高评价,全国推广。这单业务具备规模大、带动效应强的特点,而且极具创新性,对地方经济的发展有非常强的示范效应。

在金融业工作过的人应该都能体会到这个行业对国有机构的信用认可，只要是国有企业，可做可不做的业务一定会做，实在自己做不了的业务，也会帮着想办法整合资源来做，而政信业务是信托公司唯一能正常开展的国有业务，外面的人很难体会到信托行业对政信业务的痴迷程度。十几年走来，虽然业务规模一直在稳定快速增长，但政信业务的发展也并非一帆风顺，对这类业务的监管政策一直都在调整，某种程度上应该也反映了整个社会的某种复杂情绪。否则的话，完全由市场来决定，这类业务的规模能超出天际。

最开始的政策是担心平台发展不起来，所以是积极地给予鼓励与刺激，只是规模增长得很迅速，金融机构的资金本来就想往这个行业跑，之前都是顾忌着监管的态度而表现得扭扭捏捏，一旦确定投放的时候不会被打板子，规模顿时就以万亿为单位在膨胀。政策马上就开始担心失控，开始从各个方面给予微调、中调乃至打板子，只是这一摊业务已经出了笼子，也就关不回去了。大家都想自己的生活过得更好些，都想花钱花得爽快些，更何况都是国有，怎么也不至于有政治上的问题，自然这一摊业务创新着发展了下来了。

按阿海的理解，地方政府一开始成立平台，就是因为事权与财权不对等，面对这个矛盾，为了更好地追求经济发展以及政绩，只要能借，多多少少都是要的，最担心的是借不到！

谁知道钱这么好借，巨量资金可谓潮涌，平台公司很快就开始分化。一些经济基础好的地区，就会有规划、有节奏地使用资金，借的时候就会考虑怎么还，而且量力而行。但是有很多地区，不可否认存在侥幸心理，希望在区域砸多了钱后能带动税收增长，增加偿还能力，或者就干脆没考虑过怎么还，只希望能永远展期再展期地续下去。

平台借多了钱，领导又怕还不上，或者怕引起超预期的通胀影响社会稳定。所以很快就开始调控，首先分批制定了平台名单，明确平台名单内的企业不能新增融资，对存量项目及融资要做好计划，明确偿还来源，定期压缩。这也就引出了政信业务一个很重要的概念，名单外平台，也就是必须是不在平台名单内的企业，才能做融资业务。这样控制的逻辑也很好理解，就是要把融资规模理清楚，规模控制住，融资标准要深入人心，总之大家不要乱来，要听招呼。至于具体的规定，网上信息很全，很容易就能搜到，这里就不啰唆了，你就记住，凡是列入平台名单内的企业，新增融资都属违规。

但实际上呢，平台名单内的企业想尽办法维持住融资规模，地方自有办法新设非名单内企业，或者改造名单内企业，使之退出平台名单，也能新增融资。领导也很快打了招呼，原则上地方政府不能直接投资办企业。很快地方各种引导基金、产业投资基金又兴旺了起来。归根结底，地方政府对于发展地方经济负有责任，随着这些年的进化，经营城市的理念已经极大地融入了企业经营的方法和理念，这投融资，本也是企业经营中的正常一环，只是平台公司作为一个代表，其能力过于强悍了一些而已。

阿海查阅了2019年的公开数据发现，全国共有11567家地方政府融资平台公司，大约2264家属于省级信用（包括省会、单列市级别），占比不到1/5。而有6175家为地市级信用，占比约为56%，另有超过

20% 为县级信用。浙江省以 1490 家地方融资平台位居首位，排在第二位的四川省有 780 家，排在第三位和第四位的江苏省和广东省分别有 750 家和 710 家。相较于全国 100 万亿元的总 GDP 数据，约 27.5 万亿元的财政及基金收入水平，这个负担水平并不高，只是对部分地区，可能真的是有压力。

地方政府的总体融资数据，不同统计口径的数据都有公开，阿海也搞不清楚谁更准确，一般认为地方政府整体的负债水平在 50 万亿元左右，包括显性债务和隐性债务，这里的隐性债务就包括我们所提的政信业务以及各种融资租赁、PPP^① 项下负有还本付息义务的融资业务等。

展望平台公司的未来是件困难的事，它的出现既有偶然，也充满着必然，到了现在既有合理性，也充斥着混沌。困难的纠结点在于它本身真没有还款能力，它的定位又是犹抱琵琶半遮面，不管用哪种方式把它纳入正常的预算渠道，都会给经济带来比较严重的后果。阿海个人觉得应该运用土地出让收入来逐步解决这个问题，当然目前土地出让收入基本都被用于别的用途，估计最终还是通过货币来解决。

政信类业务有着鲜明的独特性。地方政府负债是一个正常的事情，只是国外的融资通常比较标准化，融资方式比较单一，而我国则涉及

---

① PPP 模式（Public-Private Partnership，即公私合作模式）是一种由政府与私人企业合作，共同投资、建设和运营公共基础设施项目的模式。在信托领域，信托公司可以作为一种金融中介，参与 PPP 项目的融资和管理，为项目提供资金支持和专业服务。

众多主体和复杂的交易结构。此外，政信业务的监管主要依赖于内部管理，外部机构往往难以全面理解其财务状况，仅凭公开报表难以获得完整信息。然而，无论交易结构如何设计，其信用本质并未根本改变，其中蕴含着深刻的辩证关系。

（2）

阿海其实接触政信业务非常早，还在银行的时候，就已经审批过给政府平台放贷款的业务，但那时候层面还比较低，自己小心地沉淀了审批意见后，还要看后面一堆大佬的意见行事。除了能感觉出全行都存在的国有偏爱以外，对于平台公司的财务报表、抵押物的状况与银行风控模型的偏差，确实也是爱莫能助。对支行业务同事的步步紧逼，他说得最多的一句话是："兄弟，你要好好学习政策！"当然，后来全行上线了业务审批系统以后，这种麻烦也就没有了，因为不符合报表勾稽要求的业务直接就提交不了。

很早的时候，青白江、都江堰等几个后来比较网红的地区，就已经和各家银行有过比较深入的沟通，只是当时政府总想着让银行按他们的要求给钱，还不能有针对性地根据银行的授信条件来调整融资主体的状况。而银行都是按照正常的工商企业类贷款的要求来审核，对财务报表夯实财务数据，审核抵押物评估价值等几个规定动作下来，基本就核不下几个亿的授信额度，和政府的要求相差甚远，所以在当时的天府省，政府平台的融资规模很小。

约莫是 2009 年的时候，重庆、广东等地给属地几个平台公司发放了规模很大的融资，颇为轰动。在全行的要求下，阿海也紧跟形势，和广东分行的老师们专门学习取经，发现这种超大规模的业务，想要实实在在的落地，有几个条件是必不可少的：

1）地方政府的能力要很强，此处的"强"并非单指经济实力，而更侧重于领导层的决策力度和执行能力。

2）属地需要有一家比较强的信托公司，此处的"强"，指的是和当地政府保持较为紧密的合作关系。比如重庆有重国投，广东有粤财信托。这两家在协调金融机构和政府关系方面都发挥了不可小视的作用。

因为这类创新就和后来的金融创新具备同样的素质，都是针对监管政策的创新。金融的创新首先是决心，最开始没有明确规定的时候，大家有没有敢闯敢干的决心，如果坚持要等待上面的指示，那肯定做不成，因为你没走出来，就没有先例可循，上面自然也没有一个明确的意见。其次是技巧，在设计交易结构的时候不能直接与政策规定相冲突，还要给自己留足够的余地，假设未来政策变了也能有应变的空间。最后交易的层面不能太低，最起码必须能够沟通到地方政府较高的层级，这样才能协调大家齐心协力想办法，否则被毙掉已经是最好的结果，后续被算起账来才是要命。这个工作，银行和政府都是不具备开展能力的，主要是这两家的甲方思维根深蒂固，谁都不可能改，只有中间还有一家地位和能力都很强的信托公司担任中间方两边搓的时候，才有可能搓得成功。

很显然，天府不具备，所以阿海们在银行的时候，很快就放弃了在这个领域大力拓展的计划。

　　银行虽然没有大力去做，但这并不能阻止天府省的平台公司们进取的心。在别的地方平台已经扬名立万的背景下，天府省的下级平台们，比如都江堰、郫县，都有样学样，满市场地与各类金融机构对接，很快就在国内的信托类机构中闯出了名头。

　　阿海也不知道平台公司们是怎样突破成本差异这一道心理防线的。比如阿海自己，有过从银行到信托的工作经历，而且毕竟是自己干活，所以对于银行的一位数成本到信托的两位数成本的差异，还是相对较快地适应了。但是平台公司最开始只懂银行，接触的成本不可能很高的，而后银行的供给满足不了平台的资金需求后，原本做通道的信托公司找过来了，开出了两位数的资金成本，平台公司是如何过渡到能够接受这一重大转型，阿海也是不太明白的，可能资金的需求不等人吧。只是有那么一段时间，约莫四五年，平台公司，特别是地级市的平台公司，在市场上的融资行为处在一种相对无序的状态中，市场上充斥着中间人来撮合各方的业务。

　　中间人也是融资市场上一个绕不开的话题。这个角色很常见，行内人行外人都免不了要遇见，门槛也相对低。在证券投资类资本市场业务中主要的中间人就是券商，基本它经手的业务都要雁过拔毛，而且理直气壮。阿海就曾经有一笔上市房地产业务被券商硬生生抽成了一笔融资顾问费。融资类的业务市场上，中间人这个话题就比较敏感，往往和贪污受贿这个话题挂钩，比如银行，对于业务中的中间人就非常忌讳，基本直指经办人个人道德问题的底线。中间人最集中的领域，应该是房地产市场上的业务，数不胜数的各行各业的人们辛勤地围绕着金融和地产公司的同仁们寻找着机会。

中间人的业务模式很简单，基本都是认识融资客户，也不排除有些是和信托公司或者某些别的金融机构核心领导非常熟的中间人。阿海见过不知道多少中间人，还有个朋友有感于中间人谋生之不易，开发了一个撮合交易的平台，主打的就是让中间人能有一个公开交易的平台。当他很自豪地给阿海介绍项目的时候，阿海沉吟了半天，最后还是没有直接打击他，这个平台是做不起来的，事实也证明了阿海的判断。

老领导对于中间人有一个很好的判断，他总结出，中间人不能试图凭借信息的不对称来赚钱，而应该凭借对资源的控制能力来赚钱。

但可惜的是，有能力的中间人都是很低调的，都很不希望被人关注到，凡是那些满世界跑来跑去，似乎天天参加最高层会谈的中间人，往往连信息不对称都做不到，只有一腔捡钱的热血，就一头扎进了这个领域，所以黯然退场也是必然的选择。

房地产领域的中间人基本都是这个调调，所以跑了两年业务后，阿海就基本不再搭理这个领域的中间人了，阿海也给部门的同事们建议说，如果只习惯通过中间人来开展业务，那只能证明你的水平连中间人都不如，在这个行业的前景是需要仔细评估的。

但是平台公司业务的中间人就绝对不一样！

平台公司从成立起，就和金融机构的关系较为密切，双方的领导都经常一起开会，抬头不见低头见，理论上应该做业务很顺畅的，但实际上业务对接层面总会出现各种各样的扯皮，然后总是需要双方老大吃吃饭或者打打电话。如果老大们沟通没那么密切，那么一般在某笔业务谈得比较深入了的时候，就会有一个朋友来帮忙撮合。这个人很热心，也没有什么要求，有什么困难给他讲，只要阿海的方法对头，他都能帮着搞定。如果阿海也没有思路，那阿海只要把他引荐给公司的领导就好了。

记得那是 2014 年，骏总带队，阿海有幸和一众领导参加了一个饭局，地点在天府著名的杏园饭店，用公司领导的一句话说，杏园是天府最利的一把刀，割人固然爽利，但作为招待贵客的场所别的地方也确实不如它著名。饭局上五山信托出席了两人，阿海在大厅里自己搞定自己，另外买单。招待的人主要是展业银行沪东分行同业部的领导，西南省城投公司财务总监，以及超哥。

晚上几位领导去商超 KTV 唱歌，骏总把阿海也叫进了房间，见到房间里有一位和骏总外形颇有几分相像的大哥，他和骏总彼此酒量也难分伯仲，酒喝得爽利，歌也唱得痛快。这就是著名的超哥，超哥在阿海找机会给他敬酒时，递了张名片过来，上面注明的职位是五山信托的顾问，名片的格式和五山信托的名片格式完全一样。阿海确定公司没有顾问这个职务，也没有超哥这位大哥，但看着对着超哥酒到杯干的骏总，阿海识趣地把名片收了起来。超哥和骏总以及银行领导明显是多年的朋友了，彼此早已称兄道弟。

后来五山信托操作了一笔二十个亿的平台公司通道业务，资金方是展业银行，融资人是西南省水投集团。这一段时期是超哥在五山信托出现频率最高的时期，先后与五山信托各大片区相关团队合作过业务。阿海也曾在网上搜寻超哥的相关经历，发现能查到的包括湘南信托、云南经典房地产公司。尤其是后者，与五山信托更是结下了不解之缘，该公司以昆明旧改项目起家，也在当地主营旧改项目，先后在五山信托融资五十多亿元。资金方面，有展业银行出的钱，也有信托自己募的钱。后来，超哥最巅峰时期手持两家上市公司，其中一家以影视文娱为主营的上市公司，主要股东以及背后的资本方都在五山信托存在大量融资。

阿海空闲的时候跟一些交易对手聊聊超哥，居然很奇怪地发现一定层面上的人，基本都认识他，不得不说真的是很牛。生民银行武汉分行的一位领导曾经斩钉截铁地对阿海说："超哥绝对没有什么传说中的家族背景，这个我可以确定，但他确实认识我认识的所有金融圈核心人物，人脉十分强。"

很遗憾的是由于这几年证券市场不景气，这位老大手持的上市公司已经经营不善，负债累累，他本人也被限制高消费，似乎已经不再享有昔日的荣光。

甚至有时候阿海都会有种感觉，政信市场上如果没有中间人，这个市场就发展不起来了。

后来仔细想想，大概是这两个行业的企业出身不同，导致了截然不同的融资生态。房地产企业大多白手起家，往往抓住了几个关键机会才得以腾飞。在这一路上，几乎无一例外都经历过资金短缺的困境，民间拆借更是司空见惯。只要有人向老板拍胸脯保证能找到资金，在企业尚未达到一定规模前，老板几乎都得信、都得答应，也因此催生了大批中间人的活跃。归根结底，资金是生存的命脉，谁都不敢轻易拒绝可能的资金来源。

而政信平台的情况则截然不同。它们自带"高贵"出身，对融资匮乏的感受并不深刻，毕竟，很多时候融资更像是一种对外工作的汇报，而非生存焦虑。相比资金本身，平台公司更看重资源的调配，尤其对那些能够促成资源互换的机会格外敏感。这也使得中间人的角色发生变化——他们的出现往往伴随着具体的资源对接需求和市场机会，在平台与市场的交汇点上扮演桥梁。他们深谙经济规律，懂得游戏规则，从不轻易越界。

政信业务之所以能被命名为"政信业务"，在于其融资规模具备足够的体量和影响力。如果仍停留在 20 世纪 90 年代那种零散的运作模式，哪能得到一个专门的命名。政信业务和其他市场化的业务核心的不同，在于它在明面上并无明确的还款来源，不管阿海们在申请报告上怎么润色，经办人都明白，最终的运作模式要么是资金在体系内循环滚动，要么是通过新增融资来偿还存量资金。在这样的业务框架下，信心和预期管理成为其能否持续运作的关键。

在政信业务诞生的初期，相当部分条件都没有那么成熟，前面提到的重国投和粤财信托两家信托公司，在促成其中几种关键风控要求的落实方面，着实起到了重要的作用。

政信业务在刚开始普及时，交易结构尚能在融资主体之间保持相对平衡，资金方与融资方对融资条件尚有一定的商议空间，双方在互相妥协中推动业务落地。然而，随着市场参与主体的增多，融资条件逐渐向平台公司倾斜，主要体现在两个方面：

一方面是风控条件的变化。在早期，政信业务通常要求抵押，且抵押物质量较高，多以符合银行要求的固定资产为主。随着时间推移，抵押条件逐步弱化，公路、城市道路、荒地、滩涂地，甚至政府办公楼都开始被作为抵押品。再往后，越来越多的融资逐渐演变为纯信用模式。而且，融资方往往需附加地方财政机关的正式函件，地方人大还需将还款计划列入财政预算，形成所谓的"三件套"增信措施。随着业务发展，这类保障逐步弱化，地方人大和财政机关的出函陆续取消。时至今日，标准化的平台公司融资往往仅有上级平台的担保，形式上维持 AA+以上的信用评级，而其他增信措施基本不复存在。

另一方面是融资主体的变化。在政信业务发展的早期，平台公司大多由政府机构直接出资设立，并且通常只有地级市及以上的行政机构才会成立这类公司。随着业务需求的增长，最初的城投公司逐步衍生出交投、铁投、城建投、市政投等不同职能的融资平台，从这些名称仍能清晰看出背后的主管机构。然而，随着进一步发展，这些公司又作为股东，陆续发起设立城发投、经开投等新的平台公司，下属各区县也纷纷成立自己的融资平台，平台公司的数量随之激增，融资能力也各有侧重。这种扩张模式使得各地融资渠道愈发复杂，而最辛苦的，莫过于这些公司的董事长。早期的融资平台尚具备一定的项目投资与管理职能，而后续设立的许多平台公司则逐渐演变为单一的融资主体，仅以借款为核心任务。这类公司的设立主要是为了顺应政策导向，因为自2012年平台公司融资规模迅速膨胀后，监管层开始关注其潜在风险，并从中央层面制定了平台公司名单制度，要求名单内的平台不得新增融资，只能逐步偿还存量债务。

这一政策催生了"名单外平台"的概念——这些平台虽然仍由地方政府或国有企业发起设立，但不属于官方认定的融资平台，因此不受名单内融资限制，依然可以向金融机构寻求融资。同时，部分地方政府也陆续出台政策，限制平台公司通过传统贷款融资，并鼓励采用 PPP 模式进行项目建设，由此衍生出 PPP 模式下的各种融资方式，进一步推动了融资结构的演变和创新。

这两个变化实际上凸显了平台公司在融资体系中的核心地位。虽然平台公司仍然受上级领导管理，但在实际运作中，只要平台公司有融资需求，相关各方往往都需要配合推动。然而，这种地位也并非一成不变。随着时间推移，部分融资规模快速膨胀的区域性平台公司逐渐受到融资约束。毕竟，尽管金融机构在一定程度上存在国有背景带来的信任支持，但当融资到期时，如果连利息都需要依赖金融机构继续放大融资规模才能偿付，这种模式难免触及市场信心，也让金融机构的运作变得愈发艰难。

这些变化之所以能够实现，很大程度上要归功于信托公司的参与。正是因为信托公司逐渐以更独立、灵活的态度介入政信业务，使得融资结构发生了深远变化。相较于银行的严格要求，信托公司的融资条件要宽松得多，除了成本因素，其他条款基本上是平台公司提出条件，信托公司稍作博弈后便予以接受。甚至，信托公司的介入也不再局限于核心区域的平台公司。只要融资方能够接受信托资金的成本，县级、区级的平台公司同样能获得信托资金的支持，信托业务的渗透范围由此进一步扩大。

在阿海来到五山信托的时候，市场上政信业务已经开始成型，比如五常信托，已经在成体系地拓展政信业务。好像在 2012 年的时候，阿海公司和五常信托一起在云南开了个会，会议上，他们还专门介绍了开展政信业务的考量和标准。可惜阿海们还是没有得到做业务的机会，因为公司核心领导明确表达了不希望多做政信业务的态度，理由嘛自然有很多，反映在公司层面上，就是把政信业务的标准制定得很高。按照五山信托不成文的规矩，即使你按照这个标准去找业务，也肯定做不成的。

这几年总有新同事入职，总是免不了带着原单位的烙印，一看到公司没有怎么做过政信业务，立即信誓旦旦希望把自己的老关系捡起来，然后迅速碰得头破血流。阿海记得光江苏镇江的平台就被公司各个业务团队报了将近十次，当然约莫在 2015 年的时候，镇江的业务还是操作了，能够落地的原因是隆主席在那几年由于别的事情对公司的控制没有那么直接，公司基本是由高管在自行管理。职业经理人对国有机构的信用认可在这几年发挥了一定作用，但整体作用不算显著。好几年的工夫，全公司也就操作了镇江、成都等非常少的几笔业务，规模也就十个亿出头。这主要是因为一个民营信托机构在房地产领域形成的企业文化，再加上自身一点点的金融文化，与政府平台公司的国企文化，在碰撞过程中能顺理成章地达成的共识，是非常有限的。如果能给足够的时间，双方也能达成比较丰富的共识，可惜这几年正好也是房地产的好年景，加上证券市场又来了一波牛市，公司自身的压力也不大，所以这个领域的业务也就没有提升到多高的层面，等后来老板回来了，这个事情自然就又放下了。

市场也是不等人的，虽然五山信托自身不怎么做，市场上政信业务的规模是越来越大，每年开会的时候总有质疑公司的业务态度的声音，然而并没有什么用。回顾五山信托的整个业务经历，做过的政府平台仅限于镇江、成都下属的一些区县，公布的一些其他平台融资全部是通道业务，仅此而已。

在 2020 年初，公司做了最后一次拓展政信业务的尝试，那是新管理团队就位后，新领导明确指出当前的重点方向就是政信业务，开会的时候口头通知的业务尺度还是比较宽的，百强县都可以准入，风控条件也随行就市。但是后来下发业务指引的时候，又加了一条很意味深长的条款，要求要开展业务的区域，必须由主管副市长或以上的领导与公司签署全面战略合作协议。并且把一些市场上的网红区域划成了不准入区域。

初看到这个条件，可能大家都不会觉得有什么，但阿海解释一下大家就明白了。首先时至今日，这个市场已经不是一片蓝海，政信区域特别是百强县，已经是红得不能再红的红海，那些数得出来的平台融资规模都在几十个亿以上，金融机构只要有进取心的，很难没有融资余额。融资的条件随着时间的不同，机构的不同，也就有些许的差异。但阿海们要求签这个协议，是希望获得一些政府的承诺，或者其他一些能对风险敞口产生对冲效果的业务，能给阿海们一些优先权或者独家操作权。核心的目的是能从别的角度获得些增量的资源。这个想法肯定是很好的，但是从平台公司的角度，这种安排就有些问题了，已经有融资余额的机构会怎么想？特别是阿海们这种新意图进入的机构，一开始的融资规模也不可能很大，那些已经建立了合作关系的机构会怎么想？和平台公司打过交道的阿海们都清楚，如今的平台公司早已驾轻就熟，对金融机构的运作方式了然于心。他们明白，金融机构的态度并不总是稳定，融资模式也在不断调整。要让他们毫无保留地押注某家金融机构，没有足够稳固的关系支撑，几乎是不可能的。

这一条，哪怕是在天府省内都没能落实下来。新领导带队拜访了与公司已有合作的平台公司，以及其他团队自觉关系到位的省内其他地区的一些平台，但都没有下文，新领导还自己去珠三角、长三角拜访了一圈地方政府，效果嘛，从领导回来后从来不提来看，估计不是很理想。

但新领导的这一轮做法，却改变了五山信托的一个痼疾。那就是业务指引的权威性。在五山信托历史上，所制定的各种业务指引，全都不是刚性的，阿海们也不知道这些是写给谁看。风控部门的同事们一直都很痛苦，因为他们对于老团队真正想做的业务，一单都拦不住，而且看上去越烂的项目，越是无力阻拦，就是死给阿海们看都没有用。

新领导来了以后，业务指引真正成了刚性的标准，不符合指引的业务直接被毙，报都不准报，甚至还有一些符合指引的业务也照样被毙，去找领导沟通毙得更快。为此表现得不适应的大有人在，有那么一段时间公司简直吵翻了天。但这一条还真是坚持了下来！可惜的是，在这个节骨眼上的严格要求，只是绑上了最后一根绳索而已。

所以，新领导要求的大力拓展政信业务的要求，在五山信托完全没有落地过，一单都没有！

然而，随着政信业务的风险事件在后续迅速增加，五山信托这又算是幸运还是不幸呢？

（3）

政信业务的产生及发展，核心都是地方政府平台公司的融资需求。在所有获得的资金中，信托公司自主募集来的占比其实不大。甚至可以说，在信托端统计的融资规模只是市场上微不足道的一小部分，只是因为涉及了大量的自然人投资者才会受到关注。真正占据平台公司融资规模大头的仍旧是银行体系。这些资金虽然通过债券、信托、基金子公司等通道进行交易和流转，在不同金融机构的资产负债表上有所体现，但其最终的风险敞口，绝大部分仍集中于银行。

站在阿海的角度，这类业务真的不能说难干，但也绝对说不上好干。好干体现在客户好找，市场上已经按照行政等级把各类平台分门别类了，在阿海产生了做业务的念头，并且对一些朋友发出了信息后，立刻冒出来很多朋友把他领到了各类平台公司的融资部门负责人办公室里。人是很好找的，熟悉也是没有问题的，只是不同等级客户的营销方式差别很大，省级平台的基本在办公室里聊聊就结束了，地市级平台公司的则热情很多。

而一旦进入业务层面的沟通，就开始产生困难了。当然这种困难，对以五山信托为代表的民营信托公司和国有背景的信托公司而言，是有差异的。五山信托的为难，第一在于它的成本刚性以及由此衍生出来的收益管理要求。第二在于它是按照房地产融资业务的审批框架来审核的。按照这一标准，五山信托不仅需要核实项目的还款来源、设置资金监管措施，还要审核抵押物的真实市场价值。但如果以这样的方式审查政信业务，几乎是自讨苦吃。要知道，阿海当年在银行审查类似业务时，尽管同样会面临类似问题，但银行对政府的运作逻辑有基本的认知，同时也是政府经济管理与调控体系中的一环，并且主动配合政府政策。政府召开相关会议时，银行领导通常会出席；政府制定经济发展规划或编制项目清单时，银行高层往往也会表态支持。在这样的背景下，银行在审批业务时，通常会参照地方政府的财力调配情况，默认其具备一定的还款能力，从而让业务流程得以推进。相比之下，五山信托则显得过于死板，它完全不考虑地方政府的实际运作方式，而是按照对待房地产企业的标准，直截了当地向政府平台提出各种严格的要求。2015 年的时候，阿海跑了几家省内的政府平台公司，然后就自己灰溜溜地找了个台阶下了，不再主动谈论这类业务。到了 2019 年以后，市场因素发生了很大变化，五山信托又要提议做政信业务的时候，阿海在心里已经完全提不起兴趣了。

而其他国有背景信托公司，难度更在于心理层面的挑战，因为能最终谈成的交易结构，往往会突破业务人员自身对交易安全的认知，让人在谈判阶段就感受到不安。比如抵押物让人难以满意，要么评估价值存疑，要么流动性堪忧；资金监管要求通常也不会按照信托公司的设想执行，而是由平台公司主导；在酒桌谈判中，交易对手提出的条件往往难以拒绝，否则业务可能就此搁浅。即使合同已经签署，资金提款的安排仍可能面临额外协调，因为市场上的竞争者众多，总有机构愿意降低标准、迎合需求。即便某家平台公司已经出现负面信息，仍然会有新的机构愿意介入。当正规金融机构退出时，非传统融资渠道便会迅速填补空缺，市场上前赴后继地涌入新的资金参与者。换作其他行业，这种现象几乎难以想象。

要想与平台公司成功开展业务，只需要做到一件事：无条件地、全心全意地信任它。在合作过程中，任何怀疑、犹豫，或者想要进一步核实或观望的举动，都会让生意告吹。这并不是评判好坏的问题，而只是行业运行的现实——平台公司确实具备这样的市场话语权。当然这些并不适用于大部分的区县级平台，由于规模膨胀得太快，市场上的信任体系因此出现了明显分层。

最开始的平台融资发生在十多年前，产品就是最标准的项目贷款，由银行和平台公司直接发生业务往来，这种交易结构直到今天仍然存在，这属于银行的标准化业务，只要有足够的还款来源，即使融资规模略微有些夸张，银行都不会拒绝放款。虽然银行的分类，有四大行、股份制银行以及属地的城商农商行的差别，但在这类产品的态度上，差别并不大，基本都是鼓励的。四大行的标准比较高，能通过它们准入门槛的基本都是省级平台以及发达地区地级市的核心平台，这类平台公司基本不存在违约的可能性。

全国性股份制银行基本围绕着地级市的平台公司开展业务。城商行、农商行基本都是围绕着本地平台公司开展业务，除了投资一些信托产品实现跨区以外，基本都在本区域循环。这两类银行受限于资本实力，以及自身的风控要求，单个客户的放款规模不会做得很大。

随着平台公司融资需求的增加，以往的贷款品种已经不能满足需求，政信信托业务应运而生，交易结构为信托贷款，银行出资，风控要求都落实在信托端，但管理责任仍然由银行承担，信托按照银行指示办事。

没过两年，在市场压力的推动下，政信信托业务的交易结构变成了股权收益权加回购，或者财产权信托加投资，这与此前银信合作部分提到的模式如出一辙。本质上，仍然是由信托公司负责签订合同，实际出资方仍然主要来自银行。再然后，监管机构制定了一份政府平台公司名单，凡属名单内企业，均不得新增融资，只能对现有融资进行整改，要明确还款来源，理顺管理要求等。按照这一思路，那些整改完成，退出名单的企业，就不应该再被叫作政府平台公司了，它就应该成了自主经营、自负盈亏的法人实体。这也就产生了一个历史名词，叫作退出名单平台公司，凡属退出名单平台公司，又可以新增融资。又或者地方在原有平台公司名下新注册平台公司。这么衍生下来，平台公司的定义，已经不像初始那么严格，但并不影响这类业务的实质。本质上，这仍是一场地方政府希望扩大融资规模与中央监管部门严格控制融资规模之间的博弈，只是在不同的政策周期下，具体的交易结构和操作方式不断调整与演变。当阿海们上门去谈业务的时候，平台公司的领导们依旧把政府要求推进的项目挂在嘴边，地方财政也或明或暗地给予一定的资金支持。毕竟，平台公司所建设的这些项目，如果单纯依赖自身现金流来运转，几乎是不现实的——任何在金融行业待过几年

的人，基本都能理解。对于这类项目，经办人对"可研"^①上预测的回
款数据都会持审慎态度。

银行的监管力度是最严格的，在巴塞尔协议项下的融资业务监管框
架下，银行对单个客户的融资规模总有一个上限，这个上限再怎么变
通，也不可能满足平台公司的资金需求。几年下来，银行的放款能力
已逐渐触及天花板。在这一时点，信托公司凭借其灵活的交易设计，
承担起了新的融资角色。无论是股权收益权加回购，还是财产权信托
加投资，这些交易结构信托公司在主动管理业务项下都已经被银信合
作训练得非常熟练，差别只在于管理者不再是银行，而是信托公司自
身。相对应的风控条件也渐趋弱化，但这似乎并未引起太多顾虑。但
对平台公司抵押权真正具有较强博弈能力的，仍然是银行。而信托公
司若想尝试依法执行抵押权，实际操作中往往面临重重障碍。在阿海
的印象中，涉及地方平台的官司，立案都是一件非常困难的事情，所
有律师对于与政府有关的事项都极度谨慎。

凡事都是辩证的，从 2012 年到 2016 年间，是信托公司拓展政信业
务的黄金时代。这个时候，主流的业务都有抵押，尽管抵押物渐趋低质，
但有抵押就意味着有较高的违约成本，就意味着事情最终肯定能得到圆
满解决。当时的市场环境相对宽松，财政兜底的预期仍然存在，人大决

---

① 全称是可行性研究报告，全球（包括我国）项目投资开展前的关键一环，编制项目可行
性研究报告，其中很重要的一个环节，就是预测项目投产后的经济性指标，包括销售、成
本、利润等数据。

议作为增信措施依然有效,融资主体大多是地市级及以上的政府平台,并且融资项目通常设定了 50 亿元或 60 亿元的地方财政收入准入门槛。从表面上看,信托公司如同在一桌丰盛的宴席上自由挑选,左拥右抱,业务拓展顺风顺水。然而,当潮水退去,才发现大家都在同样的地方下了重注。事后回头来看,当年信托公司扎堆投放的平台,正是近年来风险集中爆发的区域。

银行端的政银合作模式自 2016 年以后就基本停滞了。除了城商行、农商行仍难以拒绝本地平台公司的融资需求,继续在一定程度上支持地方政府融资外,国有大行的客户群体则逐步收缩,仅保留在较为优质的地级市平台这一层面,对低层级的平台公司融资趋于谨慎。相比之下,信托端的政信业务在 2016 年后仍然经历了一波发展,但其主要特征是融资平台进一步下沉,大规模融资的项目仍在加码推进,部分机构在交易结构中引入 PPP 模式。然而,由于 PPP 模式下的信用保障更为薄弱,真正敢于大规模介入的机构并不多,最终这一方向的尝试并未成为市场的主流。

对于政府平台公司运营项目的方式,主要有 BT、BOT 和最后的 PPP,BT 指的是建设加交付,意思就是政府或者平台公司对项目建设进行招标,承包方完成项目建设后,再由政府或者平台公司回购。BOT 是建设、运营加回购,首先同样是政府或者平台公司对项目建设及运营进行招标,承包方将项目建设完成后,还可以负责一定时间的运营,通过在运营期内收费以弥补投资,到期后一般是无偿交付给政府或平台公司。

但说实话,向政府或平台公司要钱确实极为困难。除了对金融机构的债务通常不敢轻易违约，其他债务若想顺利收回，往往需要极强的公关能力，这点相信不用阿海多说，许多人都有切身体会。即便是金融机构的资金，到了紧要关头，也并非完全不会拖延。阿海还在银行的时候，曾经有一个北方省份的省级平台，其所发行的债券到期的时候，现金流比较紧，就没有及时兑付，刚好商业银行持有这笔债券相当比例的份额。银行也比较干脆，直接对省分行下达了一个口头通知，在这笔债券兑付前，停止对这个区域放款。一个月不到，事情就解决了。而一个西南边陲的省份，在几年前由于一些偶发性的下属区域融资违约事项，在发行省级平台债券的时候，是由省发改委主任以上的领导带队专门召开了几十场发行沟通会。

随着信息的发酵，能切入这一业务领域的民营企业越来越少，连带着有兴趣推动这两种项目模式的地方政府也越来越少了。近些年，因为中央的推动力度比较大，PPP 业务才逐渐深入人心的。

PPP 模式也是一种舶来品，是英文"Public-Private Partnership"的简写，直译为公私合伙制，凡属以合同等契约为基础，政府部门将公共产品或服务交给经济法人主体来实施的组织形式，都可以归属于 PPP 模式。这个模式其实和 BOT 很像，两者的差异在我国的实操中其实不大。阿海个人感觉，唯一的差别在于项目实施主体的股权结构不同，但项目的投资资金都需要非政府的合作主体提供。

项目建设的 PPP 模式主要用于带有公益色彩的政府项目的建设。项目的主导方都是地方政府的财政口，财政部门向其他部门征集适用于 PPP 模式开展建设的项目，比如交通部门要修一条市政路，不收费的公路。交通部门需要将公路建设方案提交给财政口，由财政口对项目建设的 PPP 模式进行审定，经批准后，一般指定由某一家地方政府平台作为实施主体。

PPP 模式的特殊性在于地方平台还会通过招标的方式来设立项目实施的项目公司，一般政府平台公司只占项目公司股权的 20% 左右，其余股权由中标的合作公司及其指定的第三方公司占有。这里所指的第三方公司是谁呢？对了，就是提供资金的机构，一般中标公司都是施工方，比如我国数量众多的中字头的建设工程类企业，而第三方公司则往往是银行的关联公司或者信托公司，或者其他类型的金融企业等。

感觉上，在股权层面引入合作方，可能是想从最开始就对项目的费用及投资规模进行把控，曾经看到一个国外的数据，说是 PPP 模式项下的项目成本平均能下降 15%，但国内的数据还没有，而且从阿海的感受上估计也很难有这么明显的效果。近年来这种模式的消息似乎也在慢慢变少，不知道什么原因。

这个招标门道众多，阿海也了解不深。但之所以大家都往这个赛道里边挤，是因为往往地方财政会对项目经济寿命期内的现金流进行补贴，以确保达到一个大家能接受的水平，再加上足够的施工利润，所以实际的盈利是很可观的。加上财政的信用形象深入人心，如果项目还包括相当部分的隐蔽工程的话，那更是应者云涌。

从阿海了解的为数不多的 PPP 项目的实操看，项目的参与方都打的一个主意，就是尽量多地融资，包括最开始的股权款。从一开始的融资方案，资金头寸就是不闭口的。总投资的百分之七八十，是必须要依靠银行融资的，否则项目的经济效益将是一个噩梦。但在招标前，融资银行不可能得到落实。所以，股权款的融资方案必然很少有机构能够参与，相当多找上门来的生意中，都认为股权款的融资信托应该能够操作。但按照信托脱胎于银行的风控模型，这类融资必然对主体信用要求极高，对项目参与方的信用和地方政府的信用都有要求，除了项目参与方需要有强国有背景外，地方政府的补足能力也非常受人关注。相当于三个平时都当惯了爷的人，互相之间在一定程度上要妥协磨合，这必然对三方的互信程度提出了相当高的要求。所以，这类业务相当难落地。

对于能够落地的 PPP 模式，最终展现出来的项目公司股权一般是地方平台公司占股 20%，工程施工企业占股 29%，信托或其他金融机构占股 51%。注册资本大家都会实缴，项目建设资本金所需的剩余部分，基本上都由金融机构投入。在项目公司成立的背后，工程施工企业会对金融机构出具补足协议，措辞的方式方法各有差异，但背后的逻辑是金融机构投入资金所要求的最低回报部分，在实际运作中，现金回报如果不足，由其负责补足。

地方平台公司也会给项目公司出具一份协议，承诺项目公司未来现金流的一个最低水平，如果运作过程中未能实现，由其负责补足。

对于金融机构而言，抵押是不存在的，而且项目公司后续还会向银行申请融资，金融机构的股权投资行为最后能否被认定为融资，估计都会有很大的不确定性。

如何评价 PPP 模式，这也不是件容易的事情。其实每一个项目组织模式的出台，本意都是好的，要么是为了更好地控制成本，要么是为了更好地明确市场前景。但是毕竟盈亏同源，组织者太有能力，无法制衡，一旦组织者决心已定，事情铺开，那么技术层面设计的制衡效果就全都靠边站，最终的效果就不能按照市场化的分析框架来评价了。具有政府信用的市场融资行为，到了这一步，基本就算到了头，毕竟连股权都已经拿了出来，后续再怎么发挥创造，也已经不再具备资本流动的基础。从 BT、BOT、PPP，这一系列的发展下来，政府都是首先想控制成本费用，随后想的是提高经济资本投入的效率，一句话叫少花钱多办事。但问题是政府不是企业，不具备企业的一个市场经济约束行为，恰恰相反，政府的行为表现出的意图超脱于市场。但由此而导致的最大隐忧，是越来越庞大的具备地方政府信用特征的债务。对这一点，或明或暗提示的声音已经很多，特别是东方园林的前车之鉴，各金融机构又都不傻，阿海也不需要再啰唆。

但不可否认的是，监管机构的这些约束行为还是在起作用。毕竟这一系列的操作模式，给融资增加了更多的困难，使项目推进的行为越来越贴近于经济效益这个本源，而不仅仅是创造 GDP。

（4）

到了目前，还在发育的具备政信业务特征的业务，只剩下政府引导基金模式。

这里所指的政府引导基金主要指的是政府平台公司发起的，由它担任管理人的，重点投向政府支持的项目的基金。当然也有相当部分城市是国企背景的创投企业担任 GP，发起设立的产业引导基金，这类基金的基石投资者往往也是政府平台公司，然后再满市场募资。一般省会级城市以上的产业引导基金中，保险公司会是重要的投资者，而地级市及以下的城市里边，主要的投资者会由本地的金融机构、上市公司和政府平台公司构成。这种模式十年前就已经萌芽，现在则更为常见，已是地方政府为了促进产业发展所能进化的最终模式。主要是这种基金明面上不用还，而且有了这种钱以后，政府招商引资就更敢拍胸脯了，一个有前景的项目很难抗拒十几个亿配套资金加上属地政府大力支持的条件。

这种产业引导基金都是紧跟地方政府的产业发展政策，基本都是面对国内国外行业里的头部企业进行紧跟式营销，力图吸引它们来属地投资。当然这种业务模式并不拘泥于一定要通过信托，甚至主流的交易结构都是有限合伙企业，但也有部分城市颇为借助信托的整合能力，来大力推进产业基金的业务。早期的产业引导基金基本仍旧集中在房地产领域，都是以基金的结构来推进一级市场的旧改工作。后来由于合肥市重仓液晶面板产业一炮而红，从此全国的产业投资基金都转向了高科技领域。房地产这一块仍然有，只是各地政府都觉得不好意思再给人推介，就只是默默地做了。

事情的起源当然是一家颇有胸怀的企业，首都东方科技集团股份有限公司（BOE），创立于 1993 年 4 月，总部位于北京。首都东方从成立起就扎根半导体显示产业，很早就具备了极高的技术意识和较高的金融视野，成立后不久就一边扎根技术突破，一边借助金融工具实现飞跃。该公司腾飞的故事来自 2003 年对一家韩国企业 TFT-LCD 液晶业务的并购，这两笔并购使公司获得了全面的知识产权，同年该公司还并购了一家香港的全球排名第二的液晶显示器供应商，一举获得了完备的液晶生产、销售所需的技术以及渠道，打造了完备的发展基础。这两笔并购资金来源于银团贷款，共由十家银行组成。

回过头来看，这轮并购后续的巨亏是可以预见的，既有国际竞争对手的加码，也有巨额投资过程中的资本折旧，还有技术消化过程中的良品率爬坡所必不可少的成本。所以 2006 年、2007 年首都东方巨亏，也无力偿还银团贷款，只能申请展期。这事阿海记得当年还闹得不小，一家不大的国际资本背景的银行起初拒绝展期，几乎将企业现金流打崩，当然最后经过多轮工作，展期有惊无险地通过。从此之后，首都东方改变了资本运作的思路，大动作不断。

当然最重要的是首都东方一路在产品迭代过程中都能实现技术攻关，后面的技术发展都只能靠它自己，已经不可能再有并购的机会，也不可能再负担得起并购的成本。

2008 年，成都市和合肥市同时与首都东方发生了交集。但这两座城市发生交集后的轰动效应却大相径庭。

成都市是首都东方第二次采取新融资模式开工建设总投资为 30 多亿元的 4.5 代线。第一次是在北京，也是首都东方的第一条生产线。这次，首都东方在证券市场定增 20 多亿元，主要由成都市政府的全资公司成都工业投资集团和成都高新区管委会的全资公司成都高新投资集团认购，剩余资金由国开行贷款。项目一直运行良好，两家入股的政府投资平台在 3 年锁定期后且卖且退，盈利不少。而且后续成都市的投资平台还继续投资了几家其余企业的 4.5 代线，逐渐形成了以成都为核心的西南液晶产业集群。

北京、成都的两次成功实践，引来了合肥的大规模布局。2008 年 9 月 12 日，首都东方 A 与合肥市相关投资主体共同签署了高世代显示面板项目的投资框架协议，确定各方共同出资，在合肥设立项目公司"合肥首都东方"，建设第 6 代 TFT-LCD 生产线。

这一项目是当时国内首条 6 代生产线，投资规模远超此前同类项目。作为对比，合肥市的财政收入在当时呈快速增长态势，这意味着在签约时，合肥市展现出了强烈的推动决心。

在这一过程中，国内顶尖的资本运作手法得到了充分展现，其复杂程度和创新性堪称国际一流水准。

2009 年 4 月，首都东方 6 代线项目在合肥新站区正式开工建设。2009 年 6 月，项目的融资方案正式落地，合肥市政府的全资投资平台及相关机构作为投资方出资一部分资金，政府的统筹与投资平台的参与，极大地撬动了社会资本，其余资金由多家社会投资机构共同认购，资金杠杆率达到较高水平，且投资资金全部为权益性资本。此外，该项目的融资结构未提供对赌担保，进一步体现了市场化投资的特点。

2010 年 11 月，"合肥 6 代线"实现量产，设计月产能达到行业标准，主要应用于电视和电脑显示屏的生产。项目建设进展顺利，良品率按预期达产，盈利状况远超市场预期。合肥建投和合肥鑫城的投资回报达到可观水平，成为当时具有代表性的市场化投资案例之一。

合肥市和首都东方一战封神！

在此之前，首都东方空有决心，一没钱二没办法来实践先进技术，与地方政府洽谈合作都必须依赖对方的投资。之前也接洽过深圳、上海等国内一线城市，但这些城市目前都是放眼全球，首都东方当时的实力确实还不足以打动人家。成都则是从自身实力出发，稳扎稳打，只搞成熟技术，风险最小。合肥市在此项目之前完全没有液晶屏产业的基础，首都东方这条 6 代线是国内第一条达产的液晶屏代线，从这一个项目开始，首都东方顺理成章成为全球唯二的液晶巨头，而合肥则成为国内首屈一指的液晶屏产业的制造基地。这就是产业基金的巨大威力，到目前为止，产业基金的主导方仍旧是首都东方，它负责技术和运营，但合肥政府所起到的关键作用也厥功至伟，没有它的全力一搏，一百多亿元资金根本不可能得到落实。双方的紧密合作可谓是双 GP 运作的成功典范。

液晶屏产业在国际上属于寡头竞争型的产业格局，韩国、日本都有产业巨头的存在。这样的产业格局导致常规的发展模式是完全不可行的，也就是说企业根本不可能依赖成熟项目的利润实现资本积累，并带动先进技术的扩张。如果首都东方按部就班地扩展成熟项目，竞争对手必然采取倾销的方式，压榨它的利润，而竞争对手则可以凭借自身在先进技术项目上的优势独占利润，这是产业先导者对后进入者的竞争优势，巨头就是这样发展起来的。而且一代一代新技术路线投资规模增加得更是夸张，就是成熟企业都未必负担得起。现代集团也正是预见到了后面的发展路径，才最终决定将液晶屏技术整个卖给首都东方。所以首都东方如果不能发挥超常规的投资能力，最终必然死路一条。

因此，首都东方设计出这个产业基金的发展模式，直接投身于产业链条的最尖端，在利润最丰厚的领域和竞争对手短兵相接，只有这样才能实现弯道超车，抢占产业核心制高点，并最终获得竞争优势。而合肥市能在十多年前就有如此市场化的眼光，殊为难得，当政府举全力要做一件事情的时候，其对经济的掌控能力以及爆发力都是无人能比。而同期其他大部分地方政府对其自身有什么资源都欠缺完整的理解，更遑论以破釜沉舟的决心发展产业。这个项目的操作，有对金融的理解，有金融的杠杆知识，更重要的有做好金融工作的决心和技巧。

在此刻之前的地方产业基金，都是与合作方在资产端的股权上开展合作，合作双方共占项目公司股权，虽一般是合作方占大股，但产业基金在董事会占据的席位并不会少。这种模式对于成熟项目运作影响不大，但对于先进技术，特别是没有得到验证的先进技术，风险很大。先进技术对于投产时间、产能爬坡、良品率等核心要素的预计都存在相当的不确定性。而国企背景的产业基金对风险有着极小的容忍性，一旦项目推进中遇到障碍，国企往往审计追责一圈动作，反而对项目推进造成不利影响，但这又是国企的标准动作，全国一致谁也没办法。

而首都东方与合肥的合作方式极具创造性，双方在上市公司层面上开展了合作，合肥的投资平台并未在项目公司层面占据董事会席位，事实上对项目公司全额授权。这样的好处，是即使项目推进中遇到短期的障碍，只要首都东方的股票价值没有跌破投资平台的入股价，投资平台就不会面临国有资产流失的问题，双方就可以保持极大的耐心协议解决问题。投资平台入股首都东方时还有相当比例的股价折让，更为这次投资行为增添了安全边际。项目成功后，更给首都东方的股价上涨增添了动力，相比在项目公司层面入股，退出时项目公司要凑齐这笔退出款肯定也伤筋动骨，而投资平台减持股票则方便灵活多了。

对于弯道超车的首都东方而言，这种产业投资的运作方式过于轻松愉快，所以后续定增投资愈演愈烈，最终对其市场形象产生了负面影响。历史上其七次定增，除首发外共募集资金超过 900 亿元人民币，而累计分红仅 200 亿元左右。特别是 2014 年 4 月推出其有史以来最大的定增募资方案后，市场上纷纷质疑其圈钱无度，几乎确立了铁公鸡的形象。虽说认购者都为北京、成都、合肥的国企，对市场资金冲击不大，但这些股东后续减持绵绵不绝，导致二十余年间的绝大部分时间，首都东方的股价都在 2~4 元波动，一旦超过 4 元，即有无尽的股东开始减持。对中小股东而言公司毫无成长性，市值的增长几乎全靠定增扩股。所有相信首都东方成长性的中小股东基本都没赚过钱，其中就包括阿海，阿海在 2015 年筹集几十万元重金出击首都东方，持股五年，最终亏损 40% 黯然退场，阿海也只能以为国家技术创新做贡献来安慰自己。

对于合肥市而言，这是梦想开始的地方。2012 年 8 月，合肥市与首都东方再续前缘，合资启动国内第一条 8.5 代 TFT-LCD 生产线建设，该项目投资总额近 300 亿元。2015 年 4 月，合肥市与首都东方再次合作，共同投资设立合肥首都东方显示技术有限公司，建设一条 10.5 代薄膜晶体管液晶显示器件生产线。该生产线是全球首条 10.5 代 TFT-LCD 面板生产线，是当时世代最高、尺寸最大的液晶项目，也是全国单体投资额最大的工业项目，项目总投资 400 亿元。从这条生产线开始，首都东方已经是世界第一流的液晶面板技术提供商，合肥则是世界第一流的液晶面板生产基地。

从 2016 年起，合肥市开始利用完备的市场化手段募集、管理产业投资资金。2016 年 1 月，合肥建投发起成立合肥芯屏产业投资基金（有限合伙），开始服务于新型显示、集成电路等战略性新兴产业的集聚发展。基金成立以来，投资了首都东方 10.5 代线、力晶 12 英寸晶圆制造、安世半导体等重点项目。基金成立一年半的时候即已完成投资超过 170 亿元。

合肥产投参与了中兴合创基金、华登国际、建广基金、安徽省集成电路基金、新站基金等多只基金，总规模超过 600 亿元人民币，首期规模约 260 亿元。安徽省集成电路基金总规模 300 亿元人民币，首期 100 亿元，该基金由合肥产投代表合肥市与国家集成电路产业投资基金、中国科学院微电子所、安徽省投资集团、北京银库等机构共同设立。2017 年 10 月，兆易创新与合肥产投签署了《关于存储器研发项目之合作协议》，约定双方在合肥市经济技术开发区合作开展工艺制程 19nm 存储器的 12 英寸晶圆存储器（含 DRAM 等）研发项目，本项目预算约为 180 亿元人民币，所需投资由兆易创新与合肥产投按 1 : 4 的比例负责筹集。因为之前的历史业绩优良，这回合肥的发展节奏明显从容了不少。

合肥的成功经验主要是做得早，做得尖端，技术伙伴选得对，交易结构能有效弥合双方的业绩导向。信息扩散之后，各个地方政府纷纷成立投资引导基金，但从实际运作效果来看，有自己独到理解的不多，大多是照葫芦画瓢，纷纷围绕着中央提倡的集成电路、光伏和新能源汽车领域等几个重点领域垒大户，导致这几年我国这几个领域的竞争强度卷出了天际。

产业投资的门槛其实非常高，一个合肥浮出来有相当程度的偶然性，把这个成功经验当圭臬复制，后面不知道有多少会沉下去，各个地方芯片项目、新能源汽车项目已经有不少经营失败，只是大家都不吭气而已，这背后免不了有些产业引导基金的资金在里面，只是因为时间还早，信息也不用对外公告而已。

从监管的角度，对于政府平台公司的债务问题，阿海感觉是正本清源，除了国债以及按照规定承担的债务，由政府信用提供最后的兜底。其余不少不按规矩，意图浑水摸鱼的融资行为，就按照市场以及法律法规去管理。地方政府的融资平台逐渐将自己定位于领投机构，要求跟投的机构自己判断，独立承担风险。只是这个过程会比较痛苦，因为过往的金融或非金融机构都赚惯了快钱，已经习惯了无风险套利，忽然这一口锅砸下来，要自己炒菜自己吃，不再是撑着腰在边上指手画脚，相当于把以往的游戏规则全推翻了。

阿海感觉到，对于自然人投资者而言，买政信信托类业务选平台层面高的，收益率低的配置一部分，肯定是值得推荐的做法。至于 PPP 型项目、产业引导基金型项目，信托公司不公开对自然人募集。

从平台公司债务整顿过程透露出的信息中，最重要的是对于非标的态度，估计等整顿完成，非标作为一种融资方式，就彻底成为一个历史名词了。非标作为一种金融深化过程中的浑水摸鱼型的融资方式，已经基本完成了它的历史使命。在这个过程中赚到了钱的，或是赚到了教训的兄弟们，都必须忘掉过去，赶紧向前走。而信托作为非标的大本营，未来向何处去，阿海也不知道。回过头看走过的路，虽然错过了平台公司蓬勃发展过程中的利润，但这会面对各种整顿措施下心态的轻松，也许也是一种补偿吧。只是回想起课本上金融的本质是风险的定义，心里的理解更深了几分。

变/形/记

7

黑色的资金池

(1)

从业人员都一样，做主动管理业务能站住脚，通道业务就不太看得上了，但时间长了以后呢，也忍不住会想怎样才能把主动管理业务也升升级。

主动管理业务的展业，首先找到要借钱的客户，再去市场上找钱，把两边穿好了，自己赚点价差。也就是所谓的扁担挑两头，两头都在外。随着时间的推移，在市场上摸爬滚打久了，两头都混得比较熟了以后，从业人员就能明显感觉到，对于融资人而言，从业人员如果是先有钱，再去谈业务，也就是把上面的业务逻辑反过来，那议价能力可就不只高个一星半点哦！同样一笔业务，从业人员手头有钱或者有在指定日子放款的能力，公司多收个一两百的 BP，是一点也不过分的。这在经济学上叫作确定性溢价。

而多年的业务做下来，委托人这边的信任基础也是有的，这也意味着是可以按照一个标准找委托人募钱的，募钱的时候有没有成型的项目，其实委托人也没那么关心，只要之前的合作一直正常还本付息就好。这也就导致了资金池的产生。

什么叫资金池业务？这并没有一个统一的标准。按照监管的定义，凡是具备滚动发行、集合运作、分离定价这几个特征的信托产品，都被视为资金池产品。只就信托本身而论，资金池应该说是信托产品的高级阶段，它是先找钱再看怎么投项目。资金池的成功发行以及运作，意味着管理人也就是信托公司已经有了相当的客户基础。

这几个特征是什么意思呢？如果一个产品针对期限、规模、时间等要素，分了很多期来对外发行，并且每一期的收益率都不同，就叫滚动发行①和分离定价②。一个正常的产品只会根据认购规模、期限的不同，设置有差异的收益率，而委托人不同时间认购同一个产品，收益率是一致的。具体说，如果委托人今天买一个产品设置的三个月档的收益率是7%，过了几天同一档收益率变成了7.1%，而且之前的收益率也不相应变化，那么恭喜你，这个产品必然是资金池。

所有期限、规模、时间认购的资金全部汇入一个托管账户里运营，就叫作集合运作③。这意味着不论委托人在什么时间，认购多少规模、认购多长期限的产品，资金全部都是汇入一个账户里统一运营。也意味

---

① 常规的信托计划只发行一次，成立后即停止发行，资金池规模不固定，成立后还会继续发行，继续成立，所以叫滚动发行。

② 常规的信托计划统一定价，所有的信托份额收益一致，资金池每期收益都不一样，不同份额收益不一样，所以叫分离定价。

③ 常规的信托计划都是分别运作，认购的不同计划的份额都是分别独立运作。资金池认购的不同份额都会将资金汇入同一个账户，混同在一起运作，风险无法分隔。

着，对于分批次到期的产品，你分不清偿还的资金来源是项目运作过程中获得的收益，还是后面委托人认购的资金。

按照阿海的理解。首先，资金池是一类投资型的产品。按照产品的逻辑，资金汇集给信托公司后，由信托独立对外投资，获得投资收益后，才产生给委托人的收益。这里没有借贷关系，所以也没有抵质押等风控措施。相当多委托人将资金池理解成对信托公司的借款，这与产品的法律关系不符。如果一定要比较的话，应该和券商、公募基金的投资类产品进行类比。这类产品从合同上分析，还本付收益的能力，取决于信托公司自身的投资能力。

其次，也是最重要的，这类产品理论上面临完全不一样的监管逻辑。对于融资型产品，产品主要承担信用风险。在金融产品三大风险中，信用风险是监管层应对最为成熟、最为得心应手的风险类型。从产品信息披露、风控模型设计及措施执行、风控架构的设置及执行、资本及风险缓释措施的制定及执行等各个方面都有比较完善的措施。从近几十年的金融机构监管实践来看，也确实没有因为存在信用风险金融机构出现重大风险的案例。所以前面所述的各项产品，只要按照监管机构风控指引开展的，风险基本都是可控的。

但是投资类的产品是不适用于融资类产品的监管要求的。如果委托人愿意多花点时间去翻阅一下以前的银保监会针对信托公司的各种监管文件，就会发现这些文件基本都是针对融资类产品。

投资类的产品，最核心的风险控制措施主要有三条：首先也是最重要的，就是定期公布资产净值，比如公募基金，更是每天都会公布。别小看了这一个净值数据，它的背后是一系列的支撑体系，意味着资产是可净值化的。净值计算的要求是由托管银行、基金管理公司、证券公司三方共同对账并于每个交易日对外披露净值。如果仅仅由基金管理公司单方面对外提供净值，也会蕴含风险，比如美国著名的麦道夫欺诈案，就只是由其单方面提供净值，最终也被证明是假的。其次，在资产净值的基础上，需要有一个公允的第三方平台提供资产的流动性，最好是连续竞价产生的流动性，这种流动性最强。其次是大量做市商提供做市。最后，监管机构强制底层资产的充分信息披露，给投资者的投资决策提供依据，自主决策，自负盈亏。

到了今天，监管已经明确表态禁止该类产品的新增发行。对于存量产品，等待到期顺利结束，逐步压缩规模。

一个典型的资金池产品不会在产品介绍中自称资金池，细究定义，核心就是两点。从资金端来看，期限是一定要错配的，就是要赚资金错配的钱。从资产端来看，没有可以公告的净值，也不会说真实的投资标的。比如下面这个介绍：

1）银行存款、国债、金融债、央行票据、AA+级企业债、A-1及以上短期信用评级的企业短期融资券、债券逆回购、货币市场基金及其他货币市场产品；

2）以贷款、权益类投资、股权投资等方式向资质良好的企业或国家政策鼓励支持及重点发展行业提供资金支持；

3）信托计划或信托计划受益权，包括信托受益权或结构化证券投资优先级受益权等；

4）银行保本型理财产品；

5）其他高流动性、低风险的固定收益资产；

6）证券公司发行的资产管理计划；

7）基金公司发行的资产管理计划；

8）受托人认可的其他机构发行的资产管理计划；

9）信托业保障基金。

看上去这只产品什么都可以做，但没有披露投资标的的决策流程、产品净值的计算依据、对外公告的要求等。在后期的管理报告中也不会披露底层资产的清单。这类产品的存在依据似乎只在于收益率很高，平均超过 8% 的年化收益率，秒杀同类产品。

面对融资类产品和投资类产品分门别类的监管体系，资金池恰到好处地吸收了对信托公司最为有利的操作条件，剔除了对委托人最核心的风险控制要求。

理论上，只要信息足够，就能让投资者自行决策，而且连续竞价带来的流动性也使投资者能及时调整策略，这样投资者自负其责也就有了依据。当然还有一条，就是合格投资者的要求。阿海理解的合格，第一是要有充分的风险认识，不要期待天上掉馅饼，如果还能对风险资产的一般收益率水平有充分清醒的认识就更好了。第二是资本的门槛，最起码投资者要凭自己的实力赚到过一定金额的钱。阿海觉得一个没有赚钱能力，至少是没有赚到过钱的投资者，说对风险有多大的辨识能力，有多强的赚钱逻辑，肯定是不靠谱的。具备这个特征的投资者，如果砸锅卖铁甚至是借遍身边亲戚朋友去开展一项投资，很难说不会被骗，真的，他对于天上不会掉馅饼这句话的理解过于肤浅。

这一系列的监管措施贯彻得最完善的，就是标准化资产中的投资类交易结构。

历史上的投资类产品集中在证监会监管的券商资管计划以及公募类证券投资基金。核心逻辑也在于充分信息披露、合格投资者以及交易对手相互制约这三条，但这三条内容的体现非常具体而琐碎，这也体现了金融行业的高风险特征。特别是定期披露产品净值的要求，直接就难死了一大堆人。投资类产品和融资类产品最大的区别，在于是否有对管理人投资管理能力的辨识，这个能力只能由历史业绩来证明，或者在于历史上形成的信任关系。而在投资过程中，没有办法保证你一定能赚钱。加一层监管也仅仅在于希望不要涉及欺诈，但说实话，欺诈与否非常难定义！即使到了法律层面同样如此。

信托公司的资金池就这么稀里糊涂地冲了出来，而且很快就把规模做得很大。比如五山信托的资金池规模最高峰的时候，将近一千亿元。截至 2021 年末也有将近四百亿的规模。

将资金池进行分类，大致可以分为标准化资金池、非标资金池以及 TOT 三类。虽然说按照监管的要求，所有附带有开放期的产品都可以归类为资金池性质，但凭实际运作过程中的心路历程，资金池只分两类：一类是敢对外披露底层资产并且能披露净值的信托计划，一类是不敢披露底层资产以及不能披露净值的信托计划。资金池作为一种交易结构，怎么分类其实无伤大雅，里面到底装了什么资产，才是核心要义。

而且不管怎么分类，某些时候，其间的差别也会细微到令人难以察觉。

非标资金池属于资金池的早期产品，虽然投资范围也会列一堆标准化产品，但主要目的以及池子中所装的资产都是非标准化资产。标准资金池是指池子中所装资产均为标准化资产，但实际上到底有多少标准化资产，只有信托公司自己知道，因为几乎所有的信托公司都在围绕着如何实现非标转标而孜孜不倦地开展创新。而 TOT 即为信托之信托，从设计上应该和 FOF、MOM 类似，本应是按照一定的投资策略对其他信托计划进行投资的信托架构。但在实际当中，因为国内的金融产品不算发达，产品体系远没有达到需要通过 TOT 的方式对投资策略进行分门别类的地步，市场上大量存在的 TOT 基本都是因为非标资金池以及标准资金池受到监管的严格限制后，不得不发展起来的，只要没有对外公布净值，发行 TOT 的本意只是为了掩盖底层资产的真实状态。

说起资金池，从业人员估计情绪都很复杂。说成也萧何、败也萧何，并不为过。阿海没有管过资金池，在 2016 年以前，阿海对这一点非常郁闷，因为这意味着阿海必须很辛苦地一单一单去找业务，而且年底考核的时候，管资金池的部门可以很轻松地在收入上把阿海甩掉一大截，这也意味着年终奖的巨大差异。而实际上他们并没有什么付出，他们可以不用找业务，也不用找钱，只要某些时候根据领导的要求，做好资金头寸的管理。有时候阿海的产品找不着钱，也不得不想办法去求他们，那个拿腔拿调的样子简直要把阿海气疯掉。

但是 2017 年的时候阿海的心态就很平和了，资金池投资期限错配导致资金到期兑付的压力逐年增大，看着资金池管理部门同事不停地应付找上门的各家机构，阿海的心里没法形容是个什么感受。

(2)

现在已经很难清晰判定资金池是何时产生的，因为一个公司的第一单资金池，基本都是从一个正常的产品异化过来的。金融从业人员产生这个想法，以及在实操中将其落地简直不要太容易。资金池简化来看就等于银行，两者的业务模式实质一样。一单单做业务赚辛苦钱的兄弟们，不过一两年都会产生资金池的念头。一单业务操作下来，融资合同签了两年的期限，资金募集也按照两年给的收益率，中间只有一个固定的息差。项目运行正常，一般都会提前结束，息差也不会增加。但实际上期限不同的资金收益率是有差异的。这样几单业务操作下来，自然会想到，有没有可能设置一个产品，在资金端配置几笔不同期限的资金，而在融资端匹配融资期限较长的贷款。在资金端和资产端做了一个期限的错配，感官上风险并没有增加，公司的收益却平白增加了不少。这个小小的期限错配的功能，也就是资金池。改动的只是合同当中的一个小小条款，到手的可都是真金白银，不管是对公司还是经办业务团队，这个吸引力简直大了去了，而且没有任何困难。

五山信托的第一个资金池是华北片区的兄弟部门操办起来的。这个池子的名字叫"汇富基础设施投资集合资金信托计划"。这个产品基本还属于正常的产品，但是存在相当程度的创新性设计。这里就分别列举一下：

第一是信托产品的投向没有那么具体，投资决策流程没有明确：
" 根据本信托计划的相关约定，受托人将信托资金以股权、债权等方式投资于优质企业及项目，重点投资于天府省境内的基础设施类项目，包括但不限于旧城改造、城乡一体化新农村建设、成都天府新区建设、成都北改等；资金闲置期间，也可用于银行存款、货币市场基金、债券基金、交易所及银行间市场债券以及固定收益类产品等。本信托计划管理团队按照信托文件的约定，积极、谨慎地进行投资。"

第二是信托计划的期限与每期资金的期限不一致："本信托计划预计存续期限为 10 年，其中第一期的期限为 18 个月，第二期的期限为 18 个月。"

第三是信托计划的总规模与实时的存续规模不一致："信托计划预计规模为 30 亿元。截至 2012 年 12 月 31 日，募集信托资金规模为人民币 141500 万元。"

底层资产从成立开始就没有明确对委托人披露过，当然在产品最初运行的一两年，阿海们还是知道这个产品设计的初衷的。这就是个行业内不鲜见的领导的项目。有一家企业看中了蓉城一个旧村改造项目，位置在蓉城的主城区，改造的楼面成本也不高，只是涉及农地转性的政府审批，还有拆迁补偿安置工作，时间不知道会多长，改造的主体也不想拿出太多钱，所以找到五山信托融资。一开始经办团队的思路没打开，按照传统融资的路数设计融资方案，但人家连资本金都不想掏，顶多愿意给融资利息，最好是连利息也包括在融资方案里边。这下经办团队就有些抓了瞎，搞了半年也搞不出皆大欢喜的方案来。最后华北的兄弟们把原来融资性的交易结构改成了投资型的交易结构，信托方案就成了大家所看到的模样。

时间过得很快，转眼就到了 2015 年。3 年过去了，原计划的改造方案没有取得实质性进展，原因有很多。融资的实际承担方在经营上出现了问题，已经无力负担利息，所以这个信托计划利滚利，规模也越来越大。幸好 2016 年初，蓉城市的房价已经蠢蠢欲动，按捺不住了，这时一家头部房地产企业看中了这个项目，一把买了过去，算是了结了这个项目。综合盘算下来，这个信托计划本身亏了一个多亿。

亏损总要有个出处啊，作为一家民营金融机构，怎么可能在财务报表中直接把这笔亏损亮出来。

很自然的，这个产品顺势变成了另外一个样子。时间不是还够吗，钱不是可以一直滚动发嘛，只是初衷已经由投一个项目变成了把亏损的一个多亿赚回来。

账面上算算似乎赚回来也不难，总规模按 30 亿元算，一年赚 4% 似乎就差不多了，如果放长到两年，2% 的年化收益也可以接受。所以 2016 年底的时候，这个产品的规模膨胀到了 28.3 亿元。资金的投向已经全部变成了其他的信托项目。

如果说产品有什么变化的话，那就是从 2017 年起，公司已经不再对外公布管理报告。

后来这个项目有没有把预期的钱赚回来，阿海不知道，只知道这个项目的管理架构调了好几回，从业务部门到公司职能部门都参与过管理。公司的其他资金池也曾经阶段性投资过该项目。直到最近，阿海听说围绕这个产品的收益状况，公司财务部门和业务部门一直在打架，好像预期的利润是没有实现的。而且产品的底层资产也已经不再可说了。

在这个产品之后，整个公司都受到了启发。很快，华南片区的兄弟们设置了第一个纯正的资金池，名字取得也很有天府特色，叫天地发财一号。

为什么叫纯正的资金池呢？因为这个产品的设置完全符合监管机构对资金池的定义，在2013年的时候，监管机构估计也没有想明白怎么会有资金池这么个东西，更别提有完整的监管思路。所以直接就给上线了。

华南片区做这个产品的初衷是为了冲销不良资产的损失。所以这个池子一上线，兄弟们就只对外开放了三个月期限的资金，收益率比公司正常两年期项目的收益低了两个多点，募到钱之后专门投别的部门的项目，啥都不干平白赚一个点的价差，然后用利润去冲销风险资产的损失。

很快公司财务部就对这种模式提出了反对意见，财务部认为池子的收益是属于公司的，不能直接去冲销不良。于是这个池子就被公司收走，转为公司统一运营，为此公司还专门成立了一个资金运营部来负责。

很快华东片区也产生了同样的需求，虽然公司已经不同意直接通过池子创造收益去核销不良了，但华东片区的公关能力更强，创造了一个东边红系列的集合资金信托来实现池子的功能。

东边红系列的信托计划，每一个信托规模都有五千万元左右，这个设置是基于对外募集方便的考虑，因为当时信托计划都有五十个小额的合规性要求，此处所指小额是指 100 万~300 万元的认购额度。在资管新规出台之前，信托计划认购资金的合规性要求是 100 万元的门槛，300 万元以下不能超过 50 人，300 万元以上不限人数。这样假设每个人都只认购 100 万元，50 人刚好 5000 万元，小额的收益率设置较大额一般会低 30BP 左右，这个钱也是不赚白不赚的。

东边红系列信托的投向也具备典型的资金池特色。

"信托资金根据《资金信托合同》约定投资于债券（含可转债、可分离交易债）、债券逆回购、资产证券化产品、国内依法公开发行的各类债券型开放式证券投资基金、货币市场基金、新股申购、银行存款、信托受益权、银行理财产品、信托产品以及中国银保监会允许投资的其他金融工具。"

这个阶段公司推出了多款具备资金池特征的系列产品，应该都属于积极的探索。在资产端都是直接投别的信托计划，赚的就是长拆短、大拆小的差价。

东边红系列信托的模式因为单个项目规模太小，合规性压力较大，流动性保障不便等慢慢地消亡了。大家都逐渐明白，对于资金池而言，赚钱的彻底性不是最重要的，最重要的是灵活性。打个不太恰当的比方，资金池是批发的生意，就不应该用零售的思维来搞。

2014 年是一个重要的年份，这一年公司实际上明确了大力发展资金池的策略。也是从这一年开始，公司从整体层面上推动了资金池规模的快速扩张。

约莫是 2013 年的时候，监管开始产生了一个对信托公司，尤其是资金池业务影响深远的监管定义，这就是非标。在这之前，监管盯的都是融资类业务，关注的是银信合作业务的规模和发展。在非标出台以后，这个框架针对的是整个金融，信托的资产投放也被纳入了进去。因为融资类的定义是从资金端来界定，而非标却是从资产端来界定的。

虽然这会大家并不是很清楚标和非标的差异，但一个简单的判断还是能做出的，就是标准池不能直接投信托计划，或者说目前主流的信托计划被定义为非标。适时存续的几个池子被界定成了非标资金池，同时市场上也开始疯传很快要禁止非标资金池，公司感觉各个业务团队分设非标资金池的做法存在较大的风险隐患，需要加强管理。于是当年公司设立了天地发财三号非标资金池，接手了各业务团队管理的非标资金池，由资金运营部统一管理。

此时公司的财富管理队伍已经初成规模，方向上直销与第三方代销并重。由于公司自身的风险偏好，项目类的产品哪怕是到了现在，也基本没有获得过金融机构的青睐，所以资金来源基本都是自然人。2014 年的时候，各个财富中心下设了机构业务部，专门负责对接金融机构资金，主打的产品就是资金池。资金池类产品与普通项目完全不同，虽然底层装的资产也不尽然全部满足金融机构的要求，但毕竟也包含了一定的标准化资产，在金融机构做投资审批的时候，还是能找到话说，这一系列的安排正好切中了金融机构在资产荒时期的需求，产品一上线，就极大地撬动了金融机构的资金。特别是在 2015 年中，公司的监管评级尚可，资金池的规模迅速迎来了井喷。可能也和 2015 年的股灾有点关系，当年最大一笔的认购资金直接超了百亿。

之前的各个非标池，公司除了对核算的浮盈有种种计算以外，对投资策略、资金头寸等统统不管。还好操盘的团队都是老鸟，各个池子从设立的第一天起，打的就是投资公司的信托受益权的算盘，也就是做长拆短的买卖。设立后马上开放三个月或者半年的资金档，然后优先投自己家的项目，再追着别的业务团队要额度。适逢市场上第一次出现资产荒，各个业务团队找项目也难，批项目更难，好难得搞出一个项目来，一旦上线动辄秒杀，这时，往往还被兄弟部门追着要额度，幸福感还挺强的。

可惜时间不长，天地发财三号出来了以后，直接就加强了非标池资金头寸的流动性管理，那种某一个人的失误，让全公司来买单的现象，确实得到了避免。但是额度得优先公司选，公司要退就得马上开放，退的时间长了还动不动就威胁要提高公司的收益率，让业务团队白干活。也就是从 2014 年起，业务团队开始慢慢形成一种观念，千万不要和公司做生意。

还是 2014 年，监管要求不得开展非标准化理财资金池等具有影子银行特征的业务，同时要求，需对已开展的非标准化理财资金池业务进行整改。

这是非标第一次开始对公司的运营产生实质性的影响，只是还远远看不到什么时候才是最后一次。

资金池只要出来了，这规模可就不一定能由得谁。2014年，虽然监管文件不断，要求严格，但是由于第一次资产荒的出现，天地发财三号全年规模暴增，从一季度的33亿元增长到了三季度末的112亿元，并且一直稳定在120亿元左右的规模，直到2018年才开始稳定地下降。

虽然规模增长让公司很高兴，但以资金池直接认购别的融资类信托计划，这种传统的非标是被禁止的。这资金规模越大，资产匹配不上，亏损的压力可不是开玩笑的。就是已入池的资产也很麻烦，监管要求做标准化资产的整改。怎么办呢？从2015年起，如何实现非标转标，成了信托业关注的重点之一。

在相当长一段时间内，从业机构基于标准化资产的定义，把信托计划收益权放到那些提供对外报价及流动性的交易所去做一轮挂牌交易，获得一个公开成交价，以这个价格为基准将收益权定义为标准化资产入池。也就是从原来的自己和自己做一笔交易，变成现在在中间加一个交易所来提供价格。市场上除了上交所和深交所外，每个省都有自己的股权交易平台，那是不是把信托受益权放到交易平台上做个交易就可以了呢？还真有人试过，但监管基本上不认，直到银登中心的出现。银登中心全名是银行业信贷资产登记流转中心有限公司，于2014年6月注册成立，业务上原由银监会监管，现归属银保监会监管。对于在银登中心挂牌成交的资产是否属于非标，在相当长的时间内没有明确说法。因此，将以银登中心为代表的交易中心作为核心开展非标转标业务，在一段时间内发展得如火如荼。市场上很快就出现了专门做资产交易平台交易过桥的金融机构。

这种业务模式是这样的：

本来公司有一笔非标业务，委托人是天地发财三号资金池，受托人是另外一家信托公司，融资人假设为 A。现在对其进行标准化改造。有一家银行机构，假设为 B，它认购同一家受托人发行的一个信托计划，该信托计划仍对 A 发放融资，用途是置换原有的信托计划。在信托计划成立的同一天，B 去银登中心对其持有的信托计划收益权进行挂牌，五山信托以资金池资金按照约定的本息进行摘牌交易。这样形式上，资金池是购买了银登中心挂牌的一笔标准化金融资产。虽然原有非标债权的本质没有变化。

从 2016 年起，天地发财三号的管理报告中，对于底层资产披露的信息稍微多了一些，如第一季度，投资的信托受益权占 51.9%，买入返售型资产占 41.65%，货币性资产占 6.45%，买入返售型资产看上去特别像买入返售型债券，但实际上不是。

一直到 2018 年一季度，管理报告中终于第一次出现了标准化信托产品的表述，占比 9.38%，而同时买入返售型资产由上一季度的 35.06% 下降至 14.69%，这种资产结构的表述一直持续到了 2019 年二季度，在 2019 年三季度的报告中还出现了有债券收益权的资产，占比 13.14%，然后在四季度迅速消失。最近的两期报告中，天地发财三号的规模降到了 55 亿元，资产种类全部为信托受益权和标准化产品。

以上的这些表述就是五山信托这些年来非标转标的全部努力。

而且，好像那些信托受益权、买入返售型资产、债券收益权、标准化产品都是同一个东西。

从 2016 年起，另外一个问题给资金池的运转带来了越来越大的挑战，这就是风险资产。这个问题足够无解，直到最近闹得人尽皆知。

(3)

非标定义的产生，从字面上就可以看出监管的不认同。于是我们先梳理一下这个概念。

原本并没有"标"的概念，直到出现了"非标"。最早是在 2013 年原银监会（2018 年与保监会合并为银保监会）8 号文中首次给予非标明确定义，即未在银行间市场及证券交易所市场交易的债权性资产。非标这个定义，一听就有一种很委婉的情绪，充分体现出了中文的艺术。这东西真的是在啥规则都没定的时候，就膨胀到了太大的规模，所以大家都开始害怕，生怕突然出个什么问题。非标的主要构成就是前面介绍过的影子银行，或者银信合作，它的产生就是为了规避监管。如果严格按照监管的要求来，就根本不会有非标，现在非标已经膨胀到了如此的规模，以至于监管也只能适应，而无法取缔，最起码短期内只能承认这个现实。

前面也有过一些介绍，不管是银行贷款还是证券类的投资都有很完善的监管体系，该进成本进成本，该提拨备提拨备，该披露净值就对外披露。

但这个非标，往小了说，它不足额计提拨备，没有全口径的成本计算方法，也没有有效验证的历史数据来说明风险可控性。往大了说，非标交易结构复杂，风险承担主体不明，而且资产投向不受监管，使中央各项政策的有效性被迫打了折扣。所以经过多年的统一思想，2018年下发的资管新规将非标纳入了统一管理。按照新的标准，历史上留下来的非标都得消失。特别是信托公司操作最为熟练的非标资产，更是没有前途。

非标的定义虽然出来了，但直到2018年之前，大家并不知道监管打算怎么搞，所以仍然是小步快跑。属于非标的业务仍然照做，存量的非标资产也努力让它继续滚一滚，规模越见增加。只有一条，非标资金池从2014年起就被禁止了，但是呢，标准资金池也还是可以做。所以公司一方面探索非标转标，一方面开始发展标准资金池。

2014年平惠通应运而生。平惠通的全名是"平惠通1号债券投资集合资金信托计划"，债券总是标品了吧，平惠通都把债券顶在头上了，总是个标准池了吧！上线时间不到一年，平惠通规模就稳稳地过了50亿元。从历年管理报告中也可以看出，这个产品真的投了不少债券、同业存款等标准化产品，但占比没有超过50%，其他还是在投一些固定收益类的信托受益权，有本公司的也有其他公司的。成立的第一个季度报告里，更是直接把底层所投资的债券都列明了，可惜也只有一次。

最开始平惠通对外给出的收益率，与天地发财以及其他的资金池相比，平均要低200个BP，毕竟最开始投资的都是标准化资产，以信托公司的风险管理水平以及产品的风险控制设置要求，只能投资一些债券以及货币市场的产品，比如同业存款等，这类投资的收益率能到4%的年化就不错了，如果想要盈利，必然给不出来很高的收益率。但这又使得资金募集有障碍，所以管理团队也不得不想着法给一些信托计划做成立时的资金过桥。两相权衡，折中的收益率才能给得相对高，但也不可能达到天地发财三号这类纯粹的非标池的收益水平。

2015年刚开年的时候，股市前所未有的红火，结构化配资业务的需求无比旺盛，公司很敏锐地关注到了标准池的发展良机。因为结构化配资的优先级资金就是标准池投向的最佳选择，收益又高，又符合监管的标准。公司设立了固定收益部，专门运营平惠通，当年该部门还设立了一个标准池产品，全名叫"债券宝集合资金信托计划"，直接把债券都写到名字里了。到年中的时候，公司资金池支持的配资业务就超过了200亿元。

下半年股市崩盘，结构化配资业务消失了，资产的来源成了问题，而资金却是继续增长。因为当时其他金融机构的资金也没地方去啊，市场上就只有信托公司的资金池还是一个靠谱的投向。而作为穷了多少年的信托公司，怎么可能有钱不收呢，大家的想法都是钱先收进来，再想办法配出去，人总不可能让钱憋死！为了扩大资产规模，年底的时候，公司改变了管理资金池的思路。华北、西部分别成立了新的标准化资金池，固收宝、泓玺等产品也纷纷上线；固收宝的全名是"固收宝集合资金信托计划"，泓玺的全名是"玉玺一号债券投资集合资金信托计划"。很快，这两个池子的规模都过了50亿元。但由于这两个池子都是由业务团队运营，所以装载资产的思路都相对宽一些。加上池子跑起来的市场需求，基本是按照证券配资、股票质押、股票定增配资的顺序往里装的资产，还正常配些债券，2018年之前都是在竭力匹配标准化资产。

虽然起始的资金池业务都是为了赚钱，但由于它的灵活性，也许是必然地，就与风险资产的产生与处置连在一起，虽然并不意味着所有的资金池都是为了这一个目的，但事实证明，资金池的终结都是这一个原因。

从 2015 年下半年起，股票市场的业务就基本没有正常过，先是证券配资爆仓，后是去杠杆上市公司爆仓，再是大股东定增爆仓，隆隆的雷声直到今天也没消停，只是在社会上的影响变小了些而已。而这一系列的爆雷，你认为对信托公司的影响体现在哪里？

从一开始，就是平惠通和天地发财三号资金池提供了这些配资业务的资金，这些雷自然也都留在了资金池里。在 2015 年下半年，公司遭遇了大面积的证券配资业务爆仓，最高峰时给资金池造成了超过 10 亿元的浮动亏损，但得益于一轮大反弹，只要没贪心的产品都实现了最终的退出，事后的结果来看，基本没有给资金池造成损失。

但是基本同期开始的股票质押融资和定增融资业务就没那么好运了。这两类业务本质上都是融资，流动性较弱，在股市大幅震荡的时节，参与者们虽也是心大心小，但因为这类业务的还款来源不是股市，其实心里反而是没那么慌的，因为不用每日公布净值，融资没到期，都可以期待后市能好转。

只是经办的兄弟们面对预警线、平仓线的设置，就不好处理。在股市急剧下滑的当口，这个设置发挥不了作用，还让人很为难。所有人，当然除了委托人以外，阿海指的是融资人、管理人想的都是一个事情，就是祈祷后市的反弹，至于委托人没有及时补仓，大家都只能硬顶着。在这个点上，如果真去平仓，证券配资业务的平仓盘都堵在卖盘上，再往上加量只能让自己变得更惨。

而且平仓线的执行，必须通过托管券商，而在这个时候，虽然签了有平仓的协议，即使管理人对券商发出了平仓指令，券商也不执行，而非要由股票的所有权人也发出同意函才操作，这个点上融资人怎么可能同意出函的嘛！也就是说，这类业务的预警线、平仓线的设置，关键时刻发挥不了作用。

但是融资总是要到期的，股市从2015年下半年开始，进入了漫长的三年熊市，过程不需要阿海来赘述，一轮一轮的暴跌，在2017年，这些股票质押、定增配资开始逐渐到期的时候，股价都远在地平线以下。而且，这些跟信托公司高价融资的主，股票质地都一般般，本来都打的资本运作割韭菜的主意，现在韭菜没割着，这一轮博傻下来，自己反成了傻子。

雷就这么埋下了！

在2018年以前，市场上存在一些网红公司，这些公司很擅长资本运作，并购重组与资产注入此起彼伏，然后大股东也大量通过各种方式在金融机构进行融资，当然主力是信托。

近些年这些公司都在频繁爆雷，然后消失，但是它们与金融机构的连带反应好像非常少见，似乎金融机构就没有给这些公司放过款。但这些公司之所以是网红公司，就是借钱借得多，而且公开信息还可以查得到。比如安中消，五山信托通过一家券商发行的集合计划给该公司控股股东融资 6.1 亿元；比如弘中股份，该公司控股股东通过股票质押融资在五山信托有好几个亿的余额；比如投文控股，五山信托也曾经发行过一个比较有特色的"北京三宝股权投资集合资金信托计划"，由该公司控股股东提供了一个若隐若现的支持。

这些业务随着交易对手现金流的断裂，融资都逾期了。只要认真关注一下公开市场的信息披露，总能够了解到这些相关信息。但是信托计划却全部按期兑付，而且还成了信托公司风控管理水平高的证据。排除这个世界真的存在魔法这个因素之外，这些刚兑项目的资金来源，只可能是资金池。

一直以来，信托公司对于风险资产都没有一个完备的管理制度，即使有一个制度，在执行当中也很难得到贯彻。因为信托穷啊！信托获取利润的业务逻辑，脱胎于银行，但无论是注册资本还是盈利能力，均无法与银行相比较。虽然业务拓展中不可避免地要遭遇风险，但是如何面对风险，却真是一个大难题。监管对风险资产的容忍程度很低，风险一旦暴露，看得到的监管评级降低，市场信用受损，短期内会给公司带来负担。如果不能正确应对，一两单风险出来就把公司砸趴下，这种案例也是有的，市场上很有几家要死不活的信托公司，基本就是被几单不良资产给搞成这样的。

对于风险资产的处置方法，市面上主要有两种：一种是陕国投的做法，就完全按照银行的政策，风险出了以后，自有资金接盘，对外公告，并逐年核销，不遮不掩，公开透明。另一种则更加常见，就是一边刚兑，一边找钱盖着，一边找人来帮忙接盘。毕竟，把风险盖住对公司而言好处多多，一方面能维持住市场形象，在发展中才能更有效地解决问题，另一方面，对公司而言，主动暴露风险与被动掩盖风险，后果似乎没有什么差别。特别是在 2016 年以前，资产价格单边上涨的阶段，一个风险项目拖上几年以后，反而赚了钱的案例并不是没有，而主动暴露风险的公司，短期内还要承担监管降级、人事追责等后果，如果公司还多多少少涉及关联交易，那更是不会有动力主动暴露风险了。

虽然有动机，也还得有能力盖得住风险项目。常规的信托计划，都是约定了融资主体，专款专用，连信托专户也要交银行托管。再加上信托公司毕竟还是正规金融机构，从业人员也受过系统的风险合规教育，赤裸裸违规的事情，内部还是做不出来的。

但自从资金池特别是非标资金池横空出世后，很快，甚至有些许直接，就开始接盘风险项目。最关键的原因，资金池接盘风险项目不违反合同的约定和有关的法律法规！

仔细瞧瞧，所有的资金池合同中都会有这么一句话，"本信托计划可投资……信托计划或信托计划受益权，包括信托受益权或结构化证券投资优先级受益权等"，也有可能会表述为"等固定收益类产品"，而且不分非标池还是标准池。

不管怎么措辞，核心的意思就是可以投别的信托计划，写这句话的出发点肯定不全是坏的，毕竟没有足够的固收类产品奠定基本盘，资金池的运营压力会很大。虽然资金池不估值，也不对外披露净值。但如果投资浮动收益类标准化产品产生了亏损，不对外披露，还不依此进行分配，这个违规的压力是没有人愿意扛的，也扛不动，监管很快就会发现并且进行处罚。但是投资了固收类非标，即使本息出现了逾期，在一定期限内仍然作为正常类产品进行做账，以及分配，能不能界定为违规还是很能扯一扯皮，风控如果没有那么独立，估计就按字面合规走出去了。所以，后来看到一些委托人自己解释这句话，来佐证信托公司的风控水平如何高时，阿海也得承认初始设计这一条的哥们儿水平真高。

站在信托公司的角度，灵活，方便，合规，所以非标池天然就会慢慢充斥着风险项目。正规金融与P2P的区别，在于是否符合监管要求。风险项目给非标池施加越来越大的压力，后果呢，必然是标准池也慢慢充斥着风险项目。

从2017年起，多了也不敢说，管理报告中披露出来的固定收益类产品，一大半都是风险资产。2018年一开年，监管全面严格压缩资金池规模，不分标准池或者非标池。这个要求，一方面是叫停资金池，深层次的原因还是要求风险资产的处置有实质性进展。

叫停资金池的风声一出来，直接导致的后果是机构资金开始到期要求退出，而不再像以前一样到期了直接续做。问题就来了，风险资产这一时半会退不出来，资金到期要求赎回，直接挑战了资金池的流动性管理能力。

2017年年初的时候，发生了一件对阿海影响很大的事情。老领导辞职了。

也不能说完全没先兆，老领导毕竟是银行出身，对于市场化运作的信托公司的风格一直不太适应，老领导已经很努力地弯腰逢迎，只是运气也不太好，给公司拍胸脯的几笔业务有出风险，处置过程也不顺利，导致在公司的话语权降低了不少，渐渐地就没什么兴趣了。只是前几年收入还比较高，所以自我宽慰着也就忍了下来。

公司业绩一直在高潮中挺进，核心管理团队一直变动比较大，几乎每年都有一位核心高管发生变动，最近这几年一位核心高管眼见着对老领导颇有些打压，甚至发生过一笔业务，前面所有的审批流程都完成了以后，被最后一位签批人否决的事项，然后 2016 年下半年的时候，部门内部一位团队长提出要跳槽。

团队长跳槽是市场化运作信托公司的一个最敏感的事情。主要涉及两方面的因素，利益上必然涉及业务的划分，威望上涉及部门团队的稳定性。这一次的事情比较难看的地方在于，公司一位新设部门分管领导直接过来挖墙脚，紧接着这位团队长提出要跳槽，而且要把业务都带过去，然后公司核心高管都有些或明或暗的偏袒。老领导颇感寒心，多多少少有些正好借着机会撤退的意思，老领导处理完利益的划分后，正式提出了离职。然后很快就出国旅游去了。

两个月后，公司通知部门负责人交由阿海担任，一并交过来的还有几个风险项目。这既是责任，当然也是权利，阿海自然是懂的，心里虽然高兴，更多的还是压力，没有老领导帮忙抗住压力，做业务的复杂程度直线上升。

风险项目中有两笔是主动管理的集合资金信托项目，其余几笔都是单一资金信托项目。单一资金信托项目是不需要阿海去处理的，真正着急的是后面出资的金融机构，虽然项目也在监管那边登记为风险项目。但这两笔集合资金信托项目才是需要阿海去处理的。其中一笔是在青岛的房地产开发项目，仅仅是流动性出了问题，还好处理，想办法创造些时间就可以缓过来。而另一笔业务则比较麻烦。

这笔风险项目存在的时间已经超过四年，起因比较复杂。融资企业的老板姓王，智商超高，早年在一家国际私募基金从业，累升至高管，并顺利转型创业，商业嗅觉极其灵敏，创业十多年身价超过十个亿，高光时刻也曾持有特区一家甲A足球队，同时还在运营文化地产、融资担保等项目。五山信托开业不久即与之建立了业务联系，借助五山信托的支持王老板加大了对定制茅子酒的投资力度，还投资了东北一家城商行的股权。但谁曾想，从2013年起热点的起伏节奏骤然加快，王老板工作方式迅速落伍，完全跟不上，几乎每投必赔，到现在已极落魄，身价无限度接近清零。

这笔融资项目的交易结构有些新意，包括两笔投资，一笔是结构化投资定制茅子酒，也就是王老板出劣后资金，五山信托募集优先资金共同去茅子集团投资定制茅子酒，一共定制了三万五千多瓶，投资本金8500万元，每瓶茅子酒的单价约为2400元。如果要说遗憾的话，在投资的那个时点，茅子集团和茅子股份的产品还相差甚远，所以王老板投资的不是茅子股份的飞天茅子酒，而是茅子集团的定制茅子酒。虽然后来茅子集团将茅子品牌独家授予了上市股份公司，自己都不能再涉及带有茅子品牌的酒类产品，王老板获得的定制茅子酒已属于为数不多的能借助茅子品牌的酱香酒，但还是无奈市场已经只认茅子股份的飞天茅子，其他所有的茅子酒都不行。茅子股份的飞天茅子酒价格越涨越高，市场上直至突破三千元的单价，而集团各种定制酒的价格则一头扎向深渊，完全不见浪花。王老板投资的定制茅子酒成本远超市场同等产品，包装设计极尽奢华，最初市场定价超过七千元每瓶，也在一些渠道上尝试定点销售，当时反馈尚可。结果两年后想进入市场销售的时候，已经无人问津，所以融资到期的时候借款人无力偿还也是可以预见的。

这笔业务值得一提的还有当初审批的时候，虽然王老板正值身价的巅峰，风控部门也不是完全没有顾虑，为了增强客户的还款能力，专门提出来希望增加一家央企背景的担保公司的担保，为此，经王老板上下活动，一家股东可以追溯到首都国资委的国有背景的担保公司同意了担保，该公司注册资本10亿元人民币。项目出现逾期风险后，公司立即追及查封了该担保公司的银行账户，仅仅查封了1千万元，就把这家公司搞崩了，后来该公司深陷各种诉讼，现身于高院公布的失信人名录。

另一笔投资是承接王老板旗下公司持有的东北一家城商行的约5300万股的股权收益权，初始投资金额为2.1亿元，对应的抵押单价约4元每股。投资的时点该城商行刚刚实现香港上市，此时的成交均价都在6元多港币，基本与城商行的净资产单价相符，也就是PB（市盈率）①基本为1，加上每年盈利增长，这笔融资发展前景非常向好。

---

① PB（Price-to-Book Ratio，市净率）是一个常用的财务指标，用于评估一家公司股票的市场价值与其账面价值的比率。PB值可以帮助投资者判断某只股票是否被高估或低估。

只是随着王老板现金流的断裂，这笔融资的还款来源也随之灰飞烟灭。经历了一系列的官司后，该笔股权正在对外拍卖。在老领导离开公司前，曾专门就这个项目的处置思路与阿海沟通过一轮，老领导建议还是要专注于城商行股权的处置，公司已经表达了对这笔股权的看好，希望能由公司接管，但提出的接管单价是如果拍卖不成情况下的抵债价格，按这个价格计算，定制茅子酒的融资规模就完全悬空了，对此，老领导直接拒绝。当然拒绝的代价有点大，这点阿海马上就体会到了。

阿海接手这个项目后，最开始是希望能借助王老板自身的资源来重整，但沟通了好几轮，也配合王老板接触过几家企业洽谈过重组融资方案，但确实已经耗尽了资源，实在无法自救。

接下来，阿海希望能盘活茅子定制酒，专门飞去了一趟仁怀，与茅子集团的相关领导沟通了这笔资产的情况，却发现情况已经变复杂了。据茅子集团反馈，王老板与集团是一个综合合作的状况，并不仅限于这一款定制酒，当年发现定制酒市场前景不妙的时候，王老板就已经通过别的酒款销售将原有的投资款额度占用了，现在这批酒仅仅实现了灌装，还未完成外包装，也没有缴税以获得销售资格，一同盘算下来，还需要每瓶投入六百多元方能正常销售，其余被挪用的成本都暂时不算了。

会场里，茅子集团领导和阿海都是眼巴巴地互相望着，茅子集团领导希望阿海能再拿些钱出来盘活这批定制酒，阿海是希望能先把酒卖出去，卖出去了他倒不介意茅子集团先把这块成本拿走，只是还要他想办法出钱是万万不愿干的，本来就有个风险敞口在，啥事没干就又出一笔，现在都不知道能不能回本。可惜茅子集团看不到钱是不会让人动这批酒的，据说王老板前几年还真派人弄了几张提单来提酒，都已经装了车了，茅子集团不知哪位领导想着再核实确认一下，结果就被拦下来了。双方大眼瞪小眼僵了半晌，明白对方都是不会出钱，中饭也没吃一口，大家就散了。

环顾一圈下来，发现老领导说的完全正确，只有 5300 万股的城商行股权是项目处置最后也是唯一的亮点，此时股权的净资产已经增长到约 7 元人民币每股。但可惜，这位老领导已经远赴海外，无法求助。同时阿海也隐隐有种感觉，此时时机尚不成熟，暂时先搁置处置工作可能比直接求助公司更为有利。

2017 年、2018 年的时候，是信托行业的最高光时刻，安安信托的公告完全启迪了市场对于信托公司的畅想，该公司 2016 年实现了 52 亿元的收入，2017 年实现了 56 亿元的收入，位居行业榜首。2017 年五山信托公司的 30% 股权在市场上拍出了 50 亿元的天价，按照这个估值，公司市值应该超过 150 亿元。阿海们出去谈业务，已经不再需要介绍自己，找上门来的生意，也已经靠谱了很多，可以这么说，这个时刻，阿海们已经有了比较明确的竞争能力。

整个 2018 年，阿海对公司的印象是不停地接送领导们出差，去和各家金融或非金融机构洽谈，谈资金池认购资金的赎回方案。这个过程，领导们也很辛苦，一轮一轮地沟通，展期到期了再谈展期，先展一年再展两年，然后再展三年等各种方案。这个过程虽然辛苦，但总体还算顺利，金融机构都能理解，基本就这么谈着谈着，期限也就延下来了，但资金直到公司开始爆雷的时候也还没多少，而且哪怕公司爆了雷了也还是在谈着。当然也不是一直都没有还，陆陆续续地总规模下降了一半多，但是资金从哪里来的呢？

对了，TOT！

(4)

从开始与投资机构就资金池的赎回方案洽谈起，资金池也逐渐开展了新形势下的演变。

演变分两端，从 2018 年起，资金端悄悄放开了对自然人认购的限制，之前出于规模及头寸方面的考虑，仅对机构资金开放认购。而资产端面对规模必须下降的监管压力以及正常本息规模增长的矛盾，产生了TOT 的交易结构，并且规模迅速膨胀。

TOT 本是国际上一种常见的交易结构，称为信托之信托，专门对信托计划进行投资的信托计划，适用于资本市场已有足够规模，交易策略已足够丰富的市场环境，通过专业化策略选择，以熨平周期波动，获取投资回报的一种交易结构。回顾我国目前的资本市场，显然还离需要这么一种交易结构有点距离。那么，TOT 产品迅速地产生、膨胀，显然有其另外的内在逻辑。

资金池发展到这个阶段，对于相关要素的约定已经比较成熟了。比如"申鑫系列集合资金信托计划"中关于资金用途的表述是这样的：

"信托资金运用：银行存款、国债、金融债、央行票据、AA+ 级企业债、A-1 及以上短期信用评级的企业短期融资券、债券逆回购、银行理财产品、货币市场基金及其他货币市场产品；证券公司发行的资产管理计划；基金专项子公司发行的资产管理计划；信托公司发行的集合信托计划（含受托人发行的集合信托计划）；信托业保障基金信托资金。不得投向国家政策、法律法规限制或禁止的领域。"

这里把认购受托人发行的集合信托计划专门点了出来，就为了更好地给自己家的东西留下合规的空间，之前的各种产品还觉得不好意思点这么明，但是规模搞得太大，监管又盯得太紧，所以还是直接点出来合规上好交代一些。

如果说前面介绍的非标池、标准池出发点都还是提升赚钱能力，顺带着和风险资产挂上了钩，TOT 从产生的第一天起，就直奔着风险资产的主题，它的产生、发展乃至消亡，都是为了承接风险资产。公司最高峰时并存着 14 个 TOT 系列产品，编号各自过百，期限分别为 12 个月和 24 个月不等，看上去眼花缭乱，其实背后的逻辑非常简单，每个产品系列，都是代表后面的管理业务团队。站在公司的角度，看到一个名字，就知道是哪个团队在管。之所以会有 14 个系列这么多，是因为有的系列编号太多了，自己都觉得有点不好意思，就再取一个系列的名字，逐渐衍生开来。

最开始的 TOT，都是为了压缩资金池规模，直接承接资金池中的风险资产，这样在给监管报告的时候，可以说完成了要求，好交差。后来，有资产劣变，到期没能还本付息的，也有过直接发 TOT 承接原有资产的，还有自有资金先过一手，再交给 TOT 的，种种方式不一而足，但终归到了 TOT 手里之后，就一轮一轮地往后滚，反正到了由 TOT 来承接的资产，只有那么寥寥几单能找到人来买单，并且几乎无损失地退出，其余的 TOT 发行时承接的资产什么样，最终这些资产还是什么样，除了 TOT 规模年复一年变大以外。

从始至终，对外发行的 TOT，都不可能披露底层资产，因为金融机构不可能骗人，骗人合规过不去，但也不可能明说，明说没人会买，最终的结果就是不讲。委托人自己怎么想，公司及业务团队都属于自身难保，也就不管了。

TOT 项目在公司运行了好几年后，反而成了公司的王牌项目。一方面这几年 P2P 被取缔，大量委托人被坑过，觉得非金融机构不靠谱，大 A 股市也一直不景气，以信托为代表的固收类产品被极大追捧，加上公司开业十年来一直坚持刚兑，市场上口碑极佳。放到几年前不可想象的上百亿元的由自然人认购的 TOT 项目就这么卖出去了。而且越到后面卖得越快，秒杀的情况非常常见。

另一方面，TOT 项目好处很多，很能打动客户。第一，期限短而且灵活，这类项目都是三个月开始，一年期以内，滚动发行，资金大还可以定制期限。因为这类项目不考虑赚钱，唯一要求就是现金流连续，所以什么钱都敢接，什么期限都可以设，只要有钱买。对外就表现得服务态度特别好，其他项目因为项目回款总会有些不确定性，多多少少会有些兑付延迟的现象，加上信托经理业务压力大，经常会有些服务态度不好，给理财经理心里添堵。

而 TOT 项目的信托经理因为没有别的工作，只用保证头寸的连续，所以服务态度也非常好，任何时候都能随时响应。阿海不少次陪理财经理去见营销客户，当理财经理推介了半天项目，搞不定客户的时候，拿出来一套 TOT 的宣传资料，最后客户买了 TOT，因为客户不想他的资金被锁太长时间。第二，TOT 项目一直运行良好，兑付从来很爽快，而且足额。后来各个信托经理都从资金运营部学了一套话术，对 TOT 项目能持续这么多年的安全运行进行完美解释，只是理由就有点随心所欲了。但理财经理也只是要一个理由，是不是真实本就不那么要紧，客户只关心历史业绩，加上五山信托这么多年形成的金字招牌，渐渐地连关心操作策略的人都没有了。第三也是最重要的，收益给得高啊！

TOT 项目的收益率都是比照着正常业务的收益率给的，只是后来卖得实在太好才降了一点，一旦募集情况不理想，就马上上调收益率。如果两份资料摆你面前，一份是三四线城市某个角落的房地产项目，客户估计都没听说过的地方，一份是形似债券类投资信托，都已经发了几十期了，一份两年期，一份一年期，还可以设置成三个月或者半年期，收益相差无几。不管你和五山信托有没有合作记录，你会不会考虑买一份 TOT 体验一下。五山信托全公司七百多名理财经理，除了特别资深的几人外，其他同仁都对 TOT 项目有迷之自信，对公司要求大力推介 TOT 项目的要求趋之若鹜。

从 2019 年起，TOT 项目募集基本都是秒杀的状态，甚至还需要抢额度。2020 年上半年，不少新加入公司的同仁以身作则，还带领亲戚狂买 TOT，想着既完成任务，还可以给家里面理财，一举两得，多好的事。

2018 年以来，公司在财富中心大力提拔了一拨年富力强的领导，这拨新领导还没赚到钱，进取心极其旺盛。华南区域财富中心某一位领导曾经在推介会上大力要求全体同仁利用好公司的 TOT 产品，维护好客户，说这是公司的拳头产品，历史业绩优良，市场影响力大，体现了公司优秀的产品创设能力和运营能力，她曾专门比较过市场上比较活跃的信托公司，都没有可以与此相提并论的产品，不要辜负了这么好的机会。而在主席台上的财富中心总经理低着头一声不吭。可惜，不久后 TOT 爆雷，从此以后，这位领导再没有在公开场合说过话。

也不知道是天照应，还是命中注定有此一劫，2018 年以来，资金池规模压缩了 200 来亿元，代价是 TOT 规模膨胀到了 260 亿元左右。如果说经办业务人员第一单还挺有压力，希望尽快处置完项目好结束这一切，那么随着 TOT 规模越发膨胀，发展到后来就麻木了。虽然问题在 2020 年集中爆发，2019 年时其实已经在欲盖弥彰。

2019 年监管部门已经对于 TOT 业务规模的快速膨胀提出了非常严格的批评以及要求。从年初开始，公司已经对内就风险资产的处置提出了专项考核，特别是下半年，还按月要抓进度，每十天相关责任人要做专项汇报，风险资产的处置数据要求和每一个高管挂钩。只是可惜，到年底的时候并没有实质性的进展。

2019 年开年就给整个行业整了个开门黑，著名的行业标杆安安信托直接公告上年实现收入 2 亿元，直接行业垫底。已经不知道如何来形容这个数据，要知道上上年还是 56 亿元啊！

整个 2019 年，公司已经有了一种走钢丝的感觉。对外的宣传虽然一切如旧，阿海们也在尽力拓展业务，该年 5 月的时候公司还召开了战略客户的签约会，只是项目的审批非常不顺，似乎流程中的任意一个人都可以将业务拦住，找谁沟通都没用。内部充斥着一种不祥的气氛，领导们主要的精力都在跑金融机构，沟通资金池的流动性，隔三岔五地在公司内部开会都是在通报风险资产的处置。监管来文也罢，走访也罢，都是在提 TOT 规模的压降。而阿海们其实也已经知道，有些 TOT 项目在靠内部续期、滚动资金来维持兑付的时候，出现过没有按期分配的现象，虽然时间不长，但这已经是仅次于最坏的消息了。

年底的时候，领导们关心的事情没有一件有结果。

资金池事实上已经全面违约，只是因为委托人都是机构，所以协商的空间相对大，还暂时没有在社会上闹出啥动静，第一轮的展期已经基本到期，第二轮的展期还在协商中，已经有金融机构威胁或者起诉至法院，中间有些实在扛不住的，也咬着牙用 TOT 顶除了一部分规模，但终归这压力已经大到难以言表。而 TOT 规模还在膨胀，因为它已经是创新的尽头，已经不存在再创设产品倒腾的空间。监管盯公司的力度也已经远超以往，已经有项目报备的时候被监管否掉的案例。甚至公司已经制定了轮班去监管沟通的制度，目的就是保证发展不能断，解决问题的希望不能断。

放到全行业来看，截至 2019 年三季度末，信托资产风险率持续走高，三季度末信托资产风险率增至 2.10％，较一季度末提升了 0.84 个百分点。具体到项目数量来看，风险项目数量为 1305 个，环比增加 18.64％；风险项目规模为 4611.36 亿元，环比增加 32.72％。这个数字粗看起来是不高的，说起来信托全行业也是约 28 万亿元的总规模，但是如果把通道类业务除掉，纯以信托公司认为自己要承担责任的主动管理类业务来分析的话，这个不良率就有些吓人了，而且这个数字准确与否呢？官方的数字肯定是准的，但阿海也知道，不到实在没有办法，公司肯定会把风险资产拖到最后一步才公开。

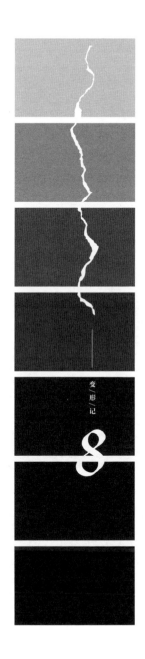

变／形／记

8

七色的泡沫

蓉城 9 月的天气已经开始变凉了，尤其早晚更是怡人，三圣乡的菊花已经开始开放，含芳吐艳地映衬着秋天的光辉。蜿蜒的府南河波澜不兴，两岸绿道如茵，正如蓉城人悠闲的生活一般，静静地淌过市区。如果你在河边纵情奔跑，还会有高亢的广场舞音乐与你相伴。

阿海很无奈地看着天花板，偶尔转头盯着工位上的一盆绿植，已经不记得它叫什么名字了，之前的一盆步步高好像半个月前就已经撑不住绿色，黄得亮眼，负责清洁的阿姨给换了一盆颇有发财树风范的盆景，枝干虽不肥硕，叶子却颇繁茂，兆头一直都很好。只是今年以来阿海的心情却一点也无法被这景致打动，一直在谷底沉沦着。甚至很多次在梦境中，都看到一串串升腾的泡沫，虽然一直在阳光下反射着七彩的光芒，但一阵风吹过，便干脆利落地消失在空气中，仿佛阿海的各种努力，虽然已经十八般武艺尽数精通，各类业务了然于胸，各行客户都信任有加，但自己的职业前景始终渺无痕迹。

其实年初好消息也不少，最为重要的是公司老板隆主席回来了。老板在公司的职务是党委书记，因为他还是集团董事局主席，所以阿海们一般敬爱地称呼他为隆主席。隆主席因为陷入一场比较大的官司，将近五年的时间没在公司主持工作。刚开始的时候，公司政策在相当长一段时间内摇摆不定。中间隆主席出来了一段时间，对公司进行了一定的整顿，也就是 2017 年的上半年，公司推出了一项业务指引，针对公司认可的重点客户，可以审批最多 10 亿元的信用贷款。口头及书面的要求有两条，第一是实际控制人及企业均需稳定存续 20 年以上，原话是："中国经济这几十年变化多大，你们不懂，二十年要经历好几个大小周期，如果不是看得准、管得住，关键时刻还有定力的话，坟头的草都几米高了。"第二是资产规模过千亿元。这就要求是国内的头部企业了，等闲企业怎么可能做到上千亿元！

正好这时候阿海和北京的永太能源财务总洽谈过股票质押的业务，但是由于拱不动资金池的资金，最终没有做成，当然几个月后，北京部的同事落地了十个亿的同一支票的股票质押，这也是公司实力的表现。阿海也心中甚慰。

了解到这个业务指引的出台，正值业务思路困苦，阿海连忙再飞北京，抛出了这个业务思路，财务总大喜过望，他们公司几年前在山西并购了好几个煤矿，资金短缺，对信用资金有很大的需求，因为没有抵押物。

阿海的新任分管领导一直没有获得监管的批准，也就一直以拟任副总裁的名义代行履职，形式上由总裁直管，业务流程上两位领导都要过。拟任副总裁之前在公司待过几年，后来因个人原因离职，然后老领导离职后，公司领导又将他请了回来。

回了蓉城后，阿海立即给拟任副总裁汇报了业务情况，领导了解了情况后，很高兴，立即表态可以和阿海一起去北京拜访。这趟行程非常愉快，财务总将王董事长请了出来，专门和拟任副总裁见面聊了聊。王董事长是江苏人，发家在江苏，发达在山西，发达时间其实不短了，只是心态还是很亲民，没什么架子，而财务总就很拘谨，特别恭敬，会见的时候全程拿着本子和笔，随时记录王董事长交代的事情。王董事长估计是之前的业务印象比较深，对五山信托的实力比较有信心，特别给隆主席和五山信托总裁致意，希望拟任副总裁邀请两位领导来交流，表态说永太能源很需要五山信托的支持。永太能源在山西并购了很多煤矿，与生民银行的合作很深，不少煤矿都是一边从生民银行融资，一边从生民银行手中买过来矿。王董事长很强调该公司的专业管理煤矿的能力，它已经是国内最大的民营煤矿企业，和金融机构的合作方式可以很多样，而且它还拥有国内唯一的不良资产上市公司牌照，也具有金融属性，合作的安全性方面完全不用担心。

聊完出来，拟任副总裁明显很兴奋，马上给总裁打电话，说明了这笔业务的情况，希望领导能安排时间来公司坐坐，和王董事长吃个饭。总裁正好有空，说那就定在第二天下午吧。

虽然时间上有点意外地快，但更多的是惊喜，阿海马上落实行程安排，财务总确认董事长时间可以，阿海难得感觉这么顺利，觉得这个事成功率上升到了70%。

第二天中午简单吃过午饭，阿海和拟任副总裁早早来到永太能源办公总部的会议室等候，一边喝着水一边天南地北闲聊，而永太能源财务总一直没有露面，虽然有点奇怪，但也并不担心。打了好几个电话后，财务总打着酒嗝接了电话，说中午和董事长在负一楼餐厅接待来拜访的领导，招待好了就上来。阿海也理解财务总搞好接待工作的热情和无奈，还是和领导边聊天边等。眼看着时间过了两点，离总裁到来的时间越来越近，财务总的电话反而打不通了，渐渐阿海有点慌了，眼看着总裁司机已经打来电话说只有十分钟就到了，财务总的电话仍旧没有人接。拟任副总裁的脸色开始变得铁青，一言不发地站在会议室里，看着阿海，意思是让他拿个处理方案出来。

冷静冷静，想想办法，阿海转了两个圈，赶紧出去找到坐在外面卡座上的财务经理，让她想办法联系财务总，仍然是不接电话。然后阿海让她联系在楼里边能联系上的领导，很快反馈说集团总经理在。阿海马上让财务经理去给总经理请示，解释了一下目前的状况，能否请他主持一下马上要来的会见，总经理虽然没有这个安排，但也明白这个事情的严重性，马上同意。并且安排一位副总经理下楼陪同阿海和拟任副总裁一起迎接总裁的到来。

很险，一行人刚刚走出门口，总裁的汽车正好缓缓停在门口。副总经理很热情，姿态放得很低，帮着开车门，握手自我介绍，全程自己来，都没让阿海介入，然后把总裁一行人引入董事长会议室就座。总经理也想得比较周到，把在家的副总经理全叫到会议室里坐着，满满当当地全是人，显得挺热闹，稍微减少了王董事长不在的尴尬，因为这会儿王董事长和财务总监都联系不上，而且大家除了知道这两位大佬中午在搞接待外，其他一概不知。只能都帮着打圆场，给总裁解释说王董事长中午在接待某一个重要人物，马上就过来。然后就着集团办公楼的选址边开着玩笑边做着介绍。

作为第一次到永太能源总部拜访的客户，很难不被他们的低调作风所惊叹，总部地址位于首都西城区宣武门外大街一个低调的商务楼，甚至都没有挂牌，大门永远关闭，门卫值守，如果没有公司员工来接，客户就进不去。这样可以非常有效地隔绝陌生拜访，因为陌生人根本不知道这里驻扎着一家千亿元规模的上市公司。商务楼里可以进行比较完全的商务招待，负一楼就是餐厅，有好几个包间，互相可以分隔入口。

总经理笑着说他们这样的安排可以让客户放心，绝对不会发生不愉快的事情。总裁也是心领神会的表情。就这么略显尴尬地聊了快两个小时，直到4点，王董事长才一身酒气地冲进了会议室，后面跟着也是一身酒气的财务总。这两位领导中午喝完酒后，本来准备在董事长办公室略醒醒酒就过来，结果两人直接睡着了，电话一个都听不见。其他人没有通知谁敢往里冲啊。

不管怎么说，王董事长来了这件事就算进入正题了，总裁也是业务出身，看着董事长这一身略显狼狈的样子，心里其实是有点感动，这位位高权重的老板，还亲自冲在营销的第一线，这份进取的精神委实让人佩服。接下来简单聊了聊业务方向和合作方式，宾主相谈甚欢，然后王董事长手一挥，去吃饭。

晚餐就在负一楼，照例一箱飞天茅子摆在边上，阿海赶紧表现得积极，一轮一轮地敬酒。拟任副总裁其实酒量非常一般，这一顿也没少喝，而且还撑住了没有吐，总裁本来就是海量，在王董事长不停地劝酒下，那是真没少喝。这一桌居然王董事长是喝酒最多的，刚开始他是主动和桌上每人碰杯，接下来别人碰杯他都陪，要知道他中午刚刚大喝了一顿，晚上又是这种喝法，真是让阿海叹为观止。阿海明明一直记得要照顾好领导，可看领导兴致越来越高，他也渐渐上头，朦朦胧胧中和众人一起送总裁出门上车，然后就什么都记不起来了。

第二天醒来的时候，阿海是一种想不起来的体验，精神似乎醒了，但又不是一种整体的体验，一时感受不到四肢的存在，也动不了，渐渐又陷入迷糊，一直半梦半醒，翻身都不行，更别论想起身。到了中午的时候，阿海终于挣扎地爬起来挪到了洗手间洗了个澡后，恢复了一点精神，但还是全身发软，喝了点水，又躺了一个多小时，才慢慢挪到酒店大堂去要了碗面吃，胃口也很差，但自己知道胃肯定空了，怎么着也慢慢把面全吃了下去，终于缓过了一口气。

很明显是酒精中毒了，晚饭的时候发现拟任副总裁也有一样的症状，只是程度稍微轻一些，上午就挪下来吃面了。只是很神奇的是，晚上给总裁打电话想着关心一下领导，总裁居然没有事，他没觉得有什么不对劲。这次假酒的体验让阿海觉得很难理解，这么大的公司了，按说物资采购应该有很规范的流程，飞天茅子虽然很难买，但总有成熟的渠道可以买到真货，特别对于接待量这么大的永太集团，出现这种事很明显说明公司内部管理存在巨大的问题。

吐槽归吐槽，事情都已经动起来了，总不可能因为这个事就停下来，业务推进中总会遇到各种各样的问题，信托不可能像银行一样，只挑最让自己放心的客户来做，信托是边做边解决问题，除非实在踩着了红线，否则，都是要创造条件去解决问题，因为信托这个行业就没有低风险的客户。

回蓉城后，直接给上市公司设计了 10 亿元的信用信托贷款的交易结构，永太集团明确表示对融资成本不介意，按五山信托的要求来；资金用途是其下属子公司，也是 A 股上市公司的定增，还款来源是后续股票的质押融资等综合性资金来源。

审批流程走到风控部后就开始不顺，花了大半个月的时间等风控会排档期，每次阿海试图给费总汇报项目情况的时候，费总总是没空，让和经办人做好沟通就可以，凭阿海对费总的了解，这绝不是好现象。风控部经办同事态度很好，只强调风控措施薄弱，划款来源不明且可控性不强。这肯定是对的，只是资本市场业务，说实话，一大半都是依靠再融资来滚动，这块业务凭借的只是上市公司股票的超高流动性以及再融资的便利性，压根就不指望其他市场的项目销售来源来还款。但业务领导按照监管风控指引提的要求，阿海也不能顾左右而言他，虽不能明说，但还是得一五一十掰扯再融资还款来源的历史可验证性，以及以上市公司销售收入的增长幅度来做预测。扯了好几天，经办同事给阿海说我的风控意见已经形成了，海总你要不要给费总再沟通一下好排会。

费总态度非常好，说既然符合指引的要求，那就尽快上会表决吧！

阿海右眼皮不停地跳，果然上会后评委毫不犹豫把这笔业务给否决了。会议上费总亲自参会，亲自念了风控意见，全程没有对视过阿海的眼神，面目严肃，还不算狰狞，但看着个美女板着个脸，实在也不是个美好的体验。

公司制度是可以进行一些调整后申请上公司的投资委员会再行决议的，阿海还比较会做，正好有单存量业务资金监管方面不符合费总的要求，费总指着鼻子狠狠地训了阿海半天，阿海态度很好表态坚决落实，然后花了一个月的时间让客户把融资全额归还了。费总应该没想到阿海落实指示如此坚决，明显态度缓和了不少，居然还在阿海到她办公室串门的时候给买了一杯咖啡。

一个月后，三单业务同时上公司投委会重新表决，阿海的业务放在最后面，前面两笔一笔是上海部的业务，一笔是华南部的业务，上海部是上海国之杰公司的信用贷款业务，华南部是兰州的一个房地产开发贷业务，三笔都是被风控会否决了，然后提交投委会商议。公司在年初制定了制度，凡是被风控会否决的项目，可以提交公司投委会审议，审议通过的再重新走风控会审批流程。

虽然费总意见都很强烈，但核心领导力排众议，前两笔业务以提高一个百分点的信托报酬的结果，通过了两笔业务的表决。到了阿海的业务，费总陈述业务详情时，明显委婉了不少，首先说明符合公司的业务指引，但最后表态由于对客户现金流的预测分析，以及风控措施的安全性考虑，建议将信用融资的交易结构变更为股票质押融资，建议质押率可以提升至 95%。当然这个基准股价不会是即期的，是以某一个阶段的平均股价为计算依据。

已经很给面子了，阿海心里知道，但这个条件落实也不容易。因为永太能源下属子公司的定增计划，已经有两家银行在跟进，而且批复已经快出了。人家的方案是全口径放款，五山信托的 95% 虽然已经对公司的业务指引有一定突破，但仍然竞争力不足。

隆主席首先对这个客户表示不熟，对客户资产规模超过千亿元表示疑问。当然这是上市公司的公告，不存在作假，费总都毫无顾虑地替客户的这一财务指标背书。然后隆主席对客户的在管煤矿储量及开采量表示疑问，他在有色采掘业深耕几十年，这些年积累下来的开采量水平还不如这个后辈，话里话外的意思是觉得报告中的数据有些浮夸。阿海可以认水平不够，但数据作假或者眼花看错，是决计不认的，幸好提前工作做得细致，上市公司的财务报表提前打印了一份，并且认真核过各主要数据的勾稽关系，确认无误；当场就理直气壮地把隆主席的顾虑怼了回去。隆主席明显有些意外，这小伙子没看出来还是个有个性的主。

隆主席往左侧的阿海和费总之间看了半晌，拍板道："我同意费总的意见，这客户还是要多加考察，信用融资不是所有符合指引的要求就可以做的，要深入分析，多方考虑，确保信用风险最终可控！"

这就算是最终意见。这种塞到股票质押的交易结构里边后，竞争力就比较弱了，因为股票质押融资要么是对应后续的定增支出，要么适用于置换前手的融资，都对时间效率要求很高，说哪天要就一定要资金到位，否则，就会出问题。但以阿海的能力，他搞不定资金池，那么就只能通过财富管理部募集，没有效率的保证，落地的可能性真心不大。当然后面意外更多，首先隆主席很快再次因为个人原因没有在公司主持工作，费总第一时间通知阿海业务暂缓，等待公司进一步通知，阿海没有再挣扎，其余部门在推的信用融资也都暂停了。

接下来的一年多时间相对平稳，并且公司还对 300BP 收费标准的执行政策进行了些微调，就是在收费标准的七折以上可以团队和公司同比例缩小，再低公司就不降了，还是要团队来补公司。然后 2018 年底，隆主席再度出来掌管公司，2019 年初的时候更是提出了宏伟的"358"战略发展规划，强调公司要二次创业再出发，很是振奋人心。这里的"358"战略指的是力争 3 年内实现销售收入超过 500 亿元 / 年、利税 70 亿元 / 年；5 年内实现销售收入 700 亿元 / 年、利税 100 亿元 / 年；8 年内实现销售收入突破 1000 亿元 / 年、利税 150 亿元 / 年。当然这个要求不仅仅针对信托公司，是整个集团的口径，还包括一家上市公司，一家证券公司。然后恢复原有的 300BP 收费制度。

2019 年 5 月份的时候公司着重安排了一次战略客户的签约仪式，并将这个活动视为公司转型的开端，但奇怪的事情，就是从这个时候开始的。

5 月开展的战略客户签约仪式，从一开始就透着一点蹊跷。公司没有发文对活动进行安排，仪式的名称也一直没有确定，直到签约的前几天才把名字确定为金融机构客户签约活动，会后公司发布的新闻也没有提到企业客户的名字，只是强调了金融机构客户，后来听说是考虑到目前市场上对房地产行业的监管较严，不宜太过强调与房地产企业的合作。参会的企业也没有非常明确的标准，只听说必须要实际控制人参加。签约当天活动也很低调，十多家企业都匆匆签字，时间不超过两个小时，晚上的聚餐有邀请一些领导参加，老板们自得其乐一番后便匆匆散场。活动低调的程度，与最开始公司宣传的规格差异非常大，完全不知道原因。

阿海是很偶然在公司各个部门转圈的时候听说了这么一个消息，又很小心地去找高管旁敲侧击确认了这个会议的安排，心想这机会难得，正好衡隆地产副总裁来总部拜访，阿海马上领着这位副总裁在公司找在家的领导都拜访了一圈，表达了这家地产董事长想来公司拜访，加深下业务合作的意向，这下领导们都觉得正好可以借着这次会议活动和隆主席互动一下，好几个领导都给隆主席做了汇报，隆主席也就同意把这个客户安排进签约活动。衡隆地产是个房地产百强名单内的客户，刚走出安徽不久，业务范围虽已实现了全国布局，但公司内部管理还停留在家族式管理的模式中，与金融机构的合作还不算太深入，年初刚与阿海建立了业务联系。经过阿海和地产副总裁密切配合的工作，衡隆集团董事长还是很给面子来参加了这次活动，当天流水线一样的作业，大家都只是打个照面，因为总裁之前已经与地产董事长见过面，会场上，总裁专门介绍地产董事长与隆主席寒暄了几句，就约定了会议结束后的第二天上午与隆主席在集团办公室会谈。

上午九点半，阿海陪同衡隆地产董事长来到了集团总部大楼的楼下，集团总部大楼在阿海公司大楼的斜对面，楼高二十层，主席安排了秘书在楼下接待阿海，等电梯的时候秘书通知阿海不用参加会谈，由拟任副总裁陪同，阿海在楼下等着就好。衡隆地产董事长与隆主席大概交谈了一个多小时，下来的时候大家都满面春光，会谈应该很圆满，隆主席在大堂慰问了阿海几句，让阿海安排衡隆地产董事长中午好好聚聚，一定要做好服务，把双方的战略合作切实推起来。

中午聚餐时，衡隆地产董事长心情甚好，主动给阿海介绍了与公司隆主席的会谈内容，双方首先互相介绍了目前的业务发展情况及需求，公司隆主席特别推介了投贷联动的业务模式。常规的业务模式都是约定一个融资杠杆率，融资收取一个固定利率，配套常规的风险控制措施；自有资金部分，双方按照约定的分红比例分别投资，享有分红权。但公司隆主席设计的投贷联动业务模式有较大的不同，第一是取消杠杆率的概念，用项目用地抵押做融资，抵押物可以尽量高评，能评多高评多高，这样可以多做融资，融资的资金除了满足项目建设所需外，还可以挪出去并购新的项目或者买别的土地。第二是取消风险控制措施。转变观念，将双方的合作视为股权性的合作，那些预留监管印鉴、资金沉淀、归集以及商业计划书，都是对交易对手的不尊重，要全部取消。特别是项目公司的资金划转，要取消公司的审批程序，由现场监管人员自行批准即可。第三是公司隆主席亲自指定一家第三方机构，为合作项目的经济可行性提供权威判断，该第三方机构也要占有一定比例的股权。最后，衡隆地产董事长对阿海交代了一句，目前正在推进的一个项目的融资方案，融资规模要从现在的3.6亿元提高到15亿元，为后续的投贷联动业务推进提供种子资金。

回头自然是加紧落实隆主席的指示。这笔业务是早就已经上报到公司了的，这些重大变更要是放在以前肯定要被风控、合规、法律等相关部门的同事们骂死，现在肯定不成问题。阿海这时候已经完全成熟，调整的交易结构已经能兼顾各个方面的实际情况和实际需求。规模增加了这么多怎么办，新设一个第二阶段的放款安排，把新增的11.4亿元的规模都放进去。需要启动时再报公司和银保监审批。风控措施要取消怎么办，被点了名的措施肯定不好再加，临时调整为设置一个委托银行的资金监管账户，增加三方监管协议，实际上还是要保持账户的监管状态。风控部门是不敢否决这笔业务了，但还是架不住人家心里有想法，审批的时间还是拖了两个多月，直到8月份第一阶段才终于落了地。

业务落地放款没过几天，公司拟任副总裁突然召集阿海和一个兄弟部门同事开会，会上领导指示隆主席意思是后续这种战略客户的合作要取消资金封闭运行的要求，连那个账户的三方监管协议都要取消，明确指出如果公司有需要，两个老板商量合适以后，可以调回公司使用。这里所说的资金封闭运行是公司一直以来的常规要求，指的是要求项目销售回笼资金必须锁定在项目管理部派驻的现场监管人员预留印鉴监管的账户里，确保资金全程用于项目建设及还款支出，不得挪用，这种方式也在实践当中被证明确实有效。而账户的三方监管协议是指的由项目公司、信托公司、银行三方针对前述的监管要求事宜，所签署的三方协议，确保监管细节能在共识的条件下落实。这两个条件取消了以后，相当于项目销售回笼资金处于一种无监管的状态，既与信托合同所披露的项目监管要求不符，也在可预见的将来，必将导致还款来源被挪用，项目到期无法正常还款的可能性直线上升。

阿海转头看看那同事的脸色，似乎有点发青。会后阿海找他聊了一会，他也有一个公司战略合作客户的项目，原来上周末的时候，现场监管的同事给他打电话，说接到公司领导的指示，要把项目公司账户中的两个亿资金都调回公司，认购资金池。电话中还说资金调拨流程后补，不得通知业务团队人员。现场监管的同事因为制度在身，惶恐了半天，还是按程序走了资金调拨审批流程，几个部门通力骂架了一轮，资金最终没有调成。领导在会上一直笑眯眯的，强调公司一盘棋，大家要提高觉悟，落实好公司的管理要求，在工作实践中切实贯彻好隆主席的"358"战略规划。最后还补充了一点，公司为了保证极端情况下在蓉城发起诉讼的管辖权有效性，特别指定了一家在蓉城的第三方公司为项目的融资提供担保，担保费需由企业承担，并且要先行支付。

所谓春江水暖鸭先知，阿海虽然不如鸭子对温度反应快，但多年的业务实践，让他对时局的变换还是有些敏感性的。阿海目前就剩两笔风险项目存续，肯定清除掉风险项目是头等大事，新业务拓展啥的紧急程度肯定往后排。和衡隆集团合作几笔业务下来，大家都这么熟了，阿海直接找到副总经理，开口希望对方帮忙接掉一笔风险项目。

也就是前面介绍过的王老板的那笔投资茅子定制酒和城商行股权的风险项目。在这个时点，经过公司有关部门和信托经理的努力，最大的成就是将城商行的股权以以物抵贷的方式过户给了五山信托。当然过户的价格仅为四块多人民币，相较于城商行自己公布的净资产规模是有较大的折让，此时净资产单价已经是七块多将近八块人民币。

现实的原因是，经历了两轮完全市场化的拍卖都流拍，每一轮都是直接打八折下调，这样最开始按净资产评估的股权抵债的估值就打了六四折，然后从法院裁定抵债到真实过户完成又过了两年，但定价的时点没有变。得益于这十几年金融业的快速发展，以城商行为代表的金融机构资产规模均增长迅速，以成本法计算的股权价值已经几乎翻倍，这也成了阿海后续工作的基础。

阿海运气比较好，这个时点不少老板都对金融机构股权感兴趣，隆主席和衡隆集团董事长都属于此类。副总经理请示了领导后初步答应了阿海的请求，只是要求进一步细化方案。阿海专门飞了一趟上海，在集团总部与副总经理沟通了两天，初步方案热气腾腾地出炉了。方案也不复杂，就是五山信托给衡隆集团旗下房地产开发项目融资，衡隆集团在一个合作框架内按照约定的价格将城商行股权买断。

回蓉城后，阿海马上紧锣密鼓沟通汇报，风控部对融资项目的人选提出了一些经济性指标的要求，这个问题不大，很快就达成了共识。在给公司领导汇报的时候，得到了所有领导的大力支持，都表示很欢迎，但要求必须报公司会议决策研究。

这个会议应该属于投委会，但什么会不重要，重要的是参会的人。会议由公司核心领导主持，前一个事项议论完后，会议秘书通知阿海的分管领导拟任副总裁和阿海加入会场。领导们本来都在一边聊着天一边抽着烟，看见拟任副总裁和阿海入场后，总裁先简单介绍了一下这个申请讨论事项的缘由，然后让阿海汇报情况。

阿海汇报了方案的框架，重点是准备转让的城商行股权的价格，按照这个价格，可以将所有融资人名下的融资资金全部覆盖。然后，公司核心领导突然说了一句："这个项目为什么还要讨论，之前不是说过这笔城商行股权交给公司了吗？"

阿海完全出乎意料，还没等他反应过来，核心领导又开口了："我记得很清楚，之前说过，这笔股权按过户价格交给公司，这个事情已经结束了，为什么还要对外卖？"

阿海停顿了一下，赶紧汇报，大意是公司对外是一个整体，这笔业务不足额对外兑付，影响的都是公司的整体形象。即使公司要拿走这笔股权，也同样面临资金兑付的问题。退一步来讲，股权抵债的时候，是很多领导和经办同事努力工作的成果，价格是有明显折让的，公司如果按照这个价格拿走，这个定价依据还是有欠公平，应该考虑一下对业务团队工作积极性的支持。

核心领导一摆手："这个事我记得，当时都说得很清楚，已经定了的事情，就按照当时抵债的价格公司拿走，剩下的敞口你自己搞定，还有什么好说的。"

现场鸦雀无声。

阿海只觉得眼睛冒红光，喉咙发干，憋着还想开口，眼见着其他领导已经在准备下一个议题。这时拟任副总裁开了口："领导，这个事不能这样定。"核心领导端起茶杯啜了一口："你不了解这个项目，你来之前这个项目就已经讨论了很久了，早就讲清楚了的，抵债回来的价格公司拿走，剩下的交给业务团队继续整。"

拟任副总裁仍在坚持："领导，这样不符合公司一盘棋的整体战略，没有考虑激励业务团队积极化解风险的工作成效，公司不能在这个时点以这种方式赚业务团队的钱！"核心领导仍然没有搭理："好了，这个事情不讨论了。"

阿海已经准备站起来了，拟任副总裁继续发言："领导，这个抵债价格是不是业务团队操办回来的？如果对业务团队处置风险资产的工作没有激励，那团队怎么会有动力继续努力工作。现在的结果是做得好的，公司直接拿走了，后面谁还会干活，风险处置没有进度了，最终的风险承受者不还是公司吗？"

核心领导伸出的手一直没有拍下去，也没有收回来，似乎听进去了，其他领导的动作也停顿了下来，大家都看向核心领导，半晌后，核心领导发话了："那这样吧，城商行股权的价格按照去年年初审计报告的净资产计算，由公司拿走，不要卖给别人，公司也不赚你们的便宜，这样好吧！"然后，总裁补充了一句："股权定价就找个标准来，海总部门对融资敞口部分少补多不退，尽快结算。"

这一瞬间，阿海完全由地狱回到了天堂。

这背后的信息稍有点多。这家城商行已经在香港上市，采用的 H 股上市结构，而这笔抵债给五山信托的股权属于境内股权，不属于香港上市股权，无法通过资本市场直接处置。这种情况既是好事也是坏事。不利的方面，因为无法快速处置，导致阿海部门一直被公司扣钱，甚至有一把直接清空年终奖金的动作。有利的方面，最近这十来年在港上市的内地城商行股价严重疲软，几乎都在净资产的 4 折以下，这家银行也不例外，开会的时点，H 股的交易价格已经在 4 块港币周围波动，如果真的以上市股价处置了，融资人的所有风险项目将给阿海留下一亿以上的风险敞口，按照公司的不良资产管理制度，在这个时点上，根本不可能还有能力赚到一个亿以上的收入来弥补缺口，阿海整个部门将直接破产。

但正因为境内股权无法在港交易，所以境内的投资方都是以净资产作为成本入账，这也留出了阿海运作资产对外处置的空间。在股权抵债的时点，城商行每股净资产六块多人民币，彼时股价也是六块多港币，而抵债价格四块多人民币每股，三年多以后在公司开会讨论处置方案的这个时点，城商行每股净资产七块多人民币，按这个价格核算，整个项目的风险敞口被完全覆盖。

这笔融资项目风险处置过程中的股权定价，一进一出从四块多到七块多，其实也只是一句话的工夫。

经公司会议决定，阿海连项目带抵押物一起交给了公司资金池，然后核销了借款人名下的所有融资项目。当然也没有那么便宜的事情，公司后来又找了个名目扣了阿海4000多万元的收入作为利息。这个时候阿海还能负担得起，就完全不计较了。这是最后临门一脚处置完的风险项目。四个月后，公司就完全丧失了通过综合运作处置风险项目的能力了。

这个处置思路，和当年老领导的做法完全一致。那为什么，当年老领导的诉求没有得到支持，而阿海的动作却基本得偿所愿呢？归根结底，天时地利人和都变了。

老领导两年前处置这个项目的时候，这还只是个部门的风险项目，公司完全不着急，可以跷着二郎腿一边对业务部门提要求，一边根据自己的需求算账。而阿海提出处置方案的时点，监管部门已经对公司的风险业务规模提出了越来越具体，压力越来越大的要求，每一笔风险项目的处置都直接与监管要求相关，这个时点的任何处置方案都已经不再是部门的工作，而在某种程度上升级为公司的动作。此为天时。

老领导当年是直接就城商行股权的价格与公司进行沟通，对于任何一个业务流程经过的领导而言，把承接价格压得越低，都是很现实的成绩，反而谈高了对己不利。业务团队的生存问题根本无法提上日程。而阿海提交的方案是对外处置，从哪个角度看都是能更有力地提升公司利益，部门利益也在同一个维度上被包含在内。事实证明，哪怕是核心领导，最终也被潜移默化地在阿海设定的交易框架内抬了手。此为地利。

分管领导拟任副总裁毕竟是公司领导专门邀请回来的，和公司核心领导的信任程度，客观来讲，比老领导深啊！最后这几句话，其他领导不管多想减少风险资产，毕竟不是自己分管的业务，都只能高高挂起，这个时间，只有拟任副总裁挺身而出，并且坚持己见，核心领导才会有突然改变态度的表现。此为人和。

两年前阿海摸了一圈底后，天时地利人和全不具备，如果贸然硬推处置方案，最终的结果很有可能是股权被拿走了，风险敞口留了下来，还要继续给公司交利息，这样的话，阿海自己在公司也活不过一年。而当时阿海暂时搁置项目处置，扛着公司执行前任领导落实的处罚措施，一边储备符合公司价值导向的客户，提升维护等级，一边多做业务积攒能量。终于在合适的时点创造了一个合作机会，把各项因素整合在一起，方能有最后的理想结果。当然最后能有这个结果，也真是偶然，那一句话前阿海已经在想怎么撤退，毕竟这样执行后面做业务已经没有意义了，而一句话后阿海彻底轻装，就没有历史包袱了。这种欲仙欲死的体验，最好不要有下一回。

8 月的光景还在继续，此时阿海一个老客户，已经合作了多个项目的蓉城本地房地产开发商另辟蹊径地加大了对五山信托的支持力度。该企业起家较晚，规模还不算大，但因为企业老板何董事长出身于蓉城最大的房地产开发企业，加上一直在蓉城做开发，在地方上还是享有一定的知名度和美誉度，公司也看在何董事长比较大方，舍得给融资成本的分上，支持了好几个项目。然后何董事长托了关系面见了隆主席，据后来何董事长反馈，隆主席会面中非常高兴，对于蓉城本地的后起之秀，赞誉有加，虽然是第一次见面，还是决定偕夫人一起招待何董事长一行人聚餐，就餐过程中，把拟任副总裁直接叫了过去，当面交代后续的合作安排。这还是拟任副总裁第一次和何董事长见面，在这个场合，肯定说不上有多高兴，但老板有交代，那也必须要做好落实工作。

第二天，何董事长携公司融资部门相关人员来五山信托拜访隆主席，隆主席非常重视，把风控、合规、业务的分管领导全部叫了上去，在 37 楼召开了见面会。阿海还是开了一半了才被通知参加会议。那时候主要事项都已经交代完了，就听见何董事长在表态，说感谢五山信托的信任，一定要把合作的项目做好，为后续发展打好基础等。

接下来，拟任副总裁叫上阿海，交代公司已经选定何董事长公司在云南昭通开发的一个地产项目作为合作标的，采用公司指定的投贷联动方式，合作规模确定为 15 亿元。好吧，阿海已经学会了什么时候该低调点，不要去问，虽然那块地土地款只有 3 亿多，而且只支付了 7000 多万元的土地款，再加上昭通那地方的房价才四五千元一平方米，一年的去化能力估计也就上千套。

9 月初的一天，衡隆地产主管融资的副总经理给阿海打了个电话，因为前一周他们和五山信托合作的第一个项目刚归还了第一笔融资，说两个老板刚通过电话，让阿海把他们上周刚归还过来的钱再给他们退回去，不还了，继续给他们使用一段时间。这种说法他也很意外，给阿海打个电话确认一下如何操作。阿海连忙给他解释，归还回来的资金已经实时对各个委托人进行了分配，相关手续已经操作完了。没想到他还追问了一句，说隆主席还专门交代了，如果没有分配完的话，把分配手续取消，还是要把余款给我们退回来。在深刻感受到公司领导对业务关怀的同时，阿海不得不给他明确解释分配程序已经都完成了，这一次的资金真是没法给他退了。他也表示理解，并再次表示他也很意外，只是他家董事长既然交代给了他，他也要有个回话。

9 月中旬，阿海另外一个客户的融资手续基本齐全，在给公司报备上线发行时，合规部门提醒阿海公司要求的第三方担保事项需要落实。第三方担保公司名称是天府泰可利恩自动化设备有限公司，注册资本 1050 万元，股东是两个自然人。从 2019 年 8 月起，所有五山信托发行的主动管理业务都必须增加由这家公司的担保，该公司派驻五山信托的代表已经在公司总部 8 楼上班。拿到联系人的联系方式后，阿海马不停蹄地去他办公室拜码头。对接人四十多岁，看样子是天府本地人，聊天的态度柔中带刚，因为已经有合作过的业务，要求已经很明确了，他直接把保证合同、担保合同都拿了出来，要求按他的版本来操作，一再强调担保费必须先收，而且必须按照融资的全口径收齐，否则不签合同。

临出门时，对接人还小小问了一句，说法人代表很忙，能否不面签合同。阿海也只能把公司制度，以及合同法、担保法的有关约定给他解释了一下，强调必须面签，还要公证人员在场。出门后出于习惯，用企查查看了一下这家企业的基本情况，发现这家公司在 2019 年 3 月变更了法人代表，7 月才增加了企业管理咨询的经营范围。后来为了配合法人代表的时间，签合同的时间调了两次，签约时法人代表脸色黝黑，似乎不太注重保养，着装稍有些不讲究，衣服上还有些泥水，似乎刚在工地上干活出来，话也不说，完全按照对接人的指令，一笔一画地签字按手印，一签完抬腿就走了。

后来听同事背后议论时提到，这家公司 2017 年找五山信托做过融资，规模还达到 6 亿元，只是不知道最后有没有放款。

还是 9 月份，与何董事长公司的项目融资方案始终有点小摩擦，项目经济性指标的计算怎么也包不住融资金额，也就是销售利润无法偿还所有融资，这必须得何总去调整项目定位、完善项目经济效益指标的测算，好不容易阿海这边勉勉强强能看得过眼了，项目监管方案又始终谈不妥。何董事长亲自出马，一再强调已经和公司领导达成了一致，甚至就是公司领导说的，要取消所有资金监管措施。但风控部门领导明确拿出了监管的检查文件，文件中明确规定项目融资必须对贷款资金及销售回笼资金实行必要的监管措施，确保项目现金流的安全性。阿海夹在中间也很难做人，最后在9月底的时候，何董事长再次带队去五山信托总部拜访隆主席。隆主席再次召集公司风控、法务、合规、业务分管领导参会。会议上，听说主要领导对公司有关人员的工作态度表示出了极大的不满，明确要求落实取消所有资金监管措施的指示。最后还是费总拿出了监管的文件，一五一十地把历史上对公司的检查意见解释了一番，最后会议达成了一致，还是需要设置必要的监管措施。

从2019年5月起，公司陆续上线了一些项目，比如新线路1号，规模7.5亿元，据传闻公司审批时的规模是50亿元，后来不知为什么又调低了规模。融资人是五山信托的老朋友联华集团，以10%联华控股的股权作质押，给联华控股的控股股东发放信托贷款，五山信托认为股权价值40亿元，虽然当时市值只有十几亿，而且上市公司已经涉及债务违约。还有金陵城市发展1号、2号，融资规模12亿元，信用方式，以当地国土部门对借款人的应付账款设立质押，融资方股权情况比较复杂。据传闻，资金的实际使用方是南京盛峰集团，该集团董事长计划与五山信托就金陵一笔不良资产开展合作。

到了10月，衡隆地产的项目已经正常在公司上线了。而何董事长公司的融资方案又在放款条件处卡壳。因为项目土地款没付清，而且因为该项目为当地城投的招商项目，土地款较市场平均水平有一定的优惠，因此当地要求在土地款付清前，股权不能变动，不能质押。而何董事长明确表示，他短期内没有能力付清所有土地款，必须在部分付清土地款前就放款。这又是一个死结，开发四证不齐全做不了贷款，土地款没付清入不了股权，交易结构没法设计。最后何董事长找了很多人，当地城投同意了低于 33% 的股权可以变更，这样总算能做一个交易结构，也就是五山信托占股 33%，这与五山信托以往操作的股权类交易结构已有较大偏差，而且五山信托作为小股东对项目公司的控制力几乎没有，但公司领导已经没有人在意了，时间也过去了一个月。

10 月份里，五山信托上线的新线路 1 号等一些项目在公司里有一些流言蜚语，表达的意思是融资人下属企业已经陷入债务危机，负面新闻不绝于耳，还款前景甚不明朗，甚至还传说是领导的项目，最终的结果是一直没有募到一分钱，在 12 月份最终下线了。而金陵城市发展项目则顺利完成 12 亿资金的募集，结束下线。而后，五山信托在金陵的一笔 6 亿元的不良资产被第三方并购，顺利清收退出。之前和阿海聊过的同事，就是遇到说公司领导指示要从他所管理的项目上调款 2 亿元回公司认购资金池的事情，最终还是操作了，据他说公司给项目公司打了借条，阿海看得出来这哥们已经没有干活的心了。

11 月里，何董事长的融资项目终于设计完成，开始向公司送审。虽然公司主要领导已经就这个项目开了不下三次会议，每次会议都将审批流程的有关部门主要领导及分管领导叫上一起，但送审流程仍然极度不顺。第一次风控会排了两周时间后终于召开，然后很干脆地否决了议题。面对这个否决结果，何董事长也没有再来找隆主席，而是给隆主席发了短信，然后隆主席将他的短信转给了几个相关分管领导，最后这几个相关分管领导又不约而同地转给了阿海，然后阿海再找到何董事长的办公室亮给他看，何董事长哭笑不得的神情让阿海印象非常深刻。

按照公司程序，阿海申请上公司投委会，这倒是没有等太久，投委会秘书两天后就通知阿海上会，投委会非常干脆，隆主席发了一通火，指定分管风控的副总裁解决这个问题，这是他第一次这么明确地下指示。

然后阿海再次申请上风控会，申请再议，仍然等了快两周，还是分管风控的副总裁直接电话阿海询问进度的时候，才有了排会的时间。然后是阿海上会陈述，都没有评委提问和发言，就这么稀里糊涂地结束了上会。会后拟任副总裁让阿海给评委打电话，询问结果。每次上会评委7人，必须5人及以上同意方为过会，根据电话情况，项目仍然过不了。然后阿海马上向拟任副总裁汇报了沟通结果，以及自己感觉不太好的判断。

拟任副总裁说他知道了，后来他回了一个电话，告知了他给相关评委打电话的情况。但第二天风控会秘书仍然打电话给阿海，表示根据评委表决结果，项目被否了，这下阿海也没办法了，按公司制度，第二次上会结果属于终审，不能再议。根据分管风控的副总裁事前的指示，阿海把秘书电话的内容告知了领导，然后领导情绪很平和地表示他知道了，他会来处理，让阿海等通知。两个小时后，风控会秘书发来表决邮件，项目获得了6票同意，项目过会了。

项目虽然过会了，但费总从此后总是找各种理由批评阿海，送审材料把关不严啦，项目进展比预计慢很多啦，资金回笼情况是不是有问题啦，阿海很痛苦。这位大姐得罪不起，但连话都不让你说你能怎么办。就好比阿海拼了命地说我要解释，费总捂着耳朵说："我不听我不听我不听！"

财富管理部领导也说："海总，现在公司资金募集情况很不乐观，你也晓得新线路项目募集打零蛋的事情了撒！你对这个项目要有足够的思想准备哦，而且你要想好那种发行策略哦。"

10月份还有一个不是那么引人注意的事情，就是公司上调了部分TOT项目的发行费率，当前公司上线销售的产品有一大半都是TOT。相当部分的TOT项目仍然是秒杀，需要理财经理用最好的电脑，靠最快的手速在系统中抢额度。当然也有一两只TOT项目居然没有人买，最终公司将这两只TOT给理财经理的销售费率翻了一倍才卖得动。阿海不想和TOT有任何牵扯，所以也从来不会去打听有关的信息，只是这次部门的同事也被提高的销售费率惊呆了，出去转了一圈后回来议论八卦。

何董事长已经比较有经验了，他甚至主动给阿海说第一次路演他亲自来，这可是赏面子，从来没有董事长亲自来财富管理部的会场做路演的。虽然财富管理部和阿海对此激动不已，但此后一个月的时间，还是没有募集到任何资金。

不仅如此，还有很多的风言风语，比如项目不靠谱啊，根本没打算还钱啊，海总钻钱眼了乱来啊，诸如此类不一而足。阿海只当没听见。

11 月份某天，拟任副总裁召见阿海："海总啊，刚刚公司领导给我打了个电话，说公司里有同事在传言，说你说的，何董事长这个项目是领导的项目，我已经义正词严地反驳了，说领导你说的不对，这个明明就是业务团队自己主动营销来的项目，你说是吧！"阿海早已有了准备，毫不犹豫道："这完全是乱讲，怎么可能会是领导的项目呢？我们团队和何董事长合作多年，一直是我们团队在做客户营销工作，公司领导是体恤我们业务团队维护客户不容易，帮助我们解决困难，怎么能说是领导的项目呢，这是一种极度不负责任的行为。我对此表示愤慨，如果有必要，我可以去对质！"拟任副总裁明显非常满意："我对你的表态非常认同。"

完了又说道："海总，公司领导对这个项目目前的募集情况有什么建议？一直这样也不是个办法，何董事长也是个不晓事的主，之前一直较真那些个不重要的事情，错过了资金密集的档期，搞得募不动，但还是要想办法去解决嘛！"阿海琢磨了半天，最后小心翼翼地说："领导，我看还是加大路演的力度吧，财富管理部如果有合适的客户，要不请何董事长安排一下，可以考虑去项目现场考察，增强打款的信心也是好的。"拟任副总裁沉吟了半响，说道："今天何董事长也联系了公司领导，领导已经把财富管理部总经理的电话给了何董事长，让他们去专门设计一个激励方案，我们要不先看看效果，如果有进展就配合，如果进展还不理想，你这建议也可以给何董事长反馈下。"

12 月份，何董事长为了募集的事情又来了一趟公司，这次是为了合规部将项目的风险等级定位为 R4，因为明面上项目融资 15 亿元，而对应的抵押物只有 5 个多亿，按照监管的有关文件要求，确定的风险等级为 R4 高风险，财富管理部将这一事项作为不利因素传达给了企业，说别的项目都是 R3 及以上，这一个 R4 把理财经理都吓住了。在会上提出这一点后，隆主席大为不悦，立即指示要调整。公司领导的原话是："房地产开发项目哪有高风险的，哪里有卖不出去的房子，这帮人又不学习，又不进步。怎么能跟上公司'358'战略的要求。"会后公司改组了信用评级小组，将此项目的风险等级调整为稳健级的 R3。阿海其实心里对这种做法是持保留意见的，公司里面信息又保密不了，这样毫无缘由地调整，理财经理看见了还不知道怎么想。当然阿海已经什么话都不敢说，只敢蒙着头往前走。

可惜最终还是没用，一直到农历新年，这笔业务还是没有募集到资金。而同期的衡隆地产的项目，已经完成了第一阶段的放款，第二阶段则一样募集不动。

2020 年如期而至，新的一年多少让人满怀期待。伴随着越来越浓的年味，一些老客户的业务都赶着落了地，算是赶上了一波开门红，资金募集一如既往地火爆，虽然不至于每单业务都秒杀，但被秒杀的项目还真不少见，闲下来盘盘收入，今年看来还是个不错的年头。只是阿海这两笔业务还是维持原样，没有资金进账。而且何董事长也拒绝了阿海提议的让财富管理部带客户去项目现场路演的建议，他的神情已经出现了一种随它去吧的无奈。

这一年的春节来得比较早，年前的年会上，监管代表发表了非常严厉的讲话，措辞火药味十足，从风控、项目管理、内部治理等公司管理的各个方面几乎全面否定。阿海从来没有见过这种场面，心中不禁惶惶然，但看看主席台上稳坐钓鱼台的各位领导，非常笃定，心里似乎又踏实了不少。年终奖还是照发了，这是正事，阿海心里安慰自己，看钱分上，一切都不是事。

年后开工，公司内部的信息突然变得很混乱，发生的事情就很少见了。

首先是同事悄悄给阿海说，公司用印很麻烦，要先提交申请，办公室同意后，再把所有资料备齐交办公室审核，然后过一两天才能盖出来章，阿海一听不禁有点火大，着急的业务怎么办，不就是盖个章嘛，怎么拿腔拿调能搞到这个份上。找到办公室主任去沟通一下，主任态度很好，现在业务繁忙，监管对用印流程提了一些要求，所以效率低了些，慢慢就会提上来的，请给客户做好解释沟通工作。所谓听话听音，瞧着主任欲言又止的为难样子，阿海也就没给人家添乱了。

然后突然有一天，公司所有上线募集的产品全部下线了，没人知道为什么。甚至有同事给阿海说，别的部门有产品已经募集到资金了，被要求退款不得成立。阿海简直快疯掉了，这种事情在公司历史上从未发生过，完全没有逻辑好吧。一开始都不知道去向谁了解情况，问了好几个部门，都神神秘秘地不接话，去问领导吧，领导一概否认，但主页上确实没有项目的成立信息。

然后阿海的一个项目在报备银保监的过程中被叫停了。

何董事长终于放弃了，他专门请阿海过去了一趟，商量善后事宜，阿海回来给领导们汇报。领导们大致都知道事已不可为，纷纷表

示遗憾。然后阿海退出项目公司股权，撤销抵押，收回合同，一切回
到原点。然后公司里纷纷传言，金陵城市发展两期项目的融资人股东
发生了债务违约，地方政府介入，冻结了地方国土部门对项目公司的
应付款项，最终公司的风险敞口反而放大了不少。经办的兄弟私下吐
槽，说他本来已经采取措施扣住了企业一笔资金，结果公司主要领导
去了金陵，然后指示必须把钱还给企业，结果最终鸡飞蛋打。

3 月的时候，公司突然空降了一位新的拟任董事长，现任董事长已
经多次在公开场合表达了年龄已到需要退休的愿望，这次也总算夙愿得
偿。只是这次高管的更替也有些奇怪，以往高管的更替都是由大股东，
也就是实际控制人带领新领导在某次大会上亮个相，由其做个专门介
绍，后续再逐步介入工作中，甚至有些重要领导还会在入职前就由实际
控制人领着先参加一些会议。而这次是人已经到岗了，流程也已经改
了，也没有官方的通知和正式的见面会，都靠私底下的小道消息来传
达。

然后陆陆续续新入职了几位领导，分别担任风控部、营销管理部、
资产管理部等核心部门的正职或者主持工作的副职，还新入职了几位副
总裁，但都没有通知，也没有正式的见面会。除了财务，其余的职能部
门都换了人。

3 月份是一个很神奇的月份。

陆陆续续，风控部有一个助理开始给各个业务团队打电话，就前
期已完成审批的项目通知停止操作的公司决定，没有理由。而且要不是
接到电话阿海都不认识这个同事。对待阿海一个客户的处理方式更是神

奇，这还是去年和公司签了战略合作协议的重点客户，已经完成了审批并且发行成立了一部分额度的一个项目，突然从线上被拿了下来，阿海也急着去找公司领导协调沟通，领导回来也是语焉不详地说先等等。过了半个月，营销管理部说可以上线了，上线一部分规模瞬间被秒杀，可是过几天需要客户打款成立的时候，忽然通知阿海说客户没有打款，无法成立，第二周同样的场景又来了一次，上线的额度被秒杀然后再次无人打款。第三周终于有人私底下给阿海说这种安排就是不让阿海这个项目进行操作，但是这种操作法真是让阿海开了眼界了。不知道从什么时候开始这种公司内部的蒙骗居然能成为一种日常的风气。

3月份公司将所有已经过会但是没有操作完毕的项目全部否了一遍，这里的操作完毕指的是没有将合同款项全部放完，哪怕放了一部分，甚至已经募集到募集账户还没有放款的项目，都全部停止甚至退款。没有理由，只是由一个风控部的助理电话通知业务人员，给客户做好解释工作。不知道是不是公司内部反弹的力度有点大，一个月以后，由风控部发了一个邮件，通知公司决策停止项目操作，决策的依据和流程完全欠奉。

然后公司新来了一位分管新业务发展的副总裁，这位领导的入职是以人力部分别通知有关人员和他会谈来宣告的，然后组了一个有关业务人员的业务群来展示他的业务思路，同样没有公司通知和见面会。新领导的思路是集中与十家以内的头部房地产企业开展房地产业务，主要拓展政信平台业务，新的业务能不能往公司报送，根据后来公司召开的扩大总裁办公会上，有关领导的意思，是必须先由新领导点头了，才能送风控部报审。但阿海后来有那么一两笔业务去和新领导沟通的时候，他又说先和风控部沟通，也不知道怎么操作。

3 月份公司推翻了以往的所有业务指引，全部重新制定了一稿，并以每周两三份下发制度的速度，将公司以往的几乎所有制度全部调整完善了一遍。调整的力度颇大，按阿海的理解，应该没有合适的对标目标客户，所以大家都瞪着眼睛看着。这个月公司业务几乎停摆，没有新业务落地，实际操作的 TOT 项目是没有收入的。

4 月份开始召开了一些总裁扩大办公会议，新入职的领导们全部坐前排，间或通报下公司经营思路，对于年后业务停滞的状态，会上明确了重点发展政信平台类业务的要求，对房地产业务则口头提出了总部要将所有的房地产业务额度集中操作的思路，建议大家今年不要谈房地产业务。

对于现在到底是谁在管理公司，大家很有些混乱，业务实际上都是停滞状态，想报业务的团队去和总部的领导和风控部同事沟通时，踢皮球现象非常严重，管业务的领导让找风控，风控部同事要么直接劝你不要报，要么让找管业务的领导，并告知监管目前没有批过业务。再积极进取的人，都会感觉像对着一团棉花挥拳，完全无力。找总裁去汇报，领导只说大胆报，肯定要做业务等。

最重要的是，阿海不知道问题在哪！阿海不知道这一切，包括管理人员混乱，业务思路混乱，业务停摆，是不是公司想要的。但是，不论怎么样，这种情况都不可能持续很久。

确实很快，5 月中，新领导力推的和融创公司合作的业务终于落地。感觉新业务已经露出了苗头的同时，新领导要求政信平台业务需要先和当地政府主管领导谈，并且签署战略合作协议，这么做的意义是希望将当地政府与公司的合作列为最重要的事项，并且在战略合作中提供足够的保障，确保业务的安全性。想法是不错，只是以公司在政信平台业务中的规模，想达到这种受重视程度实在是不容易，更何况现在哪家平台没有上十家的合作机构，公司要求这么做，那已经在里面的机构会怎么想，怎么做？如果我是政府，这碗水也不好端哦。

好在并没有让阿海们为难太久，5月中公司突然发布了一份会议纪要，以上级党委的名义发布了高管分工调整的决定，拟任董事长分工调整为抓党建工作，由总裁负责业务。不用多想，看到这个文件的时候，阿海们都预见到了即将到来的动荡。果然，跟随着拟任董事长来公司的众多高管、部门负责人纷纷靠边站了，特别是风控部负责人很快就不再处理业务流程。总裁调整分工后的第一个要求是将停止操作的业务重新恢复，很幸运阿海还有一个被叫停的业务，客户还希望合作。

是不是有点柳暗花明！阿海赶紧把业务报给了公司，公司圈了十笔业务，重新报给了监管。

然后，全部被否了！

并且5月末，公司的TOT业务被监管彻底叫停了！

后面的事项就不是新闻了，公司所有的项目全部停止了兑付，外聘的管理团队全面接管了公司，等待着破产重组，公司的信用被捻进尘泥，不复泛起。

恍惚中，多年前的一幕浮现在阿海眼前。那是阿海和老领导的一次谈话。

其时阿海刚刚在行业里边站住脚，还颇有一些学院派的作风，阿海问领导："你认为五山信托的核心竞争力是什么？"

领导的笑容非常丰富，很难形容，非常有特色，后来还多次在和阿海谈话时表露出来，以至于成了他在阿海脑海中的形象："命好！五山信托的核心竞争力就是命好！"

"怎么说？"阿海一脸不解。

"你看啊，五山信托开业是 2010 年底吧，正好银信通道业务刚刚爆发了一阵，监管才开始管，导致信托公司的业务规模成为奇货可居的时代，正好五山信托开业，没有业务规模包袱，可以大量收割高收益的通道业务，刚好赚钱，这个时机不可谓不命好吧？！"

"开业一年多，2012 年是国家对房地产调控的最低点，房地产市场增速、投资额都很低，企业销售不畅，融资超困难，连保利借钱都要十几个点的利息，大家都很怕，整个市场几乎就我们在搞，你应该知道现在成本多好谈吧？！"

"是的。"

"但回过头来看，这其实是市场的最低点，一年后就冰火两重天了，我说的对不对？"

"新生事物从零到一是最困难的，五山信托踩中两个关键时间节点，基本就是全部踩中，你说牛不牛吧？！"

"外面人看来，五山信托的核心竞争力是做直销，但我认为其实不完全的，直销只是提升盈利能力，也就是说赚多赚少是靠直销，但是赚不赚钱真的是命好，你看开业只比五山信托晚半年的同业，发展势头、盈利能力都差了很多，虽然公司每年都换一个核心领导，核心考核政策年年微调，那又怎样，照样业绩增长，就是五山信托的这个时机打得是最好的，天照应。"

"那您认为五山信托的企业文化是什么？"

"这个就更清晰了，三个字，死要钱！"

"嗯，这点我也同意，"阿海点头，只要在五山信托待过半年以上，对这一点就不会有异议，"只要客户敢给成本，就没有五山信托不敢做的生意！"

"这一条也是和五山信托的核心竞争力相辅相成的，要不是命好，而且把命好视为理所当然的选项，五山信托也不会发展成为今天的样子。"

"那您觉得五山信托的未来是什么样子？"

"这个问题很难回答哦，"领导深深叹了一口气，"我估计我在公司是看不到了，但是我有生之年肯定能看到。而你能不能看到，你自己应该可以选择！"

"领导，你这哑谜打得有点深哦！"

"是吗，我已经尽量用你能听懂的话来说了，不懂也不要勉强。"领导横了阿海一眼道。

"好吧，那您觉得五山信托最大的问题是什么？"

"欠缺敬畏之心。"

"您觉得五山信托最需要什么呢？"

"尊重！"

"尊重啥？"

"尊重一切，尊重员工、尊重客户，最重要的，尊重法律、尊重监管、尊重规律！"

阿海："领导，您是已经财富自由了，我们这些小年轻还要赚钱养家糊口呢，您这指示太不接地气，现在这种情况，我应该怎么办呢？"

老领导："认真学习隆主席的讲话精神，提高自身知识水平和意识觉悟，全方位打造自身的专业能力……"

阿海："领导，刚刚尚美轩的吴经理打电话给我，说他们今天到了两只极品的两头鲍，您有没有空去品尝一下？"

老领导觉得阿海还挺上道："阿海啊，你是入行起就一直跟着我，我也算是看着你成长，你觉得这么个性化的问题能有标准化答案吗？"

"那我还是通知吴经理打包吧！"

"小年轻怎么这么沉不住气呢，"沉吟了半晌，老领导又说道，"你是怎么看待专业这两个字的？"阿海点头："领导，这个我思考过的，专业是把理论和业务实践结合的能力。"

"还可以，起码答到了第二层，"老领导笑了笑，"很多人对专业的理解还停留在业务熟练的层面，那个根本不叫专业。你认为公司缺业务吗？"阿海想了半晌："公司应该是不缺业务的，只要公司真想完成，下多少任务都是搞得定的。"阿海必须得承认这一点。

"那你觉得公司缺的是什么业务？"

阿海想不出来。

老领导："五山信托缺的是按照组织要求完成的任务。作为组织中的一员，基本的组织原则与道德规章发生冲突时，往左偏还是往右偏，有绝对的后果，没有绝对的对错。往浅了说，取决于你对风险收益的判断与取舍，但最重要的，取决于你对风险的定义，业务不合规是风险，公司要求达不到是风险，客户需求满足不了是风险，你能走多远，既看你对度的把握，更取决于你的本心，这才是真正的专业！"老领导指着阿海正色道。